朱西甯作品集 6

貓

朱西甯 著

目錄

老紅牆

那是懾人的、要命的一聲狂叫，來自樓上。

淒厲而尖銳，命都要嘔出來了，如同流彈劃過的炸裂，沒有甚麼堅韌的神經能經得住那一聲飛轉的螺旋鑽鑿。

不知道會有甚麼樣不得了的恐懼能使一個女孩迸出那種撕裂臟腑的嘶叫，除非冒冒失失一下子豎在人面前的某種作祟的鬼魅；除非那樣吓到了一個女孩。

然而這該是陽世間最令人感到安全的時刻——白晝，而且日正當午。

樓下客廳裏有洽談股票事務的客人，連女主人在內，一個個惶悚的仰望著頭頂上那遍天花板，覺得來自樓上的那一聲尖叫，理該在那一遍雪白平滑如石膏塑做的天花板上起點兒甚麼變化才是；至少至少，那盞懸掛在天花板中央的環式日光吊燈和它附屬的飾物，也理該如地震過後那樣的盪動盪動才說得過去。

然而沒再有甚麼動靜，在那一聲尖叫之後。

「小妹嗎？」客人悠悠的說。

「八成是麗麗……」一個表示和主人家親一層的客人，放下往上翻視的眼睛。

剛不過兩三分鐘，轉轉眼的功夫，麗麗才從這兒上樓去。

方才麗麗從客廳門前經過的時候，曾探進半個身子進來，彷彿疲倦得站不住了，一下子靠到門上，肩頭墜一支裝滿了石頭一樣沉沉的帆布書包，一副妖怠相，望著她母親一言不發。別人不懂得，但是蔡太太可看得懂女兒在滔滔不絕的說這又說那，怨這個又怨那個。

一張罕見有那麼稚氣的洋娃娃臉蛋兒，有她亡父那麼白皙，且有那麼一對深邃而空虛的大眼睛，特別是瞧在蔡太太這個做母親的眼裏，不知有多麼出眾，然而也不知有多磨人。

「媽就來，好罷？」做母親的握著一手契約之類的文件。

麗麗也不言語，輕蔑的搖搖頭，髮梢來去在雙頰上盪了幾盪，背後嘩嘩的擰響Y鎖，用這個噪音苦惱人。她一腳門裏一腳門外，沒一點兒站相的叉著腿靠在門上，一臉的輕蔑，不知是憐恤自己太疲倦，還是惋惜坐著這一屋子的成年人都在為一些不值得的東西那麼慎重的傷神，都那麼一副成年人的傻相。

「去罷，吩咐阿綢給妳放洗澡水去，媽就來。」

女主人這樣的口氣，可不像是衝著那麼大的女兒說的話。

聽見麗麗懶懶的上樓，書包摔打在欄杆上，存心苦惱人的重重踏著木質樓梯。聽見麗麗不知有多困憊，有多酸，有多矯情的一步步上樓去了。

「……我是再沒其他條件，你們看著辦就得了。」女主人擺開腦子裏女兒那些苦惱人的脚步，正一正身子，似乎一切都可以到此為止了。「我這個人，一向是先小人，後君子，盧經理知道我的脾氣，不瞞各位說——」

就在這樣的當口，驀然樓上爆裂出那麼一聲驚人的狂叫，一刀剁斷所有的繼續，除掉壁上四幅屏中間的那座不聲不響的電鐘在走。

一切真像是斬斷了；一客廳的人，一時誰都沒有想到該要怎麼樣，只顧愣愣的望著明知一定不會有甚麼變化的天花板。

在那上面，吊燈座的底子是一盤以白石灰泥塑的一圈又一圈使人想起唱片的漩渦式的環環，人的神經彷彿給旋進那裏面去，旋進很深很深。屬于比較舊式遲滯厚重的建築，已經遠配不上從那個漩渦中心垂懸下來的新派工藝品的吊燈。

而那一聲尖叫，剁斷所有的繼續，片刻的沉寂過去，一切重又接續了；一陣急促得可怕的跑下樓來的大動靜，奔在低音琴鍵上的誇大的彈奏，重又把客廳裏的人們驚起。

「看到甚麼了，麗麗？」

女主人第一個搶出客廳。問是這麼問的，多少多少年都沒這麼問過女兒了，把自己問得周身一陣子麻；樓上甚麼人也不會有，樓上會有甚麼事故？會看到甚麼嗎，大天白日的？麗麗五六歲前後的那個時候，常看見過了世的人，連她慘死的爸爸在內。這有十多年沒再發生過那樣的事故。做母親的居然又這樣衝口而出的問起女兒來了。

但是他們搶出客廳的時候，麗麗已經滑坐在最低的一層梯階上。

「我不要我不要我不要——！我不要——！」

這麼大的女孩子，坐在那兒只管直著嗓子狂喊，一雙脚拼命踼打當門鋪進來一方秋陽的地板，兩手抱緊腦袋，搖亂一頭的頭髮。

「我不要我不要……」

幾乎就是發狂的樣子，倒插著眼睛，直直的瞪緊的一個虛空，不要命的號叫。

做母親的雖然搶過去，但被女兒狠狠一下子摔開。

「我不要了！我甚麼都不要了！都是妳，血！血!!我不要——！」

那樣把臟腑往外傾出的號叫，若不是發狂，總沒那麼大的力氣，真要把人叫得口袋一樣的翻了過來。

這是一座比較舊式的建築，衝著門便是一道木造上漆的樓梯通上去，再往回折轉。樓下客廳在左，起坐間和餐廳在右。全部兩層樓的建築，統用一種白與淡灰的調子——服孝的調子。其實並沒有甚麼孝要守。

客人們仰首注視著樓梯頂端——但只能算是望到樓梯折轉的頂端，決計看不到樓上甚麼。

麗麗被母親強硬的勒在懷裏，勒著一條壞脾氣的泥鰍，這樣似更刺激著麗麗發狂，沒有誰會覺得比別人更方便些去幫助這位女主人；盡是男客，即使表示和主人家親一層的盧經理，也一樣的不便下手幫忙。

「我不管！血!!我不管，我不管……」

久久的掙扎之後，喊叫之後，麗麗這才像是洩了氣一樣，軟在母親懷裏。

客人們團團打轉，沒有一個覺得可以上樓去看看，誰知道那上面發生了甚麼？「血！滿牀都是血！」做母親的只管努力的勒住發狂的女兒，想制服這條壞脾氣的泥鰍。客人們寒寒的彼此觀望，一點兒也下不了手。白與淡灰調子的舊樓，母女倆和一個女傭住在這裏面。樓上會有甚麼？多少藏匿和隱諱！血，滿牀都是血。而那個年輕的女傭阿綢哪兒去了，在樓上發生這麼大的動靜的時候？

一方橙黃的正午的陽光，當門鋪進來，麗麗那雙伸直的赤脚正搭在這方橙黃的邊沿兒上面。脚指甲殘留一些銀紅的蔻丹，脚是蒼白的，青的脈管如根一樣絫在蒼白的皮下。

一個給正午太陽搐短的影子，嵌進當門這一方橙黃的秋陽裏。

「以為是阿綢叫呢——怎那麼像她聲音！」

這影子粗粗的嗓子；彷彿原不是這樣的聲調，人是個高個兒，只因為影子給搐短的緣故，才縮成這樣子的低音喇叭。

高個兒站在門外廊下，手掌和胸前沾上一層浮灰。那種酸酸的神態在如此緊張的氣氛裏出現，似乎很不和諧。而麗麗的眼睛愈瞪愈大，不知道她又看到了那個恐怖的甚麼，忽然就整個的人鬆散下來，昏迷在母親的懷裏。

「幫忙找找阿綢。」女主人求援的望一眼當門黑傻傻的這個高個兒，心裏却呸了一聲：「這個不識相的鬼小子！」

當然上一代的人自有他們從流傳裏承受的那份厚道——被這一代視作虛偽的無分性格和心地的一種情面和體面——女主人由于這個而沒有也不能發作，她是個有教養的婦人。

當初這個鬼小子翻過牆來為的甚麼？他那個背後甚麼時候看到，甚麼時候都繫在腰裏的電工工具包，使人懷疑是否躺到牀上睡覺了也不卸下來。但也就憑他那一套永不離身的裝備，救了她們蔡家險些兒燒起來的一場火。

憑她們這一家，多大的陣勢？兩口人，加上阿綢，三個女人家，眼睜睜的愣瞪著電線走火，只有發抖的份兒。憑她們這一家，綴在這個城市的邊緣上，五十六建坪的二層樓，周圍圈著一百四十四坪庭院的單家獨院，把所有的鄰人推遠了，一旦發生甚麼事故，跟誰求援去？只有西牆外搭著竹柱瓦頂打煤球的棚戶，砰！輕輕奏響一下鐵器，過半晌兒再來一下，砰！木榔頭沒日沒夜沉沉的搥打著生計，搥打著隔鄰這邊蔡家二層樓裏緊鎖的寂寞。

棚戶的住屋、晾棚，統算在內，可都是透風透亮的竹牆，只有一面紅磚牆，而這面一人多高的紅磚牆却是蔡家的。

不知多少年代了，老紅牆的牆根裏，生一層灰白的硝霜，一入雨季硝霜便溶化了，一顆顆晶亮的小水珠，長時的不乾也不流滴，飾物似的裝飾著蒼老的牆根。那樣連朝陰雨的季節，棚戶的一家人便為一層層叠架的濕煤球發愁了。

棚戶的屋頂搭在蔡家的老紅牆上，一慢坡兒斜抹下去，紅土瓦稀稀疏疏乾放上去，然後壓上一塊塊紅方磚。一家人頂著那麼一遍草率的屋頂，夜晚有昏黃的燈光從瓦縫裏星星點點跳上來，有歡笑和粗俗的小調和燈光跳上來。一度不知哪兒借來的吉他，試探的、沙啞的、老是哀哀的彈一支四個小節往返往返重複的賣藥的調子。然後一個時期，吉他歸還人家了罷，替代的則是一支音律不準的口琴。總是發出垃圾聲氣的樂器，哀哀的，永遠犯沖的伴隨那些起鬨的笑和叫——那些粗俗的小調永遠是叫出來而非吟唱出來的。

那一遍草率的屋頂上，誰在那裏守住屋頂下的笑和叫啊，一隻駝著弧背的黑鼻子貓，如同屋頂的一部份，是塊燒過釉花的磚或瓦，蹲老了每一個白晝和黑夜。

麗麗自從那麼興奮而又怯生的跟隨母親遷進這個宅第的那個時候起，不知為甚麼，就生一股兒惡念，去蒐集小石頭子兒，書包裏裝著，裙口袋裏裝著，夢裏也裝著，精細的胳臂一直不能夠把豐富的石子兒扔準黑鼻子貓。聽見石頭子兒鈴鈴的滾下那遍草率的屋頂，黑鼻子貓也一定聽見了，直起耳朵，只用眼睛追踪那個滾落的小石頭子兒，然後挪緊一下蹲坐的白蹄子，坐得更穩些，更老一些，好像一下子又老去百歲的樣子。

石頭子兒鈴鈴的滾下屋頂坡子，黑鼻子貓可從不曾睬過這女孩子一眼。而在院牆的那一端，棚戶的住屋和晾棚之間的缺口那裏，一張黧黑的面孔探上來了。

黑長臉，一頭粗硬而存心揉弄也亂不成那樣的半長的頭髮，恐怕是個成年人了；看在麗麗的眼睛裏，那可是一臉的成年人的傻相。

「妳怎麼老往我們家扔石頭？」

麗麗先是有點兒慌，但那副成年人的傻相實在吓不住她。那一對用勁攀在牆頭上的胳膊，使麗麗覺得他是不幸掉進河裏而正在掙扎著往岸上爬，就更加一點兒成年人佯裝的尊嚴也沒有了。

「那是你們家呀？怎麼不是便所呢？」

麗麗實在沒有那麼惡毒，一直她都誤以為那是牆外路邊上的一處公用廁所。一直的她都跟自己說：「我非要丟到便所上那隻黑鼻子貓不可。」現在她可明白了為甚麼老是扔不準，原來自己老是認定了那遍紅瓦下面蓋著骯髒不堪的便溺而站得太遠。早若知道那是個住家，她會挨近去，近得不能再近，一定能夠十分準確的打在老貓的黑鼻子上。

「鬼丫頭，當心我撕爛妳嘴巴！」

但是人忽然無救的滑落下去——滑掉河裏去了，麗麗覺得，笑得蹲在草地上。

黑鼻子貓仍然蹲踞在那邊，故意裝做沒有把他們放在眼裏。實際牠眼裏另有別的，樓簷上唧唧喳喳飛撲的麻雀吊足了胃口，一定非分的妄想能掉下一個來，掉在牠伸爪就可以撲到的地方。

麗麗看看手裏剩餘的石頭子兒，她現在不要扔黑鼻子貓了，雖然現在可以挨近牠一些。那就丟那個要撕爛她嘴巴的傢伙罷。

踏在勻淨的軟芝草上，她往方才露一下頭又掉下河裏去的傢伙攀登的牆頭那邊蹦蹦跳跳跑過去，心裏有一種新鮮的喜悅，居然會不是一個公用廁所，一個新鮮的世界，一直她都不敢挨近這一帶紅牆——在這個家裏，這是一處最最可憎的地帶，如同她生來就害怕那些有洞孔的鈕扣一樣。不可解的事情總是有的，她曾嗅見這一帶發散著騷臭的氣味，每當她稍稍走近一些準備扔到那隻黑鼻子貓的時候。

「我告訴妳！」鄰家那個看似成年人的大孩子，再度的出現在牆頭上。「妳敢再對我們家丟石頭，我可要丟妳們家的玻璃窗子了。」

這一次，這個大孩子不再是掙扎的往岸上爬著求救的樣子，一點兒也不顯得吃力，大約找來了一張櫈子墊脚了，上半身有一半露在紅牆上。

「我沒有丟你們的玻璃窗子呀，」麗麗握著滿把兒小石頭的一雙手背在後面，故作不在乎的搖擺著身子，準備隨時衝著這傢伙腦門扔他一把石頭。「我只丟了你們家的屋頂，你只能丟我們家的屋頂，那才公平。」

她望一眼自己背後高聳的二層樓，為自己這麼狡黠而得意的樂開了。

「麗麗，妳跟誰磨牙來著？」

樓下起坐間朝著西向的一排窗子那裏，白色鏤花的窗幔緩緩的拉動，那是蔡太太膩人的腔調，「麗麗呀，麗麗呀」，一種專門阻止她這樣那樣的煩人腔調，總是在她最興致的時候。其實她很可以不必為那些煩惱，那腔調永遠阻止不住她要幹甚麼就幹甚麼。不過慣使她平空掃興那倒是真的。不是麼，她正在欣賞牆頭上黑傻愣大的那個大小子被她激怒的傻模樣，但母親拉開窗幔衝她說了：

「妳跟他們扯咕個甚麼勁兒？快進來罷！」

——快別進來罷。這樣矯情的反應，麗麗已經成為習慣。

但是母親何以要說：「妳跟他們扯咕個甚麼勁兒？」他是他，他不是他們，單數不是複數，為甚麼要把他一家都給扯上？

而麗麗甚麼也不為，只為拗著母親——不過牆已確定了不是廁所的牆，也該是一個違拗的原因——便把自以為最好的情感放在這面院牆上，搬飯廳裏一隻木框藤心椅子放到牆根這裏，有事無事爬上去，把牆外這一家看作一本頂新鮮的小說書，煤黑的封面打開來，一頁翻過一頁，篇篇圖畫塗著積木的顏色，卡通的顏色，七巧板的顏色。

但是母親只要在家，總止不住要搶出來，停在樓廊下，那副過分惶急的神情，好似發現剛剛學步的小女兒正往井邊兒上挪步子，喊一聲怕驚著孩兒滑跌下去；趕急了，躭心把孩兒趕落井；趕慢了可又生恐來不及。便急得發抖，脚也試了試，手也試了試，手脚都不知道該怎麼使喚。除非母親也和她一樣，誤以為牆外是個骯髒的廁所，不然不會吓成那個怪模樣。

輕輕的踏著軟芝草的草地，這婦人有多像一隻捕獵的貓！待她又快又輕的趕到女兒縱然從椅子上跌下來也可以跌進自己懷裏的地方，這才輕輕柔柔的呻吟了一聲：

「麗麗呀，快下來，像甚麼樣子！」

壓水機神奇的嘔著水，竹槽通到另外一個水坑裏，那裏積滿了一下子黏黏的黃泥漿。竹槽裏流水結成辮花，看在孩子眼睛裏是江又是河，江上行船，河裏游魚……這樣大的女孩總還是殘留一些小人國裏的夢想。然而一聲「麗麗呀！」殘破的夢立刻便給驚散了。

這種年齡的女孩，不該有如此深惡痛絕的怒容，那該是只能在古銅鑄像上找得著。然而麗麗默然的俯視著總是「麗麗呀，麗麗呀，」的母親，嘴角上刻深了食肉獸的擒紋，隨時可以從嘴角那兒滴下溫香的血汁。

重新再去找那江，那河，行船和游魚，可是所有的夢全都在老巫婆的咒法裏喪失了。老巫婆唸的甚麼咒語喲！「麗麗呀，麗麗呀……」一直把她拘在幼稚園小班的魔塔裏。

「妳走開妳走開，我不要妳……」

對付母親的咒語，麗麗不光是瘋亂的喊叫，嚴重時她還有另一套法門；一雙深陷的眼睛便會直直的望著一個空虛，望著，望著，這樣的時候，母親準就要驚驚惶惶的搶上來。自然了，從椅子上僵直的倒下來，更能夠重重打擊到老唸著「麗麗呀，麗麗呀……」的老巫婆，讓她不單是唸，還須要呼號。而阿綢那個好脾氣的胖大姐，便必須停下任何放不下手的工作，儘管魚在鍋上煎著，但是不可以不趕來。

「快，快，打電話給藍大夫，小妹又犯老毛病了……」

人是放肆的挺在軟芝草上，虎椏給老巫婆掐得痛到心。麗麗甚麼也忍不得，只有這痠痛忍得住。聽那咒語有多急切罷：「麗麗呀，乖呀……」眼睛瞇𥊍著，膩綠的油加利樹貼在藍天上，隔鄰棚戶家的大人小子齊都聚到牆頭上，一顆顆腦袋串成一排珠子。

「要請醫生罷，太太？」牆頭上那個傻小子說。

「外科醫生才行，」蒼老的聲音，恐怕是傻小子的老子，或者爺爺。「恐怕是跌閉了氣，趕快找先生去！」

蔡太太可沒有好聲氣，孩子是看你們打煤球跌下來的，別做好人罷。「謝謝你們好心！我們有的是電話。」

但是麗麗就害怕東鄰的藍大夫那隻酒精臭的大手挨一挨她。要問她這種昏厥怎樣才得好，只要電鈴響，只要阿綢趕著去開門。

接續著反覆的爭執，而爭執的結果，做母親的乖乖的聽讓女兒定做了一架高椅，排球裁判的那種椅子，油一層天藍色的磁漆。

然而牆外不是一部可以百讀不厭的小說書；一種呆板的重複，循環，如同飲食和排泄，總是堆一堆煤屑，一畚一畚添上葡萄乾似的細煤渣，澆上稠稠的黃泥漿，棚戶的老頭，領著大兒子和一個夥計，碰巧那個老二，幹電工的半樁黑小子，也一齊參加攪拌，埋下頭去認命的一鏟鏟翻過來，一鏟鏟翻過去，兩座互相消長的小山，你死我活爭奪了一場，白爭奪了一場，末了還是合好了；合好也沒有大多意思，再給填進煤球模子裏上刑。木榔頭擎上天去，可像揮起大刀片兒，劊子手殺人了不是嗎，一刀一顆腦袋瓜，一刀一顆腦袋瓜，斬下的首級成行成列擺到棚架上，一層層陳列著出草獵來的頭顱，高坐在梯椅上的野公主該怎麼樣了？拆散阿綢生爐子用的鵝毛扇，編一頂羽冠，她就能蠻不在乎的戴在頭上，那麼一個說大不大，說小不小的女孩兒家。

然而一個個煤球，總像一顆顆鈕扣。鈕扣沒那麼多的線孔，數著，數著，十九個洞孔。跟自己解說，鈕扣沒那麼多穿針引線的洞孔，一點也不像鈕扣，一點也不可怕，……怎樣的解說，心裏可還覺著滿棚架的鈕扣或頭顱。在她這樣感覺的時候，鈕扣或頭顱，恍惚幫助她生出一點說不出的記憶，沒有道理的，迷離中撲捉不到的執拗，執意把鈕扣綴在頭顱上。綴在哪兒才合適呢？比劃來，比劃去，沒有合適的去處，但是執意要綴上去，這就要用心了……然而甚麼樣的顏色也有膩人的時候，積木的年代逝去了，卡通和七巧板的年代全都逝去了。這一代的孩子很少再戀棧童年，沒有可戀棧的；童年被成人戳滿了瘡的瘡，傷的傷，一片灰心喪氣的破夢，從那裏逃出來就再也不要回去了。

這一代的孩子已經不知道他們自己需要些甚麼，沒有過去哪兒還有未來？夢總不免有，夢總是輕易的就醒了，碎了。羨慕著棚戶的孩子們用不到狂叫和裝瘋，他們赤條條的遊戲在黃泥坑裏，捏些小泥人，捏長長的泥龍，塗一身勻勻淨淨的泥漿，然後用指甲在泥漿上紋身，畫鬼頭，畫花，畫刀和星。

「也給我一團好不好，用這個跟你們換。」

把頭上羽冠擲過去，換來一朵子黃泥，堆在面前的牆頭上。塑一個甚麼？撩撩頭髮仰視著繡在天藍緞幅上的一遍油綠，夢裏有美的顏色，但缺乏美的型，盡是鈕扣或頭顱之類的醜惡。

油綠的葉叢篩落下點點金星，太陽光碎在麗麗仰望的臉龐上，一隻神經質含水的大眼睛，貪婪于酗吸那些美的顏色。這個蒼白但被母親視作白嫩的孩子，不問從外到內罷，從內到外罷，原都該給美飽和著，提煉了，不必外取外求了，然而麗麗搜尋不到那些原屬于自己的美的顏色，美的型。

那末只有一隻黑鼻子貓給她搜尋到了。

照著黑鼻子貓，塑一個彎勾的弧背。出自真元的虔誠的藝術慾望，成于偶然，指觸塑出的神韻一點兒也不可以再增減，扎煞著一雙喜悅的泥手，一雙從不曾建造的潔癖的嫩手，當它們骯髒時，反而建造了，並且把母親吓昏。

從母親驚惶的神色，麗麗似又發現到一個新的法術，比用昏迷降住老巫婆的咒語更有娛樂價值。可惜麗麗只把這個新的法術看做一雙骯髒的泥手，而意識不到她的建造，該又是一個不幸的開始。

「我要養隻貓。」麗麗跟母親說：「妳不給我找隻貓，我就用泥做。」

就憑她這一雙近乎沾了糞便的泥手，不用說向母親討一隻貓，討天也要許她半個的。黏的泥漿乾巴在細細嫩嫩的手背上，牽著扯著縐著，心裏很膩猥，覺得自己忽然生出一雙八十歲的老太太打滿褶縐的枯手。膩猥儘管膩猥，瞧著母親那麼的驚惶，再膩猥也忍了，就像忍受虎椏被掐痛了一樣。誰讓妳整天價忙這忙那，放利錢，買股票，打麻將，調頭寸，盡盤算利上加利，利滾利，妳眼裏心裏最大的還是錢，輪不到把我擺在頭一位，叫妳也為一隻貓忙一忙罷。

麗麗的壞心眼兒裏，貓是找不到的，一定不是買雞買鴨那麼方便，這就把母親刁難得住。張起一雙八十歲打褶打皺的枯手，「媽，妳說妳要哪個？」害得這個潔癖的婦人把女兒乞求到衛生間，嘩嘩啦啦放滿一澡盆的水，自己不敢下手，吩咐阿綢給她沖一氣，洗一氣，肥皂搓兩遍，香皂搓三遍。養貓嗎？成！——心裏實在一千一萬個不成。偌大的庭院裏，只三個動物，從不能容忍第四個動物侵進這個世界，況是一身毛毿毿的畜牲。那隻黑鼻子貓，已夠苦惱人，不分晝夜蹲踞在那裏，衝著飯廳的西窗。蔡太太如果堅持對西鄰的棚戶沒有好感，多半便是那隻膩人的黑鼻子貓。如今居然給她女兒那些骯髒的爛泥，有多像便溺！把人惡心死。

但是女兒既然要養貓，沒有不成的，去找呀——但願能夠花錢買得到，多少錢一斤都行，總不至于論兩賣。院鄰藍大夫家，可養著整羣的狗，整窩的貓，只是沒有一隻來自像樣的血種，而且沒有一隻不是拴著養，虧他藍家的院落大，樹木多，一棵樹上拴隻狗，一棵樹上拴隻貓，每一棵粗的細的樹根上，盡是磨磋得白白光光的痕跡。

養就養罷，人家藍大夫拴著養貓，也學著得了，任牠再骯髒，拼著把前院裏劃出一個牆旮旯兒去糟蹋，總糟蹋不出圓桌面那麼大的地面——蔡太太心裏找出這麼一點兒寬慰。

但是找一隻貓不是一時半時可以找得到的那麼容易。託了些人，總沒有消息。藍大夫家的一隻母貓，受孕不到一個月，還須兩個月才得生，生了也還須滿月才得討來養，這就急不得。好在麗麗也不是打心底兒裏要養貓，做母親的能在別的事情上多依從著女兒——其實會有甚麼不曾依從過？——或者麗麗還不曾打算苦惱母親的時候，日子會得平安的往前拖過去。

牆頭上泥塑的弧背，一樣的蹲老了多少清晨和黃昏，瞧在麗麗的眼裏可漸漸的有些不耐了。但她知道，時常聽到她的——特別是每個月定時臨到她的那一股週期的煩惱和憎惡尚未來到的時光，她先不去破壞這個使她不耐的泥貓。

而這樣的時光偷偷在一個夜間來了。一個漫天飛洒著秋雨的清晨，飛起滿臥室的白色窗帘，空氣裏湧泛著黏濕和陰冷，身上是潮的，心上是潮的。這樣的天氣總要做一點甚麼了；一種撕的慾望，砸的慾望，破壞的慾望，一陣子衝動就要淋著雨奔出去。而窗外，牆是潮濕的，棚戶的屋瓦是潮濕的，草地和樹木，刮過樹梢的灰雲，盡都是潮濕的。潮濕把一切的色調都給加深了，整個天光沉下臉來，牆頭上不見黑鼻子貓，使她早就不耐的泥貓只賸一泡便溺那麼點兒，紅牆上掛下一路黃黃的流跡，一股更加不耐的齷齪和煩躁，那黃黃的流跡，流進心裏來。

打開樓梯底下儲藏室的灰漆門，裏面永遠是濛濛的沉暗，也許因為不是沉暗的雨天，總想不起來要到這裏找雨鞋，找雨衣和傘。

儲藏室的屋頂便是樓梯，一路斜到地。說不出理由來，低沉的三角稜的斗室，這個斜頂始終給麗麗一種臨著懸崖的錯覺，說不定甚麼時候會一失足墜下去，墜一個粉身碎骨。其實這裏該是墓穴，常有脚步打頭頂上踏過，脚步走在陽世裏，走那陽世沒有走完的路。

儲藏室裏除掉永遠的灰濛濛的沉暗，便永遠散發著橡膠和陰霉的爨辣，雨衣提在手裏，暗紅的膠布，如同提一把不潔的血物，那種似是無來由的不耐，厭惡，煩躁，彷彿一團蜘蛛網沒頭沒臉的纏上來，找不出一個破壞，暗紅的雨衣重又掛回釘上，人抱著雨衣，全身的重量墜上去。縮一雙單薄的肩，縮一身悲痛的低廻，抓握在手裏的雨衣一點點的下墜，一個蹭蹬一個蹭蹬的下墜，她知道一個破壞在進行著，想起外邊時興的新式雨衣，一樣的是膠布質料，但有誘人的花色，淡雅的複線格子，給人一種成熟的裝飾。而麗麗一經想起那種新式的雨衣，便一刻等不得一刻的要得到它。暗紅的破雨衣一把摔到飯廳的紗門上，便像一灘腐敗的血物躺在那裏。

「早跟妳說，養隻貓，養隻貓，總不當事兒！」又是麗麗發狂叫喊的時候。「我不要穿了我不要穿了……」一口氣喊出五組「我不要穿了」。

母親還在晨睡裏，飯廳只有張羅她早餐的阿綢，走出紗門，困惑的望著麗麗，然後理起那件雨衣，展開如一隻蝴蝶標本。

「老鼠咬了嗎？」

「不是老鼠，還能是貓？」

「客人咬的罷？」

她們之間的暗語，把月信叫做客人。阿綢或許想逗她樂一點。

然而不管母親怎樣哄，阿綢怎樣勸，麗麗坐在已有一個禮拜不曾擦洗的樓梯上，甚麼也不說。打傘成嗎？借阿綢脫膠生了氣泡泡的雨衣成嗎？麗麗也不理會，決計不到學校去了；除非立刻買來新的雨衣，或者找來一隻小貓，她牢牢坐在那兒，不用說，就是這個談條件的神情。

小貓終是到手了，雖然不是在那個飛著秋雨的早晨。但新式的複線格子雨衣則是那天早晨阿綢陪著她打開人家的店門買來的。

棚戶家的半樁小子送來一隻吳郭魚色的黑狸貓。剛滿月，細腿細脚的，兩隻瘦突的灰色暴眼，眼角上黏黏的一遍眼屎，說是才學著吃飯，躲不了要上點兒火。

一家三口都聚到走廊上來看小貓。冷寂的家庭，除掉交易上的客人上門，這樣鬧活的事真不多見。

說是這麼說，那個癩癩巴巴的長相著實不逗人愛，無精打彩的樣子，風可以吹倒，沒點兒生氣。麗麗壓根兒就不喜歡牠。

「瘦一點兒沒大多關係，好整；要不抽掉尾巴上的瘦筋，就餵牠兩隻青蛙，一準上膘。」半椿小子表示他對于養貓不知有多老道。「找我替你們抽瘦筋，捉青蛙，都行。」

蔡太太可消受不住這隻又髒又瘦的小黑狸貓，皺著鼻子離開遠遠的，不知是懼怕還是厭惡。半椿小子說的那些，全都沒聽進去。

「要養嗎，麗麗？算了罷。」

「當然啦。」

就因為母親害怕收養，麗麗照例要拗著來。不管有多骯髒，便抱到懷裏。

「趕快放下，那麼個髒法兒！」

「讓牠睡到我房裏嘛！」

要說這個家裏會有甚麼樂趣給麗麗，那該是怎麼能激怒母親，或者使母親害怕，著急，和憂愁。

「不行，麗麗呀，妳又胡鬧了！」

「不行呀？怎麼呢？」麗麗直著眼睛望她母親，那是她母親害怕的一種眼神。

「先消消毒，用ＤＤＴ……」

「那可不行，貓是最怕ＤＤＴ了。」半椿小子說。

「不要啦，先拜拜灶公爺罷！」阿綢忙過來阻止。「拜拜灶公爺罷，屎尿有規矩啦！」

「要拜甚麼灶公爺？怎麼拜法兒？」麗麗的興趣一下子就來了，膩著阿綢這就要去拜拜。

「對了，先就在廚房裏給她弄個窩兒得了。」女主人吩咐說。這樣已經很讓步，依她那樣的好乾淨，就學著東鄰藍大夫家那樣的養法。

「偏不要。」

臨去廚房，麗麗故意做給她母親看，下巴貼到小貓的腦袋親一親，順便風情的瞟那送貓來的小子一眼。也不是要謝謝還是怎麼樣，一絲絲的好感罷，或者只是做給母親看，就像故意親親小髒貓一樣。然而印象裏一直是僅僅露出半個身子在牆頭上的傻小子，一開始認識就跟自己磨牙鬪嘴，居然活蹦活跳來到她們家的走廊上，送來一隻可以折磨折磨她母親的小髒貓。這小子是個超年齡的傻大個兒，那一身淺灰的電氣工人裝，肥大的上身，肥大的馬褲，粗粗笨笨的長筒橡膠靴，愈顯出人高馬大的。總比他送來的醜小貓瞧著舒服些。麗麗就那麼淺淺的跟他笑了。

「這孩子，這麼大的姑娘家……」

女主人跟自己嘆一口氣。那一旁坐在廊臺上似乎還在傻等甚麼的鄰家小子，好像沒瞧在她眼裏。其實她心裏已在考慮這個大孩子，考慮他是塊可以差遣的料。家裏沒有一個男丁，許多事情都不甚方便，想使喚個男傭似又犯不著。

「你們姓滕罷？」不知發多大的慈悲，賞賜的搭理這個看似老老實實的傻小子。

「哎，我們都姓滕。」朝著西鄰那一溜草率的紅屋瓦，用長長的崛起的下巴橫劃了一下。

「你的大號呢？」

「大號？」

姓滕的小子好像覺得這個「大號」問得挺滑稽，咧出一口的白牙，忍不住靠到背後的廊柱上笑起來。

「甚麼大號？」笑一陣子，又想起來問道。

「你沒讀過書的？」女主人望著東鄰那個方向，做出她這個話很可以不問也可以不必作答的傲岸的樣子。

梗。

「讀過；不多就是了。」

樓後面的下房裏，陡的爆出兩個女孩縱情的笑聲，女主人描成棕褐色的眉根皺得更深了。

「甚麼大號？真的，太太，甚麼意思？」這男孩子放肆的追問，嘴裏咬一枝油加利發澀的葉梗。

「你沒有名子嗎？」

「名子喲？大號的意思是不是？」黑棕臉上展開明朗而無知的嘲笑。「名子就是名子，甚麼大號？——我叫滕金海。」

他靠在廊柱上，皺著照在陽光底下的眼睛望著這個鄰家的女主人。而後者意識到這個了，便插起腰來，手是握作拳頭抵在腰裏，自己也不十分清楚這樣可以表示點兒甚麼。望著軟芝草地在陽光裏反射的綠影，她是那麼強烈的為這一遍「她的資業」而自負。

「妳們姓蔡是不是？」

金海的一隻腿——穿著深筒厚底膠靴的象腿——懸掛在半人高的廊臺下，自在的甩動著。

「是罷，蔡太太？」

然而女主人故作不曾聽見，凝神的望著一個甚麼。她知道，分明是麗麗也不喜歡這隻又瘦又髒的醜小貓，體體面面的人家，只有暹邏貓，波斯貓，才養來配得上。盧經理應允過了，早晚總會給她們尋覓到那麼一隻的。當然她也只是耳聞那些名種貓，可從不曾見過是些甚麼樣子。

「我要警告妳，蔡太太，」金海沒上沒下的說：「妳們家的電線線路不安全，要不統統改裝一下，早晚要出事兒。」

「噢，是啊？」這位蔡太太有一雙凌厲的三角眼。眼睛看到哪裏，就責備到哪裏。

「告訴妳不信，早晚要出事兒。」

沒有人用過這種口氣衝她說話，那雙三角眼就成了三角六楞的刀。

「哈，妳不信，出事兒妳就信了。」

金海望著這個寒冷的中年婦人，縮起垂在廊台下的一隻象腿，以一個行家心理，不知有多輕蔑這婦人的無知。雙手攬著膝蓋左右搖晃起來。一身淺灰色工作裝，微微扭動起結壯的褶縐，塗半邊身子的初冬陽光。

沒出一個月，真就出事兒了。要不是眼睜睜看著走廊下的電線走火，迸炸著藍色的火花，閃亮半個客廳，蔡太太真能以為姓滕的小子出她們家的漏子。而那樣緊急可怖的時際，還有甚麼可矜持？手裏握住一隻茶杯，裏面半杯茶葉，茶在茶葉底下，一鼻子橡膠燒臭，人在那兒打轉，有一股要搶救點兒甚麼的衝動，茶杯舉到唇邊準備抿一口，又放下，自量那點兒茶根子澆不到廊頂上去，澆上去也沒甚麼作用，這才想起阿綢，而麗麗早就跳到草坪上，白著臉喊叫，但並沒有喊叫出甚麼內容。

「對了，找他來罷，太太！」

阿綢捂住臉孔，露出一雙眼睛，手上淋淋的滴著肥皂水。

使蔡太太又氣又得救的滕金海，好像早就專程等在那兒了。阿綢僅僅尖叫了一聲「滕金海」，沒叫第二聲，牆頭上黑鼻子貓沒來及驚躲，那小子已經漫牆翻過來。那是快到年下的時節。

「用甚麼材料，我替妳們去買。工錢不要妳們的。」

金海硬給她們改裝電線，在電線走火撲滅之後。但這個大孩子一點也不曾提到事前曾勸過蔡太太改裝電線的事，似乎早忘了。就憑這一點兒——沒有揭短她，蔡太太不能不寬諒人。

金海說做就做，廊前廊後，樓上樓下，跟著線路檢查；從天花板的夾頂上帶下一身的蜘蛛網，鑽在後廊下那些懸掛的臘貨林子裏擦上一肩的油跡子。裝瓷瓶，擰螺絲，鉸電線，哼唧不完粗俗的濫小調。阿綢可是抽空就過去，不必要的扶扶梯子，遞遞材料。沒有累著滕金海，倒累得阿綢脖子仰痠了。

臨著後廊的小書房裏，女主人伸手把窗縫拉實了，窗帘也拉攏了。但是算盤還是一樣的要敲錯，那個使人感到牙痛的小調，一樣的還是呻呻吟吟的擠進來。女主人老覺得在甚麼事情上面失算了，早怎麼不找電力公司派人來檢修呢？她蔡家從沒在這些小錢上想著怎麼省，怎麼摳，承這個黑傻傻的小子情，有些使她受不住。買來電線甚麼的，開了發票來，誰知道拿多少回扣！還得承他一份情。賺也賺了，落個不拿工錢，這是怎麼說？她可沒吃過這個。要吃虧也不吃這樣的暗虧。

包上一百塊錢，把阿綢叫進來。

阿綢只管應得很脆，「來了，來了，」應了三、四遍，人才來。

「把這個拿去，賞他過個肥年。」女主人挑高嗓子說。

「不用，他說了……」

「他甚麼？口口聲聲他呀他的！」

「不是啦，人家不是跟妳說過不要工錢的嗎？」

「是妳作主？還是我作主？」女主人沉下臉來。「我們誰也不欠情，一是一，二是二，跟他們混窮的亂扯咕甚麼？」

阿綢也把一張圓圓墩墩的胖臉沉下來，抓起裝著錢的信封折身走出去。

肉墩墩的胖身材，天氣不算寒，可是那一身近乎夏裝的短衣，真也架不住，不信這個丫頭就能熱成這麼的沒體統。

一身單衣把一個年輕的身體所有要緊的地段全都炫耀出來了。而女主人，乾乾扁扁分不出前胸後背的婦人家，身上馱著夾旗袍，馱著毛衣，馱著短外套。就算是不馱著這一些，而且也架得住這份寒意，但也沒有多大意思可以炫耀了。可炫耀的倒是身上馱著的這麼些，襯絨織錦面子的旗袍、毛衣和外套，要不是交代委託行的朋友特意留下的，便是託付出國的商夥帶回來的，家常也就隨便穿戴了。不又留著幹嗎呢？留著留著式樣就過時穿不出去了。

圈在安樂椅子裏，心是空的，等一個甚麼來填塞。等到的不是一些不悅的爭執；聽見姓滕的小夥子嗡嗡說著甚麼，聽見阿綢唱歌一樣有強有弱有高有低的笑聲。

那末不是有甚麼欠不欠情的事了；那一百塊錢如若退回來，就讓他退回來，沒道理硬派給他們去花銷，沒好事兒。那些電器材料就算沒拿回扣，縱拿也拿不多少，但是他滕金海總是划得來，用錢買也買不到的好機緣。那麼放浪的笑聲，裹在單衣裏年輕的身體抖動著。嗡嗡的低語聽不清，但猜也猜得出的。

這才女主人確定自己真的失算了，而且發現到了失算在甚麼上面，這真是令人不能淡然。

寫字枱上八吋的相框裏不甚清晰的嵌進自己的面影。有那麼一些兒安慰，面影上不見皺紋，骨骼也柔和了，彷彷彿彿跟相框裏亡夫的遺照勉強相襯得過去，總還是一對兒——雖已不是窗外後廊下的那一對兒。

照片不是最後的遺影，快做爸爸時留下來的。十五年前的丈夫，十五年後的妻子。十五年裏三個骨肉相連的生命，被殺害的被殺害了，衰老的衰老了，成長的成長了，生命的意思不知道該怎麼講才講得清楚。人影和遺影，中間拉過十五個冬夏，十五個春秋。把十五個年頭壓縮重疊在這麼個八吋大的相框裏，把幽明兩個世界嵌在這裏面。活著的攔不住往老處凋謝，死去的反留下永恒的年輕。曾比這遺照小過五歲，眨眨眼便和遺照同年，再眨眨眼就做了遺照的小姐姐，老姐姐，做了母親，終必有一天，配做祖母了……生和死就是這個促狹的意思麼？終有一天麗麗也將和這遺照同年了，更還有整疊整堆的日子，太陽總要落，總要昇起。妒罷，妒不完，當自己還在活下去的日子——且是非常願意活下去的時候。

那就多使喚使喚阿綢這個活得得意的丫頭了，泡茶來，裝暖水袋罷，寄信去，水果刀哪兒去了？烘兩片吐司，烘好了送來，自然還可以再拿回去烘焦一些……

然而再怎樣算計，怎樣的不失算，不饒人的年歲在這兒。丈夫若在世，年歲不會這樣來不及的塞給她；來不及的剛迎接日出，又送走日落。

如今滕金海不走大門了，一翻牆就過來。好像送來一隻醜小貓，搶救了一次電線走火，改裝一番電線沒收工錢，都是不世的功勳，便有資格翻翻牆頭了。

這可不是蔡太太這樣的家主容讓得了的。衝著甚麼樣乞憐、和善、尊貴的臉孔，她都一樣的捽得下臉來，沒有道理制不住這個看來黑大傻粗的小子。

「像個甚麼？也是人罷？」

「妳看我像隻貓嗎？蔡太太？」

在那邊，牆頭上的黑鼻子貓，非分的虎視著做窩在樓簷上唧唧喳喳飛撲打鬧的麻雀。

金海翻過牆來做甚麼？總是有事情做；這麼大的院落而沒有拾拾弄弄的男子漢。軟芝草幾天不整，雖是初春，裏面的雜草也一樣的來不及的生長，生出來就吃那麼嬌弱的軟芝草。草地包給人整理，可還沒到時候，滕金海又是聲明不要工錢，總是用那一套降人。甚麼不收工錢不收工錢！那一百塊原要羞羞他的，一聲不吭就收下了，一聲謝謝也沒落下。這次女主人可不肯再吃那個不聽響兒的虧。

「年紀輕輕的別不學好，是人，就該走門走戶的像個人！」

「噢？」金海略略有些驚愕的望著這個不近情理的鄰人。「何必麻煩阿綢呢，跑那麼遠去開門，是不是？」

手裏握一把馬齒菜之類的雜草，一路摔落草根上的泥土走過來。「當然了，說是那麼說，妳也不在乎我們一家人，整個西院牆都讓我們搭房子住，爬爬牆頭還見怪呀？說是那麼說。這種馬齒菜又賤又潑皮，千萬不能讓它長起來。」

女主人就不再理人。原已穿戴停當要出門，可又不甘心了。想到該不該辭掉那個好脾氣的胖丫頭，找個老婆子來。自然阿綢這孩子用得很順手，又沒心眼兒，多勞累受氣都沒怨過一聲，盡哈哈嘻嘻的。淘換個中用的傭人不是那麼方便的事。

當然她不是拿這個滕家的無賴沒辦法；那一段兩遍屋瓦中間空出來的牆頭，只須找個泥水工人來，插些碎玻璃上去就得了。可又不太情願那麼著，心裏也不知道琢磨著甚麼，這小子可以早晚派點差遣嗎？又不一定是。瞧他蹲在那兒認真的拔草，繃在單衣裏結結實實的背軀，也是個不愛多穿衣服的年輕人，想起盧經理的一身鬆肉，就分出兩個行市了；一是上肉，一是下肉，兩等價格。但是這婦人忽然自我的厭惡起來，找不找個泥水工人呢？折身走回客廳裏，厭惡的摔掉黑皮包，如同把自己當做黑皮包一樣的摔掉。

金海又拔了一手的雜草過來準備丟到混凝土的走道上，走著走著就對樓上笑了。

客廳的窗子很低，婦人的眼睛從報紙的船期廣告上剛移開，一眼就瞧見這個。那副笑容可以分辨出是衝著誰，樓上準是麗麗這孩子。

「哎！一隻青蛙要捉三年是不是？」

「用不著！」金海朝著樓上豎起一個指頭，搖了搖。

「一年呀？」

「也用不著，」金海搖搖頭。「一個月；妳總得等青蛙出蟄是不是？」

「那我們狐狸怎麼辦？傻瓜！」

「沒辦法；妳又捨不得讓我給牠抽掉瘦筋，只好叫牠再瘦一個月。」

「上樓來看看我們的瘦狐狸好不好？」

「在樓上？」

金海看看手裏那把雜草，遲疑了一下，指指客廳這個方向。

客廳裏比外面的光線暗，明處看不清暗處，然而客廳裏的蔡太太可把外面的人看在眼裏了。

「我媽出去了，上來沒關係。」

「在樓下，妳不知道。」

做母親的看見也聽見了這些，這才很有些驚惶，聽那語氣，麗麗跟這小子厮混這麼熟了，為甚麼自己一直都不曾發現？望望對面沙發上的黑皮包，盡顧著出去，出去，出去以後家裏是個甚麼情景？做母親的不安了起來。幸而她可還沒有看見樓上的麗麗是甚麼樣子；百褶裙掀起在樓欄上兜住小貓，整個下半身沒有大多遮掩的衝著樓下草地上的滕金海那個半樁小子。做母親的若是發現到那個，她得昏過去。

然而她哪一天沒出門？經營、應酬、打牌、聽戲，還有別些個。樓梯上女兒的腳步聲緩緩走下來，做母親的能隔著牆壁看得到，準又是寶貝一樣抱著那隻猛吃猛喝就是不長肉的瘦貓，擁在下頷底下一路親著下樓來。

「媽，妳怎麼還沒走？」

麗麗停在客廳門外，側臉瞟著她母親，抖動著身體哄那隻吳郭魚色氣的醜小貓。

但是母親的臉色很陰沉，不全是因為客廳裏的光線暗。

做母親的以那種理財上敏銳的習慣反應，立刻自以為是的曉得了一些甚麼。敢情是個約會，但不會的，麗麗還是個孩子。但是女兒臥室的窗子實在不該正對著滕金海家那一段牆；一個手勢，一個暗號，多方便哪！可惜性子急，來早了，她還不曾走，那麼佯裝拔草罷……然而會那樣嗎？一面用麗麗還是個孩子來安慰自己，一面可又懷疑而不安的想從麗麗的臉蛋兒上搜尋些甚麼。

勢必要找泥水工人了，勢必多把自己留在家裏。一陣子的煩厭，不能忍受這樣被侵犯。

「滕金海吶？還在院子裏？」做母親的神態很平靜。

「哪個滕金海？」麗麗愣了一下。

瞧罷……做母親的嘆口氣。要不是假裝不知道，那就瞧瞧這一代的孩子倒有多隨便，姓甚名誰還沒有弄清楚，就先有那麼多的來往了，還往樓上請呢。

「你叫滕金海呀？好滑稽！」麗麗這才似乎明白過來。「我媽要找你。」

那個大小子往門口一站，屋裏的光線便暗了些，個子就有那麼橫實。

「滕金海，你甚麼時候有空？」

「現在就有。」

「請你替我找個工人來。」婦人平平靜靜的吩咐著，誰也瞧不出會有甚麼含意。

「工人？做甚麼的工人？」

「泥水匠。」

「要修房子？」

「我們家的房子不要修，又不是破破爛爛的違章建築。」婦人依然不動聲色的看著晚報說。

「找一個工人就行了——西院牆上沒搭上破瓦棚子的那一段兒，要插上玻璃碴子，插密一點，早晚也防個小偷甚麼的。」

麗麗和金海互相愣愣的對望，笑意先上了麗麗的臉，傳給金海，彷彿水彩筆點上去，一點一點的湮開來。

「媽，妳這是甚麼意思？」

「其實妳們東邊牆更矮，更容易進小偷，是不是？」金海像個手巾把子扭著身體靠在門上，給汗吃黑了的腰皮帶，鬆垮垮掛在胯骨上。

那是真的，跟東鄰藍大夫家之間一帶院牆，大約不足四尺高，以麗麗那麼矮小，脚底下只墊兩塊磚，便可以把藍家大院落甚麼都看進眼裏。

「甚麼意思嘛！」麗麗衝她母親說：「妳就不怕電線走火啊？」

「大正月裏，麗麗，妳也圖點忌諱！咱們家沒事兒，盡鬧火了？」

「妳就別出主意了，」金海用他那草汁染黑的手朝著麗麗擺擺。「妳媽媽要那樣，就聽妳媽媽的罷。反正用不著泥水匠，我來給妳們做，好在只要半個工，五斤水泥，一畚沙子，足夠足夠，工錢我又不要。」

「不成！」麗麗跺著脚。「那是我的看臺，誰也不准破壞。」

而母親怎麼樣？從報紙上抬起頭，皺緊了畫紫的眉心，望著女兒，似有一臉的難處，顴骨微微有些兒奇突的痙攣。那是她急遽的拿出主意，並且迅速下定決斷的時候。對于立意要去做的事情，這個能幹的婦人永遠不愁拿不出辦法來，也永遠不愁下不了決心。

——把狐狸去掉！把麗麗的臥室騰到東間！給阿綢提親！給……其他的甚麼都留做第二步罷！

被命名「狐狸」而等著滕金海捉來青蛙進補的醜小貓，起初乍乍來的時候，著實沒辦法使人見愛，又瘦又髒，陰陰沉沉沒點兒生氣，嗚哇嗚哇的猛叫。麗麗要不是存心拗著母親，硬把狐狸當作寶貝，只怕不肯多看牠一眼。但是麗麗矯情的疼著狐狸，餵牛奶，餵魚肝油，每天每天不忘記叮嚀阿綢買貓魚，一放學回家，來不及放下書包，便前前後後喚著狐狸長，狐狸短。畢竟狐狸無心去考驗麗麗的耐心，那麼好的上等營養，雖不曾使牠很快的發胖，但是不幾天的功夫，就那麼活潑起來，那麼大驚小怪的，見甚麼都新奇，都玩個沒完兒。打轉轉捉尾巴，玩乒乓球，帶一種天性的捕獵的狡猾，樂著在草地上打滾兒……憑這一些，便足夠取悅牠的小主人，醉住牠的小主人。

麗麗沒有過這樣被一個小生命由衷的感動，十幾年的寂寞孤單的世界裏，從來沒有受過這樣的感動，沒有人給她這些；母親，同學，師長，所有的，所有的，全都不曾給過她這些。人不能理解一隻小貓對于生命的那種認真而盡其在我的喜悅，以及把這種生命之喜悅流傳給人類，感動著人類。

然而不幸的事情會偷偷走來的；清晨醒在牀上，慵懶的還想再賴一陣的時候，麗麗隱隱的聽見樓下庭院裏，阿綢跟誰大聲大氣的說話。聽不懂說些甚麼，而且平躺在牀上，辨不出那聲音來自甚麼方向。

不是母親起牀的時候；昨夜母親比她先回家，不過並不比她早回來多久。藍德英抱起她送過牆來的時候，樓下只剩一盞黃黃的門燈，客廳和起坐間甚麼的，全都烏黑一片了。然而母親也只才褪去外出的大衣，半高跟鞋只才脫去一隻，揉著脚吩咐站在臥房門旁的阿綢明早給她燙哪兩件衣裳之類的瑣事。

母親從沒在她上學校之前起過牀，家裏再沒有別人了。她第一個想到西鄰的滕金海，那個使她感覺到快要喜愛上了的男人。

麗麗也不正經的打牀上起來，扭扯著的身體，搆著把窗帘輕輕揭開一條縫，阿綢可正坐在她那個排球裁判寶座的椅梯中腰上，隔在阿綢和金海中間的，則是她抗議母親準備在上面插上碎玻璃的那一段牆，她曾說那是她專用的看臺。

空氣裏浮泛著一個晴夜過來的清冽的露香。似乎時間還太早了一些，黑鼻子貓沒有在那裏坐著監視他們。

「真的，昨晚還是好好的。」

阿綢兩隻手直搭在牆頭上，不知道她說的是誰，而金海似乎無心貫注于聽她說些甚麼，一雙手偷偷的按在阿綢的手背上，盯著阿綢。

「你過來看看好不好？」阿綢也彷彿不要對方察覺到的偷偷抽回那一雙手，反轉來握著背後的椅梯，回過頭來望了望。

其實不該有甚麼顧慮罷，或許顧慮的是全家都愛早起的東鄰藍大夫家，東面的院牆那麼低。

可是滕金海似乎甚麼顧慮也沒有，一蹤身就翻過牆來，手還按在牆頭上，一雙長腿已經伸過來蹬住梯棖，把阿綢的兩隻腿夾在中間。

阿綢略略的爭執了一下，頭低下去，再低下去，貓一樣的弧背，看見她擺著頭躲藏，弧背上一雙大手著慌的抓不住一個是處……

不知怎麼的一陣衝動，麗麗跪著挪近窗臺，花緞被子打身上滑落了下來。

「哎，當心招了寒呀，一大清早！」

她衝著那兩個喊過去，白挑花窗帘裏在身上。

實在這孩子不懂得她自己喊的甚麼，依稀從哪部影片裏學來的，一個被溺愛的兒子打外地帶來了新娘回家，給母親隔離了和媳婦同房，小兩口一早躲在鐵莧的叢棵後面偷情，給古怪的婆婆撞見了，就是那樣一句話：「當心招了寒呀……」甚麼甚麼的。儘管那小兩口表演得不知有多害怕和難堪，無知的麗麗却始終覺著那是好俏的打趣。

椅梯上的那一對，本已略略的掙扎一陣，便準備要怎樣的，冷不防給這樣俏皮的打趣了一下，有些慌了手脚。但不知怎麼會那樣溜活，阿綢一滑就跳到草地上，赤著一雙脚，也不怕冷。麗麗只望得見阿綢的背影，不知道她是甚麼樣子，兩手似乎捂在面頰上，衝著金海跺了一下脚。

而金海還留在椅梯上，愣巴巴朝樓上傻笑，一雙手不知道要做甚麼，抓住椅梯的腿柱，前張後合的搖晃著，彷彿那樣便可以挽回一點甚麼。

「別開心吧，妳那個寶貝要完蛋啦！」

阿綢沒好氣的摔著手，也不看樓上一眼，直奔廚房去了。

廚房角落兒裏，狐狸縮在引火用的一堆廢紙上，渾身瑟瑟索索的發抖，能聽見墊在牠身子下面的廢紙沙沙作響。

「狐狸，狐狸，你怎麼啦？」麗麗把牠抱在懷裏。「是不是太冷呢？」問向那兩個人。

「怕是誤吃了甚麼罷。」金海扒開醜小貓擠緊的眼睛，指給她們看。眼睛裏有一層屍白的翳膜，從眼角裏擴張開來，把原是淺灰的眼瞳遮去一半，瞳孔已經看不見。

「一定是誤吃了甚麼。」金海肯定的說。

「會誤吃了甚麼？阿綢，妳給牠甚麼吃了？」

「我給牠毒藥吃了。」阿綢嘟嚕著肉肉的嘴唇。「牛奶裏有毒？還是貓魚有毒？」

「一定是！一定是！」

不知道金海想到甚麼，喃喃的一個人說。他走過去，身子蹲得很低，以至一隻膝頭跪到地上，腦袋勾到紗櫥底下，也弄不清他要探視甚麼。

電爐上的壺水開了，一股一股噴打著熱氣。熱氣也發抖不止，沒人理睬，全都關注發抖的醜狐狸了。

「一定是甚麼……我告訴妳們，一定是妳們家打了DDT。」金海拍著膝蓋上的微塵走過來。

「我可沒打那個。」

「一定是DDT打死的蟑螂，狐狸又吃了，一定是。」

「媽打了DDT嗎？」

「我沒打，妳沒打，當然是太太了。」

「我去找她，我不管！」說著說著，麗麗可連打了三個噴嚏。忙著趕下樓來看狐狸，她身上穿得很單薄。

「算了罷，太太昨夜裏回來很晚很晚……」

「管她！我比她回來還晚。」

「小姐，妳不管她不要緊，等妳上學走過了，太太可要管我了。」

有一股懊惱，在麗麗心裏。

太陽穿過藍家密密的樹叢，照在滕家紅瓦棚頂上，黑鼻子貓又出現在那兒了。好像一隻煉丹的老狐，對著朝日，瞇眼蹲踞在那兒吐納。

看看黑鼻子貓，看看懷裏的狐狸，麗麗有些後悔昨夜不該那樣遲的回來。玩也沒有玩盡興，而回來太遲了。都是藍德英，拖住人家再跳一個，再跳一個，壓根兒他就跳不好，拖住她教，沒見過那麼熱切的。要不是回來遲，她會想起狐狸把牠帶到臥房去的，或者就不會吃到蟑螂了。

可昨夜回來，一點點影子也沒想起狐狸，她不懂得自己怎麼會那樣的該死！

「對了，找藍大夫看看去。」

「妳算了罷，麗麗，找那個拐孤鬼，別惹他罵人。」

「拐孤鬼不也是挺愛養貓麼？」

「要真是挺愛養貓，也不用鍊子拴在樹上養了。」

這才阿綢想起要給麗麗張羅早點。

「妳不要弄，上甚麼鬼學！」

但是狐狸在她的懷裏騷動起來，拼命的抓爬，也不叫一聲。那兩個哄她勸她，叫她放下，只是不敢明白的告訴她看樣子怕是臨死的掙扎了。

那四隻不懂得收縮的銳爪，抓透麗麗的衣裳，痛得她受不住，這才把狐狸輕輕的從衣服上撕下來，放到地上。

一條拇指寬的橘紅的朝陽，斜斜伸進廚房門檻，斜在已經站不穩的狐狸身上。彷彿那是一根沉沉的金屬棍子，壓得狐狸站不起來。橘紅的朝陽照著牠每一根每一根發抖的灰黑的毫毛。

然而不懂牠是甚麼意思，已經站立不穩了，還在撐持著去爬面前的混凝土門檻。

廚房和樓房之間，有一帶狹長而陰濕的泥土地。狐狸跌著，爬著，搬動牠抖得不聽使喚的蹄爪，在這塊泥土上扒抓。然後轉過身去——多困苦的轉動喲，排泄出一沱沱死灰的、黏滑的、稀稀的糞便。

「倒真是有條理！」

金海長長的慨嘆了一聲。但是麗麗和阿綢心裏有數兒，狐狸一直都不是一隻在便溺上有條理的小貓。阿綢還曾為這個跟女主人解釋，怕是離開母貓太早，做媽媽的還沒有教會孩子該怎麼收拾牠們自己。

三個人就是這麼低沉的圍在狐狸四周，看著牠便溺之後，重又艱難的轉回身來，一陣陣的嗅，似乎已經失去視力，全靠嗅覺了。然後又再抬起牠戰慄的蹄爪，去扒土掩蓋。那是一個老得不能再老的病人，苦命的在給自己張羅一些甚麼。生命末尾就是那樣的無告，無援，無望……。

「可憐，還想給人留個念頭！」阿綢揉著紅紅的眼睛。

「牠會死？」

麗麗站起來，一眼的淚水望著金海和阿綢。

「不要緊，不要緊，」金海連忙安慰這個從不哭泣的小姑娘。「貓有九條命，最經死的了，會熬得過來的……。」

麗麗猜得出，且已從金海深刻著同情皺紋的臉膛上看得出這只是安慰她。然而安慰總是安慰，安慰常是提醒人在多少觖望裏，非分的去尋找一線僥倖的希望。

會熬得過來的，一線僥倖的希望維持著，維持了一天。最後一節課臨時停課，比平時提前了一個小時放學。紫紅色跑車直奔一個希望疾駛。希望如單車的漆色，烈烈的紫紅，烈烈的熱切，燒著一顆與小生命聯合的心，滑過一路的情怯和懷疑。

這女孩曾關心過誰像這樣子的熱切呢？

跑車滑過一家罐頭工廠左鄰的空地，急促打一個廻旋折轉回來，一點兒也不曾想到前後有沒有車輛衝過來。

工廠離她家不遠，遇到順風時，痙攣的灰煙常從她家的樓頂滾過。空地上幾株疏落的黃金樹，飄一樹陳年留下的長角殼，幾個國民學校的學童散在那兒，用些石頭集中丟一個懸空的甚麼目標。

跑車衝到孩子們中間，那種蘭鈴煞車鑽人神經的吱吱尖叫，把孩子們衝散了。

麗麗眼睛真尖，車在混凝土的慢車道上飛跑，也擋不住她一眼就發現路旁黃金樹上吊懸著一個甚麼物體。跑車不顧危險的打一個陡轉，衝進學童們中間，車煞住了，懸空吊在矮樹枝上的物體，猶在緩緩的轉動著。

吳郭魚顏色的物體，她的狐狸，記掛了一整天的醜小貓，一隻後腿繫著綑紮商品的扁帶，頭朝下倒懸在黃金樹枝上，半睜著一對暴突失光的眼珠。

「罰你們給我解下來！」

生。

挺出一隻命令的膀臂，指明一個還沒有丟掉手裏石頭的學童，那個孩子大約是個四五年級學生。

「又不是我們把牠吊上去的。」另一個站得遠些的孩子怯怯的申辯。

「就是要罰你！」

麗麗踩下跑車的支架，搶過去抓住那孩子，把孩子肩膀上的書包摘下來做抵押。

倒懸的狐狸在她臉前動盪，眼睛珠子暴出一股緘默的、虛脫的、遺憾的憤怒。十個小時前，還在她懷裏，還在抓扯她的胸衣，還在用牠顫抖不聽使喚的蹄爪扒掘廚房前的泥土，給她殘留下整天的僥倖的希望……現在希望落到哪裏去了？儘管她早已知道那個希望不大靠得住。

狐狸吊在車把上，麗麗含著就要掉下來的眼淚，跳上跑車，橫穿過滿是車輛來往的馬路。這兒已近郊區，城市裏千百條街道上奔流的車輛，像是漏斗一樣從這條馬路流出來，流向另一個城市。

麗麗聽見孩子們在她背後報復的起鬨，罵一些刺耳的村話，類似不知道是甚麼人偷進女生廁所寫在板壁上的那些穢惡的東西。依著她不饒人的壞脾氣，可放不過這羣頑惡的孩子。然而她可一點兒折回去抓住他們算賬的心緒也沒有了。

車輛滾在混凝土的慢車道上，隔不遠便是一道瀝青焊封的接縫，隔不遠便是一道瀝青焊封的接縫。滑過一道接縫，心便彷彿隨著那個顛跳而沉落了一下，那樣一下一下的不斷往下沉落，往下沉落著……。

人是殘酷抑或慈悲，唯獨在觸及一個生命的結束之時，常是表現得那麼尖銳。迎風吹乾了淚水，有一種熟悉的感覺；當塑造那隻泥貓時，已是去年秋天了，黃泥乾結在手背上，生出一雙蒼老枯乾的手。那時節人是多麼快樂！人真不該愛上另一個生命，應該獨來獨往的活著。沾惹上另一個生命，無論是愛是恨，總是悲哀過于喜悅；總是悲哀于所愛的生命結束太快，所恨的生命遲遲不肯結束。

跑車停在門前，電鈴捺過了，麗麗木木的站在那兒，凝視車把上懸掛的貓屍，凝視那一口咧開的痛苦的牙齒。而門老是不開，聽不見院子裏有甚麼脚步聲。彷彿有意要她多注視一會兒這個痛苦的景象。

這一條不寬也不深的巷子，由三家院牆構成。蔡家的正門適在巷底，右面是一家木材堆集場，一溜光光板板的高牆，像是有一種人，生就的一張沒表情的臉。而左面，便是東鄰藍家的院牆，比隔在兩家之間的那一溜院牆高得多，牆頭上垂下扇子大的一片片繁鬧而濶綽的桃花心木的葉片，菜綠菜綠的鮮嫩，甚麼時候都像才經一場大雨洗過。就在那一片蓊鬱的濃蔭底下，有一扇經常敞開的邊門。不知道這個邊門有甚麼作用，除掉常有巷子外的鄰人出出進進的來到藍家挑水，老是聽見藍家那口深水井上津田式唧筒吱喲吱喲的呻吟不停，而巷子裏老是滴落著一行行彎曲的水跡，此外便實在說不上這個邊門還會有別的甚麼用處了。

巷口那頭，走進來藍大夫最小的兒子，那個電桿一樣的細高挑兒。麗麗她們初初遷居到這個家的時候，這位藍家老四似乎還唧唧哇哇一口的童音，沒變聲帶，只一年的工夫罷，個子拔高了大半尺，嗓子却低沉了大半尺。

麗麗又揿了第三次電鈴，仍然沒有動靜。

看看藍家老四走近來，麗麗原想衝著紅漆門踢打發作一陣兒的衝動暫時擱下了。只見這個電線桿兒慢慢的停下來，停在他家的邊門那裏，一雙躲在近視鏡後面含笑的眼睛注視著她的跑車車把上那隻倒懸的狐狸。看看她，又看看狐狸。

「嘿，我走你們家好嗎？」

這樣的口氣在麗麗嘴裏已經是很夠客氣的。

而藍家老四微微的笑著。半晌，伸一隻指頭點在自己的鼻子上。「我有名子的——要是不知道，我可以告訴妳。」

笑雖是笑，但是笑裏似有一種智慧的嚴正和優勢。就是麗麗覺得那是一種責備。他們從來從來都不曾接觸過，不曾搭過腔，這是第一次，儘管已經是好幾年的鄰居了。

或許便是由于陌生的緣故，她感到這人對她有些兒約束和侵犯；或許還有別的原因。

「我是你哥哥的朋友！」

「我當然知道。」這大男孩把一抱厚重的書籍移到另一邊脅下。「是誰的朋友都一樣，來挑水、看病，都可以的。」

「走你們家爬牆呢？」她插著腰，想使自己優勢一些。

「還用問我？妳常常爬那垛牆回家的，昨夜裏就是。」

「噢，藍德英那麼得意，到處去喧騰！他告訴你我們野合過嗎？」

連她自己也想不到的妙語，就這麼輕易的脫口而出了。麗麗得意的笑縮著肩脅，期待對方的臉孔上出現驚異，煞一煞他的優勢。

然而她所預期的，不頂成功；對方確曾微微的驚異了，却是飛影一樣的閃過，眉宇間刻出兩道厭惡的深紋，又似乎隱約著一種不確定的憐惜。不消說的，厭惡和憐惜又是屬于優勢的了。

她背後的自己的家門依然毫無動靜，弄不清為甚麼阿綢也不在家。

「妳要爬牆，就去爬罷，我給妳看著車子。」

麗麗似乎有些馴服于對方的優勢了，咬緊嘴唇走過去。但剛剛走動兩步，注意到這個藍家老四露在夾克中間襯衫前襟的鈕扣，便又裹足了。

「你把夾克拉鍊拉上。」她說，命令式的。

對方低下頭去，看看自己胸口，立刻有所領悟的從他站著的那兒讓開，讓出邊門給麗麗過去。可並沒有服從她的命令，把那拉鍊拉攏。

「你知道我爬不上去的。」

「噢，找個甚麼墊脚罷。」

「你害怕藍德英看到你抱我上去？」

麗麗開心的笑了，好像佔到一個大便宜。她笑著，轉動她那一對水盈盈的大黑眼珠，她十分有把握那是她最美死人的法寶——誰都常在她面前讚賞這個。

「我勸妳頂好不要那樣——不要冒充懂得那些似懂非懂的事情！」

「冒充嗎？只有書獃子才不懂！」

麗麗強笑著，偏偏臉龐，舌頭擔在下唇上，努力的表演不知有多風情和嬌憨。

然而瞧在藍家這個大孩子的眼裏，真替她吃力；就如同適從他們家挑水出來的那個孩子，十四五歲罷，實在不該挑那麼沉重的兩大桶水，壓得搖搖晃晃，兩頰上的腮肉都跟著收縮的發板了。實在不該那樣的超載，麗麗的表情是超載的。

「好了，妳可以進去了。」藍家老四整一整眼鏡，結束了一個態度。「待會兒該是我們家放狗的時候了。」

「你不敢抱我啦？」

「妳用不著。」

「扶我一下呢，也不敢？」

「妳心裏知道。那跟敢不敢扯不上的。」

藍家大孩子用指頭梳了一下招在額前的曲髮——那是藍家孩子們的標記，得自父系遺傳的柔而捲曲的頭髮，雖然極短極短，仍是服服貼貼的攏在頭上。

也許有一種吸引罷，麗麗真願意再譏誚他一回。但她還是矜持的走開了，嘆一口氣，把他看做不可理喻的傻瓜，聳聳肩，有一種衝動要把剛才那羣孩子們的村話販一點給這個藍家的大孩子。

「你好屌！」走到藍家邊門裏面，到底麗麗還是忍不住的回過身來，咬緊一口的牙齒說：「別瞧不起藍德英，留級，沒考上大學，可是我愛他！」

總算麗麗還是把那些剛聽來的村話保留了。

然而不知道是由于裝不下那些村話，還是急于要把適才身受的辱罵還給人，走到樓梯的半腰裏，麗麗便忍不住的發作了。

一翻過牆來，麗麗就看到，樓上那個衝著欄杆的正門敞開著，分明看到滕金海厚濶的背脊從那兒晃過去，聽到阿綢肉活活頗有福氣的笑聲。她真願意如同跳上牆頭那麼溜活的一下躍到樓欄杆上，用手裏提著的死狐狸摔到他們兩個臉上。

一種模模糊糊的了解，對于那些畫在女生廁所板壁上的，標榜著文藝小說的故事書上的，出自罐頭工廠空地上那些頑童口裏的，她只知道那都是成年人見不得亮兒偷幹的事情，把它們竊取了來對付成年人，自然是大快人心，可以要成年人的命。

「小妹，妳從哪裏學來的？」阿綢迎過來，堵在樓梯口上。「妳不怕人笑死了妳！」

「只有你們才怕給人笑死，別瞞著我，當我小，不懂得，是不是？」麗麗狠狠的伸長了尖下巴。

「誰怎麼啦，蔡家大小姐？」

上面欄杆折轉的那裏，現出滕金海的半個上身，俯視著麗麗。

梯階、扶手、一道道欄杆，兩盞不同位置的早開的壁燈，如較弱的天光，把這些建築物體爭相扯出零亂而規律的投影，一組又一組橫的線條，直的和斜的線條，透視的線條，深的和淺的和網的線條……多少虛無的牽絆，不存在的，然而也是存在的，在麗麗似懂非懂的心上。

「誰知道誰怎麼啦？問你們還是問我呀？」

她能清晰的感覺到，母親那種瘟吞吞的腔調從自己咽喉裏原套兒頂出來，一點兒也用不著存心去摹擬。

「我知道就是了，那種滋味我又不是沒有嚐過。我只問你們，這是誰搞的？」

一直拖在她背後的狐狸的屍體，給提到面前，在她那張蒼白的臉上，陡的出現她母親常有的那種嚴峻和憤恨的冷。

「小妹，真要死啦，妳怎麼……？」

「是妳幹的嗎？」

「真的，怎麼把狐狸又拖回來了？」金海隨又轉過去衝著阿綢問：「妳沒有埋掉？」

「怎麼可以埋？——死貓吊樹頭，死狗放水流。」

「我恨死你們！恨死你們！……」

手比她的聲音還快，捽起狐狸的屍體，拉一條拋物弧，捽到阿綢身上，適巧落在她胸口兒，彈到面前的樓梯梯階上面。

屍體微微的上仰，伸直了僵肢，然後不易察覺的微微側轉了一下軀殼，如同狐狸生前常有的那種喜樂，在軟芝草上，或者樓板上，那麼盡其在我的打滾兒取樂。然而現在，牠是這樣裂開痛苦的口，裂出一口痛苦的尖牙。

「好了好了，」金海走過來，捏住紅色繩頭，提起狐狸的屍體。「照他們老規矩，吊也吊過了，我來把牠埋掉罷。」

「你要替牠做個墓碑才行。」

「可——以！」

「就埋在我們家裏。」

「可——以！」

金海老氣的應著。

「墳墓要做大一些。」

「都可——以！妳怎麼說，就怎麼行。」

麗麗沒甚麼可說的了，垂下眼睛，瞟一下自己的手掌。掌心裏粘上些那種扁繩帶子殘落的粉紅色漿屑，彷彿那是狐狸遺留給她的，僅僅的一點殘留，一番恩情的渣屑，再沒甚麼了。

「你們不要以為就誑過我了，你們倆剛才做了些甚麼，我全都知道。」

「瞎說！」阿綢著急的捽打著膀子。

「當然妳都知道，上來看看罷。」金海提著狐狸送下樓去。

樓上，各個房間之外的走道上凌亂的攤置滿了各色傢具，麗麗的臥房差不多已經搬空，只剩下那座鈍重的柚木衣櫥，像是一尊石砌的神龕。

「誰？誰——？」麗麗一邊檢視堆積錯亂而無法下脚的傢具，一邊嚷嚷。「誰的主意？誰想起來的？」

「還會是誰?!」

「她憑甚麼要拆蹬我屋子？」

麗麗坐倒在自己的紫紅沙發牀墊上面，沒好氣的摔下書包。牀墊放置在地板上，牀墊上橫也成行豎也成行的排著釘窩兒，一塊玫瑰色的西點，麗麗坐在上面。

「太太要妳搬到東間住。」

「她也不跟我商量？」

「有甚麼好商量的？臨時嘛。」阿綢赤著脚鴨巴，搬一隻小鞋櫃往東間去。那裏原是她母親的化粧室。

「等地板上過漆，還不是又搬回來了？」

「為甚麼先漆我的屋子？」

「妳是王呀？妳不是家裏的王嗎？」

不要看阿綢整天價哈哈傻笑，她可是摸透了麗麗的脾氣；麗麗甚麼都可以不要，就是要人家尊她為王。那麼搬就搬罷，麗麗自己也興頭的動起手來。

臥室遷到東間，一個喜愛變動的孩子會處處感到新鮮。然而麗麗不能不跟母親顯示她有多麼委曲，以便用這個來勒索母親。

「得了，麗麗，別吵罷，」做母親的賠上好言好語；「不是還沒談妥嘛，只要找好了工人，快得很。」

好像是雇工一直沒有談妥，麗麗原先的臥室就那麼空著。梳粧檯甚麼的擠到母親房裏去了，走道上可還堆著些傢具，那麼愛條理的蔡太太，居然就能忍受得住。不過慢慢的，今天搬進一張搖椅，後天又挪進兩張沙發。「不行呀，阿綢，這架三角櫥實在礙手礙脚的，煩死我了，暫時給搬到西間去罷！」這麼零打碎敲的其實也沒等過去幾多日子，西間臥室也就不再空在那兒了，而油漆工人似乎一直不曾談妥，擱下罷，好在都不太記得這麼回事了。

但是自從後廊下的火腿遭竊了兩隻以後，似乎給麗麗平添了似有若無的一絲兒寂寞，望著屋瓦上的黑鼻子貓，金海不再來他們家了。

兩隻火腿能值幾何呢？蔡太太真犯不著跟西鄰東鄰去訴說。她是很少跟西鄰的棚戶家搭談的；居然也爬上排球裁判的梯椅去跟牆外的滕家嚷嚷。

「你們家夜裏可聽見甚麼動靜了？怕就是小偷從這個牆上翻過來的。要說東邊院牆矮嗎？藍家養了四、五條大狗，夜裏都是放開的，我看小偷總不敢打那邊翻進來，你們說是不是？」

滕家老頭沒甚麼可說的，只是搓著一雙黑手，幫著把偷火腿的賊人咒罵咒罵，很髒的咒罵，彷彿要藉此給自己一家人的清白洗刷一下。

「恐怕也不是甚麼職業小偷，可偷的東西太多了，單偷那兩隻火腿，八成就是窮得饞嘴的小子，偷了去解解饞……」

阿綢把這些話學給麗麗聽。「那不是存心要疑惑人滕家嗎？怎麼能這樣的處鄰居！」

「我知道了……」

「妳知道是誰偷的？」

「我知道媽很討厭滕金海；以前她就想找泥水匠，在那邊牆頭上插玻璃碴子，我沒准她。」

「妳准她倒好了。」阿綢停下手裏的拖把，望著窗外隔一遍草坪的那一段老紅牆。

「還不是為妳！」麗麗伏在窗臺上，回轉臉來取笑了阿綢一下。

「妳不要亂說啦！」阿綢頓一頓拖把，一下就臊紅了臉。「又沒有怎麼樣！」

「怎麼樣又怕甚麼？也不犯法的！」

「妳知道滕金海捱他爸爸打了嗎？」阿綢忙把話頭給岔開。

「他那麼大的人還捱爸爸打？好滑稽！」

「還不是因為妳媽媽說話太難聽啦！」

「他不是已經會掙錢了？怎麼還捱打？」

麗麗啃著手裏的巧克力，彷彿給噎住了，那麼不解的瞪著阿綢。

「妳媽媽太傷人家的心啦。當然妳媽媽也很稱心，滕金海再也不會來了。」

麗麗似乎忍不住了。「不行！她怎麼可以這樣栽誣人家……」

「妳快別使小性子！妳懂得甚麼？還有些事情妳都不知道的——」

好像說錯了甚麼，阿綢突然停住，並且加快的拖動拖把。肝紅的地板上落滿了說錯的話，她推送著拖把，想要儘快的把錯話擦掉。

「哪些事情？」

「當然是太太不高興他了。」

「這我知道嘛，還有哪些事情？」

阿綢可不敢再搭腔，努力的擦著地板。

「告訴我，哪些事情嘛？」麗麗走過去，走過亮著水光的地板，踩住拖把。「告訴我嘛，我喊妳阿綢姐好不好？」

阿綢撩撩額上垂下來的散髮，紅著一張臉，但是紅得很板，很硬，深深的呼吸著。

「好阿綢姐，告訴我嘛……」搡動拖把的柄子，催促著阿綢，鬧著阿綢非講不可。

「妳會亂說的，我才不告訴妳！」

麗麗哪裏肯依她，就在水漬漬的拖把上跺著脚，嚷著喊著，一面發誓絕不胡鬧，不張揚。阿綢可真的給纏住沒辦法，咬著她那片肉活活的嘴唇，蹉蹉跎跎不大拿得定主意。

「我告訴妳可以，妳可一定不要跟太太鬧氣的時候就掀出來！」阿綢走近麗麗，靠得很緊這才切切的說：「妳媽媽把滕金海找到她屋裏過，妳知道嗎？」

「甚麼時候？」

「有一天下午……」

「妳不在家？」

「我去做頭髮了。」

「她找滕金海幹嗎？在她臥房裏？」

阿綢點點頭，下意識的四周望了一眼。「她給他錢。」

麗麗緊張的屏住了呼吸，眼珠兒打轉轉。

「給他多少錢？」

「不知道；一疊，厚厚的，裝在信封裏……」
「滕金海沒要她的？」
「太太的樣子很可怕，似笑不笑的，他轉身就走……他說，他很害怕……」
「我媽說甚麼了？」
「沒有等太太說甚麼，滕金海就吓跑了。」
「我媽一點兒也沒說甚麼，給他錢的時候？」
「太太只說：『你坐下，我有話要跟你談……』後來就拿一個厚厚的信封，塞到滕金海手裏，說：『這個——送給你花……』，滕金海傻了，掂掂很重，知道是不少的錢，已經很害怕；再看看妳媽媽的臉色，要笑不笑的，好像從來都不認得她那個人，滕金海心裏一慌，沒等太太再說甚麼，就連忙跑下樓來，跑回家去了。」
「奇怪！」
麗麗伏到擱在牆角的餐桌上，上面放滿了腿子向上的椅子。麗麗從林立的椅腿中間望著窗外那一段老紅牆；她的高座椅在那兒，黑鼻子貓蹲踞在那邊的瓦棚上，難得見到牠那樣舔著蹄爪洗臉，那麼細心的收拾自己。再過去一點，她讓面頰貼上棕色的半截木壁，仍然看不到埋在牆底下的狐狸的小墳墓。
都是甚麼呢，這一切？向她顯示了甚麼？她不懂得；看在眼裏而抓不到手裏。但她知道這一切在向她顯示著一種隱諱的意義，她可以向人冒充她懂得，但跟自己交代不過去。
「阿綢姐，妳猜我媽是甚麼意思？」
「誰知道？滕金海也猜不出。」

「我知道；你們也知道，就是不敢跟我說是了。」

那種常有的輕蔑又綻出一絲兒笑容在麗麗尖翹的嘴角兒上。

「妳又要亂說了！」

「甚麼亂說？她明明是想跟滕金海野合嘛！」

「甚麼野合？」

「不要裝不懂得，你們大人都愛裝模做樣，我最恨！」

「真是，甚麼意思？」阿綢把拖把靠到牆上，過來伏到餐桌的另一邊，隔著一片椅子腿的森林，張一雙獵眼探索。

「妳跟滕金海還不是有過——就在那邊，狐狸生病的那天早上？」麗麗用下巴指了指那邊的紅牆。

「瞎說了，太太怎麼會？四十歲的人了。」

「哈，妳懂得甚麼？更年期的女人，她跟盧經理好，妳以為我不知道？乾爹乾爹的叫我喊，屁的乾爹，濕爹，盧老頭當然不如滕金海，他那個大肚子沒辦法翻牆進來的……」

「不要瞎說啦，小妹，妳這麼小的人！」

「我小？我要是像妳，整天只看歌仔戲，我當然小！」

她看一眼阿綢那個被沒有容讓的棉布緊馬甲綳平的胸脯，譏誚的笑了。母親也是用的那些。雙倍的譏誚在她白皙無知的臉上綻開。

而對于自己，一樣的是綳在緊緊的衣裝裏，然而那是彈性的質料，由著一個青春的身體裏在那裏面，愛怎麼生長就怎麼生長。

一個龍族的化學纖維時代，不問是隨後還是超前，鼓動還是引領，總是在自然的律動裏產生，為這一代的孩子們而來，而緊緊的環繞他們的身體——屬于人類踏入另一個階段的早熟的身體。

孩子們隨有裕如的施展了，他們要跳越，那是他們樂章中的主旋，他們的 soprano。

麗麗需要跳越，對于那面老紅牆，為一個新的秘密撞動著，為滕金海不再來她們家了。然而這些並不是出于生命的涵力，她自己是不大懂得的。

牆上有不是秋天的落葉，如狐狸一樣的夭折。綠葉上打一塊山楂紅的補釘，含在麗麗不是紅色的唇裏。

已經不是一次，滕金海總是不在家，上工去了。給她找到的這天晚上，瓦棚底下揚起音律不全的口琴和歌唱，那番動靜可以把輕飄飄的屋頂頂到空裏，阿拉伯神話裏的魔毯，阿拉伯市場的喧鬧。麗麗生怕趕不上這份熱烈的扒在牆頭上叫嚷。

電燈的餘光裏出現一個八九歲的男孩，衝著黃泥坑裏扯起褲脚撒尿。那個彎曲的弧背使得麗麗記起她塑造的泥貓，那麼稚氣的向前勾下去。

「喊你叔叔來好嗎？」

小孩子一震，衝她這邊暗處發愣。

「喊滕金海來，快去！」

「妳是不是阿綢阿姨？」男孩子仍然提著褲脚，手不曾放下。「叫我叔叔來呀？」

「對了，快去！」

孩子拔脚就跑，一路含糊不清的喳呼過去。

黑裏，麗麗托著下巴，手肘抵在粗糲的牆頭上，笑了，笑她成了阿綢阿姨。而這段墊在手肘下面的牆頭，她母親不得不買她的賬，沒再打算插她甚麼玻璃碴子。

那邊棚蓋底下忽然沉寂下來，口琴還在不自覺的吹奏著，不過也就跟著停住了，正歸正的，阿拉伯魔毯失去魔法的托持，沉落了。也或者不是，飛行中的飛機常是在稀薄的氣流裏沉落幾百公尺，然後一樣的重新爬高，爬高，阿拉伯的市集重又鬨動了。

「阿綢，阿綢……」

金海一路喊過來，馱著一背的嘩叫。

麗麗不作聲，讓金海兩手扒在牆上，只一縱就挺上半個身子來，拉單槓正面上的動作。怪不得他翻牆頭翻得那麼溜活。

「怎麼不應，阿綢？」

金海讓小腹擔在牆上，騰出一雙手摸黑向麗麗攀過來。一股子熱騰騰的氣息，那是麗麗陌生而不了解的一種體臭，不是藍德英那種腦油和菸草混合的膩辣，然而同樣都使得一個成長中的少女特有的那麼銳利的嗅覺感到敵意，一如鈕扣之對于她那樣的敵意——強烈的畏懼和厭惡。沒有稠稠的情感抵消這些，麗麗只有退縮了，退坐到背後梯椅的棖子上。

「不要調皮好不好，阿綢？」金海已經騎到牆上。

「你敢過來！你不怕你爸爸再打你？」

但在麗麗心裏無來由的生出一撇兒懊喪，彷彿一個甚麼輕飄飄的東西，捕到手裏了，又不當心的給吹跑了。望著牆上忽然靜止的黑影，一動不動的滕金海，立刻麗麗又在期待一個甚麼，依稀跟自己竊竊的私語，只要他肯跳過牆來，就像有一天的清晨那樣，她也肯忍受那種敵意的體臭。

「怎麼？這麼晚了……」

「你猜我要做甚麼？」鞋跟敲擊著椅棖，吭啷，吭啷彷彿一秒一秒的計算，看他需時多久才會猜得出。金海似乎真的在那兒用心思來猜謎了，半晌都沒有作聲。

「告訴你，替我媽送錢來給你了……」

「沒那回事兒。」

「真的；你不相信？」黑裏，麗麗的笑聲很清脆。

「是不是阿綢那張快嘴告訴妳了？」

「你好傻！我媽那麼多的錢，你幹嗎不要？」

「工錢我都不要你們的，不是做工的錢能要嗎？」

金海換一個姿勢，把掛在牆外的那隻腿也收過來，面朝著麗麗坐正了。樓上遙遠的燈光，迷迷濛濛落在金海的身上，他上身穿著有鈕扣的汗衫，染上一部分的燈黃。

「我媽給你錢，自然是要你做工的了！」

「不像要我做工的意思。」

「那就是要你做愛了，是不是？」麗麗的笑聲更脆了，幾乎很世故的一種笑。她很滿意自己這麼像一個成年人，嘲弄一個大于自己的傻男孩子。

瓦棚那邊，口琴和鬧嚷一直都在熱烈的進行，魔毯凌空的飄飛。就有阿拉伯的神話那麼逗人。

「不要怕罷，我怎麼會替我媽送錢來？」

「這個阿綢！到處去張揚……」金海跟自己狠狠的喝叱。「再不跟她囉嗦了。」

「怕甚麼呢？我又不給你去張揚！」麗麗從椅梯的棖子上站起來。「別管這個，我要上你們家來玩兒。」

「不行，他們很多人……」
「我又不怕他們吃掉我！不是你朋友嗎？」
「妳不知道他們有多粗。」
「哈，那多好玩兒！過去，讓開我！」
「真的？……」金海猶豫了一下。「當心他們把妳當作阿綢了。」
「那我就裝作阿綢不好嗎？」麗麗一刻也等不待一刻的爬到牆上，想到她要扮作阿綢，就樂得有些不堪設想了。
「你不抱我下去的？要讓我自己跳呀？」衝著已經立在牆下等她的金海，麗麗叫著。然而那體臭和胸扣，立刻又使麗麗縮回垂下的雙腿。「不不，不要抱我不要抱我……」
「太高了，妳不能跳！」
「我知道嘛！你轉過去，揹我下去。」
用揹的方式，兩下裏挨都挨不上，最後還是金海給她打墩子，踩在他肩膀上面，抖抖索索的托住她下來。
繞過一帶糟濕的暗地，金海攙著她，叮囑她當心呀，留神呀。為甚麼捨不得裝一盞路燈呢？一股股的泥腥和污水的氣味。然而對于麗麗，出現在面前的倒真是一個金光閃閃的天地，雖然這裏只是一盞六十燭光渾黃的燈泡，懸吊在低矮而鬱壓的紅瓦屋頂下，照出滿地的黑影。
一屋子的人，口琴和喧嚷儘管零零落落的偃息下來，但方才那些業經燃燒很久的熱烈，一時熄滅不了，依然如燄火噴放的星花那麼照人，眩人，和鼓動人。
滿屋子耀閃比六十燭光更亮的眼睛！——多像一對對的獸眼——集中在當門而立的麗麗身

上。

麗麗插腰站在那裏，給這一屋的燃燒映出滿面的燦爛。然而扭扭身體，多少有些忸怩了。獸眼們是一簇簇的箭枝，集中射上那麼俏麗的靶的，射上一襲短袖緊身鮮紅鮮紅的開斯米龍軟衫，射上裏住尚未怎樣發育的下肢的細細長長的牛仔褲……多少箭簇射上來，痛是不痛的；射不痛可射出一些羞，一些慌張的興奮。

也說不上麗麗是當門站在那裏；瓦棚的中央這一間並沒有門，連前牆也沒有，就有那麼敞亮。

夾在兩房中間的這間瓦棚，也許相當于她家的客廳，或者起坐間。棚裏放一張烏烏的方桌，兩張烏烏的條凳，一些待售的混凝土煤爐，和橫置在後牆根的一排拆解的建築木材——那面後牆自然就是她家的西邊老紅牆了——大孩子們便在這些物體上或蹲或坐，歪著疊著沒一個正經的，可都準備熱烈的鬧一鬧。

或許不是他們所要等待的，麗麗的出現，使他們醒了一下。

這麼一個鮮淨的女孩，彷彿自天飄落而來，一個下到凡間的謫仙，飄到他們面前。也不是甚麼天姿國色，不是唱書說本兒裏的紅顏佳人，不是那一類的。

一屋子無天無地的大男孩子們，沒有甚麼可以彈壓下去他們的熱烈，然而麗麗的出現，像是一瓢水澆過去那樣的突然冷下來，熄下來。

一對一對獸的眼睛裏，已曾預備的放蕩和貪婪，隨這突然的冷而消散。習慣于六十燭光的渾黃，忽被麗麗輻射的光燦刺眩了。

所以對于麗麗，對于這些豪興的男孩子們，現在這間瓦棚底下，確是一個金光閃閃的天地，一切都太新鮮。

在中國這個國家裏，例來沒有過霸道的社會階級。在市街上，在娛樂場所或者舟車裏，在這些大男孩子們去修自來水，修化糞池，修電線和房舍，送洗衣服，送傢具，送米，整園藝……所進入的每一個家室裏，他們不愁隨時不碰見麗麗這麼一個平平凡凡的女孩；正經的搭訕搭訕，不正經的噓一聲口哨，冒一聲葷腥腥的小調，都不是生活外緣遙遠的世界。

然而現在麗麗來到他們中間，使他們略感驚異的出現了。而他們這兒，門裏疙疙瘩瘩的泥地，門外一條黑糟糟長年不甚暢流的土溝，口琴簧孔裏凝著銅鏽和穢垢，烏黏的條凳可以把褲子粘住不放……這兒沒一處可給她站，給她坐，給她玩的地方。來這裏就不再是待在家裏的麗麗，不是他們在別處看到的不出眾的女孩；單是那一雙水盈盈的大眼睛，測不出那是多大的海，多深的井，單憑那一對剛撈出水的黑葡萄，便使一屋子的小蠻牛震懾了，羞怯了。久久，久久，綿綿的沉寂，沒有誰願意領先恢復他們方才的那番熱烈和放浪。

金海跟在後面沒有來，到隔壁一間暗暗的住屋裏招呼甚麼去了。

這情形真還有一些僵；但是麗麗很興奮，她能夠意識到自己有多重要，在這些大男孩的面前。

「看我像阿綢嗎？」

麗麗扭絞著裹緊在衣衫裏的肢體，滿足的閉一閉眼睛說。

沒有人應和一聲，一個個規規矩矩的憋著笑。

從麗麗背後，金海超到前面來。他的個子太高了，走進瓦棚子來，需要蝦下腰。

「見了客人沒一個讓坐的，你們真沒禮貌！」

「沒有禮貌？」坐在煤爐上的一個年長些的，梳一頭笨重的歐魯巴古式長髮，酸酸的站起來，打腦袋上脫下勞工帽子揚了揚。「我們沒有禮帽，有這個——」

說著也不笑，抽抽嘴角。可把全屋子的人逗得歪歪倒倒的笑壞了。

「隨便坐罷，小姐。」勞工帽比劃一下，依舊是一副矯作的正經，讓開他原先坐在上面的一座混凝土煤球爐。

「我才不坐你那個水泥馬桶呢！」麗麗一隻脚在泥地上畫著圓弧，人也就像一支打開來的圓規，畫著畫著，把自己畫作一個圓心，男孩子們偎集的圓心。

大夥兒剛算是止住笑，坐正了，又給歐魯巴古的水泥馬桶惹得歪歪倒倒的了。

「我們怎麼玩兒？再熱鬧起來呀！」

麗麗抱著簷下的一根毛竹柱子，臉貼上去等著這些傻男孩子們。但是大夥兒只顧破聲破氣的笑，一時收攏不住。滕金海的兩個小姪兒夾在中間，也只管傻兮兮的愣笑，和大夥兒笑的不是一回子事兒。

「唱個歌罷？」

仍是頂一頭油髮的歐魯巴古。這傢伙是這夥兒大孩子中間最油條的一個，別人要笑炸了，只他一個板著臉兒，腫眼泡兒眨巴眨巴的。

「我才不要唱歌，要唱你們唱！」

「我們不會唱，只會哭，嗚——嗚——的，沒有多大意思。」

又是一波傻笑的潮水湧上來，人也像潮水一樣的湧動。而麗麗也忍不住了，笑出一朵盛開的花，有白茶花那麼淨潔，白玫瑰那麼燦爛，抱著那根烏烏的毛竹柱子，可又像隨風搖動的女蘿，攀附在那上面。在她那張白皙而不大被放浪的大笑感動的面龐上，遂綴滿了閃閃灼灼的珠光和星光。

「真的，唱個歌，」歐魯巴古把勞工帽子推到後腦上。「唱個泡茶歌。」

麗麗抹著眼睛，眨了一下。「哪有這個鬼歌？」認真的望望伏在方桌上的滕金海，臉上畫了問號。

「有的，火車上泡茶的唱的，」歐魯巴古也那麼認真的辯說。「不信我學給妳聽……」

「好呀，我們給他鼓掌！」

「不用不用，唱得好再鼓。」

這個身材不比金海矮多少的傢伙，給大夥兒擺一個阻止的手勢，走過去，雙手插在腰帶裏。六十燭光的燈泡只頂他下巴高。他似乎有最佳的啞劇表演天才，敲一敲燈泡，就給大夥兒一個顯明的暗示，那是一支麥克風。

大家憋住笑的衝動，等候他潤潤唇，又清清嗓子，真會擺鋪。

「先聲明，我從半腰兒唱，一頭一尾我都不行的——。」

「唱罷，少囉嚇！」大夥兒催著，有的張著似笑不笑的嘴巴，準備猛笑一番。

「聽著，」又正一正姿勢，他唱了，衝著凝有污垢的六十燭光燈泡。

「Day-0, Day-0，這時候我該回家了。Day-0, Day-0，……」

麗麗第一個領頭笑起來，要從抱著的烏柱子滑墜到地上。「甚麼泡茶歌——香蕉船歌！」

「不是麼？」歐魯巴古故作不服的冷著臉辯。「不是 Day-0, Day-0，叫著泡茶麼？」

單薄的瓦頂又該給一番嘩笑頂上天去了。

金海的嫂嫂抱了一串香蕉送進來，放在烏烏的方桌上。在她挪動覆在方桌中央的罩笠的時候，發現罩在底下的飯菜還不曾動，便以婦人那種誇大的見怪叫著：「他小叔，都冷了噯，怎麼搞的？」

「我這會兒還不餓。喏，帶大毛他們去罷！」掰了三根香蕉塞到他嫂嫂手裏。

做嫂嫂的該是剛剛逃掉纏足那個危險邊緣的那一代婦女，梳的是髻兒，著的是自己一針一線做的布衣和布鞋，八歲的大小子還穿著開襠褲，人是整天埋在針線茶飯裏，別的事通通由著男人去。一屋子的人鬧翻了天，鬧不進婦人自己的小世界裏。

「來罷，蔡家小妹，」把一桌香蕉看作一桌酒席那麼貴重。「別跟他們客氣，咱們老街坊了，難得來咱們這兒玩的，也沒好的招待，自家動手，都不外的……」並且拉著麗麗讓坐。似乎在場的只麗麗這麼一個女孩兒，是她的責任，得上心照顧才行。

「香蕉有甚麼好吃的？給我枝香菸。」

麗麗說。把金海的嫂嫂看做不知有多無知。伸手跟一個留著海盜鬢的小伙子要菸抽。這是客氣的；和藍德英那一夥兒玩，愛從誰嘴上取，便從誰嘴上取。

瞧在婦人眼裏，小丫頭片子，不學好，學著大人精，使不得這樣的事情。婦人的眼睛都直了。而這些小子，居然爭著敬上菸，又敬上火，不害臊的。麗麗靠在那根棚柱上，甚麼樣的架勢呀，那麼老練，花街上的小土娼。愣把金海的嫂嫂吓跑，拉住兩個孩子悄悄的走開，生怕孩子也給沾上了甚麼。

一屋子的人，沒誰有空暇注意金海的嫂嫂怎樣。麗麗這樣的一個女孩子，把他們大男孩統給吸引了。憑她初初來到他們中間現示的照人眩人的俏麗，先就把他們魘息。但是麗麗可又這麼隨便，蘊多少煽惑，蠱動他們重新而且更為熾烈的喧鬧起來。

口琴隨又哀哀的吹奏，拍手和應和，跟吹奏的歌曲不相為謀的生出屬于他們自己的另一種跳動的節奏，旋律也是照他們自己的音感，另外調理得那麼耿直了。唯有在中國廣大的基層社會裏——這些大孩子們固執的使用他們得自民族血統流傳的五聲音階。真的是無怪乎那個口琴音律不整；不全怪穢垢改變了銅簧，以及琴殼上的電鍍那麼的斑剝。甚麼樣的樂器交給他們，也只肯奏出宮商角徵羽。

那麼在麗麗的視線裏，這些憨傻小子們自然是貧乏得可憐，這也不會，那也不會，盡濾著比她年紀還大的老歌，變奏成土土的腔調。然而乏味和譏誚之外，她照樣的還是和他們應和了；至少在她的脈搏裏是這樣。新鮮，完全的新鮮，盡其在我的歡樂，不求欣賞和鑑賞。不比藍德英他們那一夥兒，刻意的模擬和驕傲。

麗麗蠱動著這些大男孩子們，而大男孩們一樣的也蠱動了她。從海盜鬢的手裏摘下口琴，麗麗這孩子有點兒按捺不住，口琴在大腿上磕一陣子，擦一陣子，儘管一股子唾臭，她還是熱烈的吹奏了：

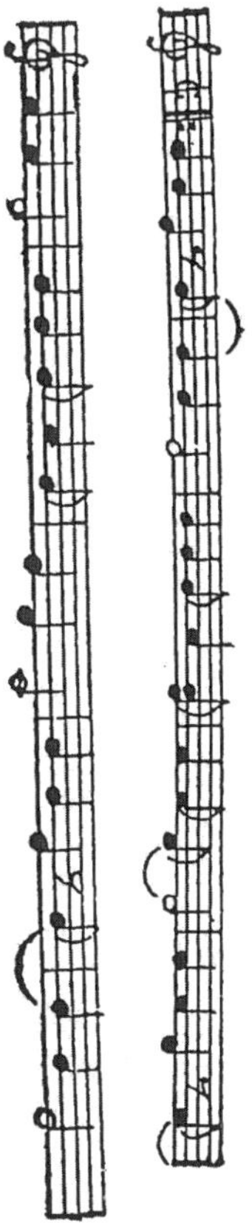

香菸夾在指尖，由它辣辣的燻進眼梢。菸味接觸到唾液和銅的磨擦，口裏生出一股絕妙的甜

津。這個聰明的孩子從沒有向誰學過，但她懂得怎樣磨搓著雙膝去扭動臀部，歌的節奏在那上面跳動，大孩子們一下子就領受到這種暗示，一張張勞働的厚巴掌擊出不用授受便很熟練的拍子。一張張厚巴掌，那麼的騷動，狂熱，以同一個脈搏串連，拍打那個臀的扭動，裹在精瘦的衣褲裏的扭動。

歌的旋律一直在重複，在一個癲癇的圓圈裏走投無路的兜轉，過去了，又回頭；過去了，又回頭。一條苦悶的蛇，苦悶的兜轉、擰絞。

麗麗從不去學習這些，不用學習，也害怕學習，但是她會。如同藍德英的那一羣，疏懶，浮盪，和不定，永遠抓取那些易于到手的東西。重複的歌曲，重複的舞，抓住一節便是一首，一步便是全部，永遠那麼重複著。總是那樣的，採一個轉肩的姿勢，釘在地上的一個點，重複的扭動，重複的擰，重複的苦悶之發洩。這一代的孩子不要專業，不要一階一階的攀登，只要茫然的重複著他們對苦悶所進行的破壞——，那是最易于下手的。

辛辣的菸草，擊掌，甜津，和六十燭光渾黃的燈影，和固定而盡責的扭絞，和重複的旋律，和騷動，煩惱，嘩叫，和圍堵在棚簷外面的鄰人，和大男孩子們眨眨眼便會跟上來的應和……麗麗癲癡在此時此地一個獨存的自我裏，她感到清晰的被握擠，自己的身體如一瓶油畫顏料，被握擠；她的赤紅，皂黑，鬱鬱的棕和灰，放肆的擠瀉，一切鈍重的、滯膩的顏色……被她所不知的壓迫——寂寞，迷惑，麗麗呀，麗麗呀，狐狸的戰慄和小墳墓，鈕扣，從不曾服從過的校規，還有那遙遠，戰亂中的屠殺與逃亡……她不知道這些，沒有這些記憶，但是她被握擠！從沒有得到這樣拔去瓶塞的一任流瀉……。毋寧說現在她十分滿足于這樣真實的痛苦著自己——怎樣的竭其所能扭扯著身體，讓多少多少羨慕和羞恥和譏誚的毒箭蝟射她每一個毛孔，讓菸頭燒痛指尖，讓眼睛燻出淚水，讓掌聲和嘩叫和嘲笑挑斷每一根每一根精細的神經和腺，讓疲勞和暈眩張開蛛網絡上來……。

這麼一個骯髒貧苦而快樂的地方，隨便麗麗愛它過于藍德英那一羣的天地——潛占祥家的空車房，黃金樹叢的荒地，一些家庭舞會，臨時選取的廢墟、棧房、或者建築中的空屋，暑期的沙石河岸上搭起的帳棚，還有藍家在沙石河對岸的那遍荒遠的山林……而這裏，隔牆的滕家，不光是人物的新鮮，不光是翻過牆來就可以得到，也不光是這裏的大孩子們都那麼的傾倒于她，不光是愛怎麼瘋都由著她，也不光是又多了一項苦惱她母親的新玩意兒……不光是這些，然而也就是這些了。

說過這裏是骯髒貧苦的；烏烏的方桌上罩笠覆蓋著留給滕金海的飯菜，沒有葷腥油星兒而且是屍白的包心菜。然而滕金海時常的遲一些下工回家，因為留下的飯菜總比他和家人共同進餐時分到的豐富得多。

而滕金海的爸爸會說：「不錯啦，小妹妹，換在咱們老家，除非紅白喜喪，過個大年；家常過日子哪兒見過這麼白華華的大米子兒！」

上六十歲的人，啣了四十年的銅嘴旱煙袋，把牙齒磨刈了一個凹槽。多硬的牙齒也磨刈成這樣子，就能知道生活有多磨折人。但這個狀如四十多歲的老頭，生活頂多只在他肝紅的長臉上刻出幾條固定的皺紋，且是笑的皺紋。打煤球的木榔頭有多重，四、五十斤罷；在老家裏幹的是打油的師傅，上百斤的鐵鎚玩兒似的玩了半輩子，這樣的木榔頭只等于上臺去票一齣八大鎚，空心兒紙糊的。

日日夜夜的搥打，縱是空心兒紙糊的銅鎚，也要瘦了胳膊。然而換來的甚麼生活？沒有葷腥油星兒而且是屍白的包心菜，以及使他滕老頭那麼滿意的白華華的大米子兒。而她的母親用甚麼搥打生活？也是日日夜夜的忙不完，描眉畫眼，輪換著四種顏色的唇膏，沒完兒的交際，應酬，用打牌打發生活，用財富嬌養她的掌上明珠……然而甚麼樣的生活？說甚麼一分耕耘，一分收穫！用這種謊言作格言，服得住誰呢？服得住人麼？這些慣會撒謊的成年人喲！

這些成年人為他們自己炮製的不公平，不正確，不高明的人生，而以可疑的格言來裝飾，一代代傳遞著裝飾，黑的眉毛描紫了，貧血的嘴唇塗紅了；由柳條炭而眉筆，由胭脂而唇膏，由鳳仙花泥而蔻丹……用這些來挽救拉不回頭的年華。曾拱在母親懷裏愛慕過穿衣鏡裏的美艷，學著給自己畫一張成年人的臉譜，然而待至厭惡了這些裝飾，也便厭惡了鏡裏的母親。裝飾的格言欺騙不住進化的這一代了，不幸的是裝飾品也在進化。

麗麗這個聰明而懶散的孩子，不會在這些個上面花費心思的。但是麗麗起碼總是更加理直氣壯的做一個壞學生了。為甚麼不？格言是成年人用來欺騙孩子的，至少她得到了這個。

對于這些，沒有甚麼可惋惜的；因為麗麗得到的總是一個真實，一個無誤的現象。可惋惜的還是那些忘形的歡愉的夜晚，那些歡愉的大男孩子，她不懂得那份快樂從何而來。母親沒有給她這個，藍德英的那一羣也沒有給她這個，學校生活更是一片苦海，彷彿只為著以違反校規和不及格的分數苦惱母親，支使母親去給校董們送禮，給老師送補習費，才甘心揹起沉沉的書包。自然還是因為曾經休學過一年，那一年的孤獨著實狠狠的煎熬了這個女孩，一種被人遺棄的痛苦的落寞，那是這個女孩不甘忍受的，還是揹起沉沉的書包了。

在那些忘形的歡愉的夜晚，偶爾那隻黑鼻子貓也會出現在瓦棚子裏；那是當滕家偶爾吃魚的時候。歐魯巴古曾經把電燈熄掉，讓他們圍攏在方桌四周，圍觀桌子下面放射著奇異的燐光的魚刺，和黑鼻子貓那一對灼亮的綠眼。

茶綠而微藍的燐光，恍惚而模糊，依稀從一層羅紗的背後穿刺過來。却有一隻熱熱的大手按在麗麗的背上，不是無心的手，移動著，試探著朝她的胸前移動。她知道那是方才擰熄六十燭光電燈的那隻大手，然後便是一張熱而寬濶的胸貼到她的背上，兩隻熱手搦住她自己撫弄時從不會有過這種震動之感的一對稍稍凸起的小乳房。

一種少女得自天賦的戒備本能，使得麗麗慌張的掙扎一下。然後她覺悟的放棄掙扎，只因藍德英他們沒有給過她這個，她的背脊不曾被一顆強悍的心臟這麼急驟的擊打過，不曾被一個發燒的大身體這樣從上到下緊緊的包涵過。

有人要開燈，有人叫著阻止，要再看一會兒這種古怪的燐光。那張叫著阻止開燈的嘴唇呵在麗麗的面頰上面，咬她露在領口外的肩肌。麗麗溫馴如一隻發情的小綿羊，靜靜的去感覺那個大身體的顫抖，和那個貼在她肩窩裏的顫抖的呼吸。她原可以這樣靜靜的感覺，去體認自己所認為的野合，但是一個甚麼突然驚動了她，清清晰晰感觸到它們的可憎。隨而為她所厭惡的鈕扣出現了，一排鈕扣貼到背脊上，半秒也不能忍受，一聲尖銳的狂叫，隨即如同敷在背上的一牀大被的那個身體陡的揭走了。

「怎麼啦？怎麼啦？……」

黑裏大夥兒齊聲嚷嚷起來。大約一時摸不到電燈開關，久久電燈才亮。雖然是一隻六十燭光而且垢滿了灰塵的燈泡，依然還是賊亮亮的刺眼。

眾人還在驚詫的追問麗麗，問她是怎麼一回事兒。

搖晃的燈光照在麗麗那張一時還拿不定喜怒哀樂的小面孔上，恍恍惚惚的光影，恍恍惚惚的神情……然而終歸她還是喜悅過于惱怒了，彷彿可也嘗受了一樁新鮮，常時掛在嘴上而實際只是用來誆人的野合那樁事情，她為這麼意外的得到而致收不攏面部肌肉的樂開了。

「是不是你？」

麗麗指著燈亮之前挪到一個牆角落兒裏去的歐魯巴古，後者人中一帶亮著沒有擦去的汗津。

「我？」歐魯巴古指著自己痙攣了一下的面頰：「離這麼遠，我踩到你了？」

麗麗的臉孔立刻冷下來，狠狠的咬白了嘴唇，咬著咬著，小尖下巴便落落的發抖，一雙大眼睛蒙上一層淚翳。

人們只聽見饞嘴的黑鼻子貓喀嗤喀嗤的齧嚼那些會發射燐光的魚刺，經過麗麗那一聲使人以為是誰踩到貓尾巴的尖叫，也沒有把牠吓跑，就有那麼貪嘴。

歐魯巴古的躲閃，推卸、懦怯，對于麗麗那是一種可恨的侮辱。她攥緊拳頭，一下下的攥緊，攥得尖指甲掐痛了手心。要說這是一種克制，那就錯了；不如說她是在一點一點聚積更多的憤怒，以便大大的爆發一下。

「怎麼啦！誰踩到妳的脚了？」

滕金海來到麗麗面前，俯視她平平靜靜的一雙脚。

「都是你都是你！」

一聲很響的耳光摑在金海的左顋上，一轉身，麗麗便走了。

金海還是跟著過來，手捂在臉上，問這問那，問不出麗麗答他一聲。扶她去攀登靠在牆上他釘的簡便的梯子，也被她一脚踢開。

麗麗不再到滕家去，打這個晚上起。

然而麗麗沒有辦法待在家裏。而且待在家裏便等于向母親低頭了。為著阻止孩子到骯髒貧苦的滕家去瘋，做母親的就像給菩薩允願一樣，甚麼都允了麗麗。就在這天晚上，麗麗自覺受了侮辱回來，母親還在允她，要把客廳裏的酒櫥、書架，一些不必要的陳設統統挪到後間，騰出更大的空間讓給麗麗愛甚麼時候開舞會，就甚麼時候開舞會，任她愛請誰，就請誰，似乎就是滕金海，也一樣的可以請他來。後天就是麗麗的生日。

麗麗只是笑笑——她必得裝做在滕家玩得異常快味——挺直身體橫倒在一張臨窗的長沙發裏，放肆的伸一伸懶，脚就連鞋子擔到扶手上。

「瞧妳這些缺德地板罷，可以玩翹翹板；也可以跳舞呀？我才不好意思請人來我們家呢？」

「那有多簡單？」做母親的可是很認真。「上上漆，打打蠟，不就截了！」

而麗麗，想也不要想這些。拉緊了白色鏤花窗帘，拉緊到止于拉掉的限度，她喜歡製造類此的不安和緊張，更喜歡讓母親跟她分享這種不安和緊張。為甚麼不安呢？她被侮辱了，或者說，她剛嘗受過野合的喜悅了，而母親不能分享她的，盡在這兒囉嗦著設法怎麼把她關閉在家裏。

那末她就只有再去跟藍德英他們一夥兒厮混了。可是不管到哪兒去，總不可以跟母親認輸，一直偽裝是在滕家那邊胡鬧。她喜歡母親那麼柔聲柔氣探聽她的口風，總想知道滕金海有沒有告訴她那一次無來由給他錢的那一回事。真費盡她的苦心了，拐彎抹角的問這個，問那個。直到有一次，大約是為了永絕後患罷，想出了新主意，閒談裏告訴女兒，滕家真苦得夠彊呀，就暗裏想幫他們家幾個錢，誰知道滕家那個不識抬舉的小子，又臭又硬，不要她的。

打從母親告訴過她這個，以後就不再柔聲柔氣探聽她的口風了。為甚麼成年人總要花費那麼多的心思去騙人呢？甚至連自己的女兒也要騙麼？這位溺愛著女兒的母親，便是這樣屢屢的在孩子的心地上栽植著一棵又一棵的荊棘，屢屢的使麗麗對于成年人一次又一次的痛感失望。

不過幸而還有些更使人痛感失望的事情不曾為麗麗發覺。在那個夜晚以後的不幾天，送煤氣的工人來了，那個留著厚重的歐魯巴古髮式的小伙子，大約一個月送一次貨來。這一次可還沒到月頭，電話就打到公司限時送到。

阿綢可是裏裏外外的直嚷嚷，抱怨這個月的煤氣沒裝滿。但是在這些事情上素來頂真的女主人倒只是笑笑，就讓小伙子跟進小起坐間裏去算錢了。

「拜託你的事情，快有半個月了罷？」女主人沾沾海棉水，數她的票子。

「怎麼？早給你辦了不是！」

小伙子一臉的詫異，張開手掌揉一揉鼻子。

「辦了？這幾天沒再去？」

「可不有一個禮拜了麼？」小伙子的手掌停在鼻子上。「實在，你們家小姐乍乍的不來，我們真冷清。」

做母親的略事思量一下，似乎就知道那是怎麼一回事了。給了歐魯巴古煤氣錢，另又準備一個鼓繃繃的信封。

「見效嗎？」女主人說。

「怎麼不？撒了滿地的鈕扣，她就不敢進去了，不過花去我十五塊錢的……」

「這夠罷？」

信封遞到歐魯巴古手裏，女主人藐視的冷笑笑。

「倒是要謝謝妳啦，太太。」歐魯巴古掂掂手裏的信封。「妳手頭真大方！」他沒說出下面的：「這交易真划得來！」

而麗麗一直還是在母親面前冒充她在滕家玩得多麼樂；畢竟麗麗還是個孩子，不曾察覺母親不大再為她這樣的矯情動心了。

黑鼻子貓依然踞守在那遍紅瓦棚子上，瓦棚子底下的夜晚，渾黃的燈光和大男孩子們的嘩笑依然如昔，只是麗麗不甘心再去了。

一場熱夢，那是。為歐魯巴古的懦怯，麗麗深深的感到羞辱；但是也給了她多少自豪。藍德英的一夥兒則從來不曾給她那些，無論是羞辱還是自豪，都沒有過。不但這樣，藍德英他們在別的事情上儘管無法無天，唯獨對她，從不曾怎樣，連歐魯巴古那樣的魯莽也不曾有，挨都沒挨過她。在藍德英的一夥兒裏，她是眾多的月亮當中的一顆小星星，夾在裏面跟東跟西的；但在滕金海的一夥兒裏，麗麗成了眾星當中的月亮，那些小子們烘雲托月的捧著她，圍繞她，肩膀給她做梯子。

如今不甘心再去滕家，連那張梯椅都不挨一挨了。然而家裏留不住她這個人——有甚麼可以留得住她這個人呢？母親還是阿綢？狐狸死了，家裏真的沒有甚麼生趣留得住她。

一個沒人聲的家，使孩子發瘋的馱一身死寂，叫喊罷，或者把電唱機開到最大的限度，讓風靡音樂風靡了半個城。樓廊上的視野裏面，無非是屋瓦接著屋瓦的丘陵，屋瓦接著屋瓦的海。當暑期來臨時，家的死寂的硬殼上再再馱上重碑，烈日晒乾了一院子板板正正人工擺弄的死綠，風掠過熱屋瓦的丘陵和海，風從電扇槳葉裏再加一次熱……沒有留給孩子生存的空間，不光是麗麗。

于是整羣整窩的孩子打家裏湧出來。湧到哪裏去？不用問的，成年人不好厚著臉去問，他們一無準備，由著孩子們自己去闖罷。

做母親的在一種無可奈何的容讓裏，曾是一再的安慰自己，給自己找出解說，一直的撤退，就讓麗麗跟藍家哥哥去玩罷，信心擺在藍家的門第上，有田有產有學問有高級收入的門第；不是滕家那個破落戶，看在蔡太太的眼裏，那是一口又髒又深又將隨時塌陷的死井。

但是居然在外面住夜了，母親的容讓臨到了邊際，對于這麼一個說大不大、說小不小的女孩。藍德英那夥兒男孩子便不好打發了；沒有可以緩衝的時間容她做母親的去佈置，居然在外面住夜了！緊張的母親一下子就癲狂的不問情由，不計後果，真的要把女兒繩捆索綁看住了，至不濟引起麗麗的瘋病送她去醫院罷！

「何必哪，媽妳好獨裁呦！」孩子白皙的面孔上又是一臉的輕蔑。

「妳知道媽媽苦心麼？」

「妳苦心麼？妳心裏不知有多樂——只准妳在外面住夜是不是？」

「麗麗！」母親搖散了一頭絕望的亂髮，彷彿要用她的傷心來乞討孩子的憐恤。

「妳不要逼我；不能這樣不公平，我從來都不管妳的事的！」麗麗根本就不肯多看她母親一眼。

「我們都不要互相干涉，最好。」

「妳多大，麗麗？妳怎麼可以……」

「我怎不可以？只准妳跟人野合麼？」

麗麗一點兒也沒有動氣，做母親的可就不了，直著眼睛，直著手臂試了幾試。

「妳能打得下手，妳就打嘛！」

那是永遠沒有過的事，麗麗把臉送過去。她看見母親的下顎連連抖動了幾下，母親的手掌重重的飛到臉上來。

「好呀，妳以為這樣，我就可以服妳了？」

母親這一掌，給她一陣出奇的冷靜和清醒，她有足夠的時候思量如何來對付面對面的這個婦人。然而一個可憐的婦人，打了人，却像捱打得招架不住的狼狽。正如同她第一次這樣捱了母親的打，她發現自己也是第一次的憐恤了母親。

麗麗一點兒要哭的意思也沒有，一點兒頂撞和裝瘋的念頭也沒有；對于母親這麼一個可憐的弱者，哭和頂撞和裝瘋，似乎都會成為對于一個弱者的卑劣的欺凌，她有這種感覺，很真實的感動。

但是最終在麗麗看來，她還是受騙了，成年人會以多種多種欺詐的臉譜來捉弄孩子；那個可憐的弱者，居然趁她泡在浴盆裏的時候，把她所有的內衣統統收藏了。衣櫥、大門，統統上了鎖，鑰匙裝在母親一個人身上。

乾淨，利落，做母親的一下子就把孩子關在籠子裏，而且怕孩子再飛走，索性把小鳥的翅膀剪掉。為了害怕麗麗萬一又舊病復發，精神病院那邊也給接洽過了。好像完成了一樁多麼繁重而老是掛在心上的工作，撲撲手，做母親的很滿意，可以放心了。

十多年，對于這麼一個令人煩心的孩子，一直沒有制止過她的無理取鬧。做母親的有一千一萬個理由對孩子容讓到底；為甚麼不？在母親的眼裏，孩子出眾得驚人，美和聰明和搶先，母親心上有一本詳詳細細的賬目。麗麗四個月生牙，六個月會爬，九個月會走路，沒滿周歲就能教甚麼說甚麼。麗麗看得見死去的人，沒上幼稚園就認得兩百個字，一直都是同班的學童中智商最高的孩子……哪家的孩子才貌能夠凌駕麗麗之上？搶在麗麗之先？母親的世界裏永遠沒有自己孩子之外的孩子，為甚麼不給孩子更多的容忍？

而且還不止于這種單純的天性的母愛；在她們母女之間隱藏的東西太多了。不錯的，對于孩子成長得那麼出眾，做母親的有一本詳詳細細的賬目；只是那本賬冊僅記了麗麗幼小的一段時光，而後就交給孩子的祖母去記賬了。不用說，中間那五六年的光景，這個無法和丈夫共同過著無理的顛沛流亡戰亂日子的婦人，在母愛上那是一筆獃賬。在那些無邊無際的戰火裏，不管你是參加戰爭還是逃避戰爭，你總是為著一個不容易的目標，要使自己得到較好的乃至更好的生存；為甚麼不呢？通向那個目標而去的，有兩條路擺在面前：娘家在上海有一座紗廠，戰爭從那裏掠過，儘管世界性的戰爭仍在熱烈的進行，那裏總歸沒有戰爭了。戰爭或許仍將再臨那個繁華的大城，然而甚麼時候啊！在戰亂的日子裏沒有明天，何況那座大城可斷言的必有許多明天，甚至許多個明年，還不夠優厚麼？而不可理喻的丈夫固執于另一條路，去尋找戰爭，追踪戰爭和被戰爭追踪，長期的不刷牙，背一身的蝨子和疥瘡，日日夜夜耳膜上崩炸著槍炮和焚燒，要那樣發瘋的生存麼？斷然的帶著身邊的男孩遠離那些糞船橫行的多河地域，而和留在北方老家裏交給祖母撫養的麗麗愈是遠離了。那是一筆獃賬，用甚麼也彌補不上了那刻在母與女心之裏層的虧虛。當孩子服著父親和祖母雙重重孝來到做母親的面前，孩子甚麼也沒帶來，只帶來一雙討債的眼睛，大無邊深無底的眼睛。償還罷！可使做母親的破產的重債，償還這一生也償還不清的。

然而償還沒有終點，容忍却已屆臨邊際了；做母親的差不多是「突然的」發現孩子不再是孩子，麗麗又在搶先的長大了。對于為人母者毋寧說這是一項危機，不能不「突然的」把孩子關在籠子裏，剪去能夠飛走的翅翎。一個現代商業行情瞬息萬變當中鍛鍊出來的精明婦人，不會懂得甚麼叫做蹉跎或者等待。

撲撲手，蔡太太十分滿意這一項完成。只是她的敏感和速度可以誇耀，不幸的是太信任自己的優越而十分放心了，麗麗撲打著剪去翎羽的禿翅，結果還是越牆逃走。該怪東鄰那一溜院牆太低罷，矮牆上寫著麗麗未知的命運，做母親的猶在滿意的顛響皮包裏那一串鑰匙。

試著，試著，想在記憶的迷茫裏找尋自己的少女時代……多麼古遠的安全！多麼安全的少女！和多麼少女的無知！彷彿是；所有那些盡都收藏在深宅大院的保險箱裏，而現在則都失落在女兒的身上，這是一個甚麼世代！

麗麗給送回來，是在她搧著禿翅飛走的第三天，一個汗水和露水混合的黏糊糊的夏夜。然而麗麗沒有辦法，甚至想也沒有想到要感謝護送她回家的滕金海和歐魯巴古他們幾個。也許不能指責她，這樣年齡的女孩，天生的不會也不懂得感謝。

載在送煤氣的機器三輪車上，砰砰的、沙沙的、滾過撒滿護路砂的瀝青公路。車上的大孩子們一聲不響，麗麗也是。寂靜的月夜，如一輛靈車沈默的滾過郊區的公路。

風也是沈默的，沈默得不存在。唯有當錯身而過的車輛打身邊流去的時候，才給人拉下一股混有柴油煙臭的涼風。

不會也不懂得感謝的女孩，不等機器三輪車駛進門前的巷口，便跳下車來，沒有道一聲再見或者別的甚麼，逕自跑進黑沈沈的深巷。

麗麗沒有覺得這有甚麼不對；走在黑沈沈的深巷裏，揿過門鈴等著開門，麗麗旋轉著身體，類似芭蕾的旋轉，想把沒有襯上內衣的花裙飛旋起來，飛旋起一柄小花傘。沒有甚麼不對，她只是厭惡那個陌生的中年人，窮兮兮而會在一眨眼之間就是一隻癲狗的樣子撲咬上來。麗麗沒有像害怕一頭猛犬那樣的恐懼；只是厭惡那個中年男子向她展露出令人惡心的腌臢。想也沒想到有甚麼不對，一如想也沒有想到該感謝滕金海他們。只是令人惡心的腌臢，錢沒有賺到手；然而誰知道有沒有賺到潛占祥的手裏！把補習費花光了的藍德英只有活該了，藍大夫的皮鞭又將從牆上摘下來。

活該藍德英得去另想辦法了。裙裾旋做一面小小的花圓桌，自己便旋轉在小圓桌的中心。就像是童年時愛玩的擰擰轉小玩意兒，或者是祖母在世時老不離手的捻線錘，擰擰，轉轉，不為快樂也不為別的甚麼，人生便是自幼至長及于老的打不完的盤旋。

阿綢趕來應門，但是沒有鑰匙——門外面也加裝了掛鎖。女主人有兩天沒回來，那麼放心于關在籠子裏而且剪了翅膀的小鳥。

麗麗真的冒火了。為甚麼不讓那個腌臢的男人好生髒一髒自己！麗麗首先就為這個而憤慨後悔了。

「她問也不問我一下？」

「前天夜裏太太回來時，問過妳。」

「妳怎麼說？」麗麗佝僂著，伏在信箱口上往裏問。

「我自然說妳已經睡了；說妳臨睡時交代，不准人去打擾妳……」

「妳為甚麼撒謊，討她的好？」麗麗狠狠的踢了一下門。「她多樂呀！多開心呀！」

「別這麼叫啦，妳總得想辦法進來？」

「妳不能翻牆到藍家來開門嗎？」

「那怎麼成！給藍大夫知道，不把人罵死！」阿綢急切的說：「走滕家過來好不好？」

「妳這兩天就是走滕家出出進進的？」

「別冤枉人！冰箱裏剩菜壓剩菜，我可給困住兩天了。」

門裏門外，雙方衝著信箱口兒說話，不時的噼噼啪啪打著蚊子。

「我不走滕家，不要看他們一個個有多大的功勞似的！」

阿綢拗不過她，還是偷偷的翻過東邊院牆，不讓有一點點響聲驚動人的偷偷打開藍家的邊門，虧得藍家的狗倒不見外，一聲也不曾吠。

「她是前夜裏回來的？那她昨天又是甚麼時候走了的？」

「太太根本就沒有在家住夜。淋過澡，換過衣裳，就又走了。好像專為那點兒事情回來的。」

「妳多乖呀！給了妳錢是不是？」

「妳怎麼知道？鬼靈精！」這個傻阿綢，憨而尷尬的笑紅了臉。「妳這兩天跑哪兒瘋去了？我真害怕。」

「妳有了錢，還害怕甚麼？」麗麗掀起了花裙襬，一上一下的搧涼兒。裙襬下面光條條的半個白皙的身體，把阿綢吓得雙手掩在口上，許久拿不下來。

「妳怎敢這樣？我的老天爺！」

「不是就這樣了麼？甚麼敢不敢的？別大驚小怪，我要洗澡。」

「這兩天妳都沒洗澡呀？」

「在河裏洗了。別囉嗦，我要洗澡！」手勾到背後去扯拉鍊，然後反剪過手去，交叉著往上一翻，便周身甚麼也沒有了。那件裹在身上給汗浸了兩天的綠花裙衫，順手丟在地板上。一張活剝下來的綠蛇皮。

「她以為她勝利了是不是？可以放心大膽的出去找男人了。不知道是誰勝利了！」

「不要說這樣的話！妳不怕雷公打？」

「因為她給了妳錢是不是？給妳的雷公報信去罷！快一點放水，我要洗澡！」

就那麼一無遮攔的挺到彈簧牀上。

她感到勝利了，也感到失敗的滋味。母親使這麼些絕招，一樣的攔不住她愛飛就飛；然而飛走之後，居然母親一無牽掛的更是自由飛翔了。該叫母親急得跺脚的，急得再到警察局報案去的。但是她居然一無牽掛的自由飛翔去了。多麼可恨的憾事！

帳棚裏的事，給麗麗回味裏一種快感和失望的刺激。成年人究竟要搞些甚麼呢？她曾以為自己十分理解，成年人的神秘完全瞞不住她；有使人臉紅心跳的小書和影片洩漏成年人的秘密給她，給那些男孩和女孩，然後再竊竊的相互傳佈開來。但是那個骯髒的男人向她展露了腌臢。似有若無的她發現成年人力圖掩藏著更多的秘密，屬于可憎，屬于那個男人向她展露的腌臢。

他要甚麼？他要怎樣？如果他是個瘋子，而歐魯巴古也曾類似的向她瘋過。成年人如果只是由于擁有那點兒腌臢的秘密，便自居于至尊的權威，那該怎麼說呢？

而母親似乎一直追尋那些，樂此不疲的追尋。麗麗不能夠確知母親究竟追尋著甚麼，但是她願意硬派她母親追尋的不過就是那些，可憎的腌臢。雖然在她的知識裏，成年人的秘密，仍是不可知的謎，彷彿球賽中的暫停，球員們團團的圍住教練，圍住一個不可知的秘密；人們所能看到的，只是一個挨一個擠擠的滾圓的屁股，特別是女子球隊。

麗麗所能看到的，就只是類似的這些，被排擠在外圍，得不到那一份兒。想要參加去追尋時，立刻便被成年人判決一些揑造的罪名，太保、太妹、阿飛、流氓、不良少年、問題學生……多麼不公平不公允的霸道！

夥伴們告誡麗麗，為甚麼要跟母親頂真呢？為甚麼不虛與委蛇的哄哄那些容易上當的上一輩呢？可惜她素來不會討好母親，不會甚麼哄不哄的。要就是要脅，種種的狡計；出于孩子的幻想，看見爸爸回來了，捧著滴血的腦袋。母親驚恐的眼睛凝聚在孩子的手指尖上；居然能用這個威吓住母親，她找到了報復，替凶死的爸爸向母親報復，然後懂得替自己的欲求向母親要脅。年齡在增長，要脅的手段更多了，瘋癲比看見爸爸滴血的腦袋更有效。然而果真的出于幻想和裝瘋嗎？不完全是；依稀的記得一些，確曾看見過一些鬼影，確曾真的瘋癲過。她看到母親的心虛和焦灼，于是孩子被教導著運用狡計，征服了母親和她自己的小世界。

而現在，她自覺長大了，不再用那些去征服；不是羞于那些，而是自覺長大了，懂得更多母親的秘密，那比裝瘋來要脅母親似乎更具快感，更加趣味的獲得滿足。當母親為了她外宿不歸，而致那樣的驚恐萬狀，收去她的內衣，用一串大大小小白的黃的鑰匙控制她的時候，自然又進一步的發現征服母親的方法，真是取之不盡，用之不竭。為甚麼還要討好呢？還要哄不哄的呢？夥伴們不懂得母親在她的生命裏佔著一個甚麼地位——即使她自己也不能夠確知。就像她不明白自己一樣。

麗麗確是不明白自己；儘管梳裝鏡裏，一個白皙而扁平的身子，一點遮攔也沒有，但她仍不能夠明白自己，也沒有用心的要明白自己。

身子在梳裝鏡裏扭動，暗紅的壁燈——從高脚杯式的金屬燈罩裏溢出的紅酒，洒上麗麗半個身體，扭那一組暈紅的線條。這天氣夠悶熱的，半邊身體熔在火光裏，熔在 TRA LA LA 滾熱的嘶喊裏。

口琴上的唾臭，煙是辣辣的燻進眼梢，一張張勞働的厚巴掌擊出不必授受便很正確的拍子，那麼的騷動……遠去了那個紅瓦棚下的熱烈，那些發出燐光的魚刺，那貪饞的黑鼻子貓，歐魯巴古的侵犯和懦怯……不承認還在懷念的懷念著，被成長所揚棄，而居然被那個懦夫從河邊的帳棚裏架出來，能承認那個麼？能麼？可憎的恩惠！

似乎為了揮去這些可憎的記憶，轉動著週率調整器，轉落在滾熱的嘶喊上，打碎那些可憎，那個向她抖落的腌臢……尖銳和擊打之類的噪樂，鑽鑿人的神經。青春期無來由的苦惱，自古追踪著一代一代的孩子們。一代代的孩子們無可排遣，但都隱忍了。唯獨這一代的孩子們開始不肯隱忍，成年人的悖謬促成了他們浮躁。然而不肯隱忍，也無可排遣，便唯有藉著噪樂從他們的內心深處驅走那些苦惱；或者並非驅走，只是暫時遮蓋住那些苦惱的一種呼號。

收音機裏播放颱風消息，一個洋娃娃名子的颱風，多大的腰圍，多快的舞步，多壞的脾氣，款款在遠洋上旋轉，膩膩柔柔做作的女聲在那裏述說，介紹一個知友要遠道而來了；若不是知己，怎會那樣的知之甚詳！

說不出的倦怠，一連兩天總是悶睡沒完兒，常是醒來不知晨間還是晚上，然後重再昏昏的睡去。

已經有颱風欲來的跡象，白紗窗帘給天邊的雲霞染紅，然後染黃，然後星星閃閃的雨塵飛在燠悶的大氣裏，反覆的這些然後和然後。

樓裏任麗麗裸袒著獨來獨去，窗口和樓廊上，她願意四鄰八舍都知道她全身上下全被做母親的剝光了，更迫切的需要母親發現四鄰八舍全都知道她全身上下盡被剝光了。

當電鈴鬧嚷的時候，常使她錯覺的搶到樓廊上去，用一種可以使母親極其難堪的姿態躺到廊上的搖椅裏，直到她想起母親不必揿電鈴，那只是不知內情的人——送煤氣的甚麼人罷——徒然在那裏一遍又一遍的妄揿打不開門的電鈴。

老式的鏇花欄杆，隔劃出一段段禁錮的裸體。查電錶的從滕家翻過牆來，藉故查完了電錶又轉回來，光在簿子上登記，忘掉電錶上的卡片還不曾記註，順便總要看看室外電線，轉前轉後的仰視著花欄杆後面的甚麼。颱風要來了，用電安全多麼重要喲！查電錶的振振有詞的嘀咕著。而給這些色迷迷的小伙子吊一吊那副饞相也不錯的，雖然一心盼著最好能給母親看到。

欄杆分切的肢體，多半在樓下看不大完全；然而那會比瞧個完全更使人心煩和難耐。母親却在無意中等到了。

一路俯視著母親過來，低著頭，在毛毛細雨裏急促的走進樓裏來。母親出現在她背後樓梯的井口那裏，麗麗可正在快樂的望著天邊的金霞，一隻裸腿伸出欄柵外面懸空的踢盪著。怎麼使母親受一受打擊呢？麗麗刁鑽的沉思著。

天邊金霞不可能使麗麗快樂，裸腿齊根的伸到欄杆外面踢盪，縱使濛濛的雨星兒那麼涼爽人，也不可能使麗麗快樂，而當母親的半高跟鞋響在背後梯口的時際，麗麗快樂了。天空黃得發甜，一種不知名的西點，酥脆的小筐子裏兜著半下子甜沁沁的加色起士。在那個捏製花邊的小筐子裏，她看到背後站在梯口的母親。不用說，該是一張甚麼樣的面孔，看也不要看的，就能猜出母親一副苦惱的形容。

「麗麗呀，妳怎麼可以……」

「媽，妳淋雨了沒有？」

麗麗那麼快樂的調轉過臉來，望著屋裏樓梯井口上的母親，完全不像好幾天母女不曾見過面。

「妳瞧我淋的！」托起才洗過的濕髮給母親看。

「妳到外面去了？」

「我這個樣子能到外面去麼？只好在下邊草地上走走。妳不知道雨淋在身上有多痛快！」

「妳怎麼……」

做母親的手裏摺傘落在樓板上。

「媽，妳不知道不穿衣服多痛快，頂好妳也試試，躺在草地上日光浴。」

「麗麗，妳怎麼會這樣不懂事！」

「我不懂事，妳看到了嗎？」麗麗平躺在睡椅上，看也不看母親一眼。「我不說，妳根本不知道。妳沒關心過。我要是全部抖出來，妳可知道妳會怎麼樣？……」

但她看到母親背後的阿綢，急切的搖著手。她張張口，覺得不必連累阿綢，便灰心的算了。

雨星旋進走廊裏，汽水刺頂喉嚨一樣的刺著裸露的體膚，一種痛楚的快感；母親站在這裏，母親奈何不了她，而她可以苦惱母親，一切就是這樣的加在她身上——一種痛楚的快感。

「進來！」母親這一聲呼喚，含有多種繁複的況味，孩子直覺得到，她懂得，只是不懂得分析判斷。

「進來！」

做母親的委屈的重複著，手觸到麗麗的膀臂上。她望著土黃的晚霞，感覺到那手，母親的手，給人們歌頌讚美的手，然而對于麗麗却是陌生的，一種天倫的渴望與不可得，偶然觸傷了孩子的甚麼。她摔開母親的手，對直走向樓廊的東端。

扁平的身體，然而有豐滿的背，花蕾那樣的包含。背上和臀上印出一遍遍搖椅上編籐的花路。如果站到廊的東端，她的身體將會全部暴露在藍家的視線裏。

「麗麗，麗麗……」

母親慌促的跟上來，低而惶急的喊著。

「有甚麼好著急的？」麗麗停下來，半側著身子回顧她母親一眼。「早就讓人看足了；晚了，妳根本不知道！」

「麗麗，別這樣，進去加件衣裳，這要招涼的。」阿綢超到麗麗的面前，擋住她。但是麗麗眼睫毛上掛懸的淚珠子，使得阿綢有些兒惶懼了。

「媽只有送妳住醫院了。」

「那也吓不住我，我早就住膩了這個家。」

她聽見母親嚶嚶的抽泣，不知為甚麼，受不到一星兒感動，就像聽著廣播劇裏那些惡劣的做戲，近乎兒戲的貧乏而矯作。沒有電鈕在她的手邊，可以狠狠的一下子給關掉，關死那些賤賣的假情假義。

藍家的庭院深藏在一片擁擠的熱帶濶葉樹木裏，給預防颱風的收斂而越發藏匿得更深，更寂寥。但怎麼的深和寂寥，仍是那麼一片蓬盛的肥綠。

但願生在藍家。但願能夠。從她們搬進這幢灰白兩色構成的新居，麗麗就曾為鄰家蓬盛的樹木和人口而興奮，日夜有那些自哄的夢，友愛的哥哥和姐姐們，拐孤的爸爸，日本婦女式的柔和依順的媽媽……。就像隔鍋飯香那個道理；自家裏縱是山珍海饈，也不如人家的粗茶淡飯那麼有滋味。而麗麗，壓根兒就品嘗不到家裏有過甚麼滋味——要就是孩子們頂害怕的孤寂的滋味。

每當麗麗這樣苦惱母親的時候，可能有的優厚，不愁不從母親那裏源源而來。孩子可並不確知自己需要甚麼，于是浪費的要這要那，要來的全不是自己的需要，便永遠得不到滿足，永遠的空虛，用甚麼也填塞不了的空虛。如今母親仍然允她這，允她那，而麗麗再也不能動心，因為她已深深的了解，母親那裏已沒有甚麼可以給她。

她站著的地方，是她自己臥室的窗外。白桃花窗帘飄起平劇舞臺上旦角的水袖，替她母親比劃這個，比劃那個，讓她看看臥室裏的陳設有多豐厚，豐厚得那麼紊亂。然而沒有她喜愛的，滿室紊亂的厭倦，厭倦的紊亂。鄰家的樹叢在風的翻攪裏也是那麼的紊亂，但那是活潑，生意蓬盛的紊亂。她的臥室裏有甚麼？沒有生意去觸動的話，便是一屋子的死獃的文明，電的這個，電的那個，一屋子屍骨，飄一雙白無常的長袖——唯一的生動。

企望在這裏生出一支蓬盛的花枝麼？能夠麼？

一主一僕擔任屏風的角色，站在麗麗身旁。做母親允她去旅行，等待颱風過去便帶她去，任她挑選甚麼去處。做母親的似乎再也想不出還有甚麼可以把這個光著身子的女兒買進屋裏去。

「妳以為我又跟妳要甚麼？我連衣服都不要了。」

「麗麗呀，乖，媽不該那麼糊塗⋯⋯」

「不是很好嗎？這樣？」麗麗揚揚雙臂，看一看自己的身體。「我又是光身子的嬰孩了，妳可以陶醉自己只有二十多歲，又用不著餵我奶，多年輕！多好！」她重重的咬牙：「多年輕！多好！」皺著鼻子，努力要使出自己所能有的惡毒。

「妳還記著那些？那個時候妳懂得甚麼？不是死祖宗從中搬弄，妳知道甚麼？」

「妳總是把甚麼都記在奶奶的賬上！現在不用奶奶教我了，妳攔不住我長大！妳也攔不住妳自己要老！」

「麗麗，妳心目中裏還有媽一點點兒好處嗎？」

「當然，妳生了我。」麗麗斷然的轉過身來，定定的看她母親。

又是那一雙紫色的描眉，在剃去的眉根裏炙下一道灰燼。彷彿她能替母親感覺到釘在額上的那兩道烙瘢的灼痛。

「媽媽還為別人麼？妳要是這樣，我落得甚麼？」

「妳不樂意我長大，可是妳看到了，就是這樣！」

麗麗下意識的挺一挺一無遮蓋的胸脯。真的，就是這樣，她長大了，雖然此去大的終點還有一程。

「妳知不知道好歹？」

「妳要妳的，我要我的，我沒有妨礙妳一點，我的親媽！」麗麗忽然煩躁起來，搓著雙腳。

「妳為甚麼老要妨碍我？」

「那是為誰好，麗麗呀？媽跟妳有仇還是有恨？」

「妳不好不要把我生出來？留在妳肚子裏，當然就永遠是妳私有的，永遠也長不大了。」

麗麗似乎再也耐不住這樣乏味的爭執，斷然回到屋裏。離著遠遠的便把自己拋到彈簧牀上。煩人的氣候，風在樹叢裏翻攪，拌著抖著，灌進滿屋子低沈燠悶的氣壓，攤在人身上蒸發，凝結。

牀頭小櫃上有縩縩索索的紙聲，一陣子膩得人牙根痠癢的奶油甜香，擦爽身粉的粉撲兒一樣撲面而來，茸茸的，然而又是乾烈的。她知道是誰站在牀前，有熱的呼吸和體熱逼近，但她可不知道母親甚麼時候走進她的臥室裏來。

然後是浴巾輕輕的落到身上，她感覺得到那一雙紫色描眉之下的眼睛比浴巾更大幅的落在她的全身。

她憐憫了，在她勝利的時候，總是清晰的感到自己的寬恕，然而也總又是一萬個不甘心。伏睡在橫著豎著都那麼裕如的方牀上，麗麗固定了自己，不許自己挪動一下；彷彿只要稍稍的挪動身體的任何一個部分，便等于對母親表示了她的憐恤和寬恕。于是麗麗維持著一個不舒適而需要調整一下的伏睡的姿勢，痛楚的忍受著。一個那麼任性不能容忍的孩子，便寧可用這種可能麻痺了半個身體的痛楚，在母親面前逞強。

颱風挾著細一陣烈一陣的雨水，挾著母親絮絮叨叨的哄勸和那麼多全不如她意的允諾。有甚麼用？就像颱風攜來的燠悶那樣使人發煩。孩子心裏陡的積聚了不可數計的委屈，自然不光是這幾天裏藏起她的內衣，帶走整串的鑰匙；自然不光是這些，委屈積聚的有她同年那麼多的歲月。沒有像這樣孤獨的颱風之夜，母親肯坐在她的牀邊，絮絮叨叨的陪伴她；真是罕有的。儘管這是一個不懂得感謝的年齡，心還是軟了，因颱風那樣恐懼的拍打著樓牆，重重的黑暗盲了人的視覺。

即使心已軟弱了，矯情的孩子仍然固執于那一份不甘。心軟和不甘，交相爭執，便把自己分裂為二，拿不穩自己聽誰的；心已軟弱了麼？可又不肯甘心。心有不甘麼？然而心已軟弱了。為甚麼要這樣的矯情，那可是無可奈何的苦笑。偽裝是睡著了，却是困難的，老要翻一翻身，不就忍耐不住維持一個較久的睡臥的姿勢，而這樣便不能使母親相信她是充耳未聞那些哄勸和允諾。多麼不甘心的失敗！于是發誓忍受著怎麼樣不堪的痛楚，也要真正的睡去，除非在她熟睡之前，母親允了她最不可能的甚麼，除非那樣；然而又翻了一個身。

重重的黑裏，絮絮叨叨，絮絮叨叨，便像不肯停歇一下的風雨。甚麼都不要了，甚麼都不要了，只要睡眠，拒心軟和不甘于睡眠之外，拒風雨和絮絮叨叨于睡眠之外。

但是睡眠吝嗇的不肯給她。

許久許久，母親不曾這樣和她親暱；但在這個許久許久之前，母親似又過分得使她反感的那麼親暱。她覺得一點兒也不需要這些，連同牀頭小櫃上那包甜膩令人牙根痠癢的奶油烘製的食品，一概都不需要，只需要睡眠——又不為的是困倦。

畢竟母親比賽不過屋外的風雨。颱風挾著細一陣烈一陣的雨水，在夢裏鬧過一夜。天一亮，便亮得出奇，那麼使人不能習慣。窗帘依舊低垂、風雨依舊拍打鼓動，而天亮得有些假。

母親或許以為她悔悟了，哈哈，多麼滑稽！只為溫度驟然降低，不能不穿得更暖和一些，雖然仍舊不肯去動一動母親放在牀頭上的內衣。

左邊的眼皮鬆垂下來，至于兩隻美麗的眼睛一大一小那樣的無神。許久都不曾這樣，大約是一年前或者兩年前的毛病，常在清晨的鏡子裏發現自己的眼睛睡壞了，或是頭髮睡壞了，翹還那麼一綹，梳千遍百遍也梳不服貼。這樣的時候，她能重又滾回牀上，覺得見不得人，而致哭鬧著不肯上學，整個一天都會時時刻刻記惦著自己有多不如人，好像促狹的同學給自己背上別了一張取笑的紙條。

蓬一頭亂髮，裹著晨衣挨到窗前。一搁開窗帘，樓下庭院裏的景象使人驚訝了良久良久。

確是那麼敞亮，多少樹梢給吹折了，滿院子莫測深淺的黃水，颳出波紋，颳著整遍的浮萍一樣的綠葉。水裏露出一些折落的樹枝。一片災荒的破殘，斷樹讓出更大的天空，然而那不是一種光明，而是一種荒凉的空曠。

麗麗急促的搶出臥室，貼到通向樓廊的玻璃門上，真是新鮮得使她就要高呼了。比得上在老家的時候，一夜之間偷偷的鋪下尺深的瑞雪所給人的驚喜。

西鄰那一排油加利都只剩下禿樹梢在風雨裏顫抖，東鄰藍家那一遍遮天蔽地的濶葉柚木，落是落掉了不少黑綠的肥葉，可仍還是綠海一樣的洶湧。她停在這兩扇磕著牙骨的玻璃門前，故意磕動自己的牙齒，一面興奮的聳動身體，給舞的慾望挑撥了。玻璃給雨水鼓打出鈴鈴的樂聲，雨水在那上面潺潺湲湲匯流而下，臉貼得太近，就錯覺自己的臉上流著淚水。身體聳動在舞裏，有鈴鈴的樂聲，像她在帳棚裏跳那荒謬的裸舞，狂笑出潺潺湲湲的眼淚。

然後她跑下樓去，兩磴一步，兩磴一步，依然是舞的奔躍。但當她伏到起坐間的西窗上，扯過低垂的窗帘披在微有寒意的身上時，第一眼就發現西牆上空出了甚麼，兩根折竹無告的伸向天去，應該是晾棚的地方，浮搭在西牆上的紅屋頂沒有了。滕家住屋的頂蓋雖仍健在；但在一波勁風襲過的時候，頂蓋便給鼓得顫顫的掀動了一下，扯寬翹簷下的那一條黑洞。

黑鼻子貓自然早就不在牆頭上了。

夏日夜短，天亮得太早了，壁上的電鐘停在昨夜的九點二十五分上面——事實上還差半分鐘的樣子。阿綢的房裏沒有一點兒動靜，母親升帳的時間還早著。這麼一座死的樓房，只她一個人在這兒活。

換過另外一面西牆，設法想看到狐狸的墳墓，再也看不到了，水有多深呢？還不曾掩上走廊的房基，但也足夠淹沒那座小墳了。狐狸的小身體——恐怕早就只剩一架骨骼，就像學校實驗室的那些動物骨骼標本，白楞楞的骨骼，盡是痛苦的咧著一嘴的白牙，給罩在玻璃匣裏，再平添一層恍恍惚惚的寒光。狐狸的骨殖會從沖決了的墳墓漂出來麼？恐怕不會了。不過那會是甚麼？在走廊的房基楞緣上，黑黑的兩條，不會有那麼黑粗的肉蟲罷？不會是從水裏伸到楞緣上的兩隻黑黑的蛇頭罷？隔一層流動雨水的窗玻璃，自己彷彿潛在水裏望著水的世界，甚麼也看不清楚，除掉最上面的一格玻璃，那上面沒有多少雨水。

藍家呢？藍家的人都有早起的習慣，藍德英，或者弟弟，他們會像她這樣貼在窗子上窺望這些新鮮的「風」景麼？多寂寞喲！人家一家人分別的貼在各扇窗子上窺望，互告他們看到了甚麼，多熱烈多歡笑的一家人！

待她正要奔去東間的客廳，看看藍家的樓房時，走廊的楞緣上那黑黑的兩條似乎在挪動，而在黑黑的兩條之間伸出一團黑黑的甚麼，那上面亮著兩顆亮珠。也不是黑黑的一團，那裏有兩片白斑。

麗麗忽的認出來，那不是黑鼻子貓麼？一定是的！一定是！掙扎了一陣，渾濕的腦袋重又墜縮下去。

門總是阿綢開，阿綢關，麗麗從沒有動過它，以至在急切之間，拉開頂閂，還有地閂；拉開地閂，還有暗鎖。氣得她握住Ｙ鎖的把手一陣子聳搡，蠻橫的想要硬拉開這兩扇花玻璃門，那是毫無辦法的。于是踢打了兩脚之後，轉移到飯廳後門，這才不經意的就把門打開了。

門一下子就被烈風猛打到牆壁上，打出驚人的響聲。通向下房去的走廊比樓基低，已經沒進渾黃的積水裏。麗麗緊靠在牆上，和猛烈的風雨對抗，只須一舉步，便保不住身體的重心，而雨線如亂針刺綉的橫刺豎打，雨不是打一個方向來。沒等她摸索到牆角那裏，毛巾布的晨衣已經差不多濕透了。

黑鼻子貓的下半身浸在水裏，給水波盪得作不了主，沒被盪下去真是大幸。

不知道這隻黑鼻子貓已在冷水裏泡有多久了，恐怕除掉一雙前蹄還在死攀住樓基邊緣不放之外，再也沒有一星星氣力掙扎。麗麗跪在地上去抓牠，已經瀕死的荏弱了，猶在猙獰的齜著白牙，抗拒牠所不理解的拯救。

毛腋濕透了，搽了髮油也梳不那麼熨貼，加上兩隻耳朵因驚恐而緊緊的貼向後去，那是歐魯巴古的髮式。

麗麗下了幾次手，不知怎樣可以抓住牠。急切的憐憫，又有些害怕那一口尖銳的白牙，她興奮得心臟直在跳動。黑鼻子貓不再是圓墩墩的臉，毛貼下去，暴出一雙凸突的眼睛，而這一雙暴眼射出絕望的慘綠的饞光，那裏含有強烈的責備和仇恨，好像是麗麗把牠害成這樣的。牠那盪在水裏的下半個身子，似已失去機能的柔而爛軟，怨不得牠攀不上房基上來了。

濕透的亂髮貼在臉上，麗麗抱住黑鼻子貓，視線不清的在風雨裏給推搡著直打轉轉。但她心裏狂喊著快樂，一顆遙遠的星，長年蹲在不可及的高牆，摘下它來！摘下它來！摘下它揣在懷裏，可不就是慘綠慘綠的燐光麼！一個發光的夢，在自己水濕的懷裏。

而在麗麗亂糟糟的視線裏——似乎又不是視線，另一種屬于錯覺的世界裏，彷彿突有半邊天給扯裂了，一塊巨大笨拙的旋動，迂緩的，然而是懾人的，滕家住屋的頂蓋離開那濕漉漉的紅牆，一下一下的掀動，帶著魔法那樣的欠一欠身，又欠一欠身，便挽留不住了；所有的那些橫橫豎豎粗的細的黑竹，所有的壓磚，所有那頂蓋底下投出的嘶叫，所有這些，全都留不住壓不住那屋頂高高的掀起，只在那眨眨眼的瞬間，一切支解了，崩陷了，在風雨裏拍打出大股的灰煙，湧上來，捲著撒著裹在風雨裏飛起。

那是甚麼？為甚麼會那樣？麗麗抵在牆上，心像這雨霧一樣迷茫。問誰呢？多麼震懾人的災殃！那哭喊，婦孺的尖叫，男子們叫罵和呼嘯，風繼續著，雨繼續著。

怎麼辦吶？怎麼辦吶？麗麗惶急的追問自己，跺著脚彷彿那是她的責任，賴不掉的。這樣可驚懼的毀滅，隱約的觸痛了她的某一些遺忘的記憶，遙遠而又遙遠的烽火日子，那些縱火殺戮的塵煙……。

樓牆轉角那裏，出現了裹著暗紅雨衣的阿綢。

「小妹，小妹，妳真是不想活了？」

阿綢斜著身體抵抗在牆壁上，那一件被麗麗存心扯破而丟棄的紅色雨衣，便像一團火焰纏在阿綢的身上噼啪有聲的燃燒。

「妳真是不想活了！」

離著兩下裏搆不到的地方，阿綢伸過手來拉她。地是滑的，若不緊貼著牆壁，就會被旋在院子裏的亂風搡倒。

「妳好自私呦！」麗麗咬著牙，衝阿綢喊叫：「妳怕我活不成？妳怕打掉飯碗！」

「甚麼？」

阿綢聽不清她喊叫的甚麼。

「妳瞧呀！」麗麗騰出一隻手臂指著對面的院牆。「妳瞧不見，妳也聽得見呀！」

黑鼻子貓在她懷裏不安分的扭動，抓她的胸脯。

阿綢招起遮到臉上的雨衣，跟著麗麗的手勢望去。

「怎麼辦？你說怎麼辦？」麗麗忍住黑鼻子貓的利爪，咬緊牙齒喊叫。

到處是折裂和撞動的響聲，雨水懸在麗麗的小尖下巴上，一顆一顆往胸上滴落。

不知道是一種甚麼力量催使，麗麗抵在牆上滾了兩滾，滾到窗臺這邊，把懷裏的黑鼻子貓從她挺濕的晨衣上撕下來，交給阿綢。雖然麗麗沒穿內衣的胸上，和手臂上，盡被貓爪抓出一條條血絡，碰上螫人的雨水，痛也是痛，但她已不大感覺得到。一樁壓在心肩上的不明所以的責任，或者也還摻雜了一些冒險的快感的慾望，麗麗便被這不明所以的責任和快感的慾望這兩隻胳臂推下水去，她從房基跳進水裏，水沐到膝上，吃進一大截兒晨衣的下襬。雨是沒頭沒臉的打下來，蓮蓬頭的淋浴開得再大，也沒有這樣的窒息人，而且冷得酥骨。

她聽得見背後阿綢岔了聲的喊嚷。但是在前面，隔一道老紅牆，那面有更多的人喊嚷，哭號，滕家一窩子大人、老人、婦女和小孩。悶在風雨和傾坍的屋頂底下，那喊嚷和哭號，似遠又近的化為渾一的聲柱，被一窩子老小擁立起又倒下，擁立了又倒下……

麗麗被水的阻力絆住，提起高高的脚步，踢打得水花四濺，人倒了又爬起，努力想能更快的走過去，儘管她並不知道自己為何要這樣賣命的掙扎向前。她只感到從來不曾有過這樣勇猛的快感，這樣的覺得一股偉大的力量從身體裏面湧出。

她那座生疏已久的梯椅，平躺在水裏，只露出兩根落色的淡藍的梯柱。脚上兩支塑膠拖鞋離去很遠很遠的漂在水面上。麗麗真不懂得自己為何會有這大的力氣，沒怎麼費勁兒就把梯椅扶起來，好像英勇的消防隊員，或者是攻城戰士，冒著煙硝刀槍，雷木火石，不顧生死的爬上雲梯。

「快過來！快過來！甚麼都不要管，快，……」

梯椅在狂風裏站不住，連人倒下來，終被她咬牙切齒的攀緊牆頭，一雙腿脚下力的把梯椅夾住。

「快呀，快過來……」

雨打在牆頭上，向她臉上和眼睛裏濺進大量的水和砂粒，一時睜不開眼睛。幸而她還那麼冷靜，迅速記起藍德英的弟弟告訴過她，這樣的情形時，閉上眼睛，用力的咳嗽一聲，就會好了。她可正抬起手來準備揉揉眼睛，但因手心盡是泥沙，就想起藍家那個書獃子的小知識，狠狠的咳嗽了一聲，真的就那麼靈驗了。

牆下一片慘情，大量的泥沙瓦礫遮蓋在麗麗尚還熟悉的那些污黑的傢具上，隔間的竹牆被扭扯歪斜著。一時看不清那下面誰是誰，總是一窩鑽動的動物罷，在漂滿了黑色煤渣的黃泥水裏掙扎。

這時已經沒有給人考量的餘地，滕金海首先躍上牆來。麗麗看見他用力扭歪了的泥臉和白冷冷的牙齒。他把身子橫滾過來，肚腹擔在牆頭上，去拖起滕老頭送上來的額頭上涔涔流下血絲的大小子。于是麗麗滑下梯椅，把它搖搖晃晃的拖到滕金海的脚底，讓他蹬住雙脚，把那個大小子拖過來交給她。

真的麗麗不曾出過這麼大的力，她揹起這個哇哇哭叫的大小子，赤脚踩在水底下扎人的草地上，摔跤一樣的跌跌爬爬涉行在水裏。

「快給我！」阿綢迎面涉水過來，阿綢那種張牙舞爪的壯健，就不是麗麗可比的了。

「貓呢？」

「啊？」

面對面這樣的高聲喊叫，彼此都聽不清楚，猛烈的風雨可直衝著叫喊的嘴巴往裏堵塞。

「貓呢，放到哪兒啦？」麗麗已經累得站也站不穩了。她聽不清阿綢躲在紅雨衣下面嘴巴衝她喊些甚麼，但是阿綢急切的往背後的樓房裏指了指。

孩子在麗麗的背上哭喊踢打，好像還嫌那猛打在人身上的風雨不夠重的，以至把麗麗弄得一次又一次的失去平衡，跌爬在泥黃的水裏。

儘管臨到飯廳門口的時候，這個從沒出過大力的女孩已經疲勞得眼看就要倒下去，反剪在背後攬著孩子的雙臂也已經再也兜不住，就要聽任他滑落下去了，可是一旦把孩子安全的卸到飯廳的地板上，捽捽痠痛的胳膊，力量似乎又來了。

牙骨格楞楞的磕得很響很響，她聽見，覺得很好笑。

雨從窄門裏掃濕了半間屋子，麗麗和孩子傻傻的對望，兩個人的身上直往下滴水，一眨眼的功夫便是兩灘水汪兒。

對于麗麗，或許只等于海濱上的一場戲水罷，她勝利的笑笑，雖然不太懂得自己是以怎樣莊嚴俠義的心情完成了這一場廝殺，其實是夠沉重的了。

隔著條條水流的窗玻璃，看得到阿綢正架持著顯然傷了腿脚的滕家嫂嫂在水裏奮鬪，再往遠處看去，茫茫的一片，就看不到牆頭上是個甚麼樣的景況了。

而麗麗再度的給勇氣鼓動著，絞一絞髮梢，重又衝出去。但是背後，母親要命的喊起來。

「媽，妳來嗎？……」麗麗抱住門框，以便站穩一些。

「麗麗！麗麗！」

母親發瘋的奔過來。若是麗麗現在壓住汽車輪下，做母親的也不過這般樣子罷。

蔡太太恐怕沒有過這樣的失態，不經過梳洗修飾，她可從沒有下過樓來；滿頭凌亂的髮夾，彷彿爬著一條條的白蠶。本是很經得住老的那一類臉型，然而帶著初醒的腫脹和蒼白，沒有脂粉便抹不平那些細紋了。

勝家的人，殘兵敗將的陸續跌進來。飯廳的地板上立時就成了一遍池塘。

麗麗給母親連拖帶抱的送進浴室，沒有熱水。晨衣從麗麗的身上扒下來，一個發青的身體，微微戰索著。做母親的一條浴巾又一條浴巾的包到女兒身上，但願這些浴巾能有棉被毯子那麼厚實，把孩子當做襁褓嬰兒那樣裹一個緊。

「媽，他們怎麼辦？」

「怎麼得了！瞧瞧，瞧瞧，嘴唇都凍青啦，天，妳還懂得冷熱麼？……有阿綢在那邊招呼著還不夠麼？」

母親嘀嘀咕咕的不住嘴兒，真要再生出兩隻手來才夠用，急促的擦拭那一頭滴水的濕髮，急促的換下女兒最裏層貼身的濕浴巾，急促的嘀咕著。

「我自己行嘛，媽，找點乾衣服給他們換好不好？」

麗麗撒嬌的央求著，這是她許久許久都不願有的腔調。可是母親嘀咕著，埋怨著，一面狠狠的給她擦拭頭髮，把她的腦袋揉搓得急促的左右轉動，對面給蒸氣長年浸濕的斑斑點點的鏡子便也跟著急促的左右轉動，連聲帶也給帶動得發抖。

也不單單的為著央求母親，才又矯作出這種遺忘已久的嬌憨；或者是麗麗長久都不曾像現在這麼快樂了罷？或許母親的愛情這才忽然向她塗出她所喜悅的彩色；或許久久積壓在她心靈上的某些甚麼一下子洩淨了……于是在她這個年齡應該獨許于母親的那分嬌憨，如此真實的流露了。

「他們怎麼辦？屋子？他們的被子？還有……」連連的三個噴嚏，把她的話頭打斷。「還有，他們受傷了……」

「妳看妳看，果真凍著了罷？真還是個不知冷熱的孩子，說妳總不服！」

母女倆便是這樣妳說妳的我說我的撕扯不清。

「阿綢啊，快去燒點兒生薑糖茶！」做母親的推開一線門縫衝著外面喊了一聲。

「多燒一些，阿綢！」麗麗也側過身子去，搆著拉開一線門縫喊了一聲。

「真不知道妳跟他們倒有多大的緣分。」

「阿綢才跟他們有緣分呢！」

麗麗跟母親伸了伸舌頭，那麼個調皮的小模樣，真要把母親逗哭了。彷彿也有一百年兩百年那麼遙遠，母親的寂寞裏一直沒再得到這些了。孩子，總真是好孩子，有誰的孩子不勞神麼？當母親忍不住那些煩惱的時候，寂寞的時候，得不到孩子的依順省心的時候，她到別處去尋找了，總是尋找孩子所不能給她的那些，尋找而至于沉迷，得到而又如同失去……瞧這副小模樣，多麼出眾的孩子，母親的眼淚簌簌的流下，掛著淚的嘴唇親在孩子冰涼的面頰上……

不能不說這孩子有副好心腸，這孩子的底子真好，然而總是和母親衝突。母親不要的，她要；母親要的，她不要。這孩子似乎對誰都好，都容忍，唯獨對她愈親近的人，愈不好，愈不肯容忍。

到她躺在牀上發燒的時候，還在盯著她母親，幫忙滕家罷，招呼他們吃飯罷，安排他們睡覺罷……那麼一個粗心的孩子，一直都不善于照顧自己，但對別人，就能設想得那麼周到、細緻。

「給那兩個好饞的小孩子好麼？」提起牀頭小櫃子上油透的食品紙袋，跟她母親商量。

「妳乖乖的躺著罷，操那麼多的心！」

母親無可奈何的苦笑著責備孩子，對誰好起來，心都要挖出來給人的。

可是做母親的真容納不下那一窩又窮又髒的老小。一面近乎潔癖又一直養尊處優的婦人，概念裏並非不懂得同情那些在災難裏生出來的苦哈哈們，或者樂捐甚麼的並不怎麼吝嗇。但是把那一窩災民引到自己的樓房裏，飯廳裏的地板一個禮拜一次的洗擦，最多半年就要打一次蠟，現在鋪下大半間破的、臭的、腦油黑的，而且是從坍塌的瓦棚底下拖出的潮濕泥污的被褥，單是這個就令人無法忍受，別的就更不用說了罷。兩個好哭的孩子，接力供應這座樓房裏二十四小時的噪音。馬桶也不會用，不是在圈蓋上踩了些泥脚印，便是忘掉隨手放水沖洗。那個老頭子不停地給地板上加添些菸蒂和菸灰。做媳婦的則負責到處懸掛濕的衣裳和尿布，見空兒就去懸掛，連門上的搖窗也閒不下；不是小小的個子麼，而且腿還有些瘸，她有辦法的，不用踩櫈子，尿布扯平了張在兩手上，就那麼一送，平平整整的掛上去了……總是這一些瑣屑的不稱心，蔡太太的紫色畫眉一直找不到鑰匙，那麼緊緊的鎖住。還有那隻又像鬼又像賊的黑鼻子貓……要是一天兩天麼，總是易于忍受了；如今沒家的這一窩，指望他們哪一天再搭起瓦棚子？當初來看這房子，就曾為西牆上給人搭了那一長溜瓦棚子，覺得彷彿一件好生的衣裳平空打了半邊補釘一樣的不快，就沒料到更還有這許多煩人的嘈亂，補釘打到領口上，刺鬧到臉上來了。

總是自己女兒的一番心意呢。報上說，受風災的貧戶都給政府收容在就近的國民學校裏，政府撥下了一筆救濟金，慈善機構也在那兒幫忙善後。蔡太太搧搧報紙唸給他們聽，想提醒他們這一窩。明知他們不會遷去國民學校的，還是提醒他們了。

「妳也該上報了，蔡太太，這些新聞記者真不靈通。」滕金海就能岔到另一面上去。

滕家也去領了救濟金，救濟衣物，救濟乾糧甚麼的。理來理去的給蔡太太看，買了米，買了菜，用的是她們家的瓦斯灶，救濟衣物也穿上身了，這些蔡太太都不管的；他們就只是提也不提國民學校甚麼的。

然而總是女兒的一番心意，這個好心的孩子！

麗麗入夜以後，發著高燒，白淨子臉蛋兒燒紅了。昏迷中，不斷的從那兩片乾焦的嘴唇裏吐出聽不清的囈語，惦記著那隻黑鼻子貓，惦記著滕家怎麼辦……在無電的深夜裏，颱風過後稀稀朗朗的陣風和陣雨，惹白燭流淚，惹做母親的流淚……。

也沒有可怨的了，這個婦人。和阿綢隔在牀這邊牀那邊。麗麗的病，給這個家帶來一片軟弱的纏綿和憐憫。

「睡去罷，阿綢。」

「不，太太，妳先去睡一覺再來。」

都那麼柔弱，都覺得對方比自己苦。

雨是偷竊一樣的來了又停了，在黑濕的城池裏飄落。

時來時去的陣雨似乎和麗麗體內的熱潮同起同伏。

雨停的時候，麗麗就會緩緩的清醒一些兒，翕動著乾翹的鼻孔和嘴唇。

「我好乾！」津液乾涸的口腔裏，吐著火一樣熱氣。「幫幫他們，親媽……那個大孩子怎麼死了呢？」

「誰？」

「滕金海的姪子不是嗎？」推開阿綢手裏的水杯，麗麗不住的舔那兩片乾燥的嘴唇。

「沒有的事。」

「我看見了……埋在狐狸墳墓旁邊……」

一陣稍稍的清醒過來，總就是叨唸這些。「怎麼辦，媽？他們沒房屋了，甚麼都完了……」

「別老記掛這些，乖，媽會幫他們。」

淚就一下子湧進母親的眼眶裏，掛著淚的嘴唇親在燙人的面頰上，不是颱風那天早晨冰冷的面頰。

做母親的心裏，給堵塞著化不開的陰雲，就像滕家那些又黑又硬又濕的棉被絮堵塞在心裏。儘管藍大夫那麼不經意，沒把麗麗的肺炎當做甚麼吃緊的重病，做母親的可總擺不開那些草木皆兵的畏忌。

「我真害怕……」婦人比病中的女兒還憔悴。「萬一有個甚麼長短，我可……」

「哪有這個道理！亂想。」藍大夫難得有像這樣的綻出一絲兒笑意。雖然他是斥責而非安慰這個軟弱的婦人。

「我就覺得這孩子忽然這麼乖，這麼懂事，心裏就不安……老覺著會有甚麼不祥……」

她實在不願說出這些藏在心之最裏層的憂慮，念起她那個夭折在上海的男孩，害怕一說出來就犯了忌諱。然而她需要用這個兌換藍大夫的保證。

「哏！亂想！」眉心裏皺出兩道溝紋，眼鏡後面是一對責備人的凌厲的眼睛。

婦人略略的得到一點安慰。然而她不單是只要安慰，她要保證。

「也不是亂想，像她過去那樣，動不動就昏倒，我心裏都不這麼害怕。」

「沒道理！不要亂想。」捏子夾住針頭，安到注射器上，藍大夫側過臉來，從眼鏡上面注意了一下昏睡中的麗麗。

「妳太慣她了，是不是？孩子是個惹人愛的好孩子。妳要注意多管教。」

「我甚麼都不怕，就只怕這孩子忽然變得這麼乖，這麼懂事，從沒對做媽媽的這麼好過……」

說著說著，這位母親的聲調又有些顫抖了。

「那是甚麼道理？」

「我……我也弄不清自己幹嗎會這樣。」

「孩子這麼大了，不該乖嗎？不該懂事嗎？唏！」醫生重又捏起雞心形的鋸石，去切割注射劑的瓶頸。

「我總覺著，麗麗是個沒爸爸的孩子，甚麼都依從她，不忍心……」

「我家那條沙沙有爸爸？阿龍、阿利娜、都有爸爸？我用皮鞭管牠們。就要把孩子當狗一樣管才行。」

這可完全是兩碼子事，藍大夫和這位蔡太太，他是他的一套，她是她的一套，似乎互相都把對方看做那麼無知而冥頑。

「那是你們做爸爸的事，叫我怎麼厲害得起來？」

「所以妳要注意，要負起父親的責任。」

「我只配做個母親，心太軟。」

「妳在外邊那些奔走，經營，應酬，還不都是做父親的事？妳不也是很甚麼……不是很行？」

針尖扎進麗麗的瘦臀，昏睡中的孩子一絲兒痛癢反應也沒有。做母親的心裏可又蹭蹬了一下，好像突的多下了一磴樓梯，那針尖像是刺進自己心上，一陣子螯痛。

能說孩子的病不重麼？針戳進肉裏都沒有感覺。也唯有藍大夫這樣的拐孤人，可以把子女當做狗貓一樣的養活。然而藍大夫把狗貓當作命，蔡太太不能懂得那些粗魯的愛好，她對所有的家畜可都一律的只有恐懼和憎厭；那麼毛茸茸的，想著就褻氣。

對于藍大夫，除掉他家的門戶，聲望，和他的醫道，似乎沒有其他的甚麼還值得她看重的。

要說把孩子當作狗貓管教，不錯，藍家有幾個孩子倒很有教養，很有出息，但他家的大女兒怎樣？他家的三兒子又怎樣？

當然可以拴在家裏養，一棵樹上拴一條。可只是有一點，那些鍊條千萬斷不得，就像放在天上的風箏，那線可千萬斷不得，離不開手；斷了離了，還會有甚麼？

八月的陽光當頂的時候，依然那麼白耀耀的澆火。地曾淹水兩尺多深，渾黃濁雜的積水涸盡以後，留在地面上的不知是些甚麼性質的渣滓，自白耀耀的烈日烤炙著，便蒸發出一種莫名其妙的霉腐和腥糟，熱的風裏裹脅這些氣味，飄進病人的房裏，給病人的寂寞染一層灰。

或許是橘紅的顏色，更刺激的葡萄紫，使這一代的孩子們浮動和浮躁的色調，屬于茫然的沉迷。但可憐的麗麗徒然給這些幻覺裏的顏色慫恿，而寂寞更深。

在高熱後的虛弱裏，腦子空得張著口，彷彿自己看得見那張著口的裏面盛滿黑洞洞的空虛。指甲觸到牀單上一小粒跳紗的接頭，平時感覺不到它，感覺到也不以為意；但在平靜得膩人的寂寞裏，這一小粒的跳紗接頭不知有多麼唐突，手的平靜航線上碰到煩人的礁石，一定要除掉它才稱心；就用指甲摳它，摳它，能摳一個長長的半天，多使人煩躁！但她只好如此，她離不開牀，躲不過這座礁石，想能想點兒別的甚麼分分心，而腦殼張著空虛的口，似乎連記憶也從張著的口裏飛走。

直到能夠下牀，麗麗一直用摳挖這種跳紗的接頭來打發永晝和長夜。儘管何等的煩惱，在去除一座礁石之後，手可又無可奈何的緩緩搜索另一處礁石，繼續去摳挖。

那麼的拖著一身虛弱，急于脫逃鎖人的臥室；那天花板該是無字天書，病逼她去讀，複習再複習；有字的書都不要讀，不要溫習，還讀白紙麼？

上午東晒的時候，母親把搖椅安排在前面的樓廊西端，望過一片紅的灰的屋瓦，望過滕家搶修坍塌的房屋，看不到黑鼻子貓——但她放心，她知道牠仍活著。而當西晒的下午，搖椅再拖到東邊的樓廊上，望過藍家蓬蓬的樹木，藍家一家人走裏走外的忙碌。

黑鼻子貓給做屋的人吓走，但屋房修復以後，牠還會蹲回長久蹲踞的地方罷？那一對在暴風雨裏暴突的綠眼，對陌生深感敵意的白牙，仍是那麼鮮活在麗麗空虛已久的腦之記憶裏面。滕家的屋頂不用磚瓦。工人不是泥水匠。一個年老而工作效率很低的竹工，用茶杯粗對開的竹瓦，排一排上仰的，再排一排覆蓋的，然後旋轉鑽子，逐根逐根把那些竹瓦固定，人真不相信那就能防風和遮雨。

藍家的壓水機總不閒著，從早到晚吱哽吱哽哼出機械的呻吟。藍家的兒子女兒們，女傭和鄰居們，更番接力的壓水。藍德英也不例外，他在家裏面就能表現得那麼本分，那麼的愛紅臉，不知他是怎麼做得出的。躺在樓欄這邊也看得見，跟誰說不兩句話，就會手脚沒處可放的不是摸摸鼻子，就是撓撓頭髮，都是不必要的忸怩，然而在外邊，他就是王。

傍晚，藍德英的弟弟不知打哪兒冒出來，也在那兒接力壓水，一手捧著書本；一條老是在書堆裏隱藏不易露面的蠹魚。

這是個固執甚至冥頑的大孩子。一次是拖著死去的狐狸回來，怎麼逗他，也不肯幫她翻過東邊那垛矮牆；另一次則是在孫丹妃家裏舞會，不知這個蠹魚怎麼找到了。

「爸要你馬上回去！」沒有表情的往藍德英身旁一站。

「好好，就回去。」做哥哥的嘴角上叼一枝菸，把一隻眼睛燻眯著。

而他就直直的站在那裏，比他兄長高一頭，細細的身材。「爸要你回去，馬上！」滿屋子的笑，鬧，喧嘩，還有噪音的風靡音樂，但這個蠹蟲彷彿天生沒有聽覺；然而也不是板著冷冷的臉，沒有表情的裏面隱有很淺很淺的一絲笑意。

藍德英由她領進人叢裏拖東拖西的跳舞，這個傻瓜便也跟進來，釘在他們身旁。「爸要你馬上回去！」老重複這個，沒第二句話。「爸要你馬上回去！」彷彿就是撥一一七號電話裏聽到的報時：「十點三十分，十點三十分……十點三十一分，十點三十一分，十點三十一分……」

「回去！回去！回去！甚麼不掃興，你甚麼不幹！」

藍德英給釘煩了，用一手很漂亮的姿態摔掉手裏一寸多長的菸蒂，瞪像牛眼一樣，一面咧著牙齒，頂到他弟弟的臉前，近得不能再近。

「爸要你回去，馬上！」還是那句話，不變詞兒。有那樣死心眼兒不識相的大孩子麼？而且已經進大學了。

經不住大夥兒訕笑，藍德英給激怒了，做一個怕老子的兒子麼？不與這麼塌面子的。

「去告訴老頭子，他管不了我多少年了。」

「爸要你馬上回去！」好像這孩子生來就只會說這一句話。

藍德英略略愣了一愣，于是他明知非要後悔不可的——他已經後悔了——走上去啪啪就是兩耳摑。

真是個不經打的孩子，眼鏡掉到地上，兩頰留下紅紅的手指印子。不要說還手，他連提防的能力也沒有，沒有搪一下，或者躲開。

「爸要你馬上回去！」

「少嚕嘛，不怕捱揍麼？我這兒多著了……」

眾人攔到中間，把兄弟倆隔開，各勸各的。

「丹妃，算我沒臉，今天趕著妳生日，這麼掃興……」

而結果，藍德英還是乖乖的跟他弟弟回家。

就是那麼一個固執甚至冥頑的孩子。然而他比他的兄長似乎更使麗麗感到興趣，儘管她一點也不喜歡那樣的人物。

麗麗坐直了身體，讓搖椅靠背如快艇的船頭那樣高高翹起，搆到欄杆扶手，伏上去，下巴抵在交疊的手臂上，以便逗引那個蠹魚注意。

可惜現在沒有裸露的身體逗引他。

可是他真難引起他注意，唱唱歌也許行，又沒有力氣唱，自己能感覺到虛弱的身體裏，氣在上面、氣在下面，就只是中間隔一段真空，接不上氣兒。

「嗨——」

盡所能的力氣，朝著下面喊那麼一聲。她立刻知道對方那樣深深的埋在書本裏，手臂機械的動著，難得能聽見她的招呼。就用還不曾啃到核兒的蘋果丟過去。

殘餘的蘋果落在對方的背後，等著他尋找過來罷。

迎著西斜的太陽，光在他眼鏡上反射。黑寬邊眼鏡使他那張文弱的面孔略顯一些兒粗魯，該說那是一副美容的眼鏡，可以給他一些男孩的英氣。

這才麗麗發現，他有多愛皺眉！不全是因為斜陽刺眼的緣故。到底給他找到了。他遲疑一下，就沿著短牆走過來，走到和麗麗對直對的距離最短的地方。

「妳好像生病了？」短牆只頂到他不知是第幾條肋骨那裏，他就用雙手撐在牆頭上。

麗麗點點頭。手臂抵住下巴，點頭的幅度不大，對方看不出，重又用捲在手裏的書筒罩住嘴巴喊問麗麗：

「生病是不是？」

「已經好了。」

「怨不得妳很瘦，很蒼白。」

對方維持一副不大變化的笑容，似乎那就是他生就的面目，比到丹妃家去的那一次的淺笑更明朗而確定了一些。

「要找德英嗎？」

「不要。你不喊他哥哥？」

「我們寫信時，才稱呼那個。」

「很好玩兒是不是？」

這不是麗麗順口說的，一個獨生女會有那麼多的羨慕，人有了哥哥弟弟總是很好玩兒的，不管喊甚麼，都那麼有趣。能和男孩子一起生活在一個家裏面，對她不知有多神秘和無法想像。那座深棕色墩墩實實的樓房，覆蓋在叢樹當中，那裏面該填塞著多少幸福呢？男孩子和女孩子同在一個樓裏歡笑。從她們遷居到這兒來，不知為甚麼，便老是以為那座樓房裏該是一處游池池，那麼一羣哥哥姐姐弟弟妹妹統在裏面歡樂的游過來，游過去。

她癡癡的望著這個蠹魚。書裏的蠹魚真像魚，一身銀亮的鱗粉，如魚一樣在書縫裏游竄。而這個囊魚彷彿伏在河岸上一樣的伏在短牆上，也是一身可羨的銀亮的鱗粉，他有哥哥姐姐和妹妹，他有那麼銀亮的幸福。

從對方的表情，麗麗發覺自己背後有人，她一點也不知道母親怎麼一來就站到背後了。
「蔡伯母您好！」
「你好！上樓來玩玩罷，妹妹真寂寞得可憐。」
他便來了，帶著捲成圓筒的書。藍德英也曾來過，很久以前了。然而德英對這裏沒有甚麼興趣，似乎他那個人永遠都害怕在屋子裏活動，就怨不得他不愛在那座樓裏面的游泳池裏游，總是想盡辦法要游出來。
他手裏握的書，是他那位私奔的姐姐寫的。他給麗麗送來一隻黃狸貓，剛剛滿月，還很胎軟，但是胖得像一個小毛球。
兩個人搓紅了額角苦想，給小貓取名子。取了多少都不合意。索性叫阿貓罷，頂誠實的名子，兩個人為這麼一個老老實實的名子笑得擦眼抹淚。兩個人對臥在樓廊的地板上，像兩隻大明蝦圍成一個堤壩，把這隻終于叫做阿凱咕的小貓圍在中間，轉動眼睛珠子逗牠跳過來撲捉。眼睛珠子轉痛了，人也笑成煨明蝦那麼通紅。
阿凱咕，阿凱咕，這麼叫著，他們家都用這個暱稱喊他，不常喊他德傑，又是一種家庭趣味；不是麗麗呀，麗麗呀，那樣的使人發膩。德傑來了，就在客廳、樓廊和園裏靜靜坐下來，靜靜的談這談那，從不肯到麗麗的臥室裏。比起藍德英，這個做弟弟的實在很拙于言語，然而那完全是另一種生活，沒有哪個男孩子能給她這些。
怨不得他那兩個妹妹老是不出那座樓，他們兄妹中間有著那麼多的另一種情趣常把他們留在樓裏面。我若有個這樣的哥哥，我也不會老像家裏沒有底兒的往外瘋。
但他匆匆的又走了，沒有笑夠，聽夠，他走了。他有自己的世界，如同魚有水的世界，她沒有份兒。比方她是一個棄婦，不配走進他家的門戶，而撇下一個骨肉，便全心全意貫注在阿凱咕的身上，家又開始有一個生命留住麗麗。「想不想媽咪？」來不及放下書包，就把阿凱咕抱到懷裏。小生命的喜悅，跳閃在阿凱咕每一根茸茸的軟毛梢上，喜悅有奶黃的底子，香黃的條紋。喜悅裏時有矯作的驚恐，豎直了粗壯的尾巴，弓著背，混身芒射起毫毛，便彷彿要被懸空提起的那麼輕挑……麗麗真愛牠愛得心疼，生命又似乎是酸楚的。

麗麗就一直被阿凱咕這個小生命給拴住了。

「親親媽咪。」

「不要叫，媽咪給你拌飯。」

人不以為這麼一個瘋丫頭能拿出如此濃重的母愛。她可玩過不計其數的洋娃娃，可沒有一個能得善終，都是同一個悲慘的命運，一雙眼睛總是被她摳掉，那麼快感的摳，不惜動用她那柄精緻的小剪刀去鉸，去挖。就有那種殘害的慾望，她自己一點也不明白為甚麼要這樣。一如她一點也不明白為甚麼要那麼害怕鈕扣，害怕血。似乎一點兒理由也沒的可講。

而從阿凱咕的一對淺黃瞳子裏，她看到生命，不是洋娃娃那一對任怎麼精巧仍然凝聚著死光的瞳子。

似乎是安心了，阿凱咕淺黃的瞳子不單是給她以喜悅，且是安慰。有多少溫柔和嫻靜，專一的從那雙瞳子反照給麗麗。有時她就能感覺一股苦悶的愛湧上來，潮水一樣的洶湧，要緊緊的摟著擠死阿凱咕，要咬斷阿凱咕的血管，要吃下牠。但又從不忍損害牠一根細軟的毫毛。

許久許久，做母親的一直為麗麗乖得離譜兒而恐懼。從她生病那個時候起，人似乎是突然的改常了。代代流傳的那些無理的忌諱在蔡太太本就狹窄的心胸裏隱隱作痛。寧可讓麗麗壞一些——在母親那裏，也許不叫做壞，叫做其他的甚麼，比如矯情，任性一點兒，多花一點兒金錢等等。做母親的沒辦法禁止自己悄悄的躭心，老是憂慮會有一個不幸不知要在甚麼時候砸下來，把甚麼都給砸得粉粉碎。

真的，許久許久麗麗都不曾有過這樣懾人的尖叫，這樣的踢打，這樣定定的直瞪著一雙深邃而空虛的大眼睛。「血！血！……」她會在樓上看到甚麼啊？會又回到孩提時代那樣看到她爸爸了麼？和那些已死的人麼？許久許久都沒有過這樣，彷彿久遠得已經遺忘了。

接洽事務的客人們拿不定該怎麼樣幫助女主人來處理這些。抱到客廳的長沙發上平放下來罷，用冰袋冰冰頭罷，掐掐人中罷，大聲喊喊名子也行罷……只是沒有一個便于或肯于上樓去看個究竟，似乎誰都生恐樓上會有一個難堪的甚麼，不好去找那樣未知的尷尬。

「勞駕，還是請隔壁的藍大夫來一下罷……電話……」蔡太太自己也拿不穩該勞誰的駕。記不清有多少次這樣的昏厥，都是恰在母女倆頂嘴的時候，而現在，做母親的覺得女兒正是乖得令人心疼的時候，不知道應該怎樣加倍加倍的疼愛……就不自覺的用簌簌的眼淚來疼愛了。

那個胖墩墩動作遲緩的阿綢，這才頂著一頭沒漂盡肥皂沫的濕髮從樓後趕過來，穿一身使人替她打寒噤的單衣。

滕金海已經打過電話，從小客廳裏出來。

「又是老毛病，又犯了，好久都沒犯了……」

阿綢趕去開門，不住嘴的喃喃數說，連東牆上伏在那兒觀望的藍德英也沒有看在阿綢眼裏。

「麗麗嗎？是不是麗麗叫的那一聲？」

藍德英伏在矮牆上，趕著打面前匆匆過去的阿綢探問。阿綢沒有聽見，也許存心的不理會。

「哈，肥豬！」德英解嘲的笑笑，重疊著一雙拳頭抵在下巴底下。

那邊，當門站著髒兮兮的滕家那個小子，麗麗居然下賤的和那麼個沒出息的下流社會的傢伙鬼混，寧願把他全家接到家裏避颱風，而和他藍德英愈來愈疏遠，愈疏遠愈像路人，即使麗麗來他們家，碰到面也就只淡淡的笑笑算了，彷彿就只是泛泛的認識過，佯裝得那麼像，也許麗麗還在感恩姓滕的救了她，天哪，是誰去找姓滕的來救她了？她一點也不知情麼？

敢情德英不是傻瓜，他十分清楚麗麗又和德傑好起來了；和德傑好自然總佔便宜，現在全家似乎都寵起這個鬼丫頭了，多麼滑稽！有誰比我更清楚蔡麗麗的底細！等我揭穿了那些下流，就能保險叫你們一個個翻跟斗拿大頂的頭朝上，叫你們狠狠的，重重的，結結實實栽一個死！

鎖鍊

藍德英，這個藍家的第三個兒子，外形除了有一雙微向外彎的長腿（那些老騎兵就是這樣子），或者那是不算缺陷，幾乎就是無可疵議的時下流行的那種美少年模型。德英有一張棕紅色筋肉繃緊的漂亮面孔，有微向上面崛起的長下巴頦。成長中的大孩子們多半是比較腫脹的面容和嫌厚的嘴唇，以及滿頭堆積著又厚又重的硬髮；德英可恰恰相反，傳自父系的柔而稀少的曲髮，從統計學產生的中國相術，很不以這種曲髮為貴。由柔和的弧線構成的面孔，沒有生命急驟成長的那種膨脹和粒粒可數的粉刺。而來自母系的薄而油汪汪的嘴唇，雁行輩裏數他繼承的最為徹底。這就不能不說他是一個夾在上百上千的孩子們當中也那麼出眾的惹眼。

在四男三女的排行裏，德英站在中央位置。十二三歲之前，在父母的心裏也是佔著那麼樣的位置；上面兩個哥哥一個姐姐，下面一個弟弟兩個妹妹，好像生來就是要湊足一個數字，好讓他站在正中間，誰也挨擠不上他那個天造地設的位置。

不多幾年前，那樣的稱讚還曾一直掛在母親的嘴上；逢人誇許這個討喜的孩子的時候，做母親的便會毫不謙遜的接腔過去：

「他是討喜！」那兩片薄而油汪汪的嘴唇，一下子就綻開不知多麼驕傲的燦爛。「生他時，沒來得及請助產士，說生就生了。就他一個是他爸爸接的生。那六個可沒有一個不是折騰我上天下地，不痛上一兩天，兩三天，總不肯落地。」

就該說那是命定的了，一來到世上就那麼討好，帶來那麼優厚的受寵的資本。一個做母親的連最起碼的分娩的痛苦都給赦免了，可不是除了寵愛，還該摻進一些感恩麼？

而人生對于這個孩子，獨又那麼偏心，彷彿漏斗一樣把一些盡可能的幸運聚積到一個細管，獨獨貫注在這個孩子身上。命運一開始就為他準備一個甚麼樣的場地呢？老大是在一個初從醫學院走出來的爸爸全憑學理指導下，按照時鐘餵奶生養長大的孩子，待至發現孩子從底子上就虧了下來了，這一對年輕的父母已經無法補贖他們的過失。一個動不動就鬧病的虛弱而孤獨的孩子，于是成為一張債券，在父母的心靈上留存著夠不愉快的重壓。

老二的來臨，該是做父母的得到補償的時候。這第二個男孩粗壯是夠了，然而有多不如人意喲，一個性格暴烈甚至是暴戾的孩子，而且矮得不合情理，做醫生的父親，真的相信他們倆生了一個醜陋的侏儒。直到十歲的那一年，矮粗的身材還長不過老是放一盆蝴蝶蘭的檜木長窗的窗臺那麼高。世間沒有比為父母者守望子女的成長更具耐心，但這個孩子似乎毅然決然的不成長了，父母的耐心被一種隱藏的失望暗暗的蠶食。起初聽不見蠶食的聲音，蠶大了以後，沙沙沙沙，聽得見春雨一樣的蠶食，父母的盼望被沙沙沙沙的齧蝕，就是那樣的。

再往下數罷，第一個女兒來到他們中間。第二春還是第三春，這都不必計較了，那一年春短，再一個新的小生命，那份喜悅閃灼在桃花初初吐紅的花蕾上；而當記憶裏可數的那一場大地震搖落遍樹盛開的桃花之時，春已在悲慘的災荒裏草草收場，年輕的醫生晝夜操作在鋸和石膏和繃帶當中，收拾震災，兩個大孩子好像被地震的災荒拐上了，一致的害上痲疹，叫這個年輕而又過分倚賴丈夫的母親怎麼辦呢？這個勞神的小婦人本該不再勞神了，哭一陣，忙一陣，還是外祖母趕來，把這個剛剛滿月的小外孫女兒抱去撫養了。

對于外祖母，一個早孀的孤寂的中年婦人，這不是一重負擔；這個小外孫女兒反而成為外祖母半生撿拾不完的許許多多不幸當中唯一撿拾到的珍物。

而這個不知道是幸或不幸的女嬰，于是往回去越過一代，繼她的母親承享同一種方式和性質的母愛；該說是這個女嬰被省略了她這一代生長的新土，給移植到和她母親同代的故土那邊去了。那裏是紅木雕花好像一間房子那麼大的架牀，那裏枕的是方磁枕。沉暗的老屋裏，捧著出自皇窰的老古董磁扣碗，裏面盛的是及時進補的四神湯。天窗飄下一方混混的陽光，落在白渾渾的四神湯上。外祖母那些童歌，那些走番的故事，也就是那麼混混渾渾的流進孩子的童心裏……。

孩子能夠分辨出人們的面孔時，便開始無情的拒絕母親伸過來的雙手。那雙手張開母親的愛情需要，手的脈管裏、骨髓裏，都流著母愛所需的佔有和驕傲，然而孩子不可理喻的寧可投進更陌生的姑姑懷裏，聽讓姑姑抱著走東走西的去玩耍，就只是不肯讓母親挨一挨。

于是那個傻氣而沒心眼兒的姑姑就拿做母親的打趣了，說是沒緣分，說是親生的女兒不認母親了，不如就讓姑姑抱去做養女罷……那可不是好消受的打趣。孩子對待母親不可解釋的敵意，已經足夠傷害做母親的那份誇傲和自尊，可更經不住等于挖苦譏誚的那些打趣。

這一對父母——至少做母親的是這樣，他們像一個失敗的藝術家，一部又一部不滿意的作品，一部又一部使他們蒙羞的作品。失落比根本不曾得到應該是更痛苦罷？

就是這樣的場地，準備德英誕生到這個世界上；說是命運特意安排的，或許不可以完全不信——雖然命運只是既成的陳跡，人總是誤將命運當做未來的軌跡——而德英這個討喜的孩子，專就適時的來到這個不如意的家庭，帶來了如意給他的父母。他挑的真是時候。

德英不光是給自己挑上了一個黃道吉日的生辰，也挑上一個獨惠于他的年代；當他那些在幼兒時顯得可愛的作為，隨著年齡增加而逐漸演變成惡作劇的時候，偏又得到無限制的放任——他那個正直嚴厲的父親被征做軍醫遠赴南太平洋作戰去了。

不錯的，他確曾是父母眼裏可愛而大有作為的孩子；一個發音還不曾齊全的幼兒，能夠指使比他年長的鄰兒們，乃至連他的兩個哥哥，和那個老像做客來的怯怯的小姐姐，一起聽他的安排，騎到一條連一條的長櫈上，哥哥的制服帽子摘下來，糊一道紅紙箍，戴到自己頭上。查票的時候，他是列車長；車進站了，他是站長，墊鍋的竹圈便是路牌，掛在小肩膀上，踏著當年異族統治者那種狂傲的步態。騎在長櫈上的孩子們得照他的手勢配合車行效果，兔突禿禿，兔突禿禿……嗚——那最首的一個必須時刻不停的推划著雙臂，就像機車的活塞桿那樣，如果沒在他揮動紅旗的時候擅自停下來，當心他從肩上取下那隻路牌，「馬鹿！」罵著就打到頭上來。

不必躭心哪個孩子會反叛他。他早就懂得從儉省、偷竊和討好的甜嘴兒等等的手段去獲取糖果和糕餅，來飼養他這些被征服者。他是一個慷慨而有俠氣的孩子，在比他更大的孩子們當中也不容易找到這一型的天才。

無可厚非的，對于這麼一個小小年紀的孩子。不僅是這樣，他實在還不知道父母在暗中有多欣賞他這種耀眼的鋒芒。

然而德英不會長久滿足于這些，一個聰明的孩子恒是得到的快，厭煩的也快。當他的力氣足夠了，數一數口袋裏的糖果也足夠了，那麼鬧一次車禍罷，一條一條長櫈推倒，一節一節列車脫軌了，滿地哭喊的乘客，不打緊的，一張一張哭喊的口裏塞進一顆糖果。永遠是那樣，他所要求的滿足，遠超過這些只圖口腹滿足的孩子。

類似的闖禍不斷發生，不斷的被告發到家裏來。做母親的得花錢給人家配玻璃，得把頭破血流的孩子帶到手術室裏洗傷搽藥，得買了糕餅親去給人家賠罪……需要給孩子善後的麻煩太多了，然而對于沒有爸爸的孩子——有幾個人家還會妄想征人歸來呢？——又是那麼出眾的孩子，母親的手打不下去，虛晃一下手勢，也就足以惹出整捧的眼淚。

乖的孩子常是不一定就能得寵，總是這樣罷？德英每次闖禍之後，做母親的就分外敏感那三個大孩子乖得使她憎恨。

——不要巴望我會處罰阿英，不要妄想！

一個孤單而時刻念著戰火中的丈夫的婦人，心理上多少總有些不平衡的矯情，做母親的不單不處分闖禍的德英，且要存心的更愛一些，甚而至于轉來轉去總要把禍源栽到另外那三個大的孩子身上，特別是那個自幼就拒絕母愛的女兒，彷彿周身斑斑點點都是過錯。

「妳做甚麼領他去那裏？做甚麼不照管他？他小，不懂事；妳還小？妳像做姐姐的嗎？……」

放心罷，這個揹負一身過錯的小養女似的女兒，永遠不會分辯一句的，罵得也打得，永遠替男孩子們揹過。只是做母親的不曾留神，在那張用勒吐精和四神湯養得肥肥胖胖的小圓臉兒上，一雙滾圓的眼睛裏蘊藏著多少背叛的仇恨。

一個受辱的小靈魂，不光是一直像隻口袋一樣跟在母親背後隨時等著丟進來那麼多的怨恨和咒詛，而且一直跟在弟弟的背後由他隨手賞來那麼多的小惠和凌辱。

「妳去阿婆家嘛！妳不要在我們家！」

有母親幫著去辱弄這個小姐姐，也是德英的一項娛樂。孩子習慣于這一些以後，他的天地更廣了，對手更多了；媽祖廟的空場，常是孩子們的集散地，就像那裏常是晒上穀子和花生一樣，而且常是那個行動不甚方便的老太婆守在那裏，手握著一隻竹竿劈做許多竹篾的響器，吓唬尋食的雞鴨和老要到糧食上面作踐的孩子們。

恐怕德英就是第一個敢于向這個老太婆挑釁的孩子。老太婆那隻破竹子響器，至多只不過能抖出嘩嘩啦啦的噪響，然而總不止是一個稻草人，總還吓得跑麻雀和雞鴨。孩子們也一直認命的聽她的吓唬，可不為的是那隻響器，怕的是這個老太婆認得每一個孩子和他們的娘老子。孩子們也一直承認成年人的尊嚴。

但不幸這個前半生幹過那一行的老太婆，在德英這個機靈鬼的小心眼兒裏實在不值甚麼。沒一個孩子不愛在半尺厚鋪平的稻穀裏打滾翻跟斗；不過帶著土腥而且也不甜香的新出土的花生，實在並不合孩子們的味口；然而總是新鮮的，不易得到的。孩子們總是窺伺著瞞過老太婆罩在斗笠下的眼睛，乖巧的去獲得那一些。

總是那麼白煞煞的太陽烘烤著這遍晒場，榕樹篩落老太婆一背斑駁的花錢。一朵朵花的金錢兒，恐怕是撒遍了時醒時盹破舊得打著補釘的老夢裏，一枚枚金錢兒，或者一個個破洞。曾為多得些金錢，補綴那些個夢裏的破洞。錢自是錢，洞自是洞，而人老了，在這裏趕雞趕鴨趕頑皮的孩子們，背一身錢的影子和洞的影子。甚麼也不曾賺到，僅賺到一身的歲月和縐紋。

而老太婆重被德英提醒了，被德英揭起一顆顆已經乾結的瘡疤，不十分痛，但總是痛的。

「不怕妳這個『賺食的』（娼妓）！就是不怕妳！」

隔一遍漂白漂白的花生，孩子衝著老婦人，蜷一隻右腿又蜷一隻左腿的交互的跳躍，拍著鼓鼓的兩口袋花生。

實在的說，孩子懂得甚麼叫做「賺食的」？你無從知道他是打哪兒學來的這些村話。然而孩子不單單是把它當做村話來糟蹋人，他已經知道這個老太婆曾經是那麼的不大光彩，早從大人那裏竊聽得來了。

丟下滿晒場的花生，老太婆找到藍大夫家裏來。

「小孩子倒能懂得甚麼？」藍太太一臉輕蔑的嘲笑。「不要是頂真起來，反把孩子教壞了。」

「這是怎麼說，這是怎麼說，你們也都是知書達理的人家，先生的人家……」

「所以了，我家孩子哪裏會懂得那些！」應對這樣的事情，藍太太永遠都是那麼平和，聲調裏透著多少溫柔和嬌弱。

「壞就是先生不在家，壞就是這個……」老婦人抖動著乾縮的癟嘴，破竹竿兒一下下頓在地上。「我這大把年紀了，也是兒孫滿堂的人，給小鬼這麼嚼道，甚麼樣的滋味！」

「人可不就是這樣麼，犯不得錯的，一輩子的事……言者無心，聽者有意，說話自然比做人還難。要不，怎麼又叫做童言無忌呢，妳・老・人・家——」

這一聲：「妳・老・人・家——」含藏了多少惡意的諷嘲呢？

——犯得著妳跟小孩子鬪麼？

——不是白活恁大的年紀麼？

——妳這個賺食的，當得起這樣的尊稱——妳・老・人・家？

——這樣尊重妳，還不自重麼？還在這兒嚕囌？

——……………………

當然德英就更有仰恃了，蹦跳在金晃晃的稻穀上，癟著嘴巴：「妳來嘛，妳過來嘛，有本領追過來！」捏出蒼老缺牙顫抖的腔調，傴僂著走來走去苦惱那個老太婆，然後在稻穀上翻空心跟斗，整捧的穀粒揚上天去，免不了飛濺得四處都是。孩子過剩的精力，和母親給予的那麼些保障，便發展到類似的這些癲狂而惡劣的淘氣上面。

或者壓根兒就值不得怎樣重視，哪一個小男孩不是登天的猴子那麼淘氣頑皮？要老實麼？誰也沒老大乖，戰爭末期的糧食恐慌，總是老大帶著弟弟妹妹到山上的田莊裏去揹紅薯，冒著日日夜夜不斷的空襲轟炸，一袋一袋揹回全家的口糧。總是骨裏生，肉裏長的，哪一個不疼？然而精細精細的小身體，周身寫著父母的虧欠。懷老大的時候，那是個貧寒的年月呀，剛走出醫學院的窮學生，孩子又來得討厭的快，害喜的那一段日子，饞得吃不起天婦羅，發狠奢侈一下，買那麼三五個——寒傖得不好意思買那樣少，只在饞不過的時候，可可憐憐的咬一小口，盡著嚼來嚼去捨不得一口就吞下去。好羞愧的年月，孩子早在肚子裏就虧透了。把孩子養成那麼瘦小，當著人面前不敢承認是自己的孩子。三個大的一律都不曾給她甚麼做母親的應該得到的驕傲，都好像一個個欠了他們的。如果說這個母親一點兒也不偏心，但對于那三個大的，也不過是努力在那兒補償罷了；獨有德英這孩子，不賒不欠的，甚麼也不為，愛得那麼乾淨而絕對，即使下邊的阿凱咕，也分攤不到德英所得的那麼多。

三年多的時光，對于一個丈夫生死不明的中年婦人，自有足夠的折磨使她乖張；而對于一個德英這麼大的孩子，又正是打型上模子頂緊要的一段日子，却都荒蕪了。

三年多當中倒有兩年之久下落不明的藍大夫，居然在戰後第二年春天，携著到處印有ＰＷ的一身衣裝和一套行囊，以及一雙躲在近視鏡子後面給金雞納霜色素染黃的眼球，被接運回國。一切都像兩個人生一樣的變革了，不僅僅是戰後的那種單純的迷惘；一樣的慘烈的戰爭，舔食戰敗和俘虜的滋味，然而現在却是戰勝國的子民了，沒有甚麼比這個更真實，也更困惑，為自己所曾獻身的戰爭。

但是一切的變革仍變不了藍大夫那個原原本本的自我。藍大夫彷彿被戰爭饑餓了他的人生，饑餓得太久太久，來不及的拾起原本的愛好，他的園藝和小動物。

真是田園荒蕪的無盡感慨；走後的醫院一直停業，這倒沒有給他甚麼感傷，因為除掉困守熱帶森林的那兩個多月之外，即使在戰俘營裏也一直沒有放下他的醫療工作，這都不嫌陌生。唯獨在他這個巨大的庭院裏，儘管他的妻子兒女有多勤勞，然而對于園藝完全外行的種種努力，仍只是徒然的糟蹋生機。該剪修的，該矯正的，該培養調理的，沒一樣不是被荒廢了三年多值金值銀的生命之成長。五斂子彎曲成那個古怪的樣子；牛心梨的營養全部供應到枝葉上去，結不出三顆兩顆果實；桃樹生了白蟻；不可想像的蟲害把櫻花、桂圓、荔枝，盡都毀掉了；而各色玫瑰已成高樹，但是一朵花也不開。

等不及要興起這遍廢園，藍大夫依然當年的那種暴烈和躁急。老是等不及要怎樣，等不及要怎樣，然而沒有甚麼來得及的了；已經是那樣粗大的五斂子，還能把它規正得修直修直的麼？不能不大事砍伐而重新建造了。

除掉不可能希望一枝嫩芽一夜之間便在砍去的老根上抽長成蔭，但畢竟樹木不過十年；而樹人呢？

一棵彎曲、蟲蛀、營養盡都發展到枝葉上去的小樹，幾乎從根壞起了，那便是他為父者也曾一度偏愛的德英這個離了譜兒的孩子。

每一個家庭都有她自己的固定規範；頂細密的條文，或者只是一個粗略的原則，寫在這個家庭裏家長的周身。藍大夫是個生長在東方的自我揚棄時代裏比較少有的成功者；大陸和海島的兩種民性，傳統倫理和新的智德，調和在藍大夫身上的那種恰如其分的和諧，真像是經過一帖高手的處方，砝碼和量杯精確秤量的調劑，就有那樣的接近完美。從中原黃泛的泥土裏生長的文化，遼濶而迂濶，那些漂洋過海的墾殖者盛載了這些，浮沉在腥鹹無垠的風裏浪裏，潮裏汐裏，曝晒于亞熱帶炙烈的日光，如先民一樣把他們的圖騰插到洪荒的島之岩石上，中原文化乃在島嶼狹窄的新地插枝壓條；不復似北中國平原的遼濶，然而也不復是那般迂濶。藍家宗祠所在的山上，那裏便敬奉著一枝一個半世紀的扁擔。藍大夫得自自己國度的便是這個，椰子樹下的學寮裏，拖一支豆角長的小辮兒，背誦刻板的聖賢書。

然而這個農家孩子，他的幸運不光是跳脫出老家那一遍愚昧貧困的山窩，以及終老陷身于愚昧貧困的他那一代，而且超越了中國大陸自我揚棄時代不幸的那一輩；因他吸取的西方，屬于另一個方向的迂迴，經過東洋文明過濾的另一形態。

而藍大夫的本身和他的家庭的規範，便是這樣了。

但是在這麼一個家庭裏，德英是第一個反叛者；誰能相信那麼大的孩子，跟隨一個陸軍上尉軍官到軍營去看晚會，居然可以一宿不回家？

「一定不要處罰，一定；那是我們的錯。」

佩戴砲兵科領章的上尉，一再跟藍太太這麼說情。一大清早藍大夫含著隔夜的憤怒，出診到郊區去給一個自殺者急救。藍大夫前脚走過，上尉領著德英後脚進來。

「沒有關係，我爸爸不在家。」

一進門，候診室門外沒有停放爸爸的單車，孩子一臉緊張的肌肉就頓時鬆弛下來。

「你是個小機靈鬼！」上尉也笑了。

他們談笑的聲音很輕微很輕微，可是做母親的那麼敏感的從後面忙不迭趕出來。

「真是呀，你爸爸氣了一夜。」母親急切的抓握住自己一雙水淋淋的手，神經質的抖索著。

「一定是妳不敢告訴爸爸，妳答應我去的。」孩子跳著脚叫。

「怎麼這樣跟母親說話？不可以。」砲兵上尉抵了抵孩子的脊背。

「你等著你爸爸回來吧！」

「一定不要處罰他，也不是甚麼大錯。」砲兵上尉陪著好話。「晚會散了已經很晚，我們就留下他了。你們這個小弟弟真是太可愛，太聰明，大夥兒都捨不得放他走。」

做母親的就受不得人誇讚這孩子，臉便軟下來。

「我倒是沒甚麼……他爸爸怕要饒不過他……」

「那就全靠妳做母親的說合說合了，一定不要打他，這麼伶俐可愛的小弟弟，誰也打不下手的。」

真是沒有誰能夠打得下手，德英確是那麼一個惹人疼愛的孩子，特別是瞧在母親的眼裏。

藍太太一面指使著阿春張羅早飯，一面走裏走外的數說德英。

孩子也不是一點不畏懼，抱著走廊的木柱，指甲在上面狠勁的刻劃，順著年輪的紋理刻劃得指甲一陣陣的脹痛。父親還很遙遠，也許他的單車在途中壞掉了，頂好是被汽車撞到了，也不必死，傷養好了以後也會把這件事忘掉。除非那樣，不然他就逃不過一頓苦打。父親還不曾打過他們，不甚嚴重的處罰還是常有的。但他毒打過道格斯，為牠啃壞了蝴蝶蘭的花盆。也毒打過庫瑪，只因遲放了牠一會兒，竟在院子裏便溺；毒打到甚麼地步且不說了，後來庫瑪鬧肚子，又在家裏屙了一次，被父親發現到，剛從牆上摘下那支皮鞭，庫瑪就能吓得三口兩口吞下牠自己屙出的稀糞，以前的那一頓毒打，不知道給牠多深的記憶。

抱在這根柱子上，只要把身體往後仰一仰，就可以看到斜對面牆上掛著的那根皮鞭。

父親還離很遙遠，一個渺茫的恐懼，為甚麼那兒掛一條皮鞭？母親要是聰明些，她該趁早藏起它來。而她專在這兒走裏走外一句當做十句的嚕嚇些廢話，然而他也看得出母親有多為他著急和畏懼。

真就是那樣的，瞧在做母親的眼裏，孩子顯得不知有多無倚無靠的孤單可憐。于是母親開始抱怨正在漱口的老大了，抱怨他為甚麼不自己帶德英去看晚會，偏讓那麼個不相干的軍人帶了去。

「我根本就不知道哪兒有甚麼晚會。」

「你不知道，阿英怎麼會知道？」

藍太太恐怕是會有些後悔的，若是哥哥姐姐帶了去，現在要捱打的就不會是德英了；至少不光是德英一個人。可是三個大的，現在一個也沾不上這件事，一個也拖不下水陪著德英捱打，當真讓他一個孤孤單單直著腦袋等他老子回來收拾麼？藍太太好不甘心又好不心疼！

孩子終被母親帶上樓去。平時若是這樣，一定是母親房裏有甚麼私房可吃的東西，要偷偷的給他躲在那裏受用。現在自然不像那麼回事。

「告訴媽，以後還敢不敢那樣大膽？」

德英可就撒嬌的哭起來。這樣的年齡，能夠終夜不回家，使人覺得他太小；而現在居然撇著嘴巴哭了，可又使人嫌他太大了。就是那麼一個尷尷尬尬說大不大說小不小的孩子。

「還敢不敢，問你——！」母親發急的搡了孩子一下，這才德英不大情願的搖搖頭，一面用手推捲掛在壁上藥廠贈送的月曆。那上面是一幅介乎藝術和色相之間的裸體照片複印品，熱而擁擠的色調，這是在父母親的臥房裏。

「回頭爸爸回來，媽替你說，昨夜回來晚了一點，燈都熄了，你是到老街阿婆那邊去的，知道嗎？」

孩子的眼睛亮了起來。

「懂得嗎？」

「懂得。可是……」孩子的心眼轉得很快。「爸爸要是去問阿婆呢？怎麼辦？」

藍太太可又為了欣賞孩子的慧黠而破顏了。「別的你不要管！」

孩子仰視著母親，仰視母親幫他瞞哄爸爸的那兩片薄薄的油汪汪的嘴唇。這母子倆的嘴唇真太相像了。他緊緊抱住母親，頭頂抵在母親剛過中年便開始有些兒鬆垂的胖下巴上。孩子實在長得太快，似乎很快就要趕上母親那麼高了。

「下次，再要是這樣，媽可不管你。」

「下次不會了。」

德英感動的說。但他多麼放心，對于未來的永遠永遠。

但是德英沒有逃得過責罰。不是普普通通的順手敲敲兩下，如他瞧著牆上掛的皮鞭所想像的那樣，父親把他綑在椅子靠背上，就用那根毒打過道格斯和庫瑪的皮鞭，作廢的皮腰帶剪作三股編成的辮子，鞭桿兒似乎是當年醫院開業時哪一位親友送的譬如「仁心仁術」之類的立軸散裱之後拆卸下來的圓柱。

父親沒有專心聽明白那一套謊言，好像打定了主意非要做一樁要事不可。鞭子橫三豎四的打下來，似乎不止一條鞭子在德英的臉前千頭萬緒的揮跳，拉動咻——咻——的風聲，又彷彿一掛鞭炮懸在頭頂崩炸。在孩子的腿上、背脊上、手臂乃至臉上，無數刁鑽的毒蛇竄前竄後的噬咬，由撕痛而燒炙的來不及的感覺，人像混身堆積著通紅的炭火，最後便再也哭喊不出，就那麼天昏地暗的直向一個無極的吊懸裏沉落……

母親多麼沒有用！多麼不可靠！撒那樣不發生作用的謊……孩子恨透了母親，一直裝作比愛其他哥哥姐姐弟弟更愛他，而他們並不捱父親的毒打，公平麼？當他在千條萬條的鞭子抽打之下，母親躲藏到甚麼地方去了？憑甚麼她要害怕父親發瘋？也許不那樣撒謊矇騙父親，情形可以好一些……母親那偉大的影子也被抽打在他身上的鞭子同時抽打得比粉碎更不如了……

自然德英所痛恨的，絕不止于母親一個人，所有的人，所有的一切，除掉他自己和他自己的過失。

孩子找尋不到自己有甚麼過失，為甚麼一夜不在家裏睡覺就犯了天條？為甚麼？在兵營裏他很快樂，晚會甚麼的，其實不大稀罕，那和大拜拜的布袋戲，賣藥的街頭歌場等等，都差不多是一種味道，在孩子們看來都太冗長，遠超出孩子們的耐心。

而大兵們似乎也是一樣，都把興味轉移到孩子身上。那些南北轉戰十載二十載的兵老爺，沒有哪一個不是揣著滿懷思家的寂寞。聽覺神經儘只在槍炮和男性低音的聲波頻率裏震顫，積年累月呆板的振幅，不用說有多敏感于女聲或童聲高頻率的敲擊，單是這點子敏感的滿足就夠了。

兵營裏的慣例，逢有晚會之夜，必然是正式宣佈延長熄燈和起牀的時間；那就給人一些兒逢年過節放任的快感，對于老是給軍號和哨子管束的兵士們，這種快感或更勝于晚會本身的娛樂趣味；而今夜，他們的營舍裏跳閃著童聲的清脆，越發在放任的快感之上平添一分家的溫暖，有多奢侈——這調味！

孩子和大兵們互為新鮮的揉和在他們的生活軌道之外。一種羣居的、征戰和浪漫的人類原始天性，男孩子的稟賦裏本就潛在著這些，德英便被和他一點年齡的距離感也沒有的這些孩子氣的大兵，被漆光的鋼盔，被槍枝和砲衣下覆蓋的威武等等勾魂攝魄的磁吸了。

懷抱著一頂襯盔睡去。襯盔裏巧克力和橘粉兩種甜色相間的寬條紋，凝一層男性粗魯的腦油和汗酸的氣味。襯盔裏裝載著大兵們一趟一趟打開福利社買來而沒吃完的零食，孩子帶這一些跑進夢裏，而夢裏盡是卡柄槍管上烤藍的光輝，彈奏著槍械拉動的那種斬釘截鐵的跳動，和孩子夢裏脈息同一拍節的跳動……有何不可呢？

往時也曾在外祖母家留宿，不管多麼親的骨肉，不管自己多麼野，太陽一落山，到要掌燈的夜晚，那時外祖母還不曾遷居到老街上來，山風打從屋脊上呼呼的跑過去，就有一股無來由的荒漠和蒼涼，人像落進無援的冷湖，念起家有天邊那樣遙遠，彷彿被母親捨棄了那麼的悽惶。而在兵營裏這一夜，反是母親被他捨棄了，心上連蜻蜓點水一樣也不曾點那麼一下母親的影子。

有何不可？那麼快樂的一夜，夢裏都是金光閃閃的歡笑和戲鬧。而母親要用失敗的謊言掩飾他這快樂的一夜，父親下毒手打他這快樂的一夜，成人們就是這樣子愚蠢而野蠻的東西麼？

說過德英這孩子是藍家的第一個叛徒，好像生就的他不能理解和承認這個家庭的規範，自然就不能服從這些個愚蠢和野蠻——孩子只能給自己作這樣的解釋。

父系的立法在這個家庭裏一直不曾被哪一個懷疑和破壞。早睡的習慣，作為一個好醫生，他需要那樣；從入寢到天明這個時間裏，病家有權任意挑一個時辰來敲醫院的大門。不僅是這個，藍大夫有他純農民的勤勞天性，他需要早起，溜狗和整理他的園藝，而且每個禮拜日的凌晨，多半是四五點鐘的時候，全家無分長幼，一人一隻小布口袋，裏面裝著半濕的豆腐渣，水田裏芟草的農人那樣，膝行著推擦地板和半人高的木壁。而且還不僅是為了這個，那個時候，他們這一帶不過是市郊的村落，後來人口暴增，這個都市才像鱆魚一樣的鋪開。當初像所有的農村那樣，夜沒有其他的用途，夜就是睡眠的意思。儘管電力已經十分廉價的供應了，仍還不曾感化農民們幾千年流傳的節省燈油的固執。

上一代的叱責雖已極其遠去了，但仍極其根深。「還不早點睡嗎，點燈熬油的！」把這個轉贈給下一代已不適用。然而他必須叱責。「蟑螂！哼，窸窸嗦嗦的，一到夜裏就有精神了。睡去！」站在開關那兒，等著熄燈。而多半是德英這孩子，老在父親眼裏扮演專在夜間出沒的蟑螂那一類的昆蟲。

——當然，我要喝茶。孩子不會服氣的。媽總是臨睡時給你泡一壺好茶帶進房裏去的，你自然用不著像蟑螂一樣爬下樓來。

每一個人的熱能，在每一天當中燃燒最旺的時辰，不可能完全相同的。不幸的是德英這孩子，他的精力總是遲遲的延至初更方始強盛，愈近中夜，愈近頂峰，這是一樁無可奈何的痛苦，對于藍家的孩子來說。

除掉「蟑螂」，還有更惡毒的咒罵，多半也是德英享用的最多。

「總是亂抓亂拖，共產黨！」

藍大夫自己使用的東西，就像唯妻子與牙刷不能與人相共一樣，誰也不可以碰一碰。而德英獨獨在這一方面特別粗心。從樓上下來，他可不管誰的拖板，大還是小，哪一雙正好是他插脚的方向，他就穿哪一雙；甚至兩隻兩樣的花色和大小，他不管。家裏兩輛脚踏車，他也不管公用的還是御用的，哪輛沒上鎖，就騎哪輛，他可懶得去問這個問那個去找鑰匙——不過他是比較喜歡騎父親的那一輛，新，派頭，而且省力。能夠享有這些，不痛不癢的「共產黨！」就沒有甚麼了。孩童時代在一起磨牙，還不是常駡人「羅斯福」麼？現在居然堂堂皇皇的一條大馬路，羅斯福路一段，羅斯福路二段，還有三段，四段，直到六段，那麼濶氣！

所有德英的一些習氣，都好像存心作對的和他的父親犯沖；藍大夫的精確、勤勞、效率、和刻板，沒有一樣德英可以接受。襯褲的褲帶縮進去了，就到手術室去隨便拉來一根鑷子。褲帶鉗出來了，而那根鑷子就不知道會順手放到甚麼地方去，直等父親發現到，在那兒暴怒的吼叫，一面做母親的跟著打圓場。就是那麼多瑣瑣屑屑的厭煩，一會兒被發現喝剩的茶根子沒倒掉，茶杯沒有倒放在茶盤裏了；一會兒又被發現鞋子沒放到指定的位置上了；又是毛巾沒有扭起來，單車放的不是地方，手錶忘掉在浴室裏，英文課本被庫瑪按在那兒啃了……太多太多類似的煩厭，煩厭著忙裏忙外的父親，煩厭著蕩裏蕩外的德英。就像他愈是要躲著父親，愈是老要在這座大樓裏到處和父親撞個滿懷那樣，那些瑣瑣屑屑老是給苛求的父親碰到。而愚蠢的母親又老是不夠高明的替孩子轉圜。「孩子慢慢的大了，儘量少罵他罷！」小聲小氣的給父親陪著好話。然而那總是讓做父親的分外冒火。「大了嗎？他成器嗎？」母親的好心轉圜，實在只等于給他加罪。

德英確是慢慢的大了，在這麼一個不適合德英生活的家庭裏長大了；或者不如說德英不適合在這麼一個家庭裏生活和生長。眼見這個家庭留不住他；和父親那麼多的犯沖，和兄弟姐妹之間幾乎沒有一點點共同的趣味，老是一個人雙手插在褲子口袋蕩裏蕩外；或者靠在那兒抖著腿，清掃鼻孔，指頭插在裏面入神的探索，然後抽出來擰搓，彈落，反覆的這樣；或者追隨著忙碌中的司藥和阿春，吹他那些一部份事實和一部份揑造的趣事。就是這麼一個冷淡乏味的家庭，在這裏面生活。他那老騎兵式的籮筐腿，奇寬的肩膀總是大幅度的擺動，需要雙人行走的寬度供他走動，于是這個對他顯得十分空虛的家庭裏，到處都被他這個大動作的孩子擁塞了，樓上樓下盡是幢幢蕩蕩他這個人。

藥劑生和女傭，只不過是出于僱傭關係的應付。如果把這個家庭比做孩子們玩耍的翹翹板，藥劑生和女傭畢竟算不上，德英的這一端只有母親和他在一起，但終嫌太輕了，沒辦法平衡；配藥的天平上就只母與子這兩個法碼，天平只能像菜田裏的吊烏，虛無的指著天空。而母親對他也只能做些徒然加罪的辯護，和暗中不時打發他的零用，這是別的兄弟姐妹從來沒份兒的。然而這仍然挽留不住德英，這個家庭不能向他提供合乎他口味的東西。

于是做父親的在德英的書包裏搜出打綯的菸捲——這已經是女傭在他制服口袋裏經常發現菸渣很久以後的事了。做父親的常時秘密的搜查子女的書包，並不為的了解他們的課業，他只關心他們的週記和課外讀物，屬于思想方面的，那時各個學校裏不斷的發生包括教師和學生的叛國犯被捕的事件。不一定屬于甚麼政治性的認識或信仰，他只是為著子女的安全而已。在政治上毋寧說藍大夫是個恐懼的孤獨者，這和他關起門來拒絕一切社會活動的性格有關，大部份認真的醫生也總是這樣的維護著他們的職業所需要的自由和獨立。

老實說，內容最貧乏的要算是德英的書包了。藍大夫也有他隱然于內心的矛盾，大男孩和大女孩複雜而豐富的書包內容，使他常常預感一種不安；屬于青年孩子們特具的藝術傾向，飛在雲裏霧裏的那些彩翼，一個講求精確、勤勞、效率、和刻板的醫生，一個遺忘了自己青年時代的中年人，已經看不到那些耀眼的彩翼，只有當彩翼在他頂上掠過之際，承受那一掠而逝的投影，灰暗而空虛的一瞥，遂有不安掠過。但是德英的貧乏——實在那是一掛最本分的書包，教科書之外別無長物——反又給為父者一種苦惱的無望。

現在似乎不再貧乏了，一包多綯的香菸，手工捲製而噴散強烈的酒精辛辣的粗品，連錫紙蠟紙也省略了的包裝，這都說明了這孩子已經不光是裝裝神氣的學樣兒，在經常短缺零用的情況下，他是要用這種廉價的粗品來維持菸癮了。

動用牆下的那根三股辮子的皮鞭罷，道格斯和庫瑪都是用這支鞭子給牠們上規矩的。只是皮鞭抽在狗身上的時候，藍大夫沒有這麼深的憤怒、痛苦，和無望。

綁他在廊簷下的柱子上，一個高級中學的學生，然而一如藍大夫遠自南洋歸來的時候，瞧在那雙黃色眼球裏彎曲的五斂子樹，已經矯正不及了。

一個高級中學的學生，被綁在廊柱上鞭打，任樹叢多麼濃密也遮掩不住鄰人的欣賞了。

西鄰那個女孩，站在高高的樓房石基上望著這邊，然後又出現在那垛矮牆的牆頭上，還有她們家那個胖墩墩年輕的女傭。

新近遷來的鄰居，她們是。那棟東洋式的樓房戰後屬于敵產，查封過一個時候，曾經是孩子們當作探險和寶藏的樂園，後來就給一批單身公務員不大起勁的進住了——原因是距離市中心區太遠了一些，成了地道的只作睡覺的宿舍，只在那房子裏出現燈火的時候才出現人影，響著門窗自動紗門，和木拖板。而現在新的鄰居遷住進來了，一個人丁不旺，但似乎很濶綽的家庭。

就像她們搬家過來的那天一樣，在藍家這邊，隔一帶短牆，只見牆頭上絡繹不絕運送著貴重的櫃子、櫥子、沙發牀墊、銅牀架、笨沙發椅……傢具們自顧自搖搖晃晃的行走，看不見人。給人的印象就是那樣的，一個人丁不旺，但似乎很濶綽的家庭。又似乎是今天才是這家人第一次的出現，一出現就來觀賞那麼大的孩子給綁在廊柱上鞭打。

「我猜，那小子是個小偷，被人抓住了。」

伏在牆頭上的女孩，脚底下踩著搬家時裝磁器的空箱子，一隻脚不安分的撥動木箱上翹起的鐵箍，脚上穿著尚屬奢侈品的尼龍短襪，和淡橘黃的生膠平底皮鞋。

「不像啦，他們是一家人。」

「我偏說是小偷。」

她們的陌生，立刻引起藍家拴在樹上的四條狗兇狠的吠叫。附近的那座津田式水井，一個生就的腫臉的女傭不緊不慢的壓著水，長長的亞鐵管通到四周圍著兩尺高苦竹籬的養魚池裏。

壓水的女傭佯裝作不曾看見她們——她一定是看到她們了，分明四隻狗衝著這邊狂吠，她應該轉過臉來看看這邊才合道理的。

一場責打過了，禿半邊頂的中年人拎著鞭子待要走開時，又歪著頭氣憤的訓斥著甚麼，然後是那位富富泰泰的婦人紅著眼睛過去，默默的解那繩索。

「我說不是罷！」

「偏說是。」女孩矯情的跺著脚底下的木箱。

四條狗比賽似的，跳著咬著，拉直了脖子上的鐵鍊，拉得牠們不時的聳立起來，也沒有人去制止，齊噪噪的吠叫鑽鑿著人的腦子。

「好討厭的狗！」

隨即這女孩發現，並且點著指頭數這家拴在樹上的貓。她沒有見過拴著飼養的貓，也沒有見過這樣把人綁在柱子上打。

「他們家甚麼都要拴起來的，人也是。」

女孩喃喃的說，她現在承認那個被綁在廊柱上鞭打的大男孩不是小偷了。

然而這是一個古怪的家。母親帶她專程過來拜訪。

藍家的邊門就在她們的大門左側，而且半掩著，但諸處要表現自己多有教養的蔡太太，走邊門或者就等于翻牆過去一樣的失禮，寧可繞那麼大的一個圈子，走前面的正門。

非常開敞的正門，兩扇有滾輪的淺藍板門向內開到兩側。當門五株蒼翠的龍柏緊挨著排做一堵天然的影壁，後面便是樓房正門。看不到諸如藍甚麼科醫院的標示，如果不是說明這家醫院已有相當的信譽和歷史，以至不必懸示甚麼招徠的標牌，那便一定是和這個醫生收斂而孤獨的性格有關。

亭臺式向前伸展的門廊底下，停放著三五輛單車，門上這才有藍大夫的名牌，一塊四十開本大小的本色木牌子，墨筆正體字已很模糊，女孩就攀住廊柱一下子站到洗石混凝土的欄杆上，搆著去認那上面的字。

母親急忙低聲的制止，孩子不管那些，瞇瞜著眼睛，細瘦的指頭對空描著筆劃。

「姓藍，媽，他們家姓藍，藍顏色的藍！」

聲量那麼大，一下子就把她母親繞道前門來拜訪的禮貌完全破壞了。

「麗麗，妳真沒禮數，不該帶妳來的！」

「噢，真該帶我來，」很重的跳到地上，嘴唇搆到母親濃粧的顋頰。「多失禮呀，妳根本不知人家姓甚麼，要不是我。」

母親就嗔著扭了一下麗麗，把那份疼到心裏的愛悅滴滴淋淋流到女兒白皙的臉頰上。

進門就是一座屏風，整整一塊千年紅檜的橫斷木。多麼滯重的陳設，足有一人高見方，四周邊緣上保存著原來幹面的曲線，棕紅沉暗的漆光裏映出母女倆矇矇矓矓的影像。屏風背後的正廳便是候診室和藥房。兩排公園長椅，坐幾個不襤褸也顯得襤褸的病人，脚邊放著菜籃。火車隧道似的拱形小窗口裏，有藥劑生不完整的白袖急驟的轉動，在那兒磨研藥粉。

適巧主婦從西間客廳裏送客出來。有這麼俏麗惹眼的病人麼？主婦亮了亮異樣的目光，特別招呼了一下，用她的方言向一旁的長椅上讓坐，也是一個僅次于蔡太太濃粧的婦人，比蔡太太富泰豐潤一些。

雙方給不能相通的方言僵在這兒。主婦把那個不愛理人的女傭喊來通譯，這才給請進影著蝴蝶蘭彩光的客廳裏。

然而多乏味的成年人之間的禮數，那不是麗麗忍受得住的。窗外盛開的花朵，比起她們家荒凄凄一無是處的大院子，藍家這裏就是仙境。沿著爬滿了長春藤的院牆，各色相間的大玫瑰織進純淨的軟芝草的綠毯，真比甚麼樣安適美麗的牀榻和花毯更逗人發懶。

花格斜裙好似浮在水上一樣的浮在這個多彩的花園裏，旋出一蓬花傘，再旋出一蓬花傘，屬于童話裏，卡通裏，仙子和公主的夢境。愈往後院飛旋，樹叢愈密。樹叢深處就是巫女的法地了，就用那些誘人的果實，那些黑紫的葡萄，醉紅的荔枝，整串整串懸吊著陷害人的魔法……果真就是了，冒冒失失的狗吠，惡夢。那是惡夢裏的黑色吼叫，多少條狗齊噪噪的狂吠，她知道那是四條，一條狼犬，一條白色狐狸狗，兩條雜種狗，但她把牠們假作狼羣，巫女的化身。她的王子被囚禁在那裏……甚麼樣的王子？沒有哪一個配她去愛的男孩子，她的夢裏沒有那個，就像她尚未充分發育的瘦扁的身體，夢也是那樣的瘦扁……然而居然來了，王子——紅面孔，寬的肩，拖著老騎兵搖擺的脚步，幾乎是跛行的那種飛揚跋扈的誇張動作……

齊嘈嘈的犬吠把診療室的藍大夫吵煩了，拉下聽診器，彈簧合葉的胸扉那裏探出頭來，德英可不正在同藥劑生吹他的英雄事蹟麼？「去看看，有沒野孩子偷花！」德英就是這麼奉命繞過後面的飯廳走來了。

「你是魔法師還是王子？」手交叉在胸前，麗麗站在自己的夢之邊緣上。但是她立刻認出這是誰了。

紅面孔一陣子湧上來更深的一層紅。那薄薄的嘴唇微窘的噏動了一下。「妳頂好不要惹狗這麼叫，找誰呢？」

「嗨，我認得你的——不是前天捱鞭子的麼？」

剛要回復原來的紅的面色，一層紅幕重又漫上來了。這個大孩子受窘的時候，就會不自由主的搔搔頭皮。但是為這樣一個毛丫頭弄得自己手脚沒處安置，就忽然感到有些惱羞。

「哈，妳這樣子！」德英兩隻手插進腰帶裏，立刻就很氣壯了。「也是塊殖民地。」

「甚麼意思？」

「妳也是塊殖民地，就這個意思。」得意的把上半身左右的搖晃著。他那兩隻脚，幾乎沒有一刻能夠安分的站定了不動。拖著一隻一樣的木拖板，小拇趾隔在輪胎膠帶的外面。

但是在一個月夜，他翻過牆來，那是一雙赤脚，沒穿拖板或鞋子。

那時麗麗正一個人坐在向東的走廊上，就是那樣的坐著地，靠著牆壁，四周丟了滿地荔核兒和蜷縮的紅殼。剝食著寂寞，吞吐著寂寞，撒遍地的寂寞。

泛紅的大月亮剛爬上藍家房後——那些附著在樓後的平房——大月亮上貼著樹叢的剪紙，只像一塊公路旁標示著「隘路」「危險轉彎」之類的螢光漆牌。

抱著膝蓋坐在那兒，交握在腿彎兒底下的一雙手上凝著果汁的黏澀。女孩會想些甚麼？習慣在孤單裏數她一些小小的貪心。要甚麼，母親就給甚麼。然而很多仍是母親不能夠給她的；譬如不要用秤稱過的鮮荔枝，藍家掛滿了樹梢，而她嘗不到那是甚麼滋味。這樣的夜晚，母親也不能夠給她，母親有她自己的忙碌，在那一遍照亮了半邊夜天的萬盞燈的街市裏，那裏才是母親的生活，好油膩的周旋！給她她也不要的。

整個一棟樓房裏，只有她；阿綢那個胖大姐，只是一架做飯機和洗衣機，自然也是清掃機。以前租住的一棟木造平房裏，也只有她。但那時候許多時光都放在學校裏，現在她因病休學了。多麼可笑而得意的病！

地上摸起一顆荔枝核兒，順手丟過去，碰到院牆彈回來了。這一顆要用大一點力，要高一點。背後客廳裏胖壯的清掃機正在拖動拖把，窗口有重叠的沙發投影到走廊上來，在她的左邊和右邊。

彷彿這一顆荔枝核兒又彈回來了，彈回一顆碩大的黑影。月光穿過樹叢已經不夠明亮了，背後窗口裏投射出來的燈光也照不到那麼遠。但她一眼就認出那個人影——我才不要這樣的王子！女孩不懷好意的躲在暗中笑了，又摸起一顆荔枝核兒，打算吓他一下。

黑影半晌都沒有動靜，給牆影遮住。他蹲在那兒做甚麼？擦亮了一根火柴，雙手捂住，然後叼著紙菸的下半個臉湊進火柴的光圈裏。那崛起的下巴，用力叼著香菸而更為菲薄的嘴唇，就是這麼一回事。等待已久的荔枝核兒順手扔了過去。

「嗨，殖民地嗎？」又是一顆荔枝核兒對準扔過去。

黑影走過來，現出白色的汗衫。卡其布的長褲走進窗口一方燈光之外的餘光裏。褲腰上沒有穿進皮帶，褲子就低低的掛在胯骨上，一隻手插在那裏面。

「也躲在這兒走私？」對方說。香菸的紅點在嘴的位置那兒微微顛動。齊肩以上的部份給窗子上緣投過去的黑影切掉了。

「我猜就是捱鞭子的那一個。」

「妳以為我知道妳很少嗎？」

德英縱身跳到高高的房基上來，就那麼方便的坐下，背靠在灰色的廊柱上。比起他臉孔上現在的光度，麗麗該算是躲在暗處了。

「我沒有爸爸，用不著捱鞭子。」

「世界上除掉鞭子以外，還有別的，妳可知道，小鬼？」

「還有，當然；躲到我們家抽菸。給我一枝！」

「等一等罷，妳只有。」德英豎起指頭上的菸枝，比劃了一個長度給她看。「下面是妳的。」

「小器鬼！我們家客廳有的是，我請你。」

麗麗跳起來，一身精瘦的長褲，藍白相間的縱條，上身則是同樣花色的橫條，海濱浴場的那種清朗的調子。兩條瘦長的腿直直的往後摔動，跑回屋子裏去。一個跑在年齡前面的女孩，她應該是。不會是出于矯作，看在德英眼裏這是另一個世界裏的女孩。

一廳三五牌的洋菸，一座紫銅馬，背上馱著打火機。拄著拖把柄子的胖大姐，臉貼緊了窗子望到走廊上來。明處看暗處，那是很吃力的。

「妳並不是殖民地，沒有受壓迫，我猜錯了。」

「你不是還以為我在這兒走私嗎？除非你把你們家樹上的荔枝偷了來。」

「很簡單，等熟了以後。」

「那就用不著你偷了。等荔枝熟了，我和你們家的狗也熟了。」

「真是瞧不起妳——人小鬼大！」

「別害怕，我只是想想，這個牆頭我就爬不過去。」

她學著要把香菸拿得氣派些，總是拿不好，而且菸尾已經含濕了一截兒。學對方的樣子似乎更不方便，倒著拿，火頭握在掌心裏，忍不住那種灸痛。胖大姐的影子再度的貼到窗子上來。

「聽說妳有病是不是？」

「甚麼人說的？」她給香菸嗆了一下，抹著眼淚。「我媽跟你爸爸說了？」

「那樣的話，我們老頭子也不會再說給我聽。」

「誰？你爸爸一點也不老。」

「妳沒有爸爸，妳不知道叫老頭子有多合適。」

「總是我媽說的，那天在你們家的時候，是不是？」

「那是妳媽嗎？」德英用他崛起的下巴，衝著客廳指了指。「她說的。」

「死阿綢！」

「很丟臉的病是罷？」德英得意的笑笑。

「你一定也希望得那種病，可以休學。不會比捱鞭子還丟臉。」

「不是很丟臉，也是很危險的病；要是走在馬路上發了呢？」

「不會，發病的時候，你猜怎麼樣？」麗麗忽然伏到地上笑了。良久直起身來，順手擄一把荔枝的殼子和核兒，撒在德英的身上。

「會怎麼樣？」

「不要告訴你。」一陣子忘形的笑過以後，麗麗忙把披肩的長髮整了整。「怪不得死阿綢跟你們家那個做飯的隔著牆頭聊得那麼起勁兒，差點兒又讓你們家燒飯的再把秘密傳過牆來。」

看在德英的眼裏，麗麗整頭髮的神態也是跑到年齡前面了。

「那是個秘密？」
「不管是甚麼，我不要告訴你。」
「假裝的是不是？」
「你這麼會猜！」麗麗搆著踢了德英一下。「病也能假裝的？你裝給我看！」
但她還是狡猾的岔開了。「那兒是不是你老頭子的臥室？」
她指著那邊樓上僅有的一面亮著燈光的窗子。藍家整個一棵樓，連同附著的平房，燈全都熄滅了。
「那一間麼？我們家寒窗小生的臥室。」
「寒窗小生？」
兩個人都放聲的笑起來，笑盡了他們對于那些愚蠢的乖孩子共同的諷嘲。
「本來就是裝乖，」德英又點上一枝三五。笑起來，他就會混身有一種使人不安的扭動。「裝做很有骨氣的樣子，哈哈，其實正相反。」
「可是你總得有一兩個乖孩子的朋友，大考的時候。是不是？」
「傳帕司？哈，很簡單。乖孩子都是喜歡談戀愛的，需要有拳頭保護他們。」
麗麗轉了轉眼珠，月光落在她蒼白的小尖臉上。
「那你們好無賴！」
「無賴甚麼？保護弱者。」
「你不談戀愛？」
「跟Ｋ書一樣吃力，所以只有乖孩子才搞那個吃力的玩意兒。」德英側臥在地上，撐著一隻肘子。「要麼，泡泡。妳知道談戀愛有多幼稚！」

「甚麼？泡泡是甚麼意思？」

「所以妳不要在我跟前充大。」

「不管；告訴我，甚麼意思？」

「就像現在這樣。」

「不會是。我知道還有別的。」

「當然還有，就像老頭子教訓人的，少說話，多做事。談甚麼愛？實際點兒。」

麗麗就不再追問了。那是無關甚麼不好意思的，這樣的女孩不懂得甚麼話說不出口。她已經懂得那些了；影片上的字幕，一些不算壞的晚報和雜誌，以及所謂文藝小說的暢銷書之類，不必愁這一代的孩子不跟上時髦，在他們生理的自覺之前即已獲得豐富的知識——儘管或許是朦朧和不正確的。

常就是這樣，這家新鄰成了藍德英一個最好去處——其實不如說這是從他家庭裏出來的一個新的家庭，就像他父親打南洋回來忙過一番的那些插枝，在鋸去枝幹的老根裏插上新枝。雖然苦人的家庭並沒有鋸去，新枝確是插了。只頂他肩膀高的矮牆，實在不等于牆，不等于兩個家。他樓上臥室的窗外有一棵老柿樹，熄燈後整個一棟樓房關閉像一座城堡，然而他有老柿樹做他的雲梯。

這個蔡家能給他甚麼？早已不是童年探險和寶藏之地，那個時代逝去已久；現在在這裏，即使沒有那麼齊備，只要給他一天之中抽最後一枝菸的地方，不用走進這座樓，走廊都可以不上來。尼古丁的毒癮可以使一個人討賤。而蔡家給他的已遠超過他所要的。

一個在夜晚不常見到主婦的家庭，由一個寂寞的小主婦胡作非為，可以吐煙圈，喝濃咖啡，躺在地板上看雜誌，只有開大了聲量才是味道的風靡音樂，而唱片丟了遍地可以不收拾……單憑這些他就該姓蔡。

然而麗麗可又希望生到藍家去。

「我真想復學了——不過頂好不要一本本的去啃磚頭。」

休學以後的滋味並不怎麼妙，為甚麼德英哥哥姐姐妹妹全都有，那麼齊全，而那個家留不住他呢？

休學以後她發現到第一個不合理，電影院為甚麼整個上午都空在那兒荒廢了。然後她就把整個上午睡過去，來抵抗這個不合理。那麼長夜就是她的下午了。

沒有哥哥姐姐妹妹弟弟，麗麗只有夢想著生在藍家；往日那許多嘻嘻哈哈的同學都已失去，麗麗也只有夢想著立刻復學。夢想著罷，人在得不到甚麼的時候，才只有夢想。然而太陽從不草率，也經不住揮霍。把上午睡掉在夢的黑窖子裏，把下午丟進電影院的黑窖子裏去，留下日光燈底下的夜晚，等著藍德英翻牆過來跟她瘋。日子就是這樣逃開太陽打發的。

然而年輕的日子可以揮霍，年輕的精力可不容易打發；不是留不住日子的老人，不是西牆上蹲老了太陽的黑鼻子貓，多麼悲劇，在麗麗這孩子的身上！

儘管有教養的蔡太太多想讓孩子得到流行在中產階層閨秀間的那些上流教育，麗麗卻一樣也不願意接受。冷冰冰的教會學校就不是麗麗忍受得住的；兩部四部合唱的唱詩班就像多元方程式一樣的難解，還要裝作那麼神聖的唱出天使之歌。而腦袋一從白袍的圓領裏伸出來就覺得滑稽可笑，唱布袋戲的，從開始笑到尾，而且再沒有比自己的一部忽然給別一部帶過去（真像拔河比賽）

的那種走腔更使人像忍耐噴嚏一樣的忍不住笑，以至洒一袍的紅色蠟油。那天聖誕禮拜獻詩，就差一點把她右首那位青年團契的老師燒成個禿子。要不，為甚麼校方會對她的精神健康發生懷疑呢？

母親也送她學過芭蕾，一把手製全了全副行頭，現在都在左邊的那座衣櫥裏，留她陰天下雨出不去的時候，穿戴起來，放上睡美人唱片，完全自我的編排另一套自由舞解解悶兒。當初練舞的時候，一個禮拜也沒有熬下來，叫著腿痛胳臂疼，伏在牀上叫阿綢給她搥腿，搽薩路美迪爾膏。何苦要把一個人的肢體折騰成像爪子蹩進肚子裏的燻雞呢？而且總是那幾個乏味而吃力的動作反覆的折騰個沒完兒。「甚麼時候教給我們天鵝湖？」同學們煽動她去問教師。「妳是來學芭蕾的麼？還是學天鵝湖的？學游泳去罷。」當場她就給那位教師顏色看：「蝶式還是蛙式？老師不是只會狗爬式嗎？」衣裳也沒換，就穿那一身練舞衣，抱一堆鞋子衣衫跳上三輪兒回來了。好像打了一場勝仗，除掉失落一支英納卡女錶那一點點的不愉快。

母親也曾要她學學聲樂。作為一個新式閨秀，也似乎總該彈一手好鋼琴。然而才不要去五線譜上撈蝌蚪呢！那位禮拜天在教堂裏按大風琴的老師多以為自己幽默啊，伸出五個指頭當做五根線，四個手指椏兒從下往上數：F調，A調，C調，E調。「就這麼記住，F，A，C，E，要再學不會五線譜，你們可就沒有FACE了！」那隻又長又瘦老在黑白鍵上抓刨的乾雞爪，要多不得人心，就有多不得人心。「我們不要死啃雞爪，就算我們不要臉麼？」紙條是麗麗傳出去的，紙條傳到中途給雞爪抓了去，堅持要查出元兇。同學們真夠交情，寧可全體罰站。幹嗎那麼怕事兒吶？「教教唱遊嘛，何必那麼認真呢？」麗麗慷慨的自首了，慷慨的得到一頓訓斥。五線譜的快樂。

芭蕾舞和五線譜的老師便成為笨頭笨腦的獃瓜；熱門音樂連簡譜都不要看的，曼波之類的麼？比幼兒學步還容易。那些獃瓜只會捨易求難的拼老命！

沒要一個晚上，她就教會了德英跳曼波。也不是按部就班的教，擺擺樣子罷了，而藍德英也就會了，一點兒也用不著把人折騰成燻雞，舉手投足和每一個扭動，都那麼順便，有一種懶懶的喜悅，無賴的喜悅。

甚麼省神省力就來甚麼罷；但願日子如水流，哪兒低窪往哪兒流去，那是美的，就像哈姆雷特戲劇裏的奧菲莉亞的死亡那麼美，流啲流啲，載一身左右流之的落英，順水流去，漂至甚麼去處便是甚麼去處——那些無感的時光。

只是藍德英會雖會了，然而沒有那種味道，一如他那個人，生就的才無正用，他指頭比麗麗打得響，偏又不是正道，總是枝枝節節的去耍他那些小才兒，正規正的反而不務正業了。

照他那一身骨骼和肌肉，那些佻巧姿態，該是個運動神經發達的好球員，為甚麼不如麗麗呢？不是熟練不熟練的問題；老去發展那些不必要而刺眼的小扭動，不給人快感，就是屬于那一類的笨拙，一種過分的花招兒。

「我好不要跟你跳！」麗麗就會發脾氣把自己丟到彈簧牀上——其實那也是她的娛樂，搖搖晃晃的立在脚頭牀欄上，比劃一個跳水姿勢，跳下去再彈起來——而現在她是在生氣，好惱人！

也惱一惱德英，以便欣賞他努力掩飾的那份兒窘。下意識裏，他的自我總是很重要，儘管諸處諸處他都在為自己冒充老練而不放鬆一些些努力。

所以他就不肯帶麗麗出去，怕人笑他泡上這麼小的小妞兒，沒出息的。他太看重了自己。

但是麗麗總得需要他，儘管藍德英有多像幼稚園的小男生那麼不安分。

幼稚園的那一套，童舞和童歌，不管怎麼作，總是那些個，站一個圓圈圈，唱一個圓圈圈，走一個圓圈圈，跳跳飛飛，小規模的女性的柔美，似乎盡都是專為小女生安排的，忘掉那些硬棒棒的小男生兒們夾在其中煩惱得直想歪起嘴巴無意識的吼一通。專愛喊叫打架的小男生，哪兒會有那般柔美的小手腕？拳頭擦在打皺的鼻子上，盡想鬪。不管德英多像這些老要節外生枝的淘氣的小男生，麗麗總得要他。除他還有誰呢？等往日的同學邀去開家庭派對的話，那要睡在墳墓裏面等。

麗麗就把德英纏住了。女性自幼便有那種纏人的天性，菟絲式的糾纏。纏不上的時候，自然會找出題目苦惱人。

「我不要跟你跳，笨死了！」

賭氣把自己摔在彈簧牀上，踢打著兩隻小腿使小性子。然而踢打著，踢打著，意識到游泳的快樂，游罷，一側臉，望著德英那副男生們共有的傻相，又全沒有一點兒惱意了。

「用甚麼暗號，明天？」麗麗昂起頭來問。

「誰帶妳去？」這一個嘴角上叼一枝菸，燻歪了一張紅臉。他可依然瞇噓著眼睛，浸醉在那種盡其在我的扭動裏。你弄不清他扭動著哪一家哪一派的舞。

「你答應帶我去的，不要說話不算話。」

「從來都是說話不算話。」

「好賴皮喲！」

「是嘛，從來都是賴皮。」

德英兩隻小臂端盆子似的端在腰際兩邊，那麼冷清清的款擺。多熱的舞也被他跳冷了。那在麗麗眼裏就是不可原諒的笨。

「說嘛，用甚麼暗號嘛！」麗麗氣惱的搥打著牀墊叫喊，當作把藍德英壓在身底下搥打。

「有甚麼意思？」德英沉迷的閉著眼扭動。「妳根本就不喜歡看球。」

「誰說？」

「我說。」

「管我！」麗麗發狠的繼續搥打牀墊。「跟我賴皮，我有辦法。」

「妳也跟著賴皮是不是？」

「才不呢！我會到你爸爸那兒去告發你。」

「捱鞭子罷？」

「比捱鞭子還慘；你猜會怎樣？」麗麗打一個滾兒，仰臉朝上笑了，兩隻腿挺上去，落在地板上。「你猜你爸爸會怎麼樣？準要馬上拎一把斧頭過來，砍掉你的雲梯！」

「那棵柿子樹？妳可知道，那是我們家老頭子的命根子。」

「那也還是簡單呀，把你換到另一間臥房裏去呀！」

「有那樣的好事！」德英歇下手脚，撐在牀欄上，一種混身沒有一根骨頭的軟相，俯視這個橫陳牀上的纏人的小鬼。

晒在吊燈乳白柔光裏的面孔，在流瀉了滿牀的黑髮裏輕輕的漂浮上來。俏得失真的臉蛋兒，該是白茶花漂浮在氾濫的黑泉上。瓶裏的白茶花，老是晒著日光燈，晒不著日光。淡紅淡紅的翹嘴唇，淡到沒有甚麼紅的意思了。

你不能說這個遲遲似未發育的身體會和男孩子一個樣兒；瘦扁的身體仰面挺著像一把彎弓，

裹在藍白縱條紋瘦長褲裏的兩條細長的腿墜在地板上，小腹給牀沿兒誇張的頂高了。

似有甚麼在盪漾呢。投一顆石子泛起的周波，一圈圈的盪漾著放大，無限制的放大了。不問多輕微罷，總要盪上一個岸，一圈圈盪上岸邊來，盪到德英這邊的心岸上。

她懂甚麼？她懂嗎？甚麼她也不懂。在有些事情上他可以把麗麗欺騙得很快樂，可以隨意賞她。她不懂，而他懂得，扮做被這個女孩兒許可的那些淘氣和胡鬧，會使她快樂，他更快樂，而他暗自得到的，則是另外一種屬于成熟的男性的。

有一種亢奮的戰慄，流過德英的心岸。他用話岔開：

「要挑換臥室麼？老頭子可不肯讓我這麼大的兒子住到他們兩口子的隔壁去……」

德英的脚步邪惡的挪移著；但是除掉他自己，誰也看不出那是邪惡的挪移。

「為甚麼？才不相信哪！」麗麗慵懶的躺著，動也不想動。

「妳懂嗎？我們老頭子還那麼壯，像條牛……」

「哈，你也是條牛哪！」麗麗那一笑，身體在彈簧牀上挺動了一下。

「當然是條牛——大公牛！」德英調皮的笑了笑，舔一下發乾的嘴唇，他已站到麗麗叉開在地板上的兩隻赤脚中間。他真相信自己的老子壯得像條牛。別的哥哥弟弟姐姐妹妹都不像他老是往父母的臥房裏跑，從小就那麼得寵，吃慣了那裏頭收藏的糕餅之類的點心。一直維持著那樣的興趣，搜尋吃的，零角，也搜尋到細心的母親用外國文字記載的某一些隱隱現現的謎。他認不得那些把中國文字剁碎了的平假名，然而總認得裏面夾雜的一些漢字，似乎精華盡在漢字上面蹦跳：「夜」、「強」、「交」、「甘美」、「痺」種種耐人猜測和尋味兒的字眼兒，記在活頁日曆的背後，一年一捆兒，那麼珍貴的打著蝴蝶結，包裹在一塊彩色印度綢子裏。

然而面前的麗麗多傻啊！一動也不動，還在開心的笑，四肢放射的叉開去。真願她不傻，那也好，她是真懂，叉開四肢期待他這條惡牛撲上來。

德英便在嬉笑間，貼著腦袋豎起兩隻指頭扮牛角。「當我是條大公牛，抵死妳這個倒在地上的鬭牛士！」一跪就壓到麗麗身上，當作牛角的雙手落下來，就準備抄到麗麗身子底下抱住她，然後便準備用他沒角的腦袋來抵麗麗似有若無的小胸脯兒，她一定會護癢護得笑滾作一團兒，逗她笑斷了氣，一定是那樣的，多惹她快樂！兒童式的打鬧糾纏，而他便可獲得另一種成熟的快樂，一種很強烈又很幼稚的慾望，身體上一部分的兩相壓迫和扭絞之類的，他有過那種刺戟的經驗很早，很早就曾有過。

但是一點兒也沒有料到，在他挨還不曾挨上去的瞬間，麗麗活像被扎進一刀的尖叫起來，鑽耳的流彈那樣，能把人天靈蓋揭開來。麗麗像條魚，踢打著滾到一邊去。

這才德英發現，房門大敞著，雖然麗麗的母親不在家，阿綢也在樓下，而且自己一點兒也沒要怎樣，却總有些驚惶，彷彿那一聲尖叫已經送過他們家的那座沉睡的樓裏，而他父親一聽見這聲尖叫，就能知道是他招惹的。

這個鬼丫頭多麼可惡！為甚麼這樣的發瘋？為甚麼？她真的懂得麼？

麗麗躲在牀的那一端，咬一排指尖在口裏，驚恐的眼神仍還不曾完全恢復。背後倒立的圓椎體壁燈，給她披肩的髮梢染出幾綹霜藍的纖維。然後她猶有餘悸的埋怨的苦笑了，眼睛盯著德英的下身——褪成白色的卡其布長褲，至少有兩顆沒有扣上的褲鈕露在外面。

他發現麗麗的目光久久不離自己的下身，便確定麗麗一定很懂得那一類的事情了；自然他不會想到下面的那一排鈕扣怎樣的驚吓了麗麗。

「你好該死，你不知道我多怕那個呀！」麗麗指著他的下邊，埋怨的笑著，那副失色的形容已從她蒼白的臉上消失，而且那樣的坦然了。

這樣年齡的孩子單獨相處，常是男孩更容易受窘；又該是德英撓撓通紅的顒頰的時候了。為甚麼不呢？他被麗麗指明了自己邪惡的那一部位，彷彿自己是個很丟臉的禿子，忽然被麗麗把帽子摘掉，躲都躲不及。

然而麗麗居然那樣的坦然。「我多怕你那個呀！」怕哪個——她不僅懂得，簡直應該有過經驗，而且簡直拿見不得人的那個不當作一回事，就如同說：「啊，你那張臉，你那隻手……」那麼坦然。

「妳以為怎樣？」德英側身坐到牀的這一端，紅著臉強笑。「妳以為我會？妳還不夠資格！」

「甚麼意思？你好傻瓜！」

「吃過苦頭是不是？真想知道那是哪個傻瓜！」麗麗的坦然，遂使他忽然大膽的放肆了。他沒有過這樣，即使和那些偷偷湊在一起抽菸的膩友，德英也不曾如此放肆的談過這些事。

麗麗困惑而嗔怒的瞪著他，下意識的收縮著身體，蜷一蜷腿，讓一隻小腿坐在身底下。

「一定流了很多血，是不是？」伸著薄薄的下唇，他心裏有一陣兒震顫，但極力使自己顯得油腔滑調一些；當然他不明白為甚麼要這樣。

——那血，甚麼血？為甚麼他要說流血的事，怎麼會扯到流血上面去呢？對于麗麗，這個意識彷彿是在漆黑的迷失裏，有一道短促的亮光閃過，一時把麗麗擁陷進更為混雜而茫然的迷失裏。一種似曾相識的意念，或者是意象，極輕極輕的一絲羽毛。受不住一口微弱的呼吸便被驅散。撲捉不到那一星燐綠的鬼火，雙手張合之間，去了又來了。血麼？流出很多很多，依稀攏進了手心，不待輕輕的分開雙手，那一絲羽毛，那一星燐綠的鬼火，早又從指縫裏流失……

「猜對了是不是？妳這個小可憐，很多很多的血……」德英那種恍如來自另一夢境的低語，在她靈覺的惺忪裏如散串的珠子，鈴鈴鈴的滾跳，數落，誘使她去撲捉。然而你可曾在陰森潮濕的墓地裏走過，從那些腐朽的棺槨裏跳出螢樣的燐火，總是身前身後的浮游，多少沉冤，含恨，而你猶如走在幽明的界線，你撲捉麼？抓握麼？沒有甚麼可以給你，除了和那陰森潮濕的天氣一樣的疑懼，或竟是悚慄，令人肉顫至神經的枝枝梢梢……那鈕扣，流出很多很多的血，那雙線孔的鈕扣，總是解不開，總是解不開的結……。

從失色，緩緩沉進失魂，彷彿給那個血的提示——一閃而逝的亮光所困惱了，催眠了。她清晰的看見藍德英嘲笑的走去，又嘲笑的回來，拾走一件遺忘的甚麼，再度的丟給她一把嘲笑而走去；她清晰的看見自己的魂影走在燈下，無足無履的行空于凌亂的臥室；她清晰的看見寂寞和夢在她四周迴旋；而疲憊的阿綢飄進來，又飄走；母親在燈影裏閃她一身的盛裝，麗麗呀，麗麗呀……她都清晰這些個，然而一直的被那一閃而逝的亮光所魘，所麻醉與催眠……。

那一雙大得令人感到不真實的眼睛，不是出于淚腺的水光，多少似遙遠又似迷惘的空幻，似乎所有的影像全然映不進去；她在仰望具象之上的甚麼，那些深植于潛意識裏的株根，撒毒菌的美之顏色，撒鴆酒的異香，然而全不是視覺和嗅覺的世界，那都不該是她這棵僅有十多圈年輪的幼樹所能撐得住的，誰又能相信又能不相信呢？

神經粗糙的東方民族，只懂得七情六慾大綱式的情感，他們一直都不大看得起心靈的細微振幅。或許那是正確的也說不定。管它呢！有吃有穿有玩的日子，即使做母親的也不必關懷；麗麗，麗麗，昨夜的麗麗不又是今日的麗麗了麼？當那一閃而逝的血之亮光不再閃動，而重又偃息之後，太陽重又主宰了光彩和健康，我們便也自信光彩而健康了。

兩短一長的電鈴剛一在樓下鬧響，麗麗手裏的電影雜誌便像一隻鴿子，一展翅劃一道上觸天花板的拋物線飛落到對面的燈櫃上，並沒有把枱燈打落。身這邊撕開一條拉鍊，身那邊撕開一條拉鍊；喜悅而急切的不住跳躍。換一條猩紅的窄脚長褲，一襲黑和深赭的寬條上裝，又是撕攏這一條拉鍊，那一條拉鍊。馬尾髮來不及梳紮，一隻抽屜又一隻抽屜拉到地板上，翻出一根白底藍碎花的緞帶，兜底紮到頭顱頂上。行了，就是這樣快速，就是這樣子。赤脚在滿地板的抽屜之間挑空兒走，跳出臥室又趕回來，只要不是一隻一樣，順手抓一雙鞋子就跑下樓來，當然她還須要再上一次樓，找她的單車鑰匙。她那輛紅色女跑車，阿綢只准擦，不准騎，車鑰一定要收藏起來，而多半總是收藏得連自己也找它不出。

麗麗豈不又是如此的光彩而健康了麼？只聽見樓板樓梯和樓下的走道到處咚咚咚咚噪響著麗麗那雙蹦跳的赤脚，以及樓上樓下那些彈簧紗門到處砰砰乓乓的開了又關了，這女孩兒還有甚麼不光彩，不健康的呢？

大白天藍德英不肯到麗麗家裏來，一溜矮牆要把他齊胸暴露給自己家裏人，除非彎下腰，跑過來跑過去。藍德英等在她的大門外，一腿著地跨在他父親御用的又矮又壯的東洋式平車上。

「還是打球麼？」麗麗跳上自己的紅色跑車，把兩肩的長髮往後攏一攏。

「妳根本不喜歡看球，老纏著人。」

「誰說!?打排球我是二排中。」

「妳根本不喜歡！」

德英再一遍的重複他的不樂意。但他有些造作了。一直的不肯帶出麗麗來，一直的嫌她小，帶出去不是那麼樣的味道。然而昨夜裏簡直是陡然間發現麗麗不小了。那樣的一個肯定發現，給他帶來成串成串的壞夢。瞧她一夜過來長大了這許多，那笑，那老愛揚臉的矜持，那往後擺一擺頭髮的成熟……

「妳夠資格了。」他用眼梢瞟瞟麗麗那翹起的嘴唇。

「夠嗎？才不是，我根本不喜歡看籃球。」

「還是一樣的。」

「甚麼意思？」

「夠泡的了。」

「才不跟你泡。」

麗麗風情的瞟一眼過來，不知從哪兒學來的；也許用不著學誰，女孩兒生成就是那樣。接著拉緊蘭鈴煞車，煞出尖厲刺人神經的噪音，和她昨夜裏那一聲尖叫一樣的。車子岔向街邊的人行道上。

秋後的太陽仍然輻射著高熱，街道給偏午的秋陽從中一路剖開陰和陽。麗麗伏下背去，低著頭連人帶車鑽進遮擋西晒的帳幕底下去。

那是一家食品店，帆布帳幕上印著汽水廣告。帆布上白和普藍的寬條紋，昨夜裏裏在麗麗身上的同一個調子的花色。帳幕下沿兒露出麗麗一雙雪白的涼鞋厚跟，一截瘦細泛白的小腿，和一小截及膝的猩紅窄褲脚。如果她仍是昨夜的裝束，現在便和遮在她身上的帆幕一個族類的色氣了。而她從那下面露出一截猩紅來給他，從單調的條紋蛹殼裏蛻出的鮮彩的蝶衣。僅只蛻變那一點點，一點點的雪青和猩紅。然而總是開始蛻變了，然而更是一經開始便不可中止的蛻變了。多麼令人放心的一種等待！

也可以不必等待的；麗麗從帳幕底下走出來，抱一隻紙袋，含一枝棒棒糖，攥握成團兒的一把零票子，正往緊繃在身上的褲口袋裏面塞，以至扯歪那猩紅中間的兩道V字褶。在他盯著那個V字褶痕的時候，一枝棒棒糖強塞進他嘴裏。

「嘿，這不是你爸爸的單車？」這才麗麗發現騎在德英座下的新車。

「老頭子神氣了，買了進口貨歐都拜。」

兩人跳上單車，回到大街的蔽蔭這一邊。

「那你好跩嘞！新車子。」

「有甚麼好神氣!?十八世紀的老古董。」

真的他不大樂意騎這部單車，不是跟麗麗謙遜。只不過好歹總比另外那一部新，亮亮的電鍍一點不曾變色，但和另外那部舊車也是一個調調的東洋式平車，又笨又矮，氣貌不揚的。

「最自私的老頭子，最霸道的老頑固！」到球場寄車處給車子上鎖的時候，德英還不忘掉給他的父親下這麼一個判語。

「最會抽人皮鞭的老爸爸！」

麗麗接過話楂兒，笑得發抖，依舊咬著棒棒糖的空棒兒。

德英在她蒼白的臉蛋兒看到笑的燦爛。蒼白的燦爛彷彿映在月光下的河塘，跳著閃著千點萬點耀眼的銀屑。

他們剛剛走進球場，觀望著，德英還不曾決定把麗麗指使到哪一邊的看臺上，也還來不及注意一下那邊球場上哪些傢伙已經在那兒蹦蹬蹦蹬的運球，却早就有一聲尖銳的口哨迎過來。

右首看台上，藍德英的那一夥兒，齊朝這邊嚷嚷，一個個雜七雜八的球衣。其中一個一步兩階一步兩階的跑下來，胸前掛著打了石膏的胳膊，只他一個沒穿球衣。

「都等著你啦，小藍！怪不得這麼遲。」臂上打石膏的傢伙瞟了一眼麗麗。

德英忽然漲紅了臉，覺得帶著這麼一個小女孩兒很羞辱。「你急嗎？你打得嗎？」

「少嚕囌！」對方笑出滿口白棒子米的大牙齒，人很瘦弱，不像個能在球場上拼命的傢伙。

而大夥兒嚷著：「小藍神氣啦，還帶了啦啦隊，有辦法啊！」

德英一直漲紅了臉，帶著忙于分辯的急躁。「不要開玩笑，我妹妹。」

似乎很生效，大夥兒改作另一種開朗的笑容。然而有效的時間很短促，都又鬧了起來。

滿口大牙齒的瘦子總是第一個搶著不安分：「哪裏像呦，罰藍德英。」

「當然要罰。」麗麗挑著寄車的小牌子在指頭上繞著旋轉。

「介紹一下啦——」大牙齒的瘦子造作著油滑的腔調。藍德英佯裝望著下面球場，不曾聽見。

「蔡麗麗，十八歲。」麗麗欣賞著旋轉在指頭上的小牌子，轉得像飛機發動的螺旋槳，隨便把自己介紹了一下，而且順口給自己多報好幾歲。她一隻腳踏在高一階的梯磴上，把棒棒糖的空棒兒當做菸嘴一樣翹上去啣著，能裝得多麼大人精，就裝得多麼大人精。

「你們呢？」麗麗可看也不看他們一眼，一隻手插在腰裏，把身子不住的搖抖著。然而啣在嘴裏的竹棒，不能使人覺得那是隻菸嘴，只像個小兒科病房裏啣著口腔體溫計的大娃娃。

大男孩們給這個蠻不在乎的丫頭弄得反而靦靦覥覥不大自然，就由那個吊著石膏胳膊的瘦子給她唱名，一個個的介紹。她才不要那麼麻煩的記住那些無聊而沒個性的名子。

「喏，請你們客！」紙口袋平伸到男孩們的頭上，牛皮紙上透出一朵朵油斑。她只記得又嘮叨，又厚臉的這個瘦子，叫做談平。

這個談平好貧嘴，口齒又不清晰，大約是受那一排又稀又大的棒子米牙齒的影響。別人下到球場去了，他膩在這兒，不住嘴的吃她的蘭花豆，不住嘴的吹牛。斜斜的陽光穿過球場頂棚的鋼架，落在他黃瘦的顴骨和下巴上，發亮的汗毛根根可數，唇上有絨絨軟軟胎髮一樣的鬍髭。唾星兒不住的從他一口笨大的牙梢上噴射四濺，迎著陽光閃爍，使人想起年節裏花炮放射的火花。

他吹他打上石膏的胳膊是怎樣在一場英勇的打鬪裏掛了彩。滿口老子老子的，用「老子」作第一人稱，多乏味！和看籃球一樣的乏味。然而若是在家裏，若是一個人騎著單車到處遊魂，便連這乏味的吹牛也聽不到，連這乏味的球賽也看不到。雖然她不住的打呵欠，放肆的伸懶腰，以及一刻也不能安坐的換一個姿勢又一個姿勢的擰絞著身體。

橢圓形可以容納幾千個座位的看台，看球的人恐怕不及兩百人，稀稀落落的這兒一撮，那兒一撮。很奇怪，盡是和麗麗差不多的女孩兒，也像麗麗一樣乏味的吃零食，打呵欠，一刻也不能安坐的扭曲著身體。一撮一撮的偎在一堆，從刻板的制服裏解放出禮拜假日的彩衣，便如同一堆一堆彩麗的鮮花，分攤在幾千個空座裏，她們哪裏有興致看球賽！又不是正式的甚麼杯；即使是，只怕興趣也是用在零食和唧唧喳喳上，還有生就賣弄風情的那份兒天性。

而下面場子上的大男孩兒們，為這些整堆整堆的花簇，已經足夠瘋狂的拼命了。大聲的吼著帕司帕司，幾號進攻之類的，蠻像真的一樣。若是得了分，你就看那個投手罷，板緊了臉裝作不笑也不怎麼，軟著身體往回跑，有區區小技，何足掛齒的味道。藍德英正就是那個樣子，沉浸在自我意識著的多少女孩兒傾慕的目光裏，恐怕是連麗麗也算在內的；雖然夾在同夥兒面前，重又顯得麗麗小得上不了道兒。

不要帶她出來，惹人嘲笑。德英今天投球的命中率很高，高得不相信是自己投進去的。真正的球賽時，有今天這種神技一半，也便博得不止現在這樣稀落的掌聲。不知有沒有麗麗的掌聲，德英給一陣陣兒笑意頂撞著，遠射近射都那麼得手，臉真有些掛不住要笑了，或者要紅了。

然而球運好，戀愛運一定差，有誰這麼說過。麗麗實在很懂得甚麼了，只是帶不出來，一眼看上去，還是那麼小。但是談平憑甚麼那樣無賴的靠著麗麗那麼近！瞧麗麗多樂呀，前張後合的笑，陽光在她長褲上反射出刺眼奪目的紅，滿場子都搖著一片恍恍惚惚的紅。

談平那個不得人心的小子！藍德英分心的想著，他自己從不曾把麗麗逗得這麼樂過。

一分心，走他手上丟掉一個球。愛紅臉的德英，一下子感覺到偌大的球場裏，忽然閧閧的迸發麗麗的笑聲，和她身上那種刺眼奪目的猩紅；千多坪的棚架覆蓋下的球場，盡是麗麗的聲和色，獨獨沒有自己容身之地。

談平是甚麼東西！

然而談平的老子當主席。

一夥兒頑皮少年，曾經討論過甚麼是最大的主席，甚麼是最小的主席。

有人說最小的主席要算里民大會主席，當然學校裏開級會的主席應該更小。而最大的主席，省主席還算不上，該是國民大會主席團的主席。九品十八級，全都給做主席的佔遍了。歷史教員講授到帝國時代的官制時，等不及下課，紙條就已傳遍了全班，封談平為從九品主席，簡稱小九；因為同時產生了兩個九品，潛占祥，他們一夥兒的領袖，一副正派小生的那麼俊美，父親不是主席，而是主任，一樣的九品十八級，可以從學校裏專門侍候校長大人的事務主任算起，一直通上去。然而為了一點兒尊敬，以及有別于小九，他們把潛占祥喊做大九。

一夥兒裏，大九長的最帥，個子最高，塊頭最棒，風頭最健，做人最講義氣……生下來就為的是最，至于學業和操行，當然也是最的。做領袖的條件，潛占祥這個大九大致是全部具備了。

像今天這樣情形的球賽時常都有，湊足人數就打。從對手那些式樣、色調、新舊、和字碼統統不一的球衫看來，就知道是一支臨時招兵買馬拼拼湊湊的雜牌子隊伍。一開始，大九領導的球隊便十分輕敵，一直打到十五比一，哪裏是對手！「閉著眼跟他們玩兒，不打個一百分以上不算雄獅隊。」隊長大九這麼樂觀的窮吹。但是沒打到廿四分，就被對手（連個標幟也沒有的球隊）一口氣追上來，倒贏二分，雄獅隊都還在寬慰自己，兩分算甚麼？一咬牙就可以追到前面去。輸四分也不算甚麼，輸八分、輸十五分、輸十七分……漸漸的自動調整他們對自己的寬慰，漸漸的肯定他們今天非砸不可了。

那些堆在看臺上一簇簇彩麗的鮮花都在喝彩，加油、喊啦啦。多麼惱人的喝彩加油喊啦啦！球是愈打愈火愈仇恨了。

打到四十五比二十九的時候，球落到大九手裏不傳了，托在手上，食指頂著球打個轉轉兒。而對手有個不識相的小黑胖子沒看看大九的臉色，衝上來奪球，給站在一旁的藍德英隨便伸一伸腿下了個跨子，便五體投地結結實實的摔倒在地板上。

「犯規！」

對手同聲的喊著。

「犯規！」

小黑胖子半坐起來，也那麼喊叫。一時間多少噓聲集中對付這支五隻雄獅——其實不止五隻，裁判也是雄獅這邊的人，場邊上還有兩隻。

「過來，小藍！」大九把球交給藍德英，岸然的指著地上的小黑胖子。「給他道歉！」德英抱著球驚愕的張著嘴，不過立刻他就明白那個意思了。一手兜球，一手打著手勢，就像罰籃下球的裁判那樣，連現場的裁判在內，八頭雄獅繞著小黑胖子站一個圓圈兒。

「開球！」

潛占祥揮一下手，下了命令。藍德英舉起籃球對準小黑胖子的腦袋打下來。他用了很大力氣，一下子就把小黑胖子打倒在地上。球從新理髮的平頭上彈跳起來。給八號接到手裏，高高舉起，一個式樣的打中小黑胖子腦袋。八頭雄獅好像圍著跳山地杵舞，動作遠比方才賽球時敏捷得多，以致可憐的小黑胖子雙手護著腦袋，再沒有讓他掙扎起來的機會。

四周橢圓的看臺上，一堆堆彩衣逗成的花簇裏，發出花一樣鮮亮的叫聲，尖銳的唧唧喳喳的叫著，女性天性中憐恤弱者的那種母性，應該在這樣的時刻引發的。

然而這些母性的尖叫，徒然的只使雄獅們更惱怒，打在小黑胖子身上的球似乎更重了，更頻繁了。

和小黑胖子同隊的其餘四個球手居然沒有一個上來干涉，或者只因為是臨時拼湊的一夥兒，誰也犯不著替小黑胖子怎樣；或者他們壓根兒就不敢惹這些雄獅們。

要把小黑胖子打到甚麼樣為止呢？要把他打成稀爛嗎？麗麗以她在家裏下慣了樓梯的那種快速，從第十九排的看臺上一跳三縱的趕下來，猩紅的長褲紅了全場。

「你們好沒出息！八個人欺侮一個！」衝到鐵網的欄杆上，麗麗咬著牙叫喊。

「是嗎，小學生？」潛大九走出那個圈子。「少數服從多數，老師沒給妳講過公民是不是？」

「我不要理你！」麗麗伸長了下顎譏誚的說。

「我不要理你，我不跟你玩了。」大九學著尖尖的女孩子腔調，跟麗麗面對面伏到欄杆上來。

麗麗橫挪過去一些，揮一揮手，待要喚一聲藍德英，發現手上兩塊寄車牌兒，就生出了狡計。

「藍德英，我可要叫你老爸抽你皮鞭子了！」

她亮了亮兩塊寄車牌，調過頭去就跑。斜穿過兩階看臺，直奔出口那邊跑去。

她聽見藍德英喊著：「小九，小九，攔住小鬼……」也聽見木質的看臺梯階上咚咚響起追趕的腳步。

寄車處的車子不多，她的紅色跑車一眼就找到了。車子拖出來的時候，那個胸前吊著打石膏胳臂的談小九一路喊著趕來。

「何必呢，蔡麗麗？」露那一排棒子米的大牙齒嘻皮笑臉的趕到跟前來。

「你要幹嗎？」

「何必害藍德英呢？」那隻沒打石膏的手伸過來，要替藍德英討回寄車牌。「看在我談平的面子上嘛，總是交情嘛……」

「誰跟你交情，呸！」

一口唾沫吐到那隻伸在她面前的手心上，跳上單車就跑。

回去的方向是頂風，長及腰際的散髮飄颺如一面勝利的旗幟，心是勝利的感覺。他們還在圍毆那個可憐的小胖瓜嗎？至少藍德英不會繼續作惡了。

而她居然能夠制裁惡人惡行，在那一刻之間便能決定用這個小牌子整住藍德英，她多麼聰明神氣！

但那已是麗麗久已養成的狡黠了；抓住對方的把柄，而且是重要的弱點，那是要害，麗麗已經嫻熟的慣于這個，一直在她母親的身上反覆實習著，張著蛛蜘網，悄悄的欣賞母親纏在她的網上苦惱。

讓黑色的旗幟飄在頭上，聽得見呵呵的笑聲，跟手裏的小牌子親一個吻。

這是個千人萬人握過的小牌子，一層桐油蒙在黑筆寫的號碼上。油層的光澤失去了，赭黃底子上日積月累的灰垢，膩黑膩黑的，一塊污糟糟的小木牌，而她親她在那上面贏到的勝利。贏到這麼一個污糟糟的勝利。眼前現出第一次認識藍德英的情景，人被綁在走廊的柱子上，鞭子抽響的聲音好像嚼冰塊那麼清脆——兩種樣子的清脆，嚼在自己口裏和嚼在別人口裏，聽來不是一種聲音；一是嗡嗡的清脆，彷彿自己的頭顱是個罈子，迴蕩著空洞的那種嗡嗡的清脆；另一種嚼在別人口裏，聽來才是純而不雜的清脆，一下就是一下，屬于藍大夫揮動皮鞭的那種炸裂。然而她的所謂勝利，只不過換取再一場的炸裂；清清脆脆，一下就是一下。

不是出于忽然的憐恤了藍德英，也不是恐懼因此便將失去藍德英這個玩伴；長髮飄著颺著，而漸有黑色的敗旗的感覺，不復是呵呵的笑聲，這污糟糟小木牌，千人萬人不潔的手握過它。忽然她忍受不住藍大夫抽響的皮鞭，連帶的憎厭著藍大夫那個不算老的老頭子——藍德英總是那麼呼他爸爸：老頭子，老頭子……老頭子和她母親都是把兒女當作小貓小狗養活的。她就是不能原諒成人們這個昭彰的惡跡。

單車繞回頭去，比方才更快更急。怎麼可以做藍大夫的幫兇呢？那條皮鞭子她在藍家見過，掛在懸滿了中元節宰掉做拜拜的整鴨整雞的走廊底下。

拔光了羽毛的犧牲；和皮鞭子為鄰的懸在一起，好像一夥兒赤裸的罪囚，吊在那兒準備受刑。

皮鞭子掛在那兒久久不用，不知會不會獨自的吱吱響動。她父親死後，父親的部下常聽見他生前使用的手槍每在半夜裏響動著槍機。不是只響動一次，也不光是一個人聽見。一次又一次的響動，多少人都說他們親耳聽見過。

父親是她唯一愛著的成年人。所有的成年人，對她都隱含一種敵意，麗麗獨獨的記得她父親不是那樣。「好不好？」「可不可以？」總是商量著，儘管她小得那麼無知，而且父親也不曾留給她一件事情的完整記憶，但她肯定的知道，父親不是養貓養狗那樣的養自己的孩子；樂的時候抱在懷裏乖呀肉呀心肝寶貝的，煩的時候便順手丟開，順脚踹開。父親不是那樣，總是「好不好？」「可不可以？」如他的微笑常牽動在尖翹的嘴角上。他那一雙烏黑閃灼的眼睛總是商量的看著孩子，情人的眼睛裏也沒有那麼濃稠的尊重。直到他遇難以後多少年，他依然時常回來，那微笑、那尖翹的嘴角和那雙烏黑閃灼帶著商量的眼睛，都仍那麼的清晰鮮活。

寄車的小牌子交到德英的手裏，他們一夥兒還不曾散，個個把衣衫提在手裏、披在背上、擔在肩頭，誇張的讓人知道他們剛從球場上下來。

「就這樣嗎？」德英掂掂手掌裏的小牌子。

「不是這個？誰說？」

「哈，不是那個意思：不能這樣交給我就算了。」

「我才不要你怎樣呢！」

麗麗自覺很慷慨的擺擺手，轉身就要跳上單車。但是叫做大九的那個傢伙，站在單車前面，兩條長腿把單車前輪夾住。眼睛罩在半透明的帽簷底下的綠光裏，帽簷歪斜在右邊的眉梢上。瞪著她，彷彿是摹仿哪個影片裏的哪個角色，不必要的那麼陰沈。麗麗回頭望了望藍德英。
「給他們道歉。」德英揚揚他崛起的長下巴。
麗麗一張張面孔望過去。
「你們好會客氣。」麗麗噗嗤一聲笑彎下腰去，直起身來的時候，長髮糾纏了一肩，但是大夥兒似乎沒有玩笑的意思，特別是藍德英，有些兒要惱不惱的樣子。他沒有這樣緊緊的板過臉，如同他沒有這樣子可怕得非常的可愛過。
「怎樣道歉？」麗麗也被感染得有些兒正經了。
「老師沒教過妳麼？」潛大九說。
「只教過小狗叫、小貓跳是不是？」
「我不會！」麗麗斷然的回過頭來。車輪仍然夾在大九兩條長腿中間。她兇兇的搡搡車把，車把動也動不得一下，大九的一隻大手緊揹在車把中央。
「藍德英，你這個王八蛋，我不管了！」
一陣子委屈在麗麗胸腔裏鼓動上來，丟開單車就要走。藍德英暴著肌肉的光臂橫欄在面前，三角肌上一排三顆牛痘疤。她才第一次發現，他們三角肌的尖梢上，都有三角形的藍色刺花。但是紋身的技術都很差，模糊而斷續的不容易辨識。
忽然她強烈的愛好起來那種刺進肉裏的裝飾。
「我請你們吃冰好麼，算是道歉。」麗麗軟了下來。
「吃甚麼冰？我們都還沒斷奶。」吊石膏的談小九自以為很幽默的插一句嘴。別人沒笑，他自己露出一排四分五裂的棒子米牙齒。

「咖啡可以了。」

德英轉過臉跟他的頭目討一個商量，帶著講情的味道。大九微微微微的點點下巴，好像區區咖啡值不得他用更大一點的動作表示他的勉強接受。

大夥兒擁進一家咖啡店的樓上。臨街的樓窗衝著電影院架牀叠屋的巨型廣告。咖啡吃過了，再由麗麗做東買了九張電影票。麗麗沒有再感到「我為甚麼要道歉？」多麼歡欣而放肆的一個開始。而且麗麗被准許在自己細瘦的肩臂上刺那藍色三角形的紋身，那嵌進肉裏剜割不去的裝飾。一種肆虐、暴戾、而浪漫的標記。又彷彿對于甚麼不合作的敵意的一種反抗而就此有了仰恃。

針刺進枱燈下亮著金色茸毛的肩肉裏，藍和紅色的液體交合而相互湮出纖細的根絲，揹在德英掌握裏微溫而不時抽搐的細臂，給他一種擄掠姦淫的戰索。針尖撩凹那肉，小的穴，小的丘，在衣袖遮蔽和曝晒的兩種不同膚色的交界的地方，指頭的觸覺傳給他綿韌被穿刺的男性破壞之欲的快感。

「痛罷！」德英不時的問著；不是出于關懷體恤。那是甚麼呢？手淫式自設的慰足，提示著自己去實感那些想像中對于完整施行破壞的戰慄的銷魂。

麗麗坦然的只管咀嚼她的泡泡，除掉眼睛下面的腮肉不時微微皺起一個小窩窩，看不出她有甚麼感覺。她誇張的咀嚼，兒時害怕打針的恐懼經驗恍惚的波過她的記憶，努力用大聲的咀嚼驅散那些漾漾晃晃的波。

「痛不痛？」德英為了那點兒自設的慰足，又一遍的探問。

麗麗搖一搖頭，披散的長髮掃上肩和前胸。手去清理這些泛濫的髮絲，不時的捲她肩上等于沒有袖子的袖口。

「你一定很笨，這麼久。」她咀嚼著說，吹起一個淡紅色雞膆子大的泡泡。

「痛的時候，才會感到時間久。」

三角形的紋身只才刺出一個角和兩個邊，針尖一步步的走向另一個角上。

「你猜我要先給誰看？」麗麗用牙齒收回炸在唇上的膠膜。

「當然是我。」德英低聲的說。

「廢話！當然是我媽。」

「老太婆看了會怎麼樣？」

麗麗瞟一眼德英的鈎狀頭髮。「不要那樣喊我媽。」

「那麼一個孝女！」

「我不要做一個老太婆的女兒。」

低下頭去翻閱她膝蓋上的電影雜誌。杏仁形的尖指甲塗一層銀色蔻丹。然而那手指太細瘦了，白得透明，一陣子她感到陌生異常，不是自己的手。可是古怪的成年人喜歡這個，時興這個。她要稱大，就得把自己的手指甲塗成野獸的利爪這樣子。

能夠學的，麗麗都從母親那裏一一的學過來。指甲不只是修尖和塗上銀色的蔻丹，每天每天總要多次的把指甲根底的皮層輕輕的上推，以便讓指甲顯得格外修長。伸出一雙手來和母親相比，遺傳自父親的纖長手指，怎樣比試也比母親的手指美，取笑和苦惱著母親，麗麗常是用這個換取快意；和母親的指尖對著指尖比試的時候，從不曾發現會像甚麼野獸的利爪。而現在她感到陌生得不是自己的手指。

蔻丹剛塗上指甲，能感覺著不甚相同于體溫的清涼。彷彿不是在指甲上塗一層甚麼，而像把指甲拿掉的想像中的清涼。記憶中初初拔掉牙齒的那樣感覺，或者窗前遮蔭的大樹忽被鋸倒了，好像揭去了半個屋頂。然而當她懷疑自己銀色指甲的時候，立刻產生了另一種感覺，說不出是一種甚麼樣的金屬硬殼，厚重的套在指甲上，木木鈍鈍的好不舒服，連帶的覺得背上也揹負了一個僵硬的重殼。

藍德英的大哥彈吉他的時候，大拇指和食指中指都分別戴上硬膠和不銹鋼的指套。聽見那琴聲，她就會不由得下意識的脫掉左手無名指上鐫有「O」字母的血型白金戒指。脫掉再戴上，脫掉再戴上，似乎那琴聲也便隨她一脫一戴起著變化，一陣兒清涼，一陣兒木木鈍鈍，彷彿雙手按在耳朵上，一鬆一緊的音響效果。

急于除掉指甲上的銀色蔻丹，便不如脫下血型戒指方便了，德英因不習慣做這種細緻的刺花，呼吸變得重濁而粗笨，在她耳邊兒騷擾著。

窗外那邊西牆的瓦棚底下，比起她們家的日光燈，那兒的一綹燈光該是火紅的一般紅，猥擠而低沈，那兒傳來吉他緊張的彈奏，因為那吉他一直在追趕著想能配上一夥兒大男孩五音不全的喊唱。

那是西鄰的滕家。然而琴聲總是悅耳的，至少她敢斷定撥弄著琴絃的指頭上沒有戴甚麼硬膠和不銹鋼的指套，聽來就是鬆暢的，不管它緊張不緊張。

「看看那隻髒貓去……」

麗麗跟自己輕聲的說。而她完全不是這個意思。樓上樓下的燈光，在夜的草坪上鋪下「品」字形三方窗影。隔壁母親的臥房要夜半才會開燈，不到那麼晚，母親不會回家。她說要去看看那隻老是蹲縮在紅瓦棚頂上的黑鼻子貓，真正的意思還是想看看滕家的熱鬧，但她不要藍德英知道她的意思。

刺花完成的時候，麗麗不敢立刻側過臉來看。

「把血擦乾淨好麼？」她側轉著面龐扯向另一個方向，好像那樣便可以離開她想像裏的血跡遠一些。

「哪裏有血？神妳的經。」

「我不怕痛，可是我怕看見血，當心我休克。」

「告訴妳，沒有血，沒有血！」

這才麗麗用一種夾托小提琴于鎖骨的姿勢，下巴抵在肩頭審視肌膚上那想像中的三角形花紋。

「啊，我不來了，怎麼搞的這一大遍藍！」

看看自己像是打青了這塊皮膚，再比比德英三角肌清晰的三角紋身，麗麗惱得直跺著脚，拼命的叫嚷。德英紅了臉不搭腔，自顧把那枝蜷皺的香菸理直過來。等麗麗鬧過一陣子，才告訴她總要過兩天把那些藍墨水洗褪，才能夠現出三角形的花紋。

于是麗麗又怨又嗔的不分巴掌和拳頭，直往德英的胸膛上打，說不出甚麼道理來要這樣子怪德英。後者讓她撲打，笑得發抖。但這總是某一種的挑逗，對于男孩子來說。

就只有那樣了，德英覺得奇怪；然而也是很強烈的欲求，德英一展臂，便把麗麗擁進懷裏。真是小得可憐的孩子，抱緊她，雙臂還剩下那麼長，可以繞過來再抱回自己身上。他相信會把麗麗抱碎在自己懷裏。

「不！我喊！」麗麗是被箍在鐵箍裏面，掙扎的空隙都沒有。

德英那一抹而崛起的下巴努力抵住麗麗的額頭，要把麗麗努力往下低垂躲藏的臉龐弄仰上來。

而麗麗又發狂的尖叫了，搖散那麼大束的長髮，那是一遍遮天蔽地的黑潮，湧到德英的臉上。德英猶在徒然的想能延長一會兒這擁抱。「藍德英！藍德英！」這叫聲震出他耳膜上蠅蠅的餘音，待他一雙手臂要鬆不鬆的瞬間，他們倆都同時嗅見一股刺鼻的焦臭，德英迅速的放開了麗麗。

香菸把麗麗的頭髮燒掉一大綹。

這是第二次麗麗不准抱她，兩次都是同一式樣的用那種無賴而極端恐懼的狂叫吓退他。而這一次麗麗更是狡猾的狂叫出他的名子，不光是叫給樓下的阿綢聽，他自己家裏恐怕也會聽得到。兩次這樣的完了以後，手尷尬的撫拭到雙頰上面，都會感到熱得燙手。

那很簡單——他的口頭禪。他跟自己說，總有一個地方不怕她把嗓子喊破。而他實在並不完全明白，他在麗麗身上到底想要得到甚麼。

但是兩次這樣完了以後，麗麗除掉短暫的白一陣子臉色，一點兒也不怎樣的惱他，這是他不能解答的謎結。

「不理你了！」摔一下頭髮，僅只是這樣而已，接著便完全沒有過那回事似的只管談笑她的。而西鄰滕家的棚底下，唱和叫和笑如同夜一樣無邊無涯的鬧發，吉他之外，更還有音律不正的口琴，和擊打甚麼傢具的拍節。

「要不要在我家開個舞會？」麗麗給西鄰的聲浪激盪著，貪婪的伏在窗口上眺望。

「甚麼？」德英還在尋索能有一個甚麼去處，不怕麗麗喊破了嗓子。

「舞會，在我們家，他們要不要？」

「沒有幾個人會跳舞。」

「你不就會麼？」

「可以問問大九。」德英仍然心神不定的望著伏在窗臺上的麗麗的背影。那背影是從甚麼畫片上剪了下來，鮮艷的印刷，透空的剪貼在樓外的黑幕上。

「為甚麼要搞那個洋玩意兒？」他問那個剪貼的背影。那個小身體歪扭的伏在那兒。他不大經意自己說了些甚麼。

「甚麼洋玩意兒！土包子。」麗麗轉過身來，朝著屋裏。「自然是為了……為了紀念這個——」用她尖翹的嘴唇指示一下她肩肉上的刺青。

然而雄獅們不肯來麗麗的家鬧甚麼舞會不舞會的。

「怎麼？」大九叨一枝香菸，靠在巷子的牆角裏。「玩兒是我們自己的事，也要靠大人？」大九從來不招同學到他的家裏。他那個主任爸爸，不是極品，然而也算是三四品的主任，家有車房設備，環境自然不算壞。但他和藍德英都是一樣，不喜歡那個家，也不喜歡所有的家，雖然不喜歡的原因不一定是一樣。

家是個髒地方，污染了家的自然是大人們。污染也不是罪大惡極的壞事，壞在他們擺一副神聖面孔。那個要從外國買來長皮帶才勒得攏的大肚子裏，塞滿了肥脂、官箴、和庭訓。聽那些大道理，就想到油膩的大肥肉之難以下嚥。

從這個節感言，那個節感想的作文裏，訓練出言行不一的小人格，一直不都是那樣的天經地義麼？一個代課不到一個月的老師，壓根兒不像個教員的樣式。給他們第一次出題，而全班四十多本作文簿全都打回來重寫。「你們這麼小，就學著不說真話！」那位代課老師說：「開會不守時間，大人先生們滔滔沒完兒的致詞，晒太陽，餓肚子，站痠了腿，而你們的感想裏充滿了熱烈、隆重、感動、莊嚴，怎麼回事兒？我看不懂……」那個瘦瘦小小的代課老師！他看不懂麼？孩子們開始懂得了。他們照著他們懂得的，開始寫真實的作文。但是來不及從那位代課老師那裏多懂得一些甚麼的時候，他走了，他們的作文給正式的老師打回來。「甚麼意思，你們，小小年紀就弄慣了滿腹牢騷，哪一天發得完？……」多令孩子們迷惑而錯亂！

但在迷惑錯亂的裏面，孩子們尋找出了他們自己的主張，不一定是正確的，但他們總是在開始了。

而掛在父親口上的是些甚麼？「小孩子，懂得甚麼？」父親有父親的得意，「給章局長敬酒！」「給賴主任問好！」和父親牽東牽西的大丹犬一樣的得意，「犬子」，就是那麼回事兒。「你知道麼？給章局長敬酒的時候，你表情實在欠佳！」「是那樣請安的麼？我看了生氣，上不得枱盤的！」酒席筵前他被訓練著接受小犬和少爺的雙重身分。可是他一樣也接受不了，他不要往前慢慢兒的熬著，從小犬熬到大少，從少爺熬到老爺。

每在敬酒和請安之後，他從大人們那裏可以學到甚麼呢？他們打著暗碼，豎豎大小拇指，或者勾起一根食指。「這個數，如何？」以為他是小孩子，看不懂。那不是豁拳行酒令，他懂得；豎起兩個大小拇指，那是六萬，或者六十萬、六百萬。勾起一根食指，自然是九甚麼了。那樣談妥了以後，便該是甚麼黛娜、莉莉之類的，一顆顆禿頂的蛋頭漲紅而發光，屈于迸炸邊緣的紅汽球。而他們只當他們是個甚麼也不懂的小孩子。「來，替爸爸敬褚總經理一杯！」那便是他的差事。他鄙夷他的大哥那麼樣高度的小犬化，一小就懂得而且跟他賣弄三個指頭在臂上移上移下的三老四少那種敬酒的把式。

犬舍！他感到。所有的家都是成年人要怎樣便怎樣的地方，大九厭惡所有的家。天寒的時候，他們擠咖啡館。而且從不窩進火車座，一夥兒跳木馬那樣的跳上高櫈，歪到櫃枱上，能夠多不正經，就多不正經的一人歪扭出一個姿勢，內心被那種流浪的和無賴的愉快所感動，所滿足。

逢到雨天，雄獅們寧可擠在大九家的車房裏，抽菸、打牌、吃零食。大九的主任爸爸，伉儷倆出國了，車子送去保養。車房裏遍地油斑，除掉牆角裏兩隻飛馬牌汽油箱，和一些扳子鉗子之類的簡單機械，甚麼也沒有，孩子們比賽著坐到積聚油漬最濃的、甚至汪著油液的地上。

衣褲髒一些，帶著機械油漬，似乎是光采的。新的制服帽子總要丟在地上踩踩蹉蹉再戴到頭上。總要在新制服上刮一個三角口子硬傷。穿褲襠最淺的褲子，以便褲腰低低的掛在胯骨上。褲筒要捲兩層上來，微微的露出那麼一點兒鮮艷的花襪。高筒球鞋的鞋帶子，一個人一種穿法和繫法，不准兩個人共一個式樣，以至仍然吊著石膏手臂的小九，索性連鞋帶也免了，鞋舌一走一甩動，和拖鞋的味道差不多，一項新發明。

衣著的範圍實在太呆板，孩子們覺得。孩子心理都很苦，要變化，只有用糟蹋、破壞、變變新花樣，來解脫心裏的苦。女孩子們困在制服裏也是一樣，一把齊耳直髮，中分、右分、左分、中間偏左，中間偏右，也是折騰來，折騰去，折騰出萬般的風情。孫丹妃這個比麗麗大不幾歲的女孩，那種男性髮式，誘使麗麗立刻決定剪掉自己及腰的長髮。

「我像妳這麼大的時候，就不是處女了。」孫丹妃以一種「我像妳這麼大的時候，已經讀大學了。」的神情說。

兩個人第一次見面就像老朋友，擠在一起，背後靠著灰黑的污壁。

「妳是被——的麼？」

麗麗也便以「我這麼大了，還是個小學生。」的屈居卑下的劣勢心理，似知未知的探問。

「被甚麼？自然是我主動！」

「妳——好偉大！」

麗麗果真懂得或認為那是偉大的麼？或者那只是一種詞不達意並且出于茫然的讚美而已。或者不如說：「妳——好神氣！好能幹！」比較接近一些她的感悟。

「沒有甚麼偉大，好乏味！就像吐煙圈一樣……」

兩個人同時凝視著愈遠而愈擴大愈稀薄變形的煙圈。孫丹妃吐的煙圈。

「好偉大！妳一定又要這樣說。可是妳學會了，就好乏味了。」

又是一個濃濃的小煙圈從孫丹妃的口裏滾出來，一路微微的痙攣著滾向天花板上不甚明亮的燈泡。

「妳甚麼都會，是不是？」

「我醉酒過，很多次了。你問大九就知道。」

「妳是大九的朋友？」

「哈哈，大九？」丹妃招呼背著她們坐在地上的大九。「我是你朋友嗎？——蔡麗麗問我。」

大九正在面前平鋪的一張舊得發硬的髒塑膠布上往自己面前摟籌碼，一面點查著，似乎壓根兒沒聽見孫丹妃的招呼。

「聽見蔡麗麗說甚麼獃話了嗎？」

丹妃伸直了一隻腿，仍然搆不到大九，就用兩隻手臂撐在後面，欠空身體，去搆著踢踢大九。

而麗麗急忙阻止她，羞于她那麼聲張。

不過羞于甚麼，麗麗並不十分清楚，她只知道自己說了甚麼愚蠢的歆話。難道丹妃不是大九的朋友？不對不對。或者不光是朋友；或者不光是大九一個人的朋友，或者……還會是甚麼呢？難道他們已經擁有屬于成年人的那些不可知的秘密了？

「不是處女，是不是很神氣？」麗麗憋不住要問。

「不是妳可以神氣，是叫大人神氣不起來，知道麼？」

「妳父母一定很怕妳了。」

「剛好相反。」丹妃斷然的說。

「為甚麼？」

「當然；他們神氣不起來了，只有發瘋的揍妳，出出氣。」

丹妃兩隻手交叉著兜到腰際兩側，往上一提，就把套頭毛衣連同襯在裏面的粉綠棉毛衫一齊倒翻上來，露出光赤的背脊。居然她裏面沒有再襯其它的貼身內衣。

「看得清嗎？」

悶在衣衫裏的嘴巴嗡嗡的問她。

麗麗這才發現背著燈光的赤背上，畫一綹綹的甚麼。以為是紋身之類的東西，不由得伸過手去撫拭一下。

「噢，鬼手，好涼！」

丹妃連忙躲開，拉下套在頭上的衣衫。

撫拭在那個光赤的背脊上，手底下有一綹綹暴起而粗糲的觸感，有小的碎屑被她的指尖觸落。

「那是……？」麗麗自己的背脊上跟著一陣子戰索。

「反正是新疤套舊疤，不會等妳乾疤兒全脫掉，再來下一次的。」

「妳一定是個養女！好可憐……」麗麗忽然發現自己比丹妃優越了，她那側面映在燈光裏的眼睛，非常現實的從仰慕一轉而亮著出于母性的那種憐惜之光。

「妳又說獃話了！」丹妃讓口裏的濃煙貼著人中流進鼻孔裏。「自然是養女，我媽媽皮生肉養的女兒，而且就只養了我這麼一個寶貝。」

「真的？跟我一樣。」

「妳當然很幸運，沒有爸爸。」

「我爸爸就是還在，也不會揍我。」

「當然，」丹妃諷嘲的笑笑。「因為妳還是個處女，又好乖！」

「我才不乖。」麗麗忙著避開處女不處女的那個不光彩的羞惡。「他們也用皮鞭子揍妳？」

「甚麼『也用』？」

「和藍德英一樣呀！」

「哈哈，藍德英，真的嗎？怎麼從來都不讓我們參觀參觀？」

「參觀甚麼？」叨在嘴唇上的菸捲，燻歪了那張紅臉膛。

「還瞞著呢，扒下來比比看誰該第一名。」

「妳一點兒也不反抗嗎？」麗麗幽幽的探問。

「反抗誰？反抗就顯得妳受不住了。頂好連眉毛都不要皺一皺，氣死他們公母倆！」

厚實的嘴唇給咬出任性和堅定的紋路。丹妃原生著一張敦實的面孔，她有寬厚的下頷，所謂地角方圓的一份福相。該是本本分分的受完教育，本本分分的聽由父母安排嫁給一個本本分分的夫婿，本本分分的生兒養女，本本分分的過這一生。然而丹妃似乎一點兒也不本本分分。

做父親的或者太苛求了一些；四點半鐘降旗完畢，父親留給她走路回家的時間「寬裕的十五分鐘」。沒有一天不是那樣，父親一手拎著皮鞭，一手托著那隻掛錶，遲一分鐘回家——的確有過，或者並沒有遲至一分鐘，或者那隻掛錶壓根兒就不準確，在路上實在沒有一點兒耽擱，而結果還是捱打了。做一個乖孩子有甚麼用呢？怎樣努力仍還是躲不掉皮肉之苦，索性就湊成捱打的機會罷，可以延遲回家而去戲耍的地方太多了。家裏不給零用錢，可以把午餐的錢省下來——不吃，或者吃得很差的飲食，後來簡直不用費神，有男中的學生，有極想戀愛的那些冤大頭，甚至有個父執輩並且兒女成行的馬叔叔，非常守時的請她坐咖啡館，上電影院，吃小館子，到旅館裏休息，總是吃不完的零食，零用錢也從不斷絕。書包放在同學家裏，有時不肯繞路再去取回書包，便索性空著手搖回家去。

反正怎樣學乖，也免不了捱鞭打；反正要取樂，就要付出痛苦的代價。孩子自暴自棄的走著自己認為划得來的路。回到家裏一點兒也不含糊，站定了腳跟等候受刑。對于鞭打的恐懼和羞辱漸漸的淡漠了，且有打了勝仗的愉悅，當父親暴跳如雷氣得發抖的時候。

鞭打或者還不如牙痛那樣難以忍受，要打敗父親實在不難，能使父親慘敗得發瘋。要打個痛快麼？不必隔得那麼厚重的衣衫，套頭毛衣往上一翻，脫一個光赤的上身給你打個痛快。

多麼正經的父親喲，居然背過臉去，不夠意思的！

怎麼不打呢？打呀！雙手交叉抱在胸前，惡意的撫弄著一對雖在急驟的發育，但仍不大看得上眼的硬硬的小乳房，馬叔叔撫弄過、親過、吮過，真想坦誠的稟知父親大人，看看這位大人會否七竅生煙的一下子氣絕倒地。

「爸爸不是要遮羞費的那種人，我知道，他很正直，連我的裸體都不敢正眼看一下；知道嗎？妳也可以使大人不敢。」

「那妳真刁，用這個逃過妳爸爸的鞭子。」麗麗的一雙大眼睛驚羨的望著丹妃那張敦實而有福氣的臉龐，再低垂下去，注視那一對挺在毛衣底下比自己已經大得可怕的乳房，她沒有穿甚麼內衣呢，麗麗跟自己說。

「妳想能逃得過麼？照打不誤！」丹妃快活的說：「我爸爸打我已經很熟練了，就像我們閉上眼睛吃飯，也不會吃進鼻子裏去，是不是？」

「真想懷一次孕，」丹妃又點上一枝菸說：「好讓他們好生的栽個大跟斗。」

「不要；大肚子好醜！」

「妳真是甚麼也不懂的傻丫頭。不過我好喜歡妳，憑妳花這麼多的錢請客。」

「今晚又很晚了不是嗎？」麗麗有些兒替她躭心。

「可是很多人都找尋不到快樂。想捱一頓毒打換一場快樂，不一定就能換得到。」

車房的寬門外，簷水淅淅瀝瀝的一直下個不停。有滴不盡的淚水一直在等待著誰，彷彿那是一個命運，不知是屬于這個車房中的哪一個孩子的。

「真想知道妳怎麼樣才不是處女……」麗麗仍還念念不忘如何使自己神氣一些。或者像孫丹妃說的，可以使大人不再神氣。孫丹妃這個只比她年長二三歲的大女孩——那是麗麗希望馬上可以長到那麼大的年齡——使她覺悟和懂得：甚麼母愛不母愛，真動聽！上一代的虛榮，把孩子當作可炫耀的一部份。老是夢想著使得自己的孩子出眾，不全是為他們的將來，所謂前途甚麼的——至少那是次要的——只不過滿足那點兒可憐的虛榮……

偏不讓她們神氣！孩子們都學得一個式兒的矯情了。

這一代的孩子們需要追尋更大更多更龐雜的甚麼，母愛似已柔情不了他們，滿足不了和管制不了他們。而這一代的母愛實在也逐漸的淡薄了，怪不得孩子們的猖狂。

這一代的母親，她們追尋些甚麼？一樣的是更大更多更龐雜的東西。母親們從針黹茶飯收乾晒濕的職位上失業了；兒女吃的不是母親做的飯菜，穿的不是慈母手中線，做母親的要不是閒散寂寞必須追尋些甚麼，便一定是在放下文墨、卡片、打字機之外的一丁點兒可憐餘暇裏，急于收拾剩下的一丁點兒的自我。只有皮包裏，薪水袋裏，牌桌上的零錢堆子裏，裝著可以打發孩子們但又不能滿足孩子的一星星母愛，實在甚麼也不當。

然而久久懸空的母愛，天性要它們落實；于是孩子們出眾不出眾，便和她們的服飾時興不時興，大抵是同一個意義了。

而孩子們已不甘于給父母裝點甚麼，不甘于受差遣去請安和敬酒，不甘于做個長輩們讚賞的出眾的孩子。孩子們快樂的天性裏就喜歡那種戲狎，給小同伴的背上剪貼一隻小烏龜；那麼，就給爸爸媽媽背上貼個小烏龜罷，說不上甚麼惡毒，快樂裏面夾雜一份兒矯情，偏不讓你們神氣！偏不！用雙脚蹉過的帽子，用人工刮破的新制服，用冶蕩夜遊，用不是處女……用這些畸形畸狀的小烏龜，剪貼到成人們的背上。

「那不是很簡單麼？」丹妃親暱的摟著麗麗說：「一次野合，妳就可以不再是處女了。」

「野合給妳爸爸媽媽看？」

「小笨蛋！」丹妃愛悅的一下下打著麗麗的顋頰。「還用做給他們看？說給他們聽就會像扔一顆原子彈給他們了！」

「真的！」麗麗的聲調裏彷彿騰起蕈狀雲的壯麗。她跳起來，拖住丹妃。「來罷，好不好？」似要慶賀甚麼的，飛一個旋轉，指頭打起曼波的節奏。

幾乎比男性還饞的眼睛，麗麗盯住對方那不受約束的胸脯在那麼波搖著。多賤呢！她家有的是打蠟的地板，壁燈是茶綠和水紅兩色，有唱機，和冰箱裏的飲料……然而那是一座灰白色的冷樓，一座大的冰箱，四壁有回聲，她不要把自己冰在那裏面。大九真是對的；他家會比她家更華麗，但也更冰箱。他真會挑呀，挑上這一間好像建在荒島之上的車房，雨之外沒有任甚麼涉近他們。

幾個男生都不大會跳這個玩意，多多少少還保留了他們父輩的娛樂觀；欣賞的，而不是自娛的，讓這兩個女孩給他們表演。裙角飄拂到他們臉上，「嗯，好騷！」不再吊著膀臂的小九用這個代替了嘲弄和喝采，純粹他那位主席爸爸的作風：「嗯，幹你的，好！」那個粗魯的肥爸爸。

湧在麗麗心裏的快樂，雖然是近乎空泛，渺茫，但她總覺著得到了甚麼，似乎是可以誇耀的東西。提回死掉的狐狸，碰見藍德英的弟弟，她就誇耀：「我和你哥哥野合過。」那時她已復學，走進一個全然陌生的圈子，准許蓄長髮的私立學校。

一樣的仍是孤獨和寂寞，並且多出了一項早起的煩惱，一週沒完，就開始懊惱自己為甚麼又急急于復學去找苦吃。

而德英似乎一直都不甘心放棄那個努力——找尋一個不怕麗麗喊翻了天也不生作用的地方。但是這樣老要他不甘心的願望，一點兒也說不上甚麼野心。如果說，德英也居然會有甚麼比較嚴肅一些的夢想，那便是他不要受到箝制，急于要掙脫箝制。父親的皮鞭和麗麗的尖叫，都使他大受箝制的劇痛。然而又當怎樣去掙脫這些箝制呢？德英全然不知道，只有一種破壞的衝動，強烈的苦悶使人的靈魂和身體交互戰慄。就像道格斯，那條性情暴烈的公犬，牠咬不斷那綑鎖牠的鐵鍊，但牠啃得動被拴在那上面的五斂子樹，一夜之間剝光了牠所能搆得到的樹皮，露出慘白如骨骼一樣的光幹。而那樣，一點兒也不能有助于牠的掙脫，並且遭受了一頓暈天黑地的毒打。可是道格斯有甚麼辦法呢？只是被那種無可奈何的衝動所驅策，牠只是迫切的需要破壞，和藍德英一樣，不是出于神思清醒的意志，因為他總知道破壞的結果會是多麼的不堪設想。

　　而藍德英有甚麼辦法呢？生命是我們自己的，我們在這個生命之上却作不了多少主，且常不明所以的受其差遣和役使。每當他翻越院牆跳進蔡家的時候，不管是他的身材，他的體能，一面齊胸的牆頭，只是田徑賽中的一道高欄，可以一片長春藤的葉子也不碰傷的縱身跳過來，至不濟也不過只須撐一下手臂好像撐竿跳那樣的滾身跳過來。然而他不，德英總要雙手攀援著牆頭，笨拙的蹬住牆壁，不感覺到那些牽牽絆絆的長春藤在脚的壓力下一根根的繃斷，心裏便不舒服。想到老頭子有多心愛這些植物，就會像踩斷了老頭子的腸子那麼快感。類似的這些破壞，德英並不曾刻意的找尋著去進行，他不是那樣存心如何如何的壞孩子。但是總是那麼湊手，那麼多可以被破壞的東西為甚麼老要送到手上來呢？而且順手破壞的時候，又總是意識著那個被他破壞的東西就是老頭子身體上的某一部分。而他每逢這樣的當兒，又總是厭惡著自己的破壞，厭惡自己有多麼卑賤。

　　那不是他三妹的鋼筆麼？滾在桌邊兒上，攤一桌子的教科書和筆記簿，她那個人跑哪兒去了？若是他丟了滿桌子的這些東西，人跑走了，一定又立刻給他的父親發現，發現了立刻就罵，就非要把他找回來，罵他做功課不像做功課的樣子，罵他凡事沒有條理等等。而三妹跑走了，老頭子不來看看這一片爛攤子，看到了也不留意，有甚麼辦法呢？三妹那麼得寵，鋼筆滾在桌邊兒上，幾乎就要滾落到地上。那麼，再走回來，順手把桌邊兒上的老式花桿兒派克筆拐掉。那麼樣清脆的一聲，在他的背後。最好是筆尖向下跌落在磨石地上——他希望那樣；並且同時指責了自己：你有多麼卑賤喲，藍德英！

他一樣的疼愛他的三妹，拐掉三妹的鋼筆，那是拐掉老頭子的錢，對他的三妹沒有半點惡意。就像對付麗麗一樣，有一種要在麗麗身上進行破壞的慾望，他沒有半點惡意。德英也曾歐打過他那麼疼愛的三妹，一樣的也是毫無惡意；只是一件細微而又細微的小事，發生了爭執，忽然德英發現那不是他的妹妹，那只是父親的一件寵物，長春藤和五斂子樹之類的物體，于是他用毆打加以破壞，明知道一下子就會驚動了樓下手術室或者診療室裏的老頭子。

「你說，叫你自己說，有誰像你！」

父親趕上樓來，正在捲著石膏粉的紗布綣還握在手裏沒有放下。父親罵他，說他們藍家從沒有過做哥哥的打弟弟妹妹的事。

——噢，從沒有過的事，就是壞事麼？德英直在心裏憤怒的辯嘴、憤怒沒有說出來，却從一雙眼睛裏表現出來了，氣得他那個暴烈的父親不管手裏握著的甚麼，揮起來就打，那些滾捲在紗布裏經過烘焙的石膏粉，便給揮舞得揚起滿屋，德英躲在牆角裏，彎起臂膀不當甚麼作用的遮擋著，一頭的曲髮染白了半邊。被逼進牆角裏招架不了的劣勢有多傷害一個大孩子的顏面呢？只是德英不再敏感這個；啊，好呀，要糟蹋多少石膏！要費多少功夫捲成的那一捲紗布！真該叫好的。

破壞的結果雖不可能使他得以掙脫綑鎖，且常招致殘酷的懲罰，然而那是快感，非常肯定的快感。

一頭的曲髮染白了半邊，石膏膩在上面撣不掉，也梳不掉，洗罷！那會是一個甚麼結果？不獨是肯定的快感，且是長久的快感；見了水的石膏粉，立刻凝聚了，凝聚得那麼堅硬，把半邊的頭髮塑造成一隻翹起的翅膀，虬亂了一遍，能敲出響聲。除非把全部的頭髮剃光，沒有別的辦法。

但是德英不肯薙去，不全是為著損美的光頭；為甚麼不留著這長久而肯定的快感呢？留著這半邊翅膀好讓老頭子見到就氣惱，為那一次的損失而長久的氣惱。

藍大夫真不要看到他這個兒子，大學沒考取，補習班的寒假一開始，就帶有懲罰意味的指派德英到田莊上看山林去。

立春前，鄉下的山田上開始大量的造林。上萬株相思樹苗，橘子樹苗，栽要監工，灌溉要監工，即使全部完工且有成活的把握了，仍需要較長時間去看守，防止牲口糟蹋和牧童們的無謂攀折。即使那些成樹，藍家也是經常僱用了兩三個工人在那邊照應。

要說那是懲罰，弟兄四個當中沒有哪一個比他更樂意接受這個差遣。

不到一個月的寒假，著實嫌它短促了一些。不過那對于德英來說，則是冗長如坐牢的日子。寒假給綑綁在家裏，得找尋和編造多少藉口，才得走出一次大門透透氣。他不能像其他的弟兄姐妹們那樣窩在榻榻米上，抱著膝蓋「打嘴鼓」，聽唱片，啃書本，一個個都是那麼甘心于無聊；他譏誚他們，而設法找個去處偷偷抽他的半截菸蒂。

家裏沒有甚麼事物可以吸引他，沒有一個可以約到家裏來玩——不如說是受拘束——的同學。冬日裏蕭索的況味折磨著德英，空曠曠的庭院有掃不完的冷雨裏的落葉。北台灣的冬，氣候總是特別惡劣，潮濕和嚴冷，室外留不住人。葉和泥上到處印著空寂的脚印，樹上不住的滴落著終日的細雨在那上面積聚的大的水滴。總是大的水滴，黃的紅的落葉，人被家法和氣候禁錮在發白的玻璃窗子裏，空寂的眼睛裏泛著窗玻璃上一樣的空白……日子是這樣的閒而潦倒，樓上樓下隨時碰到老頭子，彷彿家裏不止一個父親。父親不願意看他一眼——除掉他的錯處總是走不了眼——他也希望父親不要看到他，他也不要看到父親。被父親看做一身的不是，看見了父親也頓時覺著自己一身盡是不是。坐也不是，站也不是，走動也不是。遠遠的離開老頭子罷，公車背後的噴漆標語：「保持距離，以策安全。」下鄉看守山林去，多得人心的懲罰！儘管那很辛苦，風裏雨裏和冷裏，他必須早出晚歸，一輛老單車，一條左一段上坡右一段下坡的滑滑擦擦泥濘的山路……然而德英顯得很勤奮，在荒淒的窮山窩子裏，有他所要的世界。

在山裏，他受到恭維，伺候，和欣羡。擠在燒木炭的土窰子裏打紙牌，喝太白酒，啃野兔子腿。菸草雖然是很差的牌子，香蕉或紅樂園，但儘可讓他一根接一根的燒，煙從頭頂的小煙囪子冒出來，使人以為那個廢去的炭窰子重又燒炭了。

然而德英也不是儘著享受，不務正業。新林子和老林子，總常看到他躑躅在那裏巡視，想盡辦法去捉拿那些偷伐林枝的鄉佬們。山上那樣凜冽的風雨，他可以忍受著攀坐到那棵最高的桐樹上，騎著黑濕的樹幹，熱心而孤獨的守望。

在炭窰子裏，他是阿拉伯酋長的享受，烤著火，他是個很能吹的孩子，不像在家裏，只有司藥和女傭聽他的。這兒農閒的聽眾多得多，而且非常虔誠的聽他吹。在他穿梭于樹林裏巡視，或者騎在那棵桐樹上守望的時候，他真是他父親一條忠心的狗。

為甚麼不呢？因為你既給他做了酋長，他必然會去做忠心的狗。一點兒也不奇怪。就連他想到：「啊，這兒是不怕麗麗尖叫的好地方！」也只是跟自己傻笑笑，淡淡的那個念頭便不大經意的飄走了。

不知是這種隔離反而使藍大夫看著德英順眼了一些，還是請到家裏來劈木柴準備過年的鄉下那個長工述說了德英的忠心，或者兩者都是；看在德英的眼睛裏，老頭子對他的顏色似乎柔和得多了。

說不上甚麼懷恨不懷恨，德英並沒有多大的夢想，實在他僅只希望不受箝制，希望父親也能夠發現到他並不太差于其他的幾個弟兄。父親稍稍柔和的顏色，曾使他一度極其軟弱，跟父親謀求諒解的願望也一度很是強烈。有過一點點的溫情麼？沒有過。隨便賞賜的一點兒稱讚，吝嗇的父親喲，你何曾有過？

但他居然得到了；在他從山上很晚的回到家裏換鞋洗澡的時候，「噢，壞了……」剛穿上脚沒走幾步的拖板有一根帶子脫了釘。這是他的拖板，天藍底綴著白色細線的油漆。他提溜著脫了釘的拖板猶豫一下。按照德英的習慣，他應該隨便去抓誰的一隻來。天又這麼晚了，把洗澡看做吃飯一樣重要的父親又在那兒操心勞神的催促著，他有理由湊合一下算了吧。不知為甚麼，德英破例的乖了起來，找到儲藏室去，找出釘子鐵鎚，認真的釘起來。

「嗯，就是這樣。」父親在走廊底下沖手。「這樣就對了……」

自來水嘩嘩啦啦響，德英沒能聽完全父親說些甚麼。

——甚麼對了？我也有做對了的時候？沒有去亂抓別人拖板，不是共產黨了？真是承蒙過獎！

當他洗過澡，衝進飯廳兼起坐間時——德英不管在哪兒出現，總是給人一種衝過來的感覺——一家人剝食著文旦，父親似乎正在談論德英，見他進來就把話題岔開了。

這是罕見的事；平常若是談到他，只要他正在那個當口出現，那算他倒霉了，多少指責，多少辱罵，父親便會愈說愈氣憤的把甚麼罪過都聚攏了加在他身上，好像勢必要把他置之死地才得稱心。而這一次真是例外之例外，居然像偷的一樣，見他進來就佯裝完全不是談他。難不成老頭子怕起他來了？會有那樣的事？

在走廊上，他那個聰明得過了份的三妹，洗著臉，掛一臉孔的水珠，偷偷告訴他，父親誇獎了他。

「我有甚麼資格上他的口？我又不會獻媚討好！」

「爸就是極恨人賣乖。」這一輩的孩子都學會了國語和方言兩摻著使用。「真正的乖孩子，爸自然喜歡。」

「妳少跟我來些鬼靈精！口氣這麼大嗎？」

德英雖然顯得很惱，却那麼愛護的替他這個被心眼兒壓得長不高的三妹把面巾掛到晾竿上。那晾竿是用四支作廢的日光燈管啣接起來吊在廊簷底下，上面大約懸掛了二十多條作了各種記號的毛巾。

「爸說你長進多了；說你看山很賣力，過年要給你一隻手錶。」

「妳是個情報販子！」德英仍是矯作著很惱的樣子。

「嘿喏！你心裏當然極高興。爸還說你……你猜吧，不販情報給你啦。」

這個小鬼精靈開盤子敲竹槓了，德英不能不允她一點兒甚麼。

「爸說你連敲釘子都敲得很像一回事了；爸還學給我們看，咔、咔、咚！輕輕的點兩下，敲一下重的；再輕輕點兩下，敲一下重的。說你不像從前那樣亂七八糟的猛敲了……」

「哈，甚麼情報？一點兒也不值五塊錢的壓歲錢，上妳的當了！」

真的不值麼？德英停在走廊底下，冰涼的面巾敷在臉上，許久許久，他站在那兒動也不動。對面廊簷下，六十燭光黃澄澄不甚明亮的燈泡，照著吊懸在那裏的那麼豐盛的年貨，一隻隻肥雞、肥鵝、肥鴨和火雞，亮著欲滴的黃油。不知為甚麼逗不起他一點點的饞。為甚麼？他不知道；或許那太像一羣剝光了衣服吊在那裏受刑的囚徒。一個個頭下脚上的倒懸著，那後面的牆壁上掛著那支三股辮子的皮鞭。而下面的地上，滴落了一遍一遍的油脂和鹵汁，彷彿一灘一灘凝固的黑血。就是那麼樣的一幅景象。

能讓德英怎麼樣的去感覺呢？爸爸，爸爸，你一直都在找尋嗎？釘釘拖板這樣瑣細的小事，也值得你去看中它而把它愛惜的撿起來麼？你一直都在我身上找尋你所喜歡的？你不曾偏心？從不曾對我絕望？你並不是喜歡鞭打甚于喜歡找尋？你鞭打只是因你一直都不曾找尋得到——直到今天？他感覺到眼眶一陣陣的發熱，用冷濕的面巾冰自己的眼睛。

在樓後，這一圈下房圍攏著一小方天井，圍攏了德英深深的孤獨。一個陌生的景況，他流淚了，他第一次如此清醒的認知了自己。磨沙玻璃門關住一樓的歡笑，那裏關住一家人的歲尾團圓，屬于冬夜裏每一個和樂的家室的燈光，溫暖著那一團天倫。而德英隔在磨沙玻璃門外，用冷濕的面巾冰著自己。

小天井裏，尖厲的串簷風，裹著細雨打轉，在不甚明亮的燈光附近，細雨是密密的金色和銀色的斜線、弧線、橫線和直線，細雨織著金色和銀色的網路。不知道要網羅甚麼，那麼細緻精密的網，張在那兒等著網羅他不值一提的就像是釘拖板那樣瑣細的小事。他若曾有過比這稍大的討喜的事體，父親的網必定不會輕意漏掉的了。

真會是那樣的麼？並不是完全用皮鞭來替代那金色銀色的網？然而能網羅到甚麼比金質銀質的網之本身更珍貴的呢？有沒有用金飯碗銀飯碗去討飯的？

這樣的時候，多半會使一個少年激動的立誓要怎樣怎樣。然而德英願意立誓，但不知道要立誓去做些甚麼，不做些甚麼。撲一撲頭髮，那被石膏硬化的翅膀粗糲的磨著掌心。而父親居然忍受得了他的劣跡，準備給他一隻錶，並且已經誇讚了他。剃一次光頭罷，一種最新的性感正在流行。

大年除夕，德英依然在天黑透了以後才從山上趕回來。在家裏僅僅渡了年初一，初二便又上山去了，戴著他的新錶，新夾克口袋裏裝著壓歲錢，要買整包的香菸抽了。不年不節的時候總是買的零枝。

這才德英發現，在家裏他待不住，不光老頭子的威脅，還有些別的甚麼呢？他懶得去思想。而這樣急于離家，家門之外甚麼都是好的，反而他被看做那麼認真于看山的職守。這手錶，嘿，只是他不願意待在家裏而獎賞了他，多麼荒唐！

儘管他被當作忠心的守護山林，實際上也確曾盡職了，然而那是荒唐的；如果山上的鄉佬們不那麼捧著他當作個了不起的人物，如果沒有炭窰子供他烤火，吹牛，打紙牌，紅樂園燒起來好比大煙囪——總之家門之外甚麼都是好的——他能如此忠心麼？而到了家裏，忠心就順手扔到爬著長春藤的院牆外面去了，但是他得到了新手錶；藍家的一樁大事。他們家這樣的大事實在不很多，那個被他喊做寒窗小生的四弟，初中畢業第一名，也只不過得到父親獎賞了一枝廉價的鋼筆。似乎再沒有甚麼別的大事了。

那末大人們的愛惡賞罰公正嗎？可靠嗎？他們愛惡賞罰的標準到底是些甚麼呢？對于父親這種誤會的獎賞，德英調理不清自己的情感；不知道應該歉疚，感謝，還是嘲笑，儘管他曾因父親罕有的誇讚而至于湧出熱了眶子的眼淚。

到達山上的田莊之前，須要經過一道艱難的河谷。那些崩自荒古的山巔，經過幾世幾刼給流水磨去棱鋒的巨型鵝卵石，沖積在這個河谷裏。啊，這些頑石！要將單車扛在肩上才能通過艱難的河谷，而德英樂意這樣跋涉，攀登，在膝蓋高的滾石間走他自己的路。那些荒古的洪水，洪水挾持了這些巨石一瀉而下，甚麼樣可怖的景象！女媧氏那老婆子煉出多少靈石而廢棄了這許多的頑石，誰能計算得出呢？他數著吃力的踏過的這些頑石，每次通過這裏，他數著，欺騙自己不去看那遙遠的對岸，他討厭單車的前輪常常擦上他要攀登的巨石而在他臉前滾轉，不緊不慢的滾轉，貼近著臉，能把人眼睛弄花。我恐怕有高血壓，德英跟自己說，紅著臉笑了。在聽不見人聲的河谷裏，自己的聲音真是好陌生，人也變做頑石了，怕讓滾轉的車輪暈了他自己。而他願意這樣吃力，勞累，帶著微醺而又自如的昏沉，吹掉黏在嘴唇上給野風吹燃了半邊的菸蒂，多麼獨立喲，多麼成年人！但在家裏他只能像發狠的道格斯，為了捱鞭子而破壞一點兒甚麼，只能那樣卑微的活著。

真的，人多像狗！他是道格斯，飲食也好，三餐之外還有蛋和魚肝油，但牠得在鎖牠的鐵鍊半徑的圓周裏生活。而牠若想活到那個半徑之外，那就勢必披一身根根可數的肋骨，終日鼻尖兒不離地的嗅耕，用下賤腐爛的些些兒垃圾來洒洒饑火。那是半徑之裏之外的問題了，他和寒窗小生的老四完全是一裏一外兩個世界的孩子。老四應該是阿龍，本本份份在牠的半徑裏搖尾巴，從不發急去掙脫緊鎖住牠的那條鐵鍊，好像那麼小的半徑，阿龍也嫌它太大，使用不完的半徑，永遠不去試圖掙緊脖子上的黑色鐵鍊。

孩子們若是起牀晚了些，「我們藍家從來不出公子阿少，你要弄清楚！」藍大夫就要這樣的告誡一番。藍家的祖上一直生活在河谷對面的窮山窩子裏，祠堂供奉著移民過來的第一世祖的黑扁擔，自然從來不出花花公子大少爺，也出不了那樣的人物。

然而「從來不出」便是光榮麼？「我們家從來不出大人物。」光榮麼？德英總在心裏嘲弄這樣的庭訓，一如他被兄弟姐妹們嘲弄的喊做「阿英少」。他從不服氣，誰最阿少呢？那個本本分分活在半徑之內的阿龍和他那位寒窗小生的阿傑弟，受不得風雨，耐不得冷熱的驕子，才是地道的阿少。從河岸的丘陵上看下去，荒遠的谷底在那些滾滾的頑石間，肩著單車的人物真是渺小得可憐。人怎能看得到自己渺小呢？他被嘲弄的喊做「阿英少」，他便嘲弄的喊他的老四「藍百萬」。一樣的意義，阿英少和藍百萬，都是睡不早起不早的懶蟲，但是藍百萬懂得討好的扮做寒窗小生，他却扮不來；他扮的是另一個角兒，早早的合上臥室門，燈也熄了，門也鎖了，人從後窗滑下雲梯，翻越爬滿了長春藤的院牆，到西鄰的蔡家跟麗麗去瘋。能比嗎？你能跟德傑比嗎？父親就是那樣的意思。

然而能比嗎？荒遠的谷底在這些滾滾的頑石間，肩著單車跋涉，走久一些，車樑直往肩肉裏鑽割。河谷對面的窮山裏甚麼在等著他，比扛在肩上的單車還重的任務，桐樹上寒冷的北風，脚底下永遠是鬆散的泥沙，儉省的祖母永遠只會給他做蕃薯和糙米兩摻的中飯，永遠是酸漬漬的醃菱頭，給他煎個蛋則是別的孩子輪不到的。能比嗎？這些個都讓藍百萬來試試看，一天也捱不過。誰才是公子阿少！

所有的都是這麼無理。高明嗎，成年人？單車換到右邊肩上。這樣通過河谷，總要換兩三次肩。彎在面前的左臂，戴的是新錶，這是獎賞；高明嗎，成年人？年輕的孩子們有幾個看得中成年人當作性命一樣的家產？他是為著守護家產才趕來山上受苦的麼？而他得到了獎賞，屬于成年人的賞罰和愛惡。

「我們做了大人以後，會不會這樣可惡呢？」

麗麗說，望著藍色和灰色的遠山，他們坐在這株高大的老桐樹上。

這是個多雲的好天氣，雲在海浪一樣起伏而無邊的羣山上投下禿禿斑斑的灰影。極遠處的山浪，黑而微藍，幾乎和天際焊接而溶化了界線。

「我們會不會呢？」

不知道她是問天，問那無邊無際的山浪，還是問她自己。「恐怕也會的；人一大了，就錯了。」她跟自己說。一片去冬留下的枯葉，葉影在那張蒼白的小尖臉上搖曳，要擦拭她臉龐上的甚麼，或者要擦去她所說的甚麼。

費去好多根火柴，才點燃起香菸，德英這才從埋頭努力當中醒過來。「甚麼？妳說甚麼？」

「你祖母好可怕！」她嚼著膠膜糖果。

「不是這個。妳剛才說的甚麼？」

「你祖母好可怕，這山裏甚麼都好。」

「妳知道麼？」煙一出口就給風抹掉了，德英望著遠處說。「老太婆都很色情，看女孩子都用相親的眼光。」

「好妙！」

「真的，就差沒問妳八字。」

從桐樹上比較吃力的角度看下去，可以看到那邊給竹林遮住的一部份屋頂。在那草屋下面，老太太現在想些甚麼？還有他那位老鰥夫的二叔，不會比這個青年想的清潔一些。

而德英現在，甚麼也不想。用他坦率的眼睛注視著這一副滿足而恬靜的小面孔，他不必因不潔而臉紅，而不知所措的去摸摸鼻子，撓撓幾乎發亮的光頭。被石膏漿硬的頭髮已經剃光，人顯得蠻而不解風情。注視麗麗比注視他自己的胞妹還要坦率一些——他那個給人紅和瀕于爆裂感覺的胖二妹，也不免時常給他一些不快的性之類似的感覺；出于血親，或者近似同性的那些自我厭惡。生與死亡，畫板與涮筆水，情感與惡慾，都是類似的各組。他就是那枝畫筆，可以塗出生命的色彩，可以涮一杯混濁。而現在，畫板上一方空白，半杯清水，他甚麼感覺也沒有，即使從昨天夜晚約麗麗上山直到此刻，都是一樣的沒有感覺，不是生之色彩，也非死之混濁。但畫象在德英心裏，而畫板和杯都在等待。他那些對他不馴又不知所以的破壞慾望，則不知業已隱藏了抑或尚在等待，現在他只是甚麼也沒有。

「你猜我們現在像甚麼？」麗麗掠著給風吹到眼睛上的頭髮，那上面有碎的搓落的樹皮。

「自然是泰山情侶。」

「我不要；我們是一對小鳥。」她仰靠在一枝粗大的榜椏上，眼睛裏有水晶的折光，那裏有透明的藍天，透明的雲，有一對飛鳥比翼打旋，翼上鈴鈴的響著透過三稜鏡的太陽七彩……這些他都從麗麗眼睛裏看到。裹糖果的銀紙從指尖上飛去，打著翻身飄過一株兩株多少株的相思樹梢。他們看見自己的彩翼飛去，落進密黑的相思林裏，就覺著自己也恍惚飄落進去，而趣味彷彿回到兒時的單純。

「聽，聽天門裏唱天靈，

太陽正在上昇……」

麗麗不經思索的順口唱出這首歌謠，糖果銀紙不住的一片又一片隨風飄去。這一片是德英的翅膀，這一片是她自己的翅膀，飛翔喲，飛翔喲。樹叢裏她瞧見一個鳥窩，鳥的家。不要築巢，不要那些墜脚的牽絆……

「………

那眨眼的小金英，

張開那黃金眼睛，

許多寶貝藏在裏面，

溫柔的姑娘快醒……」

如同德英不去感覺破壞的慾望一樣，麗麗那些狂亂和煩躁也都隨風而去，這清脆而閃亮的旋律，使人微醺而不酩酊。遠處是藍色起伏的山浪，脚下則是風裏翻覆搡動的山林，樹幹上一遍遍白裏透一些淡綠的粉蘚，亞熱帶有滋潤而至于膨脹安適的早春，然而這是在山村裏，天籟替代了斑馬線和唱盤上的市囂，沒有幾何圖型的建築遮去普照的陽光。她唱自風和山林的伴奏，不是從頭至尾唱不完的那種影片裏洋琴鬼所給人的粗賤的糾纏。她唱的不好，尷尬之年分不出性別的那種嗓音，然而她盡情，盡她此時感受到的青春撞動，而遠遠的掙脫那些所謂過門兒的粗賤的糾纏，掙脫被誤解做狂熱的種種浮蕩，空虛，和癲亂。

「那你願意做甚麼鳥？隨你挑！」

「公鳥。」而德英並沒有甚麼別的意思；他只是在想祖母那一聲令人不快的嘆氣——噢，長山人（註：指內陸人）！長山人家細妹仔麼？那是甚麼意思？但是老太婆以為她們有多絕對喲！

「自然是公鳥。」

「多討厭你呀！」麗麗低下頭去張開紙口袋掂一掂，裏面盡是剝光了衣服的糖果，找不到還有可剝的金色銀色的糖紙了。然後她帶著孩子臉上的那種失望，撇了撇嘴。「難道你也要做籠子裏的公鳥呀？」

「那就不要了。當然要做籠子以外的隨便甚麼鳥。」

「我們現在就是。」她攀在德英的肩上懶懶的。

「還是要回到籠子裏去；不過妳那個籠子永遠敞開籠門兒，隨便挑甚麼鳥做，妳都是一樣。」

「好可憐，你說這樣的話。」攀在德英肩上的手，伸出一隻指頭去摳那顎上一顆紅色粉刺。一種小女孩逗弄懷裏洋娃娃時透露的母性愛憐的閃亮，拂過麗麗蒼白的面孔。「我們就在這棵大樹上蓋一間小屋好不好？就像最古最古那個時候一樣，用樹葉編衣服，用野雞翎編帽子，用鑽木取火烤肉吃……」

「真好，那我就要天天下山給妳去買零食了。」

「不吃零食了，山上當然有水果，不是到處都有野草莓嗎？」

「電影也不看了是不是？還有跳舞、唱片、電燈……」

「不要這樣掃興罷，還有香菸，你怎麼辦哪？」

「多了，球賽，洗澡間，ＤＤＴ，還有牙膏，妳能一天都不看電影雜誌嗎？只有鳥籠裏才有這些，別做夢了罷，妳想想看，我們還要甚麼？」

「頂好還是回到籠子裏去。你有了手錶，不會再捱皮鞭子了……」

德英從坐著的樹椏上站起來瞭望。麗麗沒有理會他，唧哩咕嚕儘管說她的，女孩子總是比男孩子的話多，天性就是那樣。

「你在看甚麼嘛？」她抓住一根樹枝，身子仰到一旁，勾著頭想從德英的臉上看他在看甚麼。

德英忽然坐下來，似乎準備就要滑下樹去。這才意識到身邊的麗麗。

「趕快下去罷，快！」

「為甚麼？」她摔開德英的手。

「這上面——目標太大，妳不下去我可要下去了。」

「是不是偷樹的賊來了？」

「老頭子來了。」就好像說老虎來了的神情。

「你爸爸？他為甚麼來？」

「妳不要嚕囌了，下去！」

「我不怕。」麗麗打他伸過來的手。「你為甚麼不告訴他，坐在這棵樹上可以看到所有的山林？」

——是啊！他想。為甚麼不告訴父親？但是不行，躲開他最好。老頭子若是發現他和麗麗在這上面，而且，樹下面給他丟那麼多的菸蒂，就會去到二叔家提把斧頭來，好呀，你是上山來看林的嗎？他就會因這個罪狀，不要想再到山上來了，而寒假還有十多天。

拉住麗麗，從山崗的另一面陡坡滑滑擦擦的下山，鬆而粗糲的泥沙在踏不穩的脚底下流塌。懊惱啊，懊惱啊，德英心裏這麼喊著，為甚麼老頭子冒冒失失的到山裏來？就像這天氣，陰雨了一冬，好不容易晴起半天，現在可又轉陰了。這手錶，剛剛戴上來——不管那是多麼錯誤的獎賞，而現在父親走進祖母的草屋裏。

「我不要這樣，我要像溜滑梯一樣。」麗麗掙脫他的手，要坐下去滑。

「褲子拉破啦！」

他叫著警告，也不堅持要拖住她，心裏只在惦記著祖母會拉住父親講些甚麼。

麗麗便像划船似的，坐著伸直了雙腿，拉動兩旁隔年栽植的矮樹，一路塵烟滑下去。船行在甚麼樣的河流上呢？或許麗麗會英勇的意識著她的船正捲在瀑布的激流裏直瀉而下，看那滾滾濺起的浪花，那塵煙，脚底下浮升上來河谷那遼濶的頑石大地。

「噢，長山人，長山人家細妹仔！好賤喏（註：頑皮沒有規矩之意）！……」

祖母若在這裏，定會搖頭咂嘴的這麼說。祖母現在在草屋裏，或在晒場上，不管在哪兒，她現在一定在和父親說：「噢，長山人家細妹仔……」一臉的皺紋，每一條皺紋刻進多少不滿和訓斥。

「我們要跟你爸爸捉迷藏是不是？」

「好啦，妳到幼稚園來了。」德英煩惱的說。「又是滑滑梯，又是捉迷藏……」

「本來嘛！」

她那裝了一下子剝光衣服的糖果的紙口袋也不知順手丟到哪兒去了。陡削的山坡下面，是一池三面環山的深潭。麗麗背著清灩灩的潭水，拍打她一身的塵土。灰綠的緊身裝束，她是一條魚——她又是一條魚了，滑膩的、蹦跳的、給人一種誰見誰就要撲捉的慾望，且是極為強烈的慾望。當他載著麗麗在懷裏、在後座上，他們同在那株桐樹上的那許多時候，他却一點撲捉的慾望也沒有。

潭水深得發黑，打横裏一棵老桐樹倒在水面上，樹蔭下，潭水越發黑得像墨。老桐樹在德英的記憶裏一直就是這樣的橫在這裏，居然一直繁盛的活著。在戰爭末期大轟炸的那個時候，這兒便是他們全家（除掉正在南洋拼命吃金雞納霜的爸爸）求生的地方——躲警報和挖蕃薯，為活著以及因活著而忍受的饑餓。就是這樣的地方。然而孩子們會有甚麼煩惱呢？老桐樹替代了學校裏那些已經陌生的滑梯和翹翹板，孩子們走到獨木橋似的走到彈性的樹梢上跳聳著取樂，或者墜下半個身體去撈那些爬上樹枝晒蓋兒的烏龜。做孩子真好，除了會受到祖母干涉。祖母把他們從樹梢那兒罵回岸上來，說潭裏的水深哪，通到海呀。老人家似乎總是跟孩子們的快樂作對；孩子們快樂的時候，便是該捱罵的時候。說那潭底通到海裏，後來真使他們相信了，潭岸的土壤裏到處可以挖得出海生的小蚌殼。

而他現在罵起麗麗來了，忽然他自覺這有多像祖母的口氣啊，並且也正是麗麗快樂的時候——她正像馬戲裏走鋼絲的人搖搖晃在老桐樹的橫幹上，「藍德英，你看！藍德英，你看我！……」那放縱的笑聲能把潭水激蕩出浪花。

聲音未必能傳到隔一座山丘的那一邊，但像是給扎痛了一下。多羞辱呢，這樣大的人了，怕自己的名子被叫出去，被叫響。

「妳趕快回來，掉下來妳就完蛋了。」完全是祖母的口氣：「那下面通到海，知道嗎？」

「通到海呀，哈哈，好滑稽。」麗麗只管往前走，才不會被海給吓住。

「要是妳不相信，我挖海蚌給妳看。」

他知道自己有多可恥，為了怕麗麗把自己的名子喊得太響，而使用了祖母的無知。

「你猜怎麼樣？藍德英！」又是那樣大聲喊著：「我勸我媽他們不用給海關送紅包了，就用潛水艇從這兒上岸。」

德英可沒有閒情欣賞這些了；討厭而擔心麗麗的招搖，且更討厭而擔心他那個精力過剩的父親，一陣子高興或者因為看不到他的人而找到這兒來；這兒也是他們家的田地。

彷彿一個惡兆就這麼攫住他，真的就這樣，停在祖母門前窩坦（註：晒穀場）上的單車，前後輪胎讓凶煞神的父親用斧頭砍做一截一截，有兩處鋼圈也給砍傷了。

——叫我怎麼做兒子呢？德英咬囓著指甲，只覺得眼瞼沈重而腫脹，甚麼樣旺盛的生意也經不住這樣砍伐啊，他灰心而憤懣的笑笑，一轉念之間覺得這個世界沒有甚麼可怕的了。

「阿火哥，隨便哪一天，你上街時用鐵牛替我拖回去吧。」他踢踢被砍伐的無辜的單車，有些懊惱沒騎那一輛新車；那樣的話，老頭子就捨不得下手了。

「騎我的破車子回去。」阿火說。

「不用了，過了河，我們搭巴士回去。」

「不是我說，阿英，」祖母拿著竹枝，打屋子後面趕過來放野的雞子。「你不惹你爸爸生氣的事你不幹……」

「是，只興做爸爸的生氣，不興做兒子的生氣！」

或許沒有聽慣這樣的口氣，老太太愣了一陣兒，眼睛轉落在麗麗身上。

——那一對小眼睛真可怕喲！麗麗嚼著給風吹到嘴角上來的大翻領，不滿的皺皺鼻子。而她發現老太太苛求的目光落在自己身上之後，便忽有一種醒悟的神情；彷彿一根皺紋便藏著一根曲解。

「我說不假罷，和長山人家細妹仔學來嗎個沒上沒下的……共產黨！」

「不知道是甚麼人惹爸爸生氣了！」德英一橫心，拉住麗麗就走。然後他用老祖母懂不得的國語說了：「誰才是共產黨？奸細！挑撥是非！可惜不是跑空襲的那個時候了……」

下到窩坦前面的山坡，他們聽見老太太在背後嚷著甚麼。當然祖母聽不懂他說的，但總看得懂德英那一臉的不遜罷。

「造反了麼？造反了麼？真是反天了！……」

可能便是嚷嚷著這些。誰反誰呢？是不是樹幹反叛了樹根，樹枝反叛了樹幹，樹葉又反叛了樹枝？還有花呢，果呢，誰可以反誰？而樹葉，花和果實，總要向著太陽的方向生長罷？和樹根背著太陽紮進九地之下的方向總是相反的。這便叫做造反麼？反叛麼？

通過遼濶的河谷，兩人手攙手，從這塊大頑石跳到那塊大頑石。跳不完的大頑石，湧發不完的嘻笑，彷彿打了一場勝仗那麼開心，而用譏誚嚼那些老骨頭；譏誚有頑石之多，老骨頭也有頑石之多。真要比來時還愉快，至少德英不必再扛那輛笨重的東洋式單車了。

「可是你怎麼辦呢？」

在一場放浪的歡笑裏，麗麗忽有一種憐惜，在德英的笑臉和笑聲的背後，她感受到另外還有甚麼在隱藏。可是你怎麼辦哪？放在德英前面等著他的將是甚麼呢？

「甚麼怎麼辦？」

「你回家以後呀？」

「用不著操心了。妳累了罷？」

麗麗喘著，捧著一把野杜鵑，臉孔是一片難得一見的健康的紅潤。

真的是用不著操心了；那掛在走廊底下的三股皮鞭，陌生已久的鞭撻又不陌生了。真好，一切重又回復正常；乍乍的為這隻手錶酬勞，德英曾那樣的不安，老想能藉著某些努力來報答報答親恩。現在不必了，一切都又回復正常了，不再有甚麼需要努力報答的不安。在揚起又落下的皮鞭底下，都會變得理所當然的，打和被打都會一無歉疚的解決了一次緊張，那是一樁好事。

「從來從來，我都沒有今天這麼快活。」麗麗捺不住要把這些告訴人。告訴了好心的阿綢姐，而她甚麼也說不出，老桐樹，蕃薯飯，通到大海的潭，石頭大得可以滾上天去，還有長山人不長山人的……她只能講出這些，便是從來從來沒有過的快活。多不稀罕！對于從鄉下來的阿綢來說。

「你爸爸這一次真是發了從來沒有過的脾氣。」藥劑生把德英拉到一邊，偷偷告訴他。

「怪誰呢，他自尋煩惱。」

「別這麼輕鬆了吧，連你母親都捱罵了。」

「反正你知道，總會有那樣一個結果……」德英笑笑，很勉強的笑。他上樓去了，他知道事情十分嚴重，看看時間。這隻錶是甚麼來路呢？現在是六點十幾分，再有三五個鐘點，一切都會過去了，多簡單，三五個鐘點過去，到麗麗家去抽三五。

麗麗跑上樓去。母親難得這麼早回家。「媽！媽！」一路喊上去，高高擎起一大束朱紅的野杜鵑。

「麗麗，麗麗，我還有話跟妳說……」

阿綢跟到樓底下喊她。

「待會兒，待會兒就來！」

她可急于要告訴母親她的快樂。眼睛剛超過樓板的地平線，就看見母親從臥房裏匆匆的閃出來。

「媽妳猜我今兒到哪兒玩兒了？」

「妳好瘋呀，麗麗！」母親把背後的門拉上，擰了又擰門口的Y鎖。「餓壞了吧，乖？看媽給妳買甚麼來了，在妳房裏。」

「我不要餓。妳看，鄉下會有這麼美的杜鵑花！」

「真的，好美！」做母親的掠掠頭髮迎上來。「怎麼採了這許多！」

「妳真想不到，漫山遍野都是。獻給妳，偉大的媽媽。」

「真是，好孝順呀！」母親故作氣惱的拍了孩子一下。「採這麼多，也不怕扎著哪點，累壞了罷？」

「我給妳插到花瓶裏！」她興奮的就往母親臥房裏闖。然而母親攔住她：

「給我了，趕快去換換衣裳，休息一下。」

「不，我要親手給妳插。」

「傻孩子，甚麼也不懂，」這婦人給孩子整整折疊到裏面去的大翻領：「這樣也能插嗎？總要剪剪修修才行。到樓下去，媽教給妳……」

而麗麗不知為甚麼，凝視著母親，覺得在凝視一個不相識的陌生人。彷彿這個婦人不曾這樣的美，或者是這個婦人美得不像一個母親了。而這個婦人實在並沒有裝飾，頭髮也不曾梳一梳。

不應該是從那間臥房裏出來的——從那裏面走出來的一直都是她母親，不是這樣的一個婦人。被摟在母親懷裏下樓，而她仍然不放心的勾過頭去，從母親的肩上瞥了一眼那門，似乎問題是在那扇淡灰色的門上。

會不會是童話故事裏常有的那一類故事呢？妖精把母親吃掉了，妖精自己假扮母親。「不對不對……」不經意的讓言語從想像裏跳出來。

「誰說不對？這一枝當然要剪掉。」

「我不是說的這個。」

母親放下手望著麗麗。

——不對不對，童話裏是這樣說的；不對不對，我媽臉上這兒有顆又大又黑的痣，妳不是我媽。後來妖怪就去撿了落在地上的一顆瓜子殼貼在臉上。但還是不對，我媽紮的是綠絲帶，妖怪就又去到一塊生滿了綠苔的水塘那兒，解下紅絲帶，垂在水塘裏擺幾擺，絲帶就染成了綠色的了……多麼荒唐的故事！麗麗不再是個能被童話滿足的孩子。麗麗一直盯住母親垂得很低的面孔，努力想能找出一點兒不是童話裏的甚麼。

「他沒有甚麼可講的！他有甚麼可講？」

樓下父親的叫喊，就像鞭梢的迸炸。接著是母親陪著笑聲的低低的辯護。

「妳還慣他！妳到底要把他慣成甚麼樣子？」

雷聲在樓下滾動，爆炸，而德英躺在榻榻米上。一個等待執刑的囚犯，看著錶，三五個小時很快就會過去。父親或許還不知道他在樓上躺著這麼安適，或許還在把憤怒堆積得愈高愈高，等他從山上回來。德英忽然坐起，很想這就下去受刑，以便提前結束，拖延著也沒有多大意思。用不著三、五個小時，一兩個小時就可以完全恢復正常了；一場風暴過後，那會很簡單的；便和道格斯一樣，舔著身上被鞭打的傷口，無所謂的，接著就有食物送到面前，最多罰餓一次，明天一樣的仍是魚肝油和蛋等等美食。

臨下樓之前，他又折回臥房裏，取下手錶收藏起來。若是問起這隻錶——老頭子很可能那麼小氣的討回去，作為刑事之外民事部份的處罰，不如這就說錶已經賣掉。雖然那會加重刑罰，錶總是完全私有了，可以長久用下去，也可以隨時變賣。是的了，與其將來再有可能捱整一次，索性這次就併案辦了罷。彷彿被判了極刑之外，附帶的因著偽造文書又判了兩年三年的有期徒刑，可不等于撿來便宜了麼？已經抽上一百鞭兩百鞭了，為賣掉手錶再加上二十鞭罷，沒有多大要緊了。

而母親平空的美起來，以至美得不像一個母親，麗麗反為這個掃興了；原有那麼許多要跟母親分享的快樂，許多許多，她要賴在母親懷裏，叫母親買一艘潛水艇，不必再跟海關的老爺們打交道……且要和藍德英在那棵老樹上架木築巢……許多許多又是孩子又是少女的夢，然而在那兒剪修杜鵑花的美婦人，却不是母親了。

「往後啊，麗麗，」插花的婦人說：「鄉下還是少去好嗎？難為妳了，也不嫌髒的，瞧那頭髮裏盡是泥沙。」

「當然了，我還是要去的。」

麗麗想著別的一些甚麼，順口回了她母親。她看到悲哀的雲影從母親的臉上浮掠而過。但是癡癡的望著，望著，一種常有的縮變的視覺又出現了，母親的形象遠去了，遠去了，母親縮成一點點的小，但是非常清楚；母親的聲音也遠了，小了，也是非常清楚。這樣的情形，過去多半發生在午後的教室裏，望著老師，望著老師，自己的視覺就會這樣的縮變，彷彿視覺上罩了凹透鏡片，形象遠而縮小，但比原象更清楚。常時她能樂意保持那種幻覺似的形象，很容易疲倦，却寧可疲倦了視力，疲倦而又疲倦，捨不得眨眨眼睛；因為她知道，眨眨眼睛就可以立刻把這種縮變的視覺恢復過來。而她不要恢復，她喜歡這種縮變。

麗麗就讓面前的母親又遠又小的形象停留在她縮變的視覺上。每當這樣的時候，她能夠感覺到，腦子裏全部是空的，一切的思念就會全部停頓了。

「就只你們倆嗎——妳跟藍家老三？」

「不知道。」

她聽見母親極遠極細小的聲音，但不知道問了她甚麼。

母親望著她，發現她定定的眼神，立刻有些張皇。

「麗麗，」做母親的柔柔的喚了一聲，試著喚醒這個癡癡的孩子，又怕聲張了，驚動這孩子可能有的發作。「去好嗎？麗麗？去洗洗澡解一下乏，媽給妳上樓去拿衣服。」

「去甚麼？」那一對大而水汪汪的眼睛依然失神的望著又小又遠的母親。

「去洗洗澡。一定是累的啦，去罷，乖……」

「我跟藍德英……」麗麗失神的喃喃唸著。「藍德英麼？」忽然打了一個冷顫，被甚麼撞擊了一下那樣。她聽見鞭打的爆裂之聲，一切形象正常了，又遠又小的母親也在這瞬間恢復了原象。而鞭打，繼續著，像打在她身上一樣的清晰。但是母親不曾聽到，或者聽到了而不知道那是在擊打著甚麼。

「累了罷，麗麗，還是先吃點巧克力墊墊饑？」

「藍德英他好可憐啊！」

「不看看妳自己，累得好可憐！」

「藍德英壞麼，媽？」

「別怪媽干涉妳，頂好妳跟他們家老四做做朋友，聽說那孩子……」

「他更可憐，寒窗小生！」

「妳就是那張壞死了的小嘴，」做母親的氣惱而疼愛的笑了。「人家是個高材生，哪像妳這樣貪玩兒？」

「妳還不是貪玩兒？」她望著母親臉龐上不甚服貼的脂粉。「爸在鄉下打游擊，妳在上海天天跳舞——跟高材生跳舞嗎？」

「麗麗，妳就真相信奶奶那些臭話麼？」

「可是妳沒在鄉下，妳在上海。是奶奶帶我去給爸爸收屍的，妳沒在……」

「是嘛，就那一點，惹得奶奶臨死還咒我這個媳婦。她怎麼就不想想，一年到頭補品不斷，銀耳，燕窩，人參，蓮子，哪一樣短過她？就為著那一點，沒趕上給妳爸爸成殮。不就是只為那一點嗎？」

「我記不得了。單巧我只記得妳天天在上海跳舞，別人也說的，不光是奶奶告訴我。」

做母親的似乎不大計較這些揭短了，很坦然的欣賞那一瓶朱紅的野杜鵑，彷彿談的是別人的家事。花是女兒採的，母親插的，餐桌上遺下散落的枝葉。花從鄉間來到城市裏，和所有的豬魚雞鴨一樣的，轉轉眼就給支解了，也就城市了，火腿，醬鴨，烤雞和插花，「天然」的加工者。麗麗從山上抱回來一堆一堆的興致，而現在被剪的剪，修的修，甚麼也不再剩下；剩下的也只是餐桌上那些散落的枝葉。一堆堆的興致便被加工的支解了。

支解是在繼續著，麗麗能夠感覺到。從山上回來以後，她便一直看不到藍德英——或者不可以這麼說，看是看到的，偶而在那個院落裏出現，偶而又不見了，浮雲後面的月亮，匆匆的現了又隱了，並且遠去了。常時滾在牀上看乏了那些電影雜誌，吃乏了零嘴，仍然覺得少著一些甚麼。

就像這座樓房裏，人是有的，只她一個，總是空落落的少了甚麼。拍，拍，拍，樓上樓下每一盞燈全都打開，站在樓梯口可以聽到房裏阿綢的鼾聲，于是把那一廳加利克拿到牀頭的枱燈底下，練習吐煙圈。多沒盡頭的假期喲，但願自己就是西鄰牆頭上那隻黑鼻子貓。太陽有老的時候，寂寞總不肯老。

隔著爬滿了長春藤的短牆，德英告訴了麗麗，他和老四奉命對調臥室了。新臥室窗外沒有老柿子樹做他的雲梯，但是牆上有一面鏡子，適巧映出麗麗這邊大半個樓，和一角庭院，躺在榻榻米上就瞧得見麗麗一個人在樓廊上編她的芭蕾。

「老四的秘密，我發現了。」

「他很驕傲。」

「就是那面鏡子。只配偷偷的看人，驕傲就是那個意思，不敢跟妞兒們講話。」德英嚼著牆上長春藤的乾枝。

「他多無賴！」麗麗笑著縮到牆下面，然後忽然想起了甚麼的站直了身體。「為甚麼呢？誰把你的秘密告訴你老爸了！那架雲梯呀。」

「當然是我們兩家開了高階層會議。我知道，絕對沒錯；我們那天從山上回來，就是那天晚上，妳媽到我們家來，既然不是在診療室裏看病，妳就猜得出他們在客廳裏譏咕些甚麼了。」

「好陰謀呀，他們！」

「當天晚上，老頭子就下了一道聖旨，我們調動了臥室，妳說是不是？」

「又一個無賴！哪那麼些無賴呢？」

她挪挪身體，踮起脚尖搆著去看那棵老柿子樹！嫩綠的新葉掃動那樓瓦，樹是真夠高大；樹沒有被鋸掉，砍掉，但是藍德英的雲梯被撤掉，藍德英不會再在夜晚來跟她瘋了。

然而德英不是一個稱心的玩伴，她只是寂寞得很餓，可吃的就吃了。復學以後飢荒本不嚴重，但這是在寒假裏，沒有盡頭的寒假，如西鄰的黑鼻子貓那麼枯寂、孤獨，苦等一個渺茫；在前面，甚麼也沒有，只等待著那個未知的虛無。

于是始終沒在麗麗的世界裏佔上多少位置的西鄰棚戶，開始補白麗麗那些寂寞之洞了。憤怒自然是憤怒，成年人老是搶奪她所需要的。麗麗不是沒有辦法對付成年人的無理，她那個病隨時可以發作，可以爭奪回成年人所搶去的。只是這一次他們經過高階層會議而奪去了她和藍德英共有的夜晚，已不是她那個病所能奪取回來的了，就是發作一下，也只能洩憤罷了。

不要發作那種病罷——不如說：不要表演那病罷。遷居到這兒來，第一次表演彷彿就被藍德英他老爸識破。呸，那個狡猾的老大夫，用那種可以給皮球打氣的粗針管戳進她臀和腿交界之處的肉裏，要命的刺痛。不要緊的，孩子忍得住，每次每次醫生沒趕到之前，母親總是急切的陷她的人中和虎口，她得忍耐那種痠痛，愈忍得住，愈能吓壞母親。那樣粗的針管，她得忍住，得用這個征服無理的成年人；藍德英的爸爸更是無理而又無理的成年人，更要征服他，使他上個大當，像個老傻瓜。周身酒精臭的老傻瓜。

「好了。」藍大夫說。鉗下針頭丟進膿盆裏，多清脆的一聲，使人好饞好饞的聽到冰的滋味。母親急促的揉著針眼兒上的藥棉團兒，肉在母親的手底下抖動，涼粉那樣，居然自己身上有肉可以抖動呢，有一種要笑的癢。

「好了，」藍大夫又說：「翻過來吧，左邊還要一針。」

麗麗有些膽寒了。或許注射第一針的時候，她那一個戰抖一定使老醫生看出馬脚了；母親和阿綢不會懂得的。

鬼主意垮了；那樣粗的針管不是好忍受的，不能再捱一針了。沒等母親和阿綢把她的身邊翻過來，她便醒了，醒得很快，非常的清醒。

那個狡猾的大夫，甚麼樣的笑容啊？一定被他識破了，好討厭的酒精氣味啊。再不要惹那個老大夫。惹那隻黑鼻子貓比較安全的。

駝著弧背的黑鼻子貓，如同滕家草率的屋頂的一部份，是隻燒過釉花的瓷貓，蹲老了每一個白晝和黑夜。

麗麗自從拉緊母親的衣角，有點兒怯生的走進這個使人感覺荒淒的宅院的那時候起，就無來由生出一股惡念，去蒐集小石頭子兒，書包裏裝著，裙口袋裏裝著夢裏也裝著。精細的膀臂一直不能夠把滿手的石頭子兒扔準黑鼻子貓。石子兒鈴鈴鈴滾下那遍草率的屋瓦，總是摑不準，只摑出姓滕的那個半椿小子，出口就是惡言惡語的，多討厭！然而討厭比空虛總是多出一些甚麼，她需要；而且那討厭有多新鮮呀，她沒有遇過那種討厭。隔一段老紅牆，一直都誤以為那是牆外路邊上的一處公用廁所，居然那是個人家，多新鮮呀，母親居然不得不為她做了一架梯椅。

和討厭的那一窩好難玩到一塊兒；好粗俗的口琴，好下流的丟丟咚，好叫人痙攣的那些調笑和吉他，只是多麼新鮮，給那一窩捧做女王，不像跟在大九、小九他們背後，要聽他們的差派，拿錢請他們的客；也不像傻瓜那樣盡聽那個十四歲就不是處女的孫丹妃吹她的那些光榮。不管怎樣，滕金海、歐魯巴古、滕金海的胖嫂嫂和髒姪女、和那些老是不用心把手臉洗乾淨的小工人……跳閃在煙黑的屋頂下那些雙眼瞳裏面有多少貪羨。她是磁石，那些雙針尖蝟集在這磁極的四周。有點兒痛癢呢，似痛似癢的快感，新鮮的快感和滿足。

那些雙眼瞳裏面的貪羨，一如她對于十四歲就已不是處女的孫丹妃的那種貪羨。于是在西牆之外的世界裏，麗麗發現自己擁有從不曾自覺有那麼多誇傲，那麼豐富的金礦礦藏，便揮霍那些誇傲，賣弄她那些不粗俗、不下流、不叫人痙攣的時髦的玩藝。

那是一場不知道是長久還是短暫的熱夢，夢醒時甚麼也沒有落著。吳郭魚色調的又瘦又髒的狐狸死去了，為甚麼會死去呢？黑鼻子貓偏生地老天荒的活著，只有屋瓦下面吃魚的日子，牠才下去，為著遍地發射夢一樣朦朧的綠色燐光的魚刺。多麼使她驚異，六十燭光的電光熄掉的黑地裏，那是甚麼樣的綠？幽幽的，飄浮的，真的就能恍恍惚惚的飛移起來，夢一樣，煙一樣，月光一樣，然而這都不是，都不頂像，只有在童年想像的那些遊魂的眼睛，那些雙精靈的眼睛裏才真是這樣的綠。但比這更使她驚異的，一個熱而龐大的身體隱隱約約帶著試探的覆蓋上來，覆蓋到自己的背上，多麼使人驚異！而那個該死的送煤氣的歐魯古巴，可鄙的在電燈復明之前，躲到另一個角落裏去，那麼卑怯、懦弱，把那場熱夢結束了，就是那樣的。

然而她得隱瞞住，佯作一直都溺在西牆外的黑煤堆子裏，不甘心讓母親知道她受到辱弄，讓母親揭短她：「好啊，好啊，早就要妳別去那個髒兮兮的人家……」不能讓母親數說她的失敗。

找藍德英他們玩兒去罷，忽然想念起孫丹妃想念得要死。

「嘿，哪兒玩兒去罷？你們要不要？」

麗麗招呼著那一夥兒大孩子。

攀在東鄰的矮牆上，看見藍家老四和他幾個大約很投契的同學，有說有笑的圍在魚池那裏不知欣賞甚麼。

幾個男孩傻傻的望著她這邊，麗麗點著指頭數他們，四個男孩子裏面，有三副眼鏡，兩個穿制服，白襯衫的口袋上綉有綠色號碼，領子和褲腰都那麼樣不入時的高，好土頭土腦呀！一律的和尚頭，和尚學校的和尚學生，她們都把那個學校喊做圓通寺。

藍家老四笑盈盈的望著麗麗，然後側過臉去，彷彿跟他們同學說明些甚麼。會有甚麼好說明的呢？一羣和尚，只懂念經，甚麼也不懂的。

「怎麼玩兒哪，暑假裏？」麗麗學著用那種笑盈盈的眼睛瞟那每一個傻瓜。

「那上面有蟲子，長春藤上。」

「我才不怕，」長春藤的葉子癢癢的搔她的下頷，如同玩兒的慾望癢癢的搔著人，當暑假初初開始的這個時節。麗麗忽然懷疑癢癢的葉子是否癢癢的蟲，便趕緊離開一些面前的牆壁。

「替我喊藍德英一聲好不好？」

「找不到他。」

「人到哪兒去了？」

「怎麼知道！」

這個寒窗小生的側面貼上了落日的金黃，比他三哥的面孔更立體。但那是一臉堅硬的肌肉，不如藍德英光彩而漂亮，也不如藍德英紅臉膛那麼健康。

「他會在家的，這樣的時候怎會不在家呢？」她回過頭去，看一眼油加利樹叢裏低低的落日。

「這樣的時候，藍德英怎麼會在家呢？大概補習去了。」

「那——他去瘋了？」

「那樣講？」

「在學校裏嗎？」

「恐怕又是在他那個姓潛的同學家裏。」

「我知道了，」麗麗樂得跳了跳，却立刻又急得獃了。「可是不會的，潛大九不會在他家裏玩兒。」

「那怎麼辦呢？」

這個寒窗小生一直都那麼笑盈盈的，却又不是藍德英的那種慌慌張張老是笑得要摔倒的樣子；那是一種穩定而嚴肅的笑，給人很可靠的信賴。

「我們請妳過來看曇花，很不容易看到的。」

「我不要看；可是你好可愛！」

麗麗說這話原是真心；不過一出口，就又生出鬼心眼兒，猜到這樣真心的話一定能窘一窘他，讓他手脚沒處放。但是好可惡啊，白惹他那麼光燦的笑起來，惹他至于窒息的抖出周身的笑。

「真的嘛！是真的好可愛嘛！」

麗麗連忙給自己辯護，但反而把自己窘得趕快躲開了那裏。衝著藍德英，麗麗就用不著這樣。儘他藍德英笑得死去活來罷，他只會把自己笑得跌倒，總是那麼一個不穩當的人物，而笑不窘人。

抱著厚得像磚頭的電話號碼簿，找潛大九家的電話。潛大九的老子叫甚麼名子也不知道，潛字應該是多少筆劃也弄不清楚，但是姓潛的人一定不多，一家一家去試罷。

從來沒翻弄這樣厚重的書，不幸這又不是書，算甚麼呢？舔著指頭耐心的一張一張揭開找。而真的居然只有一家姓潛的。撥通電話，這才想起連潛大九的名子也不知道，好荒唐喲，對著電話裏哮喘的鈴聲咧著嘴笑。

「潛公館！」一個低音男聲，是不是潛大九的爸爸呢？拍拍馬屁吧，誰叫不知道人家的名子！

「潛伯伯，我找……」

「我不是；找誰？」恐怕是吃槍子兒子長大的，蹦硬蹦硬的腔調。麗麗跟自己伸了伸舌頭。

「我找補習班的那個……」

「有兩個。」

「沒考上大學的那一個。」

居然大九就來接電話了，那麼的不耐煩。

「猜我是誰？潛大九。」

「我不猜！」

要是滕金海，就不會這樣噌她。可是滕家是個沒有電話的人家。為了玩兒，就只好委屈一下：

「我是蔡麗麗，要找你們玩兒。」

「藍海！」電話掛上了。

話筒好像磕在麗麗的腦袋上，人朝沙發一摔，喪氣呀，好討厭的電話號碼簿，丟它出去。現在走投無路了。肩上三角形的刺花壓根兒就不是那種形狀，好差勁兒的藍德英，還害她花那麼多錢，那次在大九家的車房瘋了大半夜，認識了孫丹妃，甚麼慶祝不慶祝的啊，只有兩個角的三角形。那夜下很大的雨，一直就不停，和孫丹妃跳醉了曼波。藍海是個甚麼意思呢？他們都在藍海那個地方是不是？不知道是不是咖啡廳。算不算野合呢，歐魯巴古那樣的抱住我？頂好能碰見孫丹妃，問清楚她。藍海有電話罷？不知道。再查查，只好查查了，好令人煩心的那麼又厚又重的電話號碼簿。從紗門那兒重又撿起它，慢慢找罷，可是心裏很急，心裏有那麼多的事。是不是現在就趕到大九家去呢？也許他還不曾出門。然而多不甘心，我不猜！憑甚麼不猜？沒有道理。不要去找他，才不那麼下賤。十八劃查不到藍字，居然在十九劃裏找到了，無意中碰見好朋友一樣的喜悅。頭一個就是藍德英爸爸的名子。可是沒有甚麼藍海不藍海的。怎麼呢？或者聽錯了，南海麼？再查罷，真不要查了。阿綢嘩嘩啦啦的擺碗筷。不聽見餐具的聲響還好，聽見了立刻感到自己一點胃口也沒有，好令人煩心的吃飯！好乏味的吃飯！好寂寞孤單的吃飯！永遠是和阿綢兩人臉對臉隔著飯桌。一個是把一口豬當一粒飯吃，一個則是把一粒飯當一口豬。查南海查著了，真開心呀，但是「南海印刷廠」呢，去吃油墨罷。聞見油墨味，就聞見爸爸的氣味。

現在沒有甚麼希望了，把電風扇撥到最大的第一擋，吹得畫軸叮叮咚咚打著牆壁，坐在母親的安樂椅上飛快的打轉，再快呀再快呀，心裏喊著。要把那些煩，煩，煩，都給吹走。四周的物象在她眼前打轉。小時候愛這麼轉暈暈兒，最後轉暈了跌在地上，地還在轉，好像坐在唱盤上。為甚麼長大之後就不再那麼玩耍了？為甚麼不自己轉暈暈兒自己樂，非要下賤的找伴兒不可？就像休學以後又下賤的想要復學，復學以後又下賤的想要休學？人就是永遠永遠這樣不如意麼？她應該事事如意的，甚麼事情母親不依從她？然而這個世界裏沒有多點兒是母親所有的，藍德英他們那一夥就不是母親所有的。有甚麼好神氣的，那個潛大九！母親不能把那些給她，用甚麼鬼主意也不能向母親討來藍德英他們那個世界。母親所能和所願給她的，在這世界裏實在很少很少，儘管母親情願把全世界都給她。

那麼自己去尋找罷，麗麗這孩子已經慣于獨自去尋找了。在萬盞燈的夜城裏，不知道要尋找甚麼，不如說是碰撞。車輪、唱片、扶輪社的街鐘，櫥窗裏多少自動的工藝廣告，就有那麼些無軌的流轉，孩子們溺在空虛無聊的漩渦被所有這些夜城裏的流轉牽動著碰撞。而麗麗碰撞到藍德傑他們，一點兒也沒有意思要去尋找他們——多陌生呢，對于這幾個寒窗小生型的大男孩，但就是碰撞上了。

為甚麼從不想來到這裏玩玩呢？麗麗懷疑自己從沒有來過火車站這樣新鮮的地方。多少人張張皇皇的查時間，查票價，都以為趕不上車了，然而車票到手，就該規規矩矩坐到候車室裏死等一個冗長的無聊，從張皇、追趕，到虛脫一樣的癱在候車室的長椅上，時間比長椅還長，人到底要趕到甚麼地方去而又等待著甚麼呢？跟在藍德傑的一夥裏，他們那麼嚴肅認真的談這談那，麗麗不大去關心那些，她只要看這些人，來來往往，比藍德傑他們還更陌生的臉孔。為甚麼一直都不來這裏玩呢？不是電影院的那些人羣，陌生的臉孔但都是一式的期待和感慨，而這裏不是，無數種的焦灼和寂寞，那樣使人心慌的汽笛和車輪的敲打，總不知觸痛了人的哪一些隱藏的傷處，或者麗麗便是喜歡自己某些隱藏的傷處故意去找著觸痛。

「妳可以回去了。」德傑把她從迷茫裏喚醒。「我還要送他們走幾站。」

「我也去，」忽然她興奮了：「是不是坐火車！我要坐火車。」

「時間很晚了。」

軋票口上面的壁鐘，已是十點三十二分，他們要搭的是十點四十分的柴油快。麗麗固執的搖著頭。「我不要緊。」

「我還要到姐姐那兒去，也許要住夜。」

「告訴你，我不要緊。」

忽有一種使人憐惜，使人同情于這孩子孤單無告而不忍拒絕的感觸，藍德傑走去給她買了票。

她知道幾個大男孩都在偷偷的注意她，平時她就會為這個得到某一些莫名其妙的滿足。現在她沒有那種感覺，沒有一絲兒近乎喜悅的甚麼，反而是失落，憂鬱的，稚弱的，她自己也不知是甚麼緣故，望著德傑那個彷彿經過誇張的素描勾畫的扯長的背影——我爸爸也就是那樣瘦高瘦高的樣子。她跟自己說。很為那個樣子驕傲。

車廂的燈光洩到路基一旁，流成一條光河。從天上看下來也一定能看到這樣的光河。風打在車窗上，風裏鬧著夏夜繁盛的蛙鳴。多少遠處近處的燈暈錯著流轉于夜熱郊野，多少隕星，或許便是星在地上的倒影。藍德傑他們老在她的身後絮絮叨叨不停，那是夏夜繁盛的蛙鳴，爭論、辯嘴，然而彷彿也像蛙鳴一樣的和諧；麗麗不曾仔細的去諦聽，但她懂得那是和諧的。列車如百足之蟲那樣多的車輪，每一個車輪敲打它自己的，但她懂得那和蛙鳴，和藍德傑他們的爭論、辯嘴，都會那麼的和諧。

一種陌生的新鮮，一個陌生的世界，直到方才她才知道藍德英這個老四叫甚麼名子；一切就是這樣的陌生，她自己的心情也陌生了。沒有過這樣的感到失落、憂鬱、稚弱，而至于如此寡歡。而又似乎從沒有過這樣的安詳和安適。

從蛙鳴和車輪的敲打，麗麗不曾留心去傾聽却仍然聽到他們絮絮叨叨談著些甚麼。就像他們那些國語裏夾進方言，方言裏夾進外國語文那樣，不全懂得，不全聽得清楚，然而麗麗知道，他們和藍德英那一夥兒都是一樣擁有那麼多的不平、不服、和不滿。

德傑會有甚麼煩惱呢？大學的大門只開那麼一條窄窄的門縫，要費多大的力氣才能鑽進去喲，然而那是藍德英那一夥的煩惱，德傑也有煩惱麼？大門再緊，德傑可以不必去擠，他可以被空投進去——那是一項榮譽，保送醫學院的醫科，而又多麼滿足他父親母親的願望！但是他煩惱，夾在成全自己還是成全父母的兩端中間，那個被兩端爭扯得瘦瘦長長的身體，被拉得那樣細長。但願給拉扯做兩段罷，一段還報父母恩情，一段留給自己去恒久的追尋。便為不可能那樣而煩惱。

那個叫做郭甚麼的，還有一個叫做甚麼修的，麗麗詫異的望著他們，為甚麼他們幾個面孔和煩惱會那樣的酷似呢？一樣的眼鏡和消瘦，一樣的嘴角上湮開一樣的羞怯和一樣穩定的微笑，當他們愉快和煩惱的時刻，他們仍然是一樣，你不能給他們削減甚麼或者增添甚麼或者移去甚麼或者怎樣。

她感覺到有一種氣氛使她渴慕，那和討好潛大九他們，羨慕孫丹妃她們，都不是一種氣味；真的不是。眼睛從他們臉上移開，落在膝上奶黃壓香色雙滾邊的裙襬，攥緊一雙放在裙襬上的白而透明的細手，攥進一手掌的塗了銀紅蔻丹的指甲，攥住一株含羞的浮華；再不要讓他們看見，再也不要讓他們看見這些可羞。然後偷偷瞥一眼坐在椅座扶手上的德傑。他們互相望著，要說甚麼，好多要說的，眼睛裏有滔滔不絕的光燦。

「會不會很乏味？」

眼鏡後面有她在別處不容易看到的尊重和關懷，母親和藍德英他們全都不曾給過麗麗這個。會乏味麼？不會乏味麼？麗麗不知道該怎麼回復那份尊重和關懷。她點點頭，又趕緊的搖搖，趕緊伏到車窗上去，望那稀落的流轉的燈火，她知道自己在躲避，然而不知道要躲避甚麼。下頷抵住抱在窗臺的手臂上面。又是那樣的湧動，蠕蠕的從不知甚麼所在爬到心上來。曾是那樣的，唱著母親節的母親歌：為了追求那幻夢美景，在塵世中迷了途徑……不懂得那麼迷茫的歌詞，但她懂得那幽怨的旋律。使人騷動的 Tra La La，只能瘋人，醉人，痙攣人，只能夠那樣的，為甚麼呢？為甚麼？為了羡慕那浮華的虛榮，讓寂寞充滿在心中；春天窗外下著細雨，秋日園中綴著露珠，母親眼淚永沒乾涸時候，你知道她為誰祈——禱？……母親的眼淚呢？為沒有一個流淚的母親，女兒該流淚了。不知道為甚麼，歌聲總是使麗麗悵惘，使她的感覺上缺少一個流淚的母親，母親沒有給過她眼淚，沒有教給她流淚。實際上並不是那樣的，而麗麗偏執的要那樣去感覺。

在繁盛的蛙鳴、車輪的敲打和藍德傑他們的絮絮叨叨裏。麗麗聽見那春天細雨，那秋露，而只是沒有聽到欲流欲瀉的母親的眼淚。一個寂寞的女兒，聽不到母親眼淚的女兒。

「妳和我姐姐可能很像，我知道。」德傑這樣說。

麗麗沒有見過藍家那個逃婚的大女兒，也從不曾留意過，藍德英也從不曾跟她提過一個字，彷彿藍家從不曾有過那樣的一個女兒。從不曾，從不曾，就是一長串的從不曾的陌生。像麼？真願意像她，真願意當她作……作姐姐還是母親？車窗外是近午的陽光，田野在陽光底下發白發亮的流轉。那些蛙呢？那附著在路基旁的光河呢？那些絮絮叨叨也都和蛙鳴和光河一起流逝了，給陽光銷熔了。德傑的姐姐——她不能感到那是德英的姐姐——便是那陽光，發白發亮的流轉在麗麗心裏。她真是陽光，比陽光更不留一片陰影。我真願意像她，真願是一個傍依她的小陽光，而我怎麼能像她呢？也許像孫丹妃會更容易更可能一些。

一個清寒然而快樂和多色彩的家庭，十字架和畫架和書架，彷彿便是那些；麗麗不知道自己從那裏得到多少，或者因為多得不可勝數，反而分辨不出甚麼更主要了。主要的也許是那個畫家會那麼奇巧的竟然曾是父親的學生，但仍都是陌生的新鮮，靈魂裏甚麼重要的地方被撞擊，一個新的世界，就像她忽的發現多麼想而又多麼該做一個畫家。那些畫為甚麼會那樣強烈的撞動她呢？雖然她並不懂得。

便懷著這種不是普普通通的昂奮，如一個滿載而歸的漁夫，且是背著滿漁網的新的陽光，回到自己的家。真的，被洗滌的眼瞳，德傑姐姐的陽光跟進到自己的庭園，樓，和臥室，好像久陰乍晴的天氣裏一個主婦急于振作的要曝晒一番生了綠霉的傢什。

可是母親呢？從沒有這樣的急于要看到母親，不知道有多少豐富要交給母親，或者急于要從母親那裏得到豐富的甚麼。可是母親用電話報案還覺得不夠，又親自到警察分局去了。

多叫人喪氣喲，多叫人喪氣喲，麗麗走裏走外，樓上樓下的折騰，煩躁的坐下來，又跳起去，打到分局去的電話老是接不上線。多喪氣！多莫名其妙！她咒詛著，踢打那些礙事的椅子，紗門，和走廊上海棠的花盆架子。

下一子就改變了一個人，一下子又改變了另一個人，好脾氣的阿綢已經看慣了這些，便裝作沒有看見，哪怕麗麗找碴兒找到她臉上。

「她憑甚麼報案？憑甚麼？她懂得甚麼？」

馬尾巴長髮在阿綢臉前揮著拂塵，有多少塵埃要這樣重來重去的撣除呢？這個家真就有那麼厚的落塵麼？

「她憑甚麼？阿綢妳說！妳不要裝得像孫子！」

「誰有妳這麼自由？誰家也沒有妳這樣自由的小姐！」

阿綢轉身走開，不必要的走進廚房，甚麼也沒有做一下，又回到洗衣臺跟前。而麗麗釘住她，跟裏跟外的吵嚷。

「誰家又有我們這樣自由的親媽！只准她整天整夜的不在家，我報案了嗎？我沒有報過她的案，她憑甚麼報我的案？憑甚麼不講道理！」

「妳是女孩，知道嗎，麗麗？怎麼可以跟太太比！」水淋淋一件綠衫，從水池裏提起落下，提起落下，自來水嘩嘩嘩嘩的飛濺。

「女孩就該死是不是？妳好認命！好可憐！好丟臉！好會討好！」自來水給她開到最大的流度，仍不能使她甘心，用指頭去堵塞水管，于是雲天霧地噴射的暴雨，一下子把甚麼都打濕了，連她自己的頭髮，和乳黃壓香色滾邊的裙衫。

阿綢生氣了，關上水管，狠狠的沉默一陣兒，抹一把臉上水珠，回她自己的臥房去，門摔得很響。

暴雨後的水滴，在驚愕的靜寂裏淅淅瀝瀝的滴落，鐘錶店那種莫衷一是的爭論，蹀躞，接續她和阿綢未了的爭吵。她站在那兒，聽讓淅淅瀝瀝的水滴在她臉上和身上流落，身體從濕透的衣衫裏跑出來。

電話鈴響。但不，那是門鈴。報案的婦人來到她背後。「麗麗呀，麗麗呀……」她以為又是那樣令人發煩的嚷嚷。水滴稀落了，給水冰過的肌膚隱隱有些辣和熱。

她聽見背後一聲長而沉重的嘆息。

不要這樣嘆給我聽，那和「麗麗呀，麗麗呀……」同是一首歌的歌譜和歌詞，哼和唱出字來，都是一樣的調調兒。

「玩得暢快罷？」

好陌生的腔調！却不是德傑他們的那種陌生。前者曾是熟稔而現在陌生了，德傑他們恰恰和這相反。

「到哪兒去了，整整一夜？」

母親伸過手來，給她撩起垂在臉龐上的一綹水濕的頭髮，但她別過臉去，咬緊了嘴唇。

「告訴媽，跟誰到哪兒去了？」

多使人反感的追問，麗麗用勁的伸直一下垂落的雙臂，嘴唇咬得更緊。走廊的瓦椽上猶在懸結著水滴，聚積到應該滴落的時候，便猶豫而儉省的滴落了。

「跟同學去玩兒嗎？學校裏辦的旅行？」

「妳想得多好呀！」麗麗咬著一口小獸的白牙，咬著一口的敵意。「沒有那麼好事兒；警察會替妳打聽出來。」

「噢，媽又落了不是！」

「妳會想得那麼好嗎？想得那麼好，就用不著報案了。想得多髒呀，我的親媽！還不是跟滕金海野合去了，跟藍德英野合去了，我也有錢，我買得到的！」

砰的一聲，她把自己關進浴室裏，用膝蓋抵緊了門。吱哽吱哽的關上銹澀而不大合攏的鐵栓。現在剩下在走廊上的是甚麼？她知道，她看見報案的婦人剛才被她打擊成甚麼樣子。有一滴水落在婦人額前的髮梢上。青黑的眼圈兒不是眼膏塗的，通宵的夜色在那上面凝聚了黑圈，像日暈月暈那樣的圈圈。

隔夜的熱水略有些餘溫，嘩嘩的放平了滿滿一浴盆。蘋果綠的磨石澡盆裏，漂浮著麗麗失重的身體。原是蒼白的膚色，蘋果綠把這個身體烘托成肉活活的紅潤。很滿意，為剛才那番殘酷。及腰的長髮染黑了半個浴盆，一隻狡猾的放墨的小烏賊，有足量的惡毒的墨囊把自己隱藏起來。我總是沒有一個流淚的母親，也沒有一個能像德傑的姐姐那樣愛笑而又陽光的母親。

然而游罷，泡在這樣滿的浴盆裏，身體不由自主的輕浮了，天鵝飛在水裏，著不到湖底——或當它是海底，唱著母親歌，浴室裏盪起廻聲，總得使那個婦人和她自己有一個流流淚才行的。那時她沒有一星星憐憫，母親歌在浴室裏變了調子。就是要那樣直起嗓子唱，歪曲的唱，摻著笑聲和怪叫，和嘩嘩嘩嘩的水聲比賽。水的溫度愈低了，讓自己是一條魚，拍打翻滾，水從浴盆漫出去，湧出去。總是要製造更大更快樂的聲浪，苦惱那個人，報復那個人，把那個人氣死。

那個人沒有氣死，那個人氣走了。從不大的窗口探出頭來跟阿綢要換身衣服，要來一件蛇皮一樣的綠花裙衫，沒有內衣。

「好了，太太就留下這個給妳。」

「她走了？」

「衣櫥衣櫃全都上了鎖，大門也從外邊鎖上了，鑰匙沒留下一把。現在好了，沒人管了。」

難得見過阿綢這樣的一臉怒容，麗麗却覺得這個胖大姐生起氣來反而更圓一些，就笑了。

「沒人管不好麼？我們可以好好的作一作了。」

「不是沒人管妳，是沒人管妳吃飯了！」

「原來妳怕餓死呀，我的傻大姐！」

也沒有穿那件綠蛇皮，就裹一條浴巾出來，一雙赤脚踏下一路的水跡跑上樓去。

真好。麗麗想。真是好主意，她就想出這個法子整我。臥室裏，牀上有一件本是疊著而丟散在那裏的睡袍。衣櫥，五斗櫥，小鞋櫃，所有的明鎖暗鎖全都鎖上了。只有書櫥，而書櫥裏除掉一些小玩意，小工藝品，和電影雜誌，實在沒有別的，書櫥上也不曾裝鎖。真是老奸巨猾啊！身上仍往下滴水，跟穿衣鏡裏那個裸體女孩愣愣的對著看，扔掉背上浴巾，水珠流著流著，流上小小的乳坡，遲疑的停住，不好意思從嫩紅的乳頭那裏流落。真有辦法啊，我就出不去了麼？用指頭引那顆最大的水珠往乳頭上流，再幫助一顆水珠流過去。天體，有甚麼不可以見人的，除掉瘦了些，乳房太寒傖，有孫丹妃那樣豐滿的話，我到處去袒給人看。

外面太陽當午，藍家那棵桃花心木肥綠的葉朵湧到東邊的窗口，上面亮著耀眼的一片膠質的皮光。麗麗走出臥室，走到樓廊上。庭園裏一片午時的靜寂，看得見門外不多的一截巷口，沒有人。藍家樹叢裏，只看見白狐狸狗的一部分，也沒有人影。樓的西牆這邊却沒有走廊。她只能在樓前和樓東的廊下走動，然而看不到人。躲在樹叢裏的藍家老樓，能看到那面窗子，從前是德傑的，現在是德英的臥室。她想起藍德英告訴過她，那間臥房裏有面大鏡，躺在榻榻米上可以從鏡子裏看到她現在佇立的樓廊。啊！多麼開心！讓他看到她赤裸的身體。

但是讓哪個他看到呢？藍德英還是藍德傑？想到德傑和德傑那個可人兒的姐姐，麗麗就不自覺察的回到前面的樓廊。多麼希望那個報案的婦人這個時候開開那邊的紅漆大門，從那邊走過來。準會讓她走著走著，一抬頭，就像中風一樣倒下去。可是她不會馬上就回來的，母親從不曾這樣斷然的干涉她，必定是十分的氣不過，必定是。

然而有甚麼氣不過？我一點兒也沒有怎樣，火車，蛙鳴，那個畫架和書架和十字架的家庭，認識了那麼些使她真正懂得快樂的人物，一點兒也沒有怎樣，而母親報案去了，母親憤怒了，母親從不曾處罰她而居然用赤身露體處罰她了，怎麼講得通？實在不甘的。這樣我就出不去了？沒有的話！

藍德英來電話約她，沒有思索一下，她就答應了。

「老頭子沒在家是不是？」藍大夫在家裏，德英是連電話也不准摸的。

對于德英定為禁例的事，擺在德傑身上，又未必是了。「跟我們寒窗小生玩兒得痛快嗎？」德傑可以把他和麗麗一道去姐姐家玩兒的事情告訴家裏，德英則不能夠，他得隱瞞著，得拉住麗麗打老桐樹上滑下來，滑下山坡，躲到可以通往海底的那個潭邊。但是德傑就能跟父親跟母親冠冕堂皇的談麗麗，而且爭辯，而且堅持麗麗是個多麼正常的女孩，多麼溫柔聰慧甚至敦厚的好女孩。

就是這樣的一個不公而偏心的家庭，他德英可以同母親反嘴，却不能在父親面前說一個不字。即使他實際上和父親同一個看法，麗麗確是一個腺病質的精神病患者，他仍然不能在家裏談麗麗，雖然山上的祖母早就把她這個長山細妹告訴父親了。

不用說甚麼了，我知道我失寵得很厲害。德英只能夠這樣跟自己交代。和許多執拗的孩子一樣——我這人就是這樣，我不要用品學兼優去討好老頭子，我沒有尾巴，我不會搖。當然這很吃虧，但是男子漢，頂天立地的大丈夫，我不懂得奉迎、獻媚。我自己活著，沒有義務替任何人活著。我這人就是這樣。

「我這人就是這樣，」德英在電話裏酸酸的說：「一點也不在乎妳跟誰做朋友。」

「我聽不懂，你說甚麼？」

「藍德傑自然比我條件好；」這個做哥哥的牽強的笑著。笑不是綻開在臉上，是凍結在臉上。

「我們藍家興衰存亡都在他一個人身上。」

「甚麼意思？你說甚麼？」

「晚上再說，不要一點點小，就懂得裝佯。」

去藍家山上田莊途中經過的旱河，一座帳篷搭在河岸邊一遍不生草的粗砂地上。草綠而已髒成灰黑的三角帳篷，中間主柱用河牀裏的大卵石壘護住。所有的雄獅們似乎全在這裏，還有孫丹妃和另一個穿短褲的女孩。

麗麗壓抑住極度的亢奮，身上穿著那件綠蛇皮的洋裝，壓制住自己昂揚的喜悅，慢慢的一步一步數著往前走。

「噯！藍德英呢？」麗麗向那一窩坐臥在帳篷門外的雄獅們和母獅們招呼了一聲，和他們還離著八九步遠。

「我們這兒沒有甚麼藍德英，只有蔡大小姐的男人。」

潛大九冷著臉這樣應著，可沒有逗笑話的味道。別人就拍手打脚的笑了，連藍德英在內，好像大九使他佔了一個大便宜。

「可以隨便來，隨便不來的，是不是？」

大九迎上來，雙手插在腰裏，襯衫有一部份下襬拖在褲腰外面，長袖子也不捲起。太陽打堤岸上斜潑下來，好燠熱的西晒，而兩隻長袖垂在手腕上，也沒有袖扣。但這樣窩囊的衣著，似乎並沒損這個領袖人物的體面。他們崇尚這些，新的制服帽子總要丟到汽車間的油地上踐踏一番才肯戴的。

從大九沒有表情的臉孔上，麗麗看到那天電話裏的冷。藍海，或者南海，那是甚麼意思？印刷廠，爸爸身上常有的油墨香。似乎有過那樣的事，他們邀她，而她輕易的爽約了。記不得是幾個月以前的，真虧他們還記得。

大九嘴唇上有兩撇近乎鬍子的黑汗毛，那個穿深藍短褲的女孩也是，麗麗忽然覺得這都很滑稽，就挺不在乎的閉閉眼睛笑了。能夠真實的感覺自己多麼俏皮，甜蜜。她對德傑這樣笑過，在火車上，當她發現德傑的身上居然沒有一顆可厭的鈕扣時候。車窗玻璃映出來自車頂的燈光使她眼窩又深又黑的神秘。不知為甚麼，德傑的影像剛一湧上來，便像翻到一頁不悅的畫兒，急促的翻過去。迎著西晒，她看到大九臉上的陰森，近乎車頂燈光造成的影像而少著那份兒神秘。這是一個現實，麗麗依稀的感覺得到。

「不是來了嗎？一點兒也沒有隨便。」麗麗頑皮的縮縮肩。把脚踝靠攏了，也把膝蓋挺直了，那是訓導主任喜歡的操行，規矩的，不隨便的，而且兩眼下視黃泉。她懂得用那個去賺操行分數，總平均裏可以給平面幾何之類的扳點分數過來，比較美觀。

「不要耍貧嘴啦，」孫丹妃拍拍屁股起來說：「帶甚麼進貢來了？」

「也像進貢來的麼？」

「進貢脫衣舞嘛！」小九胸前掛著吉他，乍看上去，以為他還在掛著一隻打了石膏的胳膊。

這才麗麗發現自己真的甚麼也不曾帶來，而且簡直身上還少了些物件，內衣甚麼的。他們誰會想到她只穿了一件空殼兒洋裝，好啊，這一窩傻瓜蛋，一個也不知道我這個底細，還神氣哪！河邊飄來一陣爽人的清新的水腥味兒。和藍德英上山經過那條沒有路的路，遠在河道折曲的彎彎兒那邊；很遠很遠的下游，好像很遠很遠以前的事了呢。

「就是要跳脫衣舞的！」

麗麗賭氣的說。一種能夠感覺到的氣氛，拒絕她走近他們。真是不甘心，而有慾望要戰勝他們，如同幼時用玩具糖果勾誘那些不友善的孩子們來向她投降那樣，麗麗轉過身去，一甩頭把馬尾巴長髮甩到胸前，勾過手去解開後領上的風紀扣，然後把拉鍊扯到底，露出沒有內衣的光背，倒三角形的一遍陌生而新鮮的、缺血的白肉。

多少下流的喊叫，隨著麗麗的拉鍊扯開又扯攏而鬨鬧起來又偃息下去。

「有甚麼好大驚小怪的！」穿短褲的女孩跑過來。兩個女孩逼近到一起，看上去，纖弱的更外纖弱，粗壯的便更外粗壯。兩隻低眼角，又妖又媚的壯妞兒，嘴唇附近有顆凸起的黑痣。

麗麗弄不清她跑過來想要幹嗎，總不會不問情由的要跟她打架罷。壯妞兒幾乎要貼到她身上的靠近來。

「妳好神氣是不是？」女孩皺皺鼻子。「有這一手嗎？」

聽從這女孩的暗示，麗麗垂下眼睛去看對方的下身。女孩兩手撐開深藍短褲的鬆緊帶褲腰，彷彿往一口井裏俯視甚麼似的，從她撐大的褲腰口裏，看到凸透鏡那樣圓鼓鼓的肚子，一叢驚人的黑團和那下面的腿腋，和褲筒下面沐在陽光裏的一部分腿股。

「呀，妳裏面也沒有……」

兩個人的眼睛一碰上，就都非常沒心眼兒的笑了。可是不對呢；男孩子們又是口哨，又是起鬨的喝采。真是不對呢，那算甚麼？不能輸給這個壯妞兒。那條藍短褲繃得好緊。

「真的算甚麼嘛，才不算甚麼！」

麗麗撇撇嘴，臉龐上消失掉那種沒心眼兒的傻笑，便拿起芭蕾的架勢，打一個旋轉，連一個旋轉，綠色斜裙張起太陽傘，隨著一圈一圈的旋轉，太陽傘撐起又攏下，撐起又攏下。坐在地上的男孩子起鬨叫喊著精采呀！精采呀！把藍短褲的女孩叫傻了，她知道轉那兩轉的半吊子芭蕾並不值得那麼喝采，就趕上去撩起麗麗的裙角，儘管麗麗縮下身護著，還是讓她看到了。

男孩子們又轉向了壯妞兒叫嚷！「黃幸！黃幸！看妳的了……」

「我的沒有了！」

女孩熱紅了臉孔，抖著翻領取涼。「蔡麗麗，」她說：「我們別做傻瓜了罷，盡讓他們男生撿巧兒！」

「當然！」

為她叫出自己的名子，好像意外的收穫，覺得自己倒不至于不重要到人家不知道她的名子。麗麗走過來摟住她。

「黃幸，妳叫？甚麼幸字？」

「不幸的幸。」對方也摟住了麗麗。

「怎麼不是幸福的幸？」

「去他媽的幸福！」壯妞野野的甩一下捲的而非燙的曲髮——多麼亂啊，滿臉都是扯扯拉拉的黑髮。「誰有過幸福？妳有過是不是？」

「我不知道。」

這樣的摟抱著，麗麗情不自禁的有些撒嬌了。

「真的，」麗麗貼著被亂髮掩蓋的那個耳朵說：「不知道要和妳怎麼好，真的我不騙妳。」

「是呀，」壯妞兒再轉過來找麗麗的耳朵：「妳就說到我心上了。」

「妳這顆痣好美，好俏皮！可惜我沒有。」

「妳的眼睛我還不是沒有！還有櫻桃小嘴，真想給妳一個熱吻，可愛死了！」

多妙的人！麗麗一下子就喜愛上了，而且一下子就想兩個遠遠的離開這一窩討厭的男生。

「好了，」大九在那兒發號施令：「今兒晚上就看妳們倆的了。」

「不要！我們回去了。」黃幸說。麗麗真驚訝這個新朋友怎麼會跟她這樣的一條心。

「哈哈，特快車！」

「哪裏，雷神飛彈！」

男孩子們不懷好意的叫喊。

「閃電式的，真快呀！」

「想回去做甚麼？」大九逼近到這兩個好朋友面前，斜斜眼看了一下西沉的落日，「天色還早嘛，等不及了？」

「甚麼意思？」

黃幸又說出麗麗心裏的話了。然而那是麗麗心裏的話麼？一個是知道那個意思而質問，一個則不明白那個意思而疑問。

潛大九調兵遣將的派這個去買電池，派那個去買三明治。帳篷中央吊懸著一支手電筒，居然還有人帶了書包來——骯髒而油膩，應該是販賣過油條的草綠帆布的書包——點點人數，早退了兩個，還有四男和三女，除掉一副四色牌，一隻吉他，其實沒甚麼可玩兒的。手電筒吊得太高，玩四色牌都幾乎看不清上面的車馬砲。而且很熱，大九和六號雄獅都脫成赤膊，不住用教科書搧涼。

每個孩子家裏都有明亮的燈光，有電風扇，有打蠟的地板或者磨石水泥地。然而他們偏要在這裏，沒水吃，抽劣質香菸，坐或者挺在發熱的沙地上，小帳篷得低著頭出去，低著頭進來，就是這麼窩窩瘪瘪的小地方。鼻涕泡兒都要比手電筒燈泡大一些，能有多少光呢？屬于木刻的光線，沉暗裏勾出一些冒著油汗的臉孔和赤露的肢體。或比木刻更陰慘，屬于煉獄裏的光線，刀山劍樹的光線，真以為這些孩子們在這裏受刑受苦。家裏不是現成的天堂麼？

就說藍德英的家罷，全部檜木建築樓房給蒼蓊的樹木罩住一樓的蔭涼，一星期一次豆腐渣的擦拭，壁和地板可以當鏡子。但是那裏沒有吸菸的地方，沒有一處可以容許德英像現在這樣坐不是坐，臥不是臥的一副懶相。

蔡麗麗的家，比藍家更考究。客廳裏總有聽裝的三五或者加利克，偌大的樓房可以聽由麗麗放把火給燒掉，要怎樣盡都由她作。但是填一樓的寂寞，發酵的寂寞，把她排擠出來了。

孫丹妃也許貧寒些，靠薪水吃飯的家庭，想要甚麼都沒有，只有按分秒計算的皮鞭子，遲歸一分鐘，便是一皮鞭，甚麼能經得住那種打法兒呢？甚麼都給打斷了；父和女中間打斷了，母和女之間打斷了，人和家庭之間打斷了。索性創紀錄罷，索性遲歸一整夜，七百多分鐘，看他有種給她七百多鞭罷，打不壞人，也把人打累了。

黃幸倒是有個濶氣的爸爸，臉是焦炭那樣的黑硬，也有焦炭那樣的密的粗毛孔。真會教訓人哪，一肚子的女兒經，全都教給這個獨生女兒了。「一個饅頭也要蒸熟了吃。」逢到母親袒護抗議的時候，那是父親天經地義的理由。然而教訓他自己了沒有？給大陸救災募捐義賣國旗別針的第一天，就撞見爸爸打一家小旅館裏出來。永遠記得了，那個大概沒受過女兒經教訓的女人，只穿一件薄得可以看到肚臍窩窩的紗衫，一下子就想到那肚臍一定深成一個小黑洞。

「妳怎麼到這一帶來？」

甚麼這一帶？她想。

「是啊，爸爸，真想知道爸爸怎麼會在這兒。」

父親臉上沒有那樣教訓人的黑硬了，多少仰弧的笑紋替代了又密又粗的毛孔。父親伸手到西服口袋裏拿出皮夾，數給孩子五張十元的紙幣。

好傻好愣的爸爸，要買那麼些幹嗎哪？數罷，五十個小國旗別針，沒有數完，父親就不耐煩的，但又慈藹的笑了。

「傻ㄚ頭，要那麼多開店嗎？一個就夠了，剩下的給妳零用。」

多不合適的零用呀，從沒有過的，爸爸從沒有過這樣大的出手；就像她不相信爸爸多有錢一樣。多有錢用，哪會有那麼方便！爸爸還有錢嗎？爸爸不是宣佈木材場倒閉了嗎？不是背一身的債嗎？後來報紙上登出國樑木材場惡性倒閉的消息。倒閉就是生意虧蝕開不下去的意思，被強迫開不下去的意思罷？而爸爸反倒手頭大方了，人也嘻笑了。可是四十九塊錢買不到女兒的小心眼兒，不再要把饅頭蒸熟了吃的慈藹也遮蓋不住那個小黑洞的肚臍。滿口女兒經的神聖的爸爸喲，輪到跟女兒做買賣了。成年人們都是那樣商業的麼？真是把成年人看穿了。

成年人已經無能于學著上一代哄騙他們那樣哄騙鬼精靈的這一代了；要說談小九的父親，那位往六十歲上爬的人還會受到甚麼批評麼？鎮民代表主席總是批評人的。真真的說，談主席是個幾乎完人；總是全鎮上最有聲望，最受尊敬，當然也是最富資財的紳士。他們有一個不吵架的家，或不如說，那是一個沒有聲音的家。一座正黃色而結構複雜的樓房，一年到頭你總以為那是一所不是在避暑季節裏的別墅，沒有人居住。小九的大哥沒有反對成功的那樁婚姻，似乎便是這個家庭的滅音器。婚事完全是主席爸爸安排的，大嫂原是主席爸爸的乾女兒——奇怪啊，給人的印象不是主席夫人的乾女兒。大哥出國就不再回來了——家裏少掉一個製造聲音的人物。母親住廟去修行，人都尊稱母親做女居士——家裏又少掉一個製造聲音的人物。守活寡的大嫂，不快樂，也不不不快樂；就像她不生孩子，也不鬧著離婚，老是使人覺得她不這樣，不那樣，不笑，也不哭，而且不講話，一身的不——又是一個不製造聲音的人物。而主席爸爸似乎話都在外邊說光了，回家便埋進書房裏，吃在書房裏，睡在書房裏，從不在家裏接待客人或宴請客人——又是一個不製造聲音的人物。這就行了，剩下小九一個人，讓他造反罷，製造聲音罷；除非傻兮兮衝著牆壁自說自話了，撥一下吉他絃，就能全樓響起回聲，且如雷電一樣的回聲，能夠使人驚懼這座黃樓給震塌了，至少也該震裂了。好一部二十二大本還有映不完的續集的默片，受不住活在這樣的默片裏。

然而真就是無聲的家嗎？有的，多半是深夜，那呻吟，那喘息，在他臥室隔壁的前樓裏，那兒住著守活寡的大嫂。可憐的女人，不曾被愛過，那樣的年輕，她病了。天就幾乎放白，給尿憋醒來，很寒呢，問一問要不要請醫生罷，門下沿亮出一根帶子似的燈光，呻吟從帶子上滑出來，不是正規的病的呻吟呢，不是夾著嗡嗡的低語麼？門一下子推開，啊，他們做甚麼？那是甚麼意思？給小九的感覺不是冷水澆頭，應是熱水澆頭，撲臉的火熱，撲一身的火熱。也辨不出這是默片還是有聲片了，那倒不關緊要，片子給卡住，那兩個和這一個全都獃住不動了。

那是這一次，天色矇曨的凌晨，相同于令人顫抖的凌晨寒意，也相同于令人惶恐的地震的搖抖。不要！不要！小九內心裏發狂的呼號。呼號不要有這樣的事，不要看到它，不要怨他故意的，呼號著但願事先知道，我就一定不要推開那倒楣的門了。

然而出于惶懼的戰慄過去以後，另一種戰慄捉住了這個孩子，捉住每一絲精細的神經，一點點兒拉緊，一點點提升，噴噓前的那種快意和惱人的緊張。這種戰慄捉住他不放，而他也便沒有意思需要掙脫，反要期待了，去存心製造那緊張了。便有一回攀援在那些複雜架構的建築體上，企圖接近那扇亮著暗藍小燈的窗子，去窺探並給自己製造緊張，至于跌傷了手臂——想不到僅只跌傷了手臂。

是那樣的，仍然是一座無聲的別墅，複雜結構的黃色樓房，小九便成為這靜寂地帶尋求聲音的孩子，尋求那種快意和惱人的緊張，雖然他不喜歡緊張過後鬆弛下來的頹廢和懊惱。

而主席爸爸居然沒來懲罰他，無論是第一回的莽撞，還是跌傷了手臂的那一回。全不和爸爸有關，彷彿是；爸爸主席，主席爸爸，怎樣顛來倒去，爸爸面色都不會白一白，紅一紅。真使小九懷疑那不是爸爸麼？或者只是一個骯髒的夢。

然而久了以後，主席爸爸繼續著，守活寡的大嫂繼續著，不容小九再欺騙自己那是甚麼骯髒的夢了。

而那個主任爸爸在做兒子的大九眼裏，恐怕比小九眼裏的主席爸爸更使人失望。庭訓裏動不動就是：「你以為你老子這兩個錢來得容易嗎？」為甚麼說假話？連自己的兒子都欺騙？錢來得不容易嗎？整條的香菸送上門，要說那是送禮，未免太菲了。大九便替主任爸爸收過禮，名片上印著一家營造廠經理的頭銜。偷一條菸跟同學們瘋瘋去，一枝香菸也不曾抽成，裏面封著整疊嶄新的鈔票。錢就是那麼來的。然而客廳裏守著那麼多的人，照樣的慷慨著「國家，民族，社會，人民……」等等，該多堂皇富麗的官箴啊，但是偉大的主任爸爸從不臉紅的。那樣體體面面的大亨，生成的就該俯仰無愧。只是訓起部屬，不能相信的會有那麼豐富而無虞匱乏的沒有教養的髒話，怎麼可以那樣下流呢？就像很久很久以前那個時候，去到衣櫥裏爸爸的西裝口袋裏偷錢。慾望不高，五塊十塊都成。然而那是錢麼？手插進西裝懷裏的口袋掏摸，口袋上緣繡有老爸的大名，口袋裏厚厚的一疊，紙包著，外面套兩根十字交叉的橡皮筋。不敢要那麼多的錢，五塊十塊，最多最多夠買一雙溜冰鞋就行。懼和喜大大的顫抖著這個孩子，鑽進衛生間，不當心把橡皮筋扯斷，怎麼辦？琥珀色的橡皮筋；半透明的醬菜絲兒，或許找得到。然而紙包打開來，失望把人打得一路歪斜，一叠照片！

但是甚麼樣的照片啊！有這樣的照片嗎？一幀一幀的翻開，腦袋插進火裏，根根頭髮都著了火。照片看完了，周身的血管賁張；一隻誤闖進屋子的麻雀，東撞西撞，撞昏了神志。總要撞出去，總撞不出去，昏眩而至于找不到那門，那窗，那出路。就是那麼個衛生間，沒門，沒窗，沒出路，滿屋子避臭的樟腦片辛辣刺鼻的氣味，就派給自己的手去工作，一張張照片，一張張照片，發現手有新的功用，分不清是拉緊還是縮緊周身的血管。但是雙手萬能，第一次創造出的新奇，然而給人的不是創造的喜悅，乃是破壞，乃是屬于破壞的沮喪和觖望。那樟腦的氣味乃成為一種代表或連想的火熱，屬于賁張、衝動、和預感的悔意。

那末就不是甚麼不可解的困惑了；那樣體體面面的大亨而有滔滔的髒話摔給部下；那樣又挺又闊的西裝，外國花呢的上等質料，也便在金黃繡字的名下裝進那麼一套照片。就是那樣的，成年人在孩子們心中的地位。

這些不高明的上一代，在機靈鬼的這一代孩子們眼睛裏逃不過被批判的命運了。即使自以為高明罷，可是爸爸們喲，在你們手掌裏的這個世界何以如此之不高明！抵賴不掉的劣跡在指教著孩子們批判、摹倣、僧惡而愛好，雖然機靈却仍無知，孩子們還無能于察覺自己在做甚麼。在這麼一座沒有多大地方可以直起軀體的帳篷底下，他們真的無能于察覺他們在做甚麼。譬如麗麗跳著概念裏的脫衣舞，只是概念的，因為從不曾看過那樣的色情。

想必如此罷，摹擬著外國影片裏那些中東的、西班牙的、夏威夷的，等等的一些兒皮毛，旋起蛇綠的傘。知道傘底下暴露著甚麼，都知道的，男孩子們則寧可不看——意識到那些暴露就已足夠熱起臉來，熱起心來。當然也看到了，故作不太稀罕的樣子就是了。

小九脖子上的吉他，好像只為表示這裏有一隻吉他而不能不彈響它，緊一陣，慢一陣，沒腔沒調的撥拉。彷彿就撥拉在麗麗的身上。有那些擊掌給助威，每一下拍擊似乎便有一隻蚊子打死在掌心裏，蚊子翅膀上生著綠色蛇皮，狠狠的打死它，打死在自己掌心裏，一種無可發洩的狠，就是孫丹妃和黃幸，一樣的也有這種狠。

而在麗麗的概念裏，想必就是這樣。這就是脫衣舞；扭一陣腰，近乎草裙舞那樣，穿插一兩個旋轉，有肚皮舞那種慾的痛苦，扮蛇身的扭絞，佛朗芒哥的潑悍，拖到腰際的長髮甩出一個又一個吉卜賽，用那樣撩散滿面長髮的動作，順手解開後領口的扣子，手躲進長髮底下去，都不要給人發覺，都用舞的動作巧妙的掩飾，而拉鍊一下便拉到底，然後便如火之燃燒，誇大的舞動，聽由那裙衫往下滑落，往下滑落著……。

「不對不對，才不對呢！」孫丹妃叫出籃球裁判的腔調。

麗麗不理會她，更誇大的舞動，近乎阿美族人的大祭舞，因為裙衫給汗濕透了，扒在身上不大肯順利的滑洛。

「告訴妳不對嘛，不是這樣的。」

丹妃跳起來，要麗麗讓開，她要示範給麗麗看。

丹妃看過那樣的舞，那位壞叔叔請她看過那樣的影片——被沒收充公的影片，放映在室內的白粉牆上，還有不是舞的別的一些下流，黑屋子裏只有他們「叔姪」倆。

丹妃摹擬著影片裏的那些似舞非舞的扭動。

看那部影片的時候，只有那位馬叔叔和她，臉給火焰一樣灼熱的舌頭舔著。

身體要站在那兒扭動，出于痛苦比出于快樂要更強烈。沒有舞步，也不摻合別的舞蹈動作。

偉大的馬叔叔甚麼都會，瞧他操縱放映機多熟練呀！

就是那樣挫著膝蓋，輕輕扭動，一點兒也不用掩飾的就像脫換衣裳一樣正正經經把衣裳脫掉，準備上牀睡覺一樣的解開暗扣，又解開一顆暗扣。「哪裏有這樣的舞嘛，這種舞有甚麼可看的！」曾那樣嘲笑壞叔叔，好像影片是他演的，嘲笑他演得那麼惡劣。丹妃自然知道馬叔叔甚麼意思要找她看那些下流。取笑一個比自己大上二十三歲的中年人，刁難這個中年人，引誘這個中年人的哀求，以便識破那些允這允那的謊言，便有一種把整天鞭打自己的爸爸握在手裏擺弄的報復的快感。

當然壞叔叔想用影片教她怎麼脫衣裳。才不要！後來偷偷的試過，洗澡的時候，關自己在臥室裏的時候。那麼在這座小帳篷裏，自然足夠教導麗麗了。

「妳就想著現在準備上牀的樣子……」

輕輕擺動著，就那麼正式的解開左肩的蝴蝶結，一定不要假裝那是無意中滑落的。半個胸從解開的前後兩片肩帶中間一點點的袒露了。右肩的蝴蝶結也便解開了，兩隻紫紅底小黃花的大蝴蝶便這樣給支解成四片落下到腰間。男孩子們不好再裝做不看，真使人奪魂蕩魄、那才是女人的身體。一個女人可能是甚麼樣，丹妃的身體便完全是甚麼樣。她自己赤裸的身體無處不是顫抖出水的湧動和波浪，男孩子們則更是顫抖而燃燒了。一定不要有舞的味道夾雜在裏面，用她的妖模妖樣叮囑著麗麗，一定不可以那樣自作聰明的用舞的動作掩飾脫衣的動作。

「那不如就叫做脫衣表演了，乾脆！」麗麗露出半邊瘦瘦硬硬的胸肋，真不肯服丹妃。

「本來嘛；不信，妳就自己瞎謅吧。」

兩隻紫紅的大蝴蝶重又飛落在丹妃豐富的雙肩上。好使人思戀的身體。

後來德英和小九便到附近的路上去兜攬過路的人來看表演。當然要收錢，就照最高的首輪影院票價，便宜呀，看女學生脫衣舞。

大九有很好的安排，在錢還沒有掙到手之前，囑咐三個女孩萬一警察闖來，書是現成的，抓過一本裝裝樣子，只是不要拿倒過來。

「我們不要拉多，拉到五六個人，明天電影票就解決了。」黃幸似乎比另兩個女孩興奮得多。

「頂好能拉到八個人，連冰淇淋也有了。」

「這麼小的地方……」丹妃很不屑的皺皺鼻子。

「讓他們坐到外面看嘛，帳篷就當作舞臺。」黃幸依然抱著很大的希望，孩子氣的好像有點兒擔心演不成。

「妳以為妳光看不演呀？沒那麼好事兒罷？」

丹妃望望大九汗濕的光背，伸過脚去碰碰他。

「幹嗎？」

「黃幸要是不跳，你有辦法嗎？」

「誰說？」大九正把菸蒂接到另一枝菸上。「黃幸哪裏比得上妳們倆？她甚麼都不會。」

「你激將也沒有用，我跳不來。」

「誰叫妳跳來著？會脫就行的。」

「妳要是不肯，我們都不來了。」麗麗還像孩子那樣，覺得很新鮮的事，應該和好朋友有福同享。

然而那麼久，才拉來一個推脚踏車賣醬菜的，似還不大情願的樣子，一路和小九爭執著，德英則跟在後面，幫助小販推動那輛不很輕的單車。

「哪有這樣的？哪有這樣的？……」只聽到醬菜小販不住這樣憤怒的嚷嚷。旱河上一片霧裏月色，霧有蒸氣那樣的悶熱，這就是暑假。

小九挺像個洋琴鬼，就是甚麼康樂隊裏的那半生不熟的孩子，渾身輕得骨頭沒有四兩重。吉他彈起來，大家拍著手，都坐在帳篷門前，把賣醬菜的夾在中間。

這個小販約摸四十歲，搧著斗笠，腰裏有一條很時髦的窄皮帶。小販的眼睛可不像男孩子們那樣嫩，一下子就把裝載著瓶瓶罐罐兒的單車忘掉，搧涼的斗笠也停下了。

麗麗那樣扁平的身體真說不上甚麼動人，即使那樣微弱的光線，也劃出筋骨一根一根。兩個初初凸起的小乳房壓根兒還不成形，不成款式。然而誰見過這樣的身體呢？小販那雙眼睛裏不再有秤星、硬幣，和天然黴菌，和他那隻叫賣的鈴。換上丹妃表演，反而使小販的興味一直線落下來，那樣肉活活而發顫的體形，一個有家室的人似乎不十分稀罕呢。當然那總是某一些同意義的肉，同用途的肉，而戰抖依然通過人的身體，小販的臉孔為心意過分集中在一個焦點上而至于變形的乾癟了，清晰的髑髏的輪廓，多少年後開棺才能見到那種乾癟。

剩下黃幸了，被麗麗和丹妃推到電筒底下又退縮回來，強辯些不充分的理由。

「下面馬上就要表演，」大九衝著賣醬菜的小販說：「我們要收錢了。」

四十歲的人以為這是玩笑，「好！」應著，只顧看帳篷裏三個女孩的爭執。穿短褲的女孩似乎抵賴不過，上演在即。穿短褲的女孩該是介乎那兩個之間，比第一個長髮的女孩要婦人一些，又比第二個小胖子要女孩一些。

「不要好不好的，一來的時候你就該付錢了。」小九抓著小販的胳臂抖搖晃。

「當然要先付錢，你已經佔了便宜。」

德英也在一旁幫腔。

「真的要錢？」小販帶著和小孩子們湊趣兒的味道，可以隨意打發的輕鬆。「少不了你們的，放心。」急于要看那穿短褲的女孩表演。

然而大九他們堅持這就要付錢，不然就不可以再看第三個節目。

瞧這個小販一派成年人的自信和仰仗，掛在肩上的一隻擂口的藍袋子裏，伸手進去隨意捏出兩個硬幣，放到小九掌心裏。夠大方的了！小販那顆約摸五天沒刮鬍子的髑髏上就有那種笑意。不是跟孩子們辦家家酒一樣嗎？

「好像是一個表演一塊錢罷？」大九冷冷的說，搓著赤膊上的灰垢。「誰給你規定的票價？」

「要不要漲價？」

小販玩笑的捏捏鼻子，發現大九臉色很難看，而那個穿短褲的女孩仍在執拗的不肯表演，那就算了，拍拍響著硬幣的袋子站起。從帳篷的尖頂上面可以看到不遠的馬路上來往的車燈。這幾個小子或許不讓他走，不妨就這樣站站，試試他們。「真熱，這天氣！」抖抖褲筒，看一眼停在暗處的單車。

「想走了是不是？」

「腿都坐痲了。」四十歲的人狡猾得很呢。

「別裝佯，拿錢來罷。」

「不夠嗎，兩塊錢？」小販不經意的把吊在肩上的布口袋抱一抱緊。「小電影才三塊錢，人家要演一個鐘頭。」價錢上他少說了十倍。這才發現看了一場這樣的脫衣舞真叫便宜，打著大鑼也找不到的。

「好大的口氣啊，三塊錢？」

「首輪戲院你進去過沒有？幾塊錢一張票？」

三個小子齊喳喳的叫嚷。小販提起腿來從德英攔在前面的腿上跨過去，看樣子這是個是非之地，小販跟自己嘀咕著，冷不防腿給抱住，扭了幾下身體都沒能穩住，到底跌倒了。兩隻手臂撐住，沒有跌得很重，只是有些兒塌臺。

「你們要敲竹槓還是怎麼著？」魚一樣活潑的調過身來，為挽回成年人的顏面，四十歲的人發怒了。

「想看霸王舞嗎？」

「客氣點兒，誰敲誰的竹槓？」四頭雄獅都站了起來。

「你們這樣是犯法的。」小販從地上爬起來，拍起一屁股的塵土。

「去報警吧！有種快去吧！」大九插著腰逼過來，個子比小販高有半個頭。「放漂亮些，老子這玩意不認人的！」張大了嘴巴呵著拳頭。

四面包圍下的小販，真的不能不放漂亮些了。取下揞口的藍布口袋，手伸進去摸索。「要多少吧，你們說。」

「小九，把他拎到亮處數數，夠不夠老子買一副拳擊手套的。」

不等小九伸過手來，小販已經把布口袋摟進胸口兒護得緊緊的。帳篷裏那微弱的燈光透過來，照出小販一口白閃閃的獸牙。

「你們像強盜！」

「強盜像我們。你頂好乾脆點兒。」

小販掏出一把角子數，真不甘心哪！「你們要是表演春宮，我這一口袋不用數，全給你們。」好像這樣咕嚕一番，可以討回一點便宜。

「他說甚麼？」德英可能是四個當中最傻的一個。

「你想掙他一口袋錢，就去跟蔡麗麗表演好了。」小九咧出一口亂齒，那樣子就不懷好意。

「好啊，」麗麗攀到德英肩上。「我們倆掙他那一口袋錢好了。」

「妳可知道這個賣臭醬菜的要看甚麼表演？別讓他花兩個臭錢佔盡了便宜。」不知道大九接過多少錢，嘩啦嘩啦顛在手裏。「我告訴你，」指頭點在小販很低很低的額角上，「要是不甘心，你儘管帶警察來討這兩個大錢，老子這個夏天就在這兒候教！」

「先把你一車罎罎罐罐打個稀爛。」六號雄獅一旁應和著。

「那倒用不著。夠朋友的話，多帶兩個錢來，還有更精彩的。」然後附到小販的耳朵上，「三個裏面，隨你挑。」

去年夏天，他在丹妃身上賺過那樣的錢，被警察逮捕過。真是最稱心不過了，活該主任爸爸派人持著名片到警察分局去講人情。也有你去孝敬別人裝著鈔票的雙喜菸的時候了，那滋味一定很好消受，新聞記者也得好生打發呀，家裏可像忙年那樣狠狠的忙了一陣。

「你這個不賢不孝的，你叫你老子怎麼對得起國家社會……」

可憐的主任爸爸把哮喘症也給氣發了。自然你是個公忠體國的大好佬，需要你跟別人討人情的時候，你苦惱了是不是？

「爸你相信有那種事兒嗎？不要被人愚弄了罷！」

「你還給我強辯！你不是我潛家子孫。你老子一生獻身國家，正正直直的做人……」一陣子劇烈的哮喘湧上來，做兒子的真相信那會一口氣換不上來就嗚呼哀哉的。大九可比別人手腳更快，搶著把氧氣噴管遞給可憐的主任爸爸。

「不是我說，爸，你做人做官都太正直了。哪個忠臣最後不是受人陷害的？人家在你身上找不到錯兒，自然在你兒子身上製造是非……你被人愚弄了還不知道……」

真是最好打發不過的成年人了；你這個老用國家民族哄騙別人也哄騙自己兒子的老傢伙，你高明麼？你只好哄騙那些仰靠你栽培提拔的可憐蟲。他就曾親眼看到他那位詩人姐夫跟這位不高明的主任岳父頂撞得那麼厲害。「我覺得恥辱！」姐夫啐出一口唾沫。甚麼詩人？狂人。人都那樣批評，真是個狂人。就如同人都批評沒有人看得懂的那些詩，真的看不懂；「騎四汽缸福特之黃龍，而八旗猶烈烈以蔽日」。誰懂呢？二姐也不懂。但他喜歡那個狂人姐夫，在不懂裏喜歡那個詩人——那個拒絕任何嫁粧的潛家二女婿，老是那一身陸軍軍官的草綠制服，已經穿了十二年了，誰瞧得起那副德性很常用外文寫詩和詩論發表在一家 TRACE 雜誌上呢？

「完全對！只是有一點——沒有丟掉他老人家的官。」姐夫便像孩子那樣快活的跳起來。「能丟掉那個官，咱們就能早一天打回大陸去。」

「我怕沒有那個本事，但是我會努力的。」

我會努力作惡的。「下水去罷，足夠六張電影票了，夥計們！」

「冰淇淋哪？」

「真的，冰淇淋哪？」麗麗幫著丹妃的腔。

「明天再說！」

帳篷裏的電筒摘下來，照在砂地上，卵石上，照著十四隻脚，在乾涸的河牀裏找可以游泳的水。那時天河已經橫向西北了。大熊星的尾巴也轉了方向。

多夠新鮮啊！多夠刺激！就像這沁人的河水，沁赤裸的身體的每一根毛孔，而把燠熱丟遠了；而把呆板的日子丟遠了。再不要回去了！再也不要了！麗麗把身體沒到下巴，讓身體在水裏飛翔。我可以掙錢了，不必讓媽賞我那些多得花膩了的錢。我們就這樣活下去罷，完全花自己掙來的錢，很少的，但是很珍貴的，甚麼也買不到，一定會窮得很快樂，從來都沒有嚐過窮的快樂。我們就會很窮了，我們就會很妙的窮了。

臨入夢的時候，麗麗猶在甜蜜的唸著這些；甜蜜如遙遠的祖母的兒歌——沒有聽過母親的兒歌。這兒牀舖上鋪滿了砂石和稀落的茅草，臂便是枕頭，丹妃和黃幸的身上都沒有鈕扣，不妨事的。帳篷裏實在太小，身體挨著身體，有過多的腿和臂互相侵犯，有不知名的小蟲匆匆爬過脖子和其他的地方，也有蚊子哼哼唧唧的吟哦著吃點甚麼罷，喝點兒甚麼罷。我們開始窮了，帶著這個入夢；而且真的感到餓了，很安慰的微笑笑，換過枕痠了的臂，聽見帳篷門口那兒德英的扯鼾。遠處公路上有沉重的超載超速的商車在夜的掩護裏沉重的急駛過去……

太陽晒熱了河石，晒熱了帳篷外的男孩子們，矇矓裏擠進帳篷，給擠和壓和熱搔擾著，一挨再挨的拖延，好悠長富裕的時間啊，都交給醒不過來的夢罷。麗麗有半邊身子從帳篷底緣滑出去。黃幸挽留她，摟住麗麗胸脯，頭枕在鋪一大遍黑的麗麗頭髮上。丹妃蜷在大九懷裏。該死呀，大九的手怎麼放在那兒？德英的腦袋頂到帳篷外面了，留下一具無頭屍在帳篷裏面。小九害羞的把臉孔埋在六號雄獅的屁股底下，肚子上壓著德英裹在卡其長褲裏的大腿。帳篷裏另一個角落，却是人煙稀少的邊疆地帶，空出足可擠上兩個人睡得很舒服的荒地，只讓麗麗的一隻底兒翻仰的涼鞋佔據在那兒，該是沙漠裏一隻死獸的骨骸。

又是一個新鮮的日子開始，不是和太陽一起開始。將近正午了，帳篷裏的孩子們不甚情願的陸續醒來。

人醒在正午，熱熬熬的烈日已經把整個一天燒熟了一半，人總像是沒有睡到甚麼就白白的醒來，依然背一身沉沉的昏暈。大家擁進城去，擠公共汽車，錢花光了步行回來。在城裏遊蕩了一個下午，吃騎樓底下的小攤子，看不清場的末輪電影，吃不起雪糕和冰淇淋，吃小推車上加色的冰水，都是各人生活裏不大常有的新鮮。

儘管這些吃的玩的有多粗賤低廉，但都相信單靠昨夜弄來的那點兒小錢，一定不夠用，一定得靠大九掏腰包兒貼補才行。昨夜那個賣醬菜的小販手裏到底逼來多少硬幣，大夥兒都沒有過問，只知道一定不夠用；這就值得擁戴他。

但是晚上回到老地方，大九宣佈了：「Lady 們！」表示很權威又很幽默的神態，「到目前為止，阿英少的補習費全部用光，今晚上，妳們 Ladies 要多賺點外匯才行！」

從公路旁賣紫甘蔗的小野舖子裏取回那一堆帳篷，又回到昨天的老地方。

「你怎麼辦，藍德英？」麗麗體己的問。

「甚麼怎麼辦？」

「多少？」她拉拉藍德英的袖子：「我家裏有的。」

「噢，只你們蔡家才是濶老？」大九聽了去，衝她搶白了：「妳要還不能自食其力，回家辦嫁粧去最好！」

但是大九好像有甚麼用意似的，賞麗麗一個媚笑，擠了擠眼，就大步大步趕到孫丹妃那邊去。

他是個酋長，沒辦法的，藍德英都得聽從他。

「教她去，教蔡麗麗賺外匯。」

大九歪到丹妃身旁，牙齒咬住一枝濾嘴長紙菸，不知有多悠閒的望著那邊那幾個傻瓜折騰著，那麼賣力的拼搭帳篷。

「還要教？」

「那個傻妞還不懂。」

「真要蔡麗麗？」

「要誰？除非妳很想了。」

「想個屁，」丹妃正對一羣螞蟻發生興趣。「為甚麼不是黃幸，偏要蔡麗麗？」

丹妃昂起頭來，攏一攏幾乎就是男式的那一頭短髮。這個很男孩子的女孩正把興趣集中在一大羣螞蟻興沖沖設法搬運的一隻死天牛身上。

「還我想呢！」丹妃把那一頭短髮攏了又攏，攏了又攏。「你以為那個賣饅頭的侉漢子，滿口蒜臭，很美是不是？」

「那不是只剩下黃幸了？可是黃幸不行。」

「應該是黃幸，昨夜裏就她一個不肯表演，好像高人一等。嗳，不談這個。濳！瞧這幾隻大號螞蟻，一定是團長。」

「所以我說黃幸不行，脫脫衣裳都不肯。」

「你就妥協了？」

「我不喜歡蔡麗麗。」

「噢，犧牲一個人，保護一個人，我懂了。」

「還有當老師的一個人。」

「我才不教呢，缺德！」

用一根草截兒，丹妃幫忙輕輕的把天牛屍體幫忙移過一座螞蟻眼裏的山丘；螞蟻沒有眼睛呢！然而螞蟻一定很高興，所有參加搬運的螞蟻一定很驚訝自己忽有這麼大的力氣，而彎起胳膊像個世界先生欣賞起那一身暴突的肘瓜兒。

一條蠕動的綿延的行列，漫過一遍又一遍大草原——或者被當作原始森林，大軍不斷的仍在奮勇增援，夾著那些獃獃姍姍的團長。

「哈哈，軍長軍長，軍長親自出馬了。」

那麼大聲的歡呼，好像她就是擁護那個軍長的親信，立刻吹奏起當學校樂隊小喇叭手學來的崇戎樂。那是一隻腦袋特大渾身又黑又亮的最大號螞蟻，氣派的過來，而緩慢像個獃瓜。好多跟班的護兵前後左右慌亂的打圈子，不斷的耳語，似乎局勢非常吃緊，不得不謹慎小心維護主帥的安全。

「噢，不對，或許這個大佬只是一個巫師，譬如紅衣主教甚麼的……」

一定是的，丹妃跟自己說，恐怕是來獻祭的，感謝方才——也許是螞蟻曆法的三年之前——那位神明佑助牠們把一隻大犀牛輕輕的抬過十萬大山。

「潛，這是你呢；也不是紅衣主教。」

「別發神經了。」

「真的不騙你；這個傢伙不是大力士，根本就不參加搬運，一點也不出力，大腦一定很發達，跟你一個樣兒的。」
「不要亂扯。去教蔡麗麗。」
「好討厭，這個老巫師……」跟大九同時搶出口，丹妃頓一頓，等大九再重一遍。
「去去去，去教蔡麗麗。」
「去教黃幸。」
「妳知道我討厭蔡麗麗。」
「當然知道；而且我還知道別的——黃幸很性感哪，很迷人哪，又很處女呀……」
「哈，妳很太太呀！」大九就地打一個滾兒過來，跟丹妃挨得很近。「妳可以退休啦，孫丹妃！準備去做又肥又蠢又懶又嘮叨的官太太罷！」
丹妃的臉色更板了。
「妳去玩妳的螞蟻得了，我會教的，不用勞妳的大駕了。」
「好呀，我們也夠資格旁聽旁聽罷！」
丹妃吹了吹爬到手背上的螞蟻。
「妳有過沒有？」就像隨便寒暄一樣，大九帶著不甚穩定的聲氣，問起麗麗。
「甚麼有過沒有？」
麗麗張起曲線而貧血的翹嘴唇，想從大九那張歪扭的臉孔上找尋一點兒甚麼可以幫助她明白那個意思。
但那一臉的歪曲，把甚麼意思全都扯亂了，甚麼也看不出。只是恍恍惚惚猜著了一點兒。
「有過？」大九還是那樣沒頭沒腦的釘著問。

「有過甚麼？」

「為甚麼不好意思明說？」丹妃插進嘴來：「性交，不懂嗎？」

「當然。」方才真的猜對了。麗麗一點兒也不曾思考的便脫口而出，「當然有過。」

「跟藍德英？」

「本來。」斷然的說。

然而總好像不夠斷然的，有些勉強和撒謊的味道，麗麗覺得還該添些甚麼。

「還有藍德傑。」

還有藍德傑。也是沒有經過一點兒思考。她真滿意自己心眼兒會來得這麼敏捷。是了，還有藍德傑。為甚麼要捎上藍德傑呢？麗麗並不知道。那是某種慾望上不知所以的要求，捎上藍德傑比單只承認藍德英似乎能有一種意外的快感，酸楚而感傷的快感，不知道為甚麼；雖然一切都那麼恍惚模糊，然而滿足了。彷彿一經這樣承認，一切便都真實了，得到了；連自己所不知道的，全都一樣的真實而得到了。

「真是啊，沒瞧得起妳人小鬼大！」

「本來。」

從大九譏嘲然而看她看得很深的眼神裏，她發現到自己立刻被重視了。只是不知甚麼緣故，對于孫丹妃就覺著有些心虛，不敢多看她一眼。然而儘管這樣，在她躲過孫丹妃的目光，望向遠處露在一片山丘頂上那吊橋高架的時候，心裏仍然能夠感覺到自己有如吊橋的高架那樣的偉大了。

「那妳今晚上可以為我們賺一筆錢，或者不止一筆。」

「一筆是多少？」

「很多。」

「比得上表演十次脫衣舞。」丹妃冷冷的說。

「糟糕！那真好！」

麗麗拍著手叫，好像比十次脫衣舞還多的那一筆錢已經睜到手上來。「怎麼睜法呢？」這孩子真不相信比表演脫衣舞容易十倍的野合，反而能夠多賺十倍的錢，擔心沒有那種便宜的事。

「怎麼睜法？去請教孫丹妃罷。」

孫丹妃怎麼說？真是廢話，要那麼嚕囌麼？麗麗枕著小九那個賣油條的書包，愣愣的望著帳篷頂上不知怎麼刮破的那個三角口。電筒越發的沉暗了。該可以從三角口裏看到天上的星星的，至少也該看到一顆或者兩顆。她移動了一下腦袋，真想看到一顆小星星。多無聊啊，等待一個孫丹妃說的「也許沒有藍德英或者藍德傑那麼漂亮的傢伙」。真是廢話，德英他們也不是怎麼漂亮的傢伙。孫丹妃說的，不管那個人要怎樣，別像對付藍家兄弟那樣，錢呢，不是愛情。原來孫丹妃並不比她多懂得些甚麼。有甚麼好留心的呢？那個人要怎樣，他能夠要怎樣？最多他要接十個吻，接嘛；最多讓他擁抱十次，就像電影上一樣的，擁抱嘛；多麼容易賺的錢呀，但願他身上沒有鈕扣，全部都是拉鍊，就甚麼也不怕了，即使就是昨夜賣醬菜那麼髒兮兮的小販。其實誰髒呢？自己兩天都不曾洗澡，腿腋和胸部似乎都有些抓破了——或者不是破，只是抓傷了皮膚，只是癢得不太舒服。其實昨夜曾在那邊河流裏泡過，然而沒有這樣久不換衣服的。她把壓在身子底下的長髮拉上來。真熱呀，招起裙襬搧涼，居然這樣赤裸著身體過去兩天了。那個人還不曾找到麼？有蚊子呢。藍德英為甚麼反對？傻瓜！幾個人當中，他家不是最窮的一個，但是他是最窮的一個，老沒錢買香菸抽。為甚麼可以賺錢的事他要反對？傻瓜！簡直是傻瓜蛋！現在他該已經回到家裏了。他出來也已經兩天，會不會現在正在捱揍？真是神經病，明天有錢了，自然可以玩得更精彩。但是他氣虎虎的回去了，而且罵了她。明天上城去玩，該算是她請大家的客呢。明天我會很神氣，用野合賺來的錢做主人。我們明天看首輪電影，有冷氣的，而且吃雪糕。就不必感激大九，不用他另外貼錢，叫人老是覺得有點抱歉不安。從沒有吃慣過人家，玩慣過人家，同學們向來都是吃她的，玩她的，都是她請客。明天她又可以大請客了。但願今夜裏可以掙十筆；一筆接十次吻，擁抱十次，十筆就要一百次吻，一百次擁抱了，很忙呢，但願都是拉鍊。要不是拉鍊可怎麼辦？要命！然而管他去，試試看能否為了賺錢而忍受得住那些可憎的鈕扣。忍受得住麼？從來都是忍受不了的，從來都是，都不是；都是；偏要都不是……一種恍惚的酸楚，困倦之霧，那三角口，三角口大得像窗，怎會有那樣紅的星？不是藍德英那躲在樹叢裏的窗燈麼？抽人也要開開那樣賊亮的燈呀？為甚麼藍大夫還不提著鞭子來哪？那走廊的角角裏拴住一隻貓，純黃的，有深黃的條紋，為甚麼不是老虎，深黃條紋裏有黑色的條紋？但是牠的色調變黑了，更黑了，啊，吳郭魚的色氣，狐狸！狐狸！你是狐狸，你撒謊，你騙媽咪，你沒有死，來啊，狐狸，媽咪好想你，過來，藍大夫會用皮鞭打你的，快過來，媽咪好傷心啊，看，你不聽話，藍大夫來了，糟糕！我不要，我不要，你是藍德英的爸爸，德傑的爸爸，不能吻我，好粗的針喲，不行，雖然是拉鍊，但是不行，德傑好愛我，你是他爸爸，雖然我多麼愛你，爸爸，我和德傑結婚，你就是爸爸，不行，我好睏喲，不要給我打針，我要睡覺，不要吵我，不要，我會喊了，我會那樣怪叫，我太睏了，看我，你看我眼睛實在睜不開，不要吵我，真的不要吵我，求求，求求……求求……

人在沉重的瞌睡裏掙扎，抵賴著不肯醒來，夢太擁擠了，以至分外的困乏。麗麗突然的被一種甚麼可怕的侵犯驚醒，一下子坐起來，非常機械的，屬于彈簧的動作，彈了起來。

而接續的又是一個彈簧的動作，在麗麗的心裏一震。

面前一個完全不相識的蒼黑的瘦子。可憐的電筒實在照明不了更大一些範圍。這才慢慢的弄清楚是怎麼樣的一回事，便為自己居然已經做了一場亂糟糟的夢而露出甜笑，不好意思的扭動一下肩膀。

這個蒼黑的瘦男人便似得到鼓勵一樣，羞怯的湊近來。「多大了？」

噢，為甚麼開口就問這個？麗麗看了逼近來的瘦男人的嘴唇一眼。她倒真想問問這人有多大的歲數，有三四十歲罷，為甚麼還害羞呢？那嘴唇很不自然的緊閉著，那是在克制著甚麼。而它挨近來，在麗麗眼前，上嘴唇出奇的厚而貪，翻掘著並且發黑，有一道道刀刃犁割的縱紋，兩片令人噁心的放臢的糕餅，怎麼吃得呢？不是想像中那麼不當事兒了。還有那一排鈕扣，第三個鈕扣脫落了，剩一小撮線頭。但是少掉一顆鈕扣並不等于減少一分可憎和戒備。

「脫掉！」

麗麗命令這個成年人。她害怕那鈕扣過于那嘴唇，兩者之間自然寧可選擇後者，如果為了錢的話。

沒有遇過這樣聽話的成年人，乖乖的，並且急忙的脫去一身不知是黑的褪成那樣、還是白的髒成那樣的灰襯衫。這人的一雙膝蓋跪在砂裏。曾有個屁股上包一張狗皮的癱子，常在狗羣齊吠當中蹭到村子裏討飯，那一雙腿就是齊膝那麼長。祖母說，那是做過壞事被官家捉去鋸斷的。多麼慘烈呀。這個人使麗麗憶起兒時那個討飯的癱子，一直都弄不清那人到底犯的甚麼罪要把腿截掉，為甚麼祖母在世的時候不問個清楚呢？這又是一個做壞事的人，不經意的一眼，麗麗就驚愕而恐怖的後退了，做壞事的人敞開短褲上一顆顆明亮的鈕扣，不，不光是鈕扣，還有比鈕扣更可憎而吓人的甚麼，原是跪坐在那兒的人，現在跪立起來，這人影龐大得可怕，吹氣一樣的愈來愈大，愈不像話的膨脹而彷彿帳篷眼看就要容不下他。

一聲尖銳的嘶叫，麗麗慣有的那種怪聲劃出帳篷，劃出夏夜裏常見于天邊的露水閃。

裝有馬達的空三輪貨車，顛簸在油加利夾道的瀝青公路上。那樣急奔而嘩嘩啦啦誇大的顛抖，能把滿樹的樹葉和滿天星斗給紛紛的抖落。

空車是空車，空車上坐著德英，滕金海，車是歐魯巴古駕駛。空車上載有空的煤氣鐵瓶，滾到德英的脚尖，又滾回金海的脚尖。抓緊了坐在身底下的車欄。德英仍不能抑止住自己的顫抖，出自空的三輪貨車和即將發生的事情的雙重震動。

「搬兵來了是不是？」

這一夥兒被潛大九攔在公路與荒地之間的溝岸上。

「潛占祥，我們玩得太大了，你不能……」

又是那樣的一聲尖叫傳來，歐魯巴古所熟悉的那種受傷野獸的狂嗥。他可以立刻判斷那會是怎樣的一回事，便和滕金海拔腿跑過去。

德英的衣領依然抓在大九的手裏。

「不必緊張，老子已經打過電話給派出所報案了。」

「你……」

「比你來的快，朋友！」大九喉嚨裏結著冷笑的疙瘩。

「你為甚麼要這樣狠心？你太毒辣了。」

「警察要捉的是主犯，」大九翹起大拇指指指自己。「大九爺從來不拖人下水，除掉我們家那個怕丟官的老太爺；你怕個甚麼勁兒？」

「你可以出你爸爸醜，」德英一直是在結結巴巴的爭論。「何苦你要害一個清白女孩子？」

「清白麼？你也清白麼？去你的蛋吧！」

大九轉過身就向帳篷那邊跑去。那邊發生爭吵，有小九的尖嗓子，有滕金海和另一些分不清誰是誰的粗野的叫罵。在月光底下，月光照不亮遠處那一片嘈雜的沉暗。

「不可以！」那是大九壓倒所有嘈雜的另一種渾厚的中音。「不等警察來，你們一個都不准離開這兒。」

「你小子在這兒等吧！」

嘈雜的黑暗裏發生毆打，德英趕過去，迎面碰見滕金海拖住麗麗跑來。

「帶她上車，先去！」

金海丟下一句話，折身跑回去。

「滾開，我不要我不要……」

麗麗摔開德英，又被他抓住，後來就沒再堅持，聽由德英拖她跑向公路，雖然一路上扭著拗著很不甘心這就順順從從離去。

坐在車欄上，手握住涼涼的鐵欄，汗從胸脯上一行行的爬行。由于沒有內衣，汗水走走停停，沒有止境的一直往下流滾。她愣愣的看著對面的德英，看他一聲不響的坐在那裏，點火，抽菸，抖動一隻右腿，所有這些動作似都不曾通過意識，然而又像是故意的那樣沉默。

「好神氣是不是？」

麗麗帶著挑釁的譏嘲，把脚底下的一筒煤氣空鐵瓶用力蹬開，滾到德英那一邊去。

看不清德英的面孔，他背著月光，只在他抽亮了菸火的片刻裏，昏昏的照出那個沒有表情的崛起的下巴。好不服氣啊，麗麗咬痛了嘴唇。當那個蒼黑的瘦子在她面前陡然可憎的膨脹起來，麗麗實在驚恐的不知將有甚麼一種結果，她一點點也不知道那個陌生的瘦人要怎樣。然而又會怎樣呢？總不是要殺死她，掐死她罷？她那頂拿手的野獸的嗥叫，已經立刻使那個膨脹的大影子萎縮下來。好不甘心啊，瞧瞧德英那股子得意的勁兒！還有騎坐在鐵瓶上的歐魯巴古，還有逞能駕車的滕金海，為著壓倒馬達的嘩叫，嗓子挑得那麼高的叫出他們的得意，如何把那個攔著要等警察的傢伙一拳打倒，如何把那個尖嗓門兒的小子抓住一隻胳膊打一個輪盤而死心塌地的摜到砂地上，還有那個釘著要退還五十塊錢的瘦高挑兒夾在裏面，誰順手誰都揍他兩拳。好得意啊，聽他們又笑又喊的誇耀這一場爛仗。但是更得意的彷彿還是他們自以為救了麗麗，這一點尤其引起麗麗的反感和不甘。好大的功勞嗎？一個個功臣一樣的神氣，呸！再也不要理睬他們了。

三輪貨車砰砰的，沙沙的，滾過夏季撒滿了護路砂的瀝青公路。興奮過去了，孩子們默默不語。寂靜的月夜，如一輛靈車默默的滾過市郊的公路。

風也是沉默的，沉默得不存在了。唯有當迎面而來的車輛掠過身邊的時候，才給人拉下一股混有排氣管噴放的柴油煙的涼風。

那是一場驚險萬狀的戲，幾乎演不下去了，然而麗麗實在不樂意用這種被救的方式收場。那黑而紫如同醬油紅燒出來的厚嘴唇，雖然可怕，畢竟接觸以後並沒有像預測的那樣骯髒猥褻，嗅覺很忠實，視覺至少有些誇大而欺騙了她。那氣味，麗麗十分清晰的感覺到了，甚至十分熟悉，老祖母的氣味；對了，給蚊子叮了時，老祖母便會拖住她，儘管她有多不情願，撒賴和掙扎，給叮過的小疙瘩上，呸的一口唾沫，然後用白礬在那上面打圈兒塗上一陣，立刻就有那氣味衝騰上來。祖母總是隨身帶著那塊和冰糖放在一起實在分不清彼此的礬石。更早更早的幼年，麗麗還曾記得那麼嘴饞的偷偷咂了一口那塊白礬，啊那樣的澀得縮緊了嘴唇，還有那種唾液碰上了白礬的惡味。在蒼黑的瘦子那兩片可以切出一盤醬肉的厚唇抵上來的時際，使她忽然落進童年和祖母的懷裏。不管其他任何的甚麼，僅是一去不返的童年和祖母忽又在那片刻還魂了，實在那惡味惡得十分溫馨而傷心呢，而不識相的一羣把她拖上三輪貨車，還像不知有多大功勞似的，這就格外可惡，發誓再也不要理會他們了。不等車子開進門前的巷口，便跳下車來，沒有道一聲再見，更不提甚麼謝謝了，逕自跑進黑沉沉的深巷。平時晚歸多半是騎在單車上，車燈在小巷的路面上蹦跳著切半個鹹蛋那樣的一團光暈。好像這是第一次用脚走進這條深巷裏，黑沉沉的，而且脚步在兩面高牆的夾道裏震盪出空洞的回聲。

沒有甚麼不對啊。捺一下電鈴。又回到這兒了。門簷上滾一團大雲，九重葛正盛，月光在那上面撒一遍銀屑。家啊，這世界上最孤寂的小島。

母親打那天帶走了一皮包的鑰匙，一直都沒有回來，這使麗麗失望透了，懊惱透了。以為做母親的在這兩天裏面有足夠的理由發瘋，而她居然毫不知情，怎麼可以這樣呢？親媽呀，妳可得意透頂了！把內衣收去，把有鎖的地方都鎖了。這一下好啦，插翅也難飛出這座孤寂的小島了，放心做妳的走私生意罷，打妳的牌罷，跳妳的舞罷，為甚麼我不淹死在那條溪河裏呢？她平躺下來，把滿滿瓷澡盆的水漲溢了整個洗澡間的磨石地，把自己全部沐到水裏，連鼻子和嘴，全都沉進水裏，睜開眼睛看見上空漂浮著洶湧的黑流，長髮兜了滿臉，就這樣溺死吧！可以溺得死的。但是決不，這樣死去，母親也一樣的得意；把內衣收起，把鑰匙帶走，居然就能使她走不出家門，好聰明才智的偉大的母親啊！在呼天搶地的號啕裏依然掩不住那分兒得意。

為甚麼盡碰見這些得意的人士呢？歐魯巴古，滕金海，藍德英——現在他該不得意了，補習費啊！準備捱鞭打罷，不一定是今夜，可以記賬的——還有自己的母親。哪怕是大驚小怪的阿綢，也難免不有幾分得色泛在那張肥臉上。全世界只有她一個人失意，彷彿是。

要想使那些得意人士失意，除非再度出去生些是非，闖大一些禍，最好能上報，至少那就可以讓「我的親媽」栽個大跟斗了，多妙啊！再出去罷，等阿綢把僅有的那件蛇綠的裙衫洗了，一定要出去；現在只有穿空殼兒睡袍的份兒。

決計甚麼也不要穿，只披一背拖到腰下的長髮，樓上樓下想盡辦法作一作。把所有的人造海棉椅墊搬到樓上，一塊一塊鋪到樓廊裏，在那上面吃和看雜誌，電唱機可以聽一條街。樓欄的影子橫在身子，從頭到腳切成九段，把下面的軟芝草坪當作綠海，吩咐阿綢去翻隨便藍家還是滕家的牆，去買這個冰，那個冰。而阿綢老是叮著她把睡衣穿上，好像要用這個作交換條件，不然就不聽她的使喚。

「好啦好啦，ㄢˋ多ㄒㄧˇㄠ屁！」

學著阿綢方言裏很髒的一句話，把阿綢噌走；立刻再趕過去緊緊抱住，又是親，又是甜甜的喊著阿姐長，阿姐短，總要把這個好脾氣的女傭逗笑才行，實在哄不好，就把這個怕癢的胖大姐嗝嗤笑。

「我真替妳羞死啦！」

「替我買牛肉乾罷，不用替我羞了。」坍在阿綢的耳朵上親著說：「花錢都看不到的。等媽回來，我加倍的給妳跑腿錢。」

總算阿綢並沒使她十分失意，但是麗麗不能忘懷急急于對付那些以她的母親為首的得意人士。她所期待的終于來了，且是意外的那麼妙。

門鈴響時，阿綢趕去應門，一定是母親懷著不知多大的勝利回來了。

麗麗橫過身子，頭探出樓欄熱烈的歡迎凱歸的母親，準備隨時挺立起來，先把母親吓在庭院裏。麗麗伏在沙發墊拼成的地毯上，如同伏在散兵坑裏熱烈待敵的戰士，準備隨時起立躍進，獵獲戰果。

可是阿綢一直衝著那扇綠門搖頭，聽不清楚說些甚麼。于是麗麗洩氣的知道那已不會是從外面把門鎖上的母親了。然而幾乎比母親還合適，牆上跳過來白盔的警察，那個曾來檢查過戶口的管區警員。

阿綢有些失措的樣子，愚拙的叫著沒有人在家啦，沒有人在家啦，哪裏瞞得過那個生一對鷹眼的精明的警員呢？好傻得可愛的阿綢啊！

「有人在家啦！有人在家啦！」

摹仿阿綢那種土音濃重的國語，麗麗衝著樓下叫嚷。為著生怕警察發現她裸得這麼光，不肯上樓來，麗麗狡獪的隱蔽起自己。

可以聽得出阿綢超到警察前面，登登登登搶先跑上樓來。

「快點，麗麗，快點穿上衣裳……」

沒看見她人，就聽見她一路喊上來。

「我不要！」傻阿綢，現在也該輪到我得意了，可惜！妳要是我親媽，那就妙極了呢。

「真的，警察，真的麗麗，我不騙妳……」

胖大姐脚抬得很高的跺著。麗麗索性仰過身體。那頂草菇形狀的白盔已從梯口露出來。

「不要！」麗麗提提眉毛。「不要就是不要！」

那警察挺神氣的上得樓來，似乎很欣賞這樓的陳設，用一種視察官的味道，看看天花板，瞥一眼手底下給阿綢整日擦拭得光潔的梯欄扶手，再往背後回顧一個大半圓的角度，這才在一回頭之間，發現朝著樓裏側臥的麗麗，枕一隻的胳膊，翹首望著他。

就在那瞬間，那樣挺神氣的視察官忽然下意識的退縮了一下；彷彿無意中發現到比他官位更高的長官，不自覺察的趦趄了；至少在那一瞬間，他不很神氣了。

阿綢的手脚還算很快，扔過來那件白底藍色鬱金香花朵的睡袍。警員則背過身去，走在西晒裏的她以前的臥室。看得出他故作鎮靜，不太合宜的拿捏著散步的樣子，裝做甚麼也不曾看到。

好得意喲，麗麗替自己這樣的感覺，順手就把落在背上的睡衣漫過樓欄扔到下面庭院裏。看也不看阿綢一眼。

聽見警員拿捏的消閒的脚步遠一些以後，又開始一步步近過來。

「好啦，」麗麗詐欺的高聲說：「這還不容易穿麼？」

阿綢氣紅了臉，好似裸到了她的身上，把她羞紅成那個樣子，回身又跑進東首麗麗的臥室去。也許她要從牀上揭下一條褥單來裹住麗麗；除非那樣，要不然，到處上了鎖的臥室還能找出甚麼來呢？

那麼麗麗會能一點兒也不知羞麼？應該會的。只是極欲暴露的慾望遠比極欲掩藏的本能強烈太多了。真是個多麼可愛的警察叔叔，繞回一圈來，很意外的重又走開了。

這兒是散步或是走來走去想心思的去處嗎？麗麗得意的仰平了身體笑了。她覺得她可也撈著得意而把成年人給玩了——而且是比成年人還要精明的警察老兄。

真是不值甚麼。斜西的陽光橫過整個樓廊，這是舞臺，或者片場，太陽便是水銀燈，把燈光集中打在她的裸體上。真是不值甚麼呢！成年人真沒有甚麼了不起，母親、那個蒼黑的瘦子而居然在她面前發抖、還有這位不敢看她一眼的警伯……都是成年人啊，好塌臺的成年人！

「找衣裳給她穿！」

「給她了啊，丟到樓下去了。」

在她的臥室方向，那兩個人在說話。傻瓜阿綢一定沒想到牀上的褥單，手無寸鐵的在那兒想不出辦法。

「一點也不冷啊，警察叔叔！」

麗麗把笑聲故意的夾進去。「真的，一點兒也不冷，真的不騙你。」她聽見阿綢赤脚板咚咚咚咚的跑下樓去，樓下大約有辦法了，除非桌布。天哪，餐桌上那片香色的塑膠布麼？

「妳知道嗎小妹妹？妳這樣是違警的。」聽見聲音，自然看不見人。

「為甚麼？」

「屬于風化問題，妳要穿上衣裳。」

「我在自己家裏呢，是不是？」她把身體往門裏挪近些，手肘抵到地板上，想勾過頭去看看那警察是不是對著牆壁說話，就像準備參加演講比賽的小學生那樣。

「一樣；在自己家裏也不應該這樣。」

「你是穿著衣服洗澡嗎？」

「不要這樣歪曲。」警察說。

「噢，我知道了，你一定很不風化——不，你一定很風化——不對不對，該怎麼說呢？我不會說了。」

一直她都在話裏穿插了誇張的笑聲，加緊她的嘲弄。不時的，滾動著身體，愉快的享受她的得意，一如享受裸體的涼爽。

阿綢從樓下回來，結果還是那件被她扔掉的睡袍，使人認為那種花色應該是糊牆的花紙。不過阿綢脅下還夾著一條作為後備之用的也是藍白兩色的浴巾。

「妳要是想樓上樓下的跑跑好減肥，阿綢姐，妳就給我好了。」

她看到阿綢嘆一口氣，無可奈何的歪下頭來，好像一朵盛開的花朵忽然萎謝了。

麗麗一直沒有把這個動不動就傻笑得上氣不接下氣的胖大姐當作成年人，現在似乎也準備把她列進去了。幹嗎樓上樓下的奔命呢？只為著不使她得意麼？不使警察老兄和她藏夢夢麼？

警員出現了，是不是參加演講比賽準備好了呢？警員看也不看她一眼，乖乖的走過去，確實沒有看她，走到那邊背向著她，兩手撐在欄杆上面。

「好了，我問妳。」果然他已經準備很熟練，現在對著樓下正式演講了，的確就是那種情態。

「昨天夜裏，你們在河邊帳篷裏做了些甚麼，還想不想隱瞞？」

「昨天夜裏嗎？」麗麗坐起來，上半身扭向警員，一臉燦爛的夕陽。「對了……」

「她在家裏，哪裏也沒有去。」好心的阿綢搶過去。「太太從外面把大門鎖了，你知道的。太太還把小妹的衣服全都收了，只留一件睡衣給她，叫她去哪裏呢？沒有啦……」

警員點著頭笑，他望著一旁的女傭，意思該是說：哼哼，妳還在那兒編謊麼？還有甚麼我不比妳清楚的？

現在不讓母親得意了，她就要得意不成了罷？

「是不是潛大九——潛占祥給滕金海打傷了？還有談平、黃幸、是不是全都捱打了呢？」

這一次警察老兄轉過身來看她了；不過只限于看她的眼睛，沒有亂看一點兒，實事求是的認真的樣子。好像她只生一張臉——甚至只生一雙眼睛，為甚麼不看看她身體的其他部位呢？是不是屬于風化問題的？其實若是對著看眼睛，除掉德傑，麗麗還不曾碰見別的甚麼人能夠不先把眼睛移開。

警員不是德傑以後的第二個人，很僵很尷尬的把眼睛移開了；不過那是個很要面子的人，他裝作有所為的把目光移向有些人聲的那個方向。當麗麗跟著望過去的時候，這才她發現藍家牆裏那邊，樹叢間疏疏落落的站著些甚麼也沒做的人們，有扶著眼鏡架的藍大夫，有兩手握在胸前的藍媽媽，有豎著扁擔在懷裏和手握在壓水機柄上不動的鄰居，有藍家那個不大愛理人的女傭，有那個被喊做林肯給藍家看山林的瘦老頭……都在望著這邊。麗麗立刻有一種衝動，要站起來，站到警察老兄的身邊，讓他們看個清楚，叫所有的成年人吓倒。噢，就有那麼多好事的人，那樣獃瓜一樣站在那裏，好像電影放映的時候，忽然影片卡住不動了。然而那裏有藍大夫——雖然很恨他近乎陰謀的用最粗的針頭給她注射——使麗麗蹉跎了一下。而就在她準備站立起來的時候，她發現更遠一些那裏立著圓規似的一雙長腿，上半身給桃花心木的濶葉蔭影遮住，看不十分清楚，然而她認得那是誰，一隻手握捲了一本書，木木的拍著腿。麗麗重又臥下來，希望臥得更低一些。

「好了，」警員說：「妳承認了，昨天夜裏妳跟他們在一起，是不是？還有那個三角刺花。」

「跟潛占祥他們，在河邊上，一點兒不錯。」

「你們騙了人家多少錢？」

「噢，剛以為你們好能幹，甚麼都知道；原來也很傻瓜蛋！」但是麗麗仍很佩服這個警員一下子就注意到她膀臂上的紋身。

「麗麗！」女傭提醒的喊她一聲，由于看不下去，終又張起浴巾替她蓋住。

「好罷，改天我們會請妳母親跟妳去談談的。」

警員沒多大辦法的走回樓裏，謝絕了阿綢怕事兒的敬菸。這一次麗麗從躺著的頭頂上盯著警員走了一圈，發現警員沒再看她一眼，這就要走了，覺得很失望，不夠預想的那麼刺戟。得動動鬼心眼兒呀，她告訴自己。

「千萬不要找我媽，好警察叔叔，我媽會把我揍成爛泥。」順手又把身上的浴巾扔到樓下去。

警察叔叔沒再睬她一眼，逕自由怕事兒的阿綢尾隨著下樓去。

數著木質樓梯上步步遠下去的腳步，剛得到的新鮮也跟著步步遠下去了。頭探出樓欄的空檔裏，看見好脾氣的警員從樓梯下出現，白盔和兩個肩膀，從來沒覺得垂直的俯視一個人會有這麼新鮮，兩隻白帆布綁腿在白盔和兩個肩膀下面挪動。好脾氣的警員拾起落在水泥階上的浴巾，還抖了抖灰塵，然後交給阿綢，好像囑託阿綢繼續努力，總要給她穿點甚麼，蓋點甚麼。

藍家牆裏的人們由于警員要從那短牆經過，便忙著散去。或者忙著恢復操作，一個個都佯作完全沒有甚麼事故發生。他們現在都很乖了，方才還在看熱鬧，現在則非常安分，深怕熱鬧落到自己頭上來。

怕是沒有用的，一切事故都不可能用害怕來制止它發生。

「藍先生好罷？」

警察高聲的打著招呼，當作閒蹓躂的來到藍家。

藍大夫不曾聽見這個招呼，正蹲在一棵五斂子樹下，急救一隻未成年的黃貍貓。

就在他們停下手底下工作專心注視蔡家發生甚麼事端的那個當兒，或者更早一些而被他們忽略了，一個胖壯的半大黃貍貓被絞死了。拴在貓頸上的繩扣緊緊絞住毛腋裏的咽喉。藍大夫粗肥的大手插進貓的腋下，體溫似乎還很正常。司藥跑來送過一把手術剪刀，先把絞緊的繩索剪斷，然後進行人工呼吸。

藍家所養的貓羣裏，這是一隻發育最佳，品質和花紋也最出眾的半大貓，圓墩墩縮小若干倍的老虎，沒有誰見了不讚賞，不打心裏疼愛。

然而人工呼吸甚麼的，全都來不及救回這個生命了。拴貓的繩索另一端，都曾裝置轉軸，不應該發生繩索被絞緊了的情況。不幸的是轉軸發生故障，不再轉動，就是這個原因葬送掉一個生命。

「貓恐怕不宜這麼拴著養罷？」

警察也湊上來圍觀，蹲下來摸摸試試貓的體溫。

一滴淚從空中滴到黃貍貓泛白的胸毛上，那是藍家小女兒的眼淚。

「好可憐的小虎！」掉淚的女孩唏噓了。那是僅有的悼辭，人都好像很沉重，不願說甚麼。

「埋掉！」藍大夫張著一雙急待消毒的手，站起來，這才發現那位戶籍警員，很熟稔的笑笑往裏面讓坐。那也是一種自嘲的笑笑。好似嘲弄他自己居然參加了一場兒戲，十分可笑。

小虎死了，大家還不大能夠想像這條黃貍貓怎麼會自己把自己絞死，不可能的；然而沒有誰去涉想只因為小虎的脖子上拴了繩鍊，所以它就有被絞死的可能。沒有人涉想這個。

「爸，小豹送人罷？」

德傑給父親提出這個建議。藍家養貓的最盛時期，曾經有過九隻的紀錄，就是現在也還有五隻之多。德傑獨獨的建議把小虎的弟兄小豹送人，做父親的不禁看了德傑一眼；那是深深的一眼，由于敏感到兒子這個含蓄的指責。只是那一對躲在眼鏡背後嚴峻的目光裏，誰也不能確定這個嚴父接受兒子的指責了嗎？還是發怒為父的尊嚴受到傷害？也或者兩者都有，都沒有，藍大夫自己也未必就能確定。

小豹沒有送給誰；德傑一點也不曾堅持非送人不可，做父親的也沒有堅持不可送人。雙方根本就不再提到小豹，好像德傑只是為了完成對于父親的責難，小豹不過只是一個藉口。

然而德傑沒有忘掉這個，當小虎的母親在一場颱風裏又生下一窩小貓以後，剛剛滿月就把僅只存活的一隻，且和小虎非常相像的黃貍貓抱給隔壁的麗麗了。應該說，這是小虎的妹子。

「她哥哥死在絞刑臺上。」德傑給麗麗介紹這隻小黃貓的家世。「妳希望這個妹妹死在哪兒？」

「死在我懷裏。」

麗麗拖著一身病後的虛弱，眼睛更大了，且更寂寞和熱情了。小貓在她的懷裏怯怯的爬著嗅著，那麼的不放心而好奇得簡直荒唐，一再的捕捉麗麗衫襟上那兩顆印花葡萄，每次又總是甚麼也不曾捕捉到，只是徒然的讓尖細的爪鈎陷進布縫裏，抓痛了麗麗，叫得那麼開心。

兩個人搓紅了額頭苦想，商量著給這隻小黃貓取名子。取了多少多少都不合意。翻書罷，第四行，第九個字，看看運氣怎樣。然而那是個驚嘆號。最後索性就叫做阿貓，頂老實的名子，兩個人為這麼一個老老實實的名子笑得直擦眼淚。但是麗麗還是決定給牠一個名子——阿凱咕。

雁行四個當中只存活了這一隻阿凱咕，不用說牠有多麼胖壯活潑，胃口又是那麼健壯。像狐狸那樣又瘦又弱的小髒貓，麗麗都一樣的當作命根子疼；阿凱咕就只憑那一雙淺灰的眼瞳，童話裏多少紅寶石、藍寶石，都抵不上這兩顆灰寶石更蘊藏了多少個幻夢，不是糖果的顏色，不屬于惹人嘴饞的幼兒們的夢的晶瑩了。阿凱咕就只憑這個，便足夠把牠的小主人連魂帶魄攝進這一對灰寶石的仙宮裏面去。

然而現在那一對灰寶石早已變色，仙宮也不再是仙宮，為甚麼生命不可以不要生長呢？永遠的灰寶石，永遠的仙宮，不可以嗎？當這些個都不能長久的時候，生之悲慘便拍展雙翼，鷹一樣緩緩的滑翔過來，聽見牠心喜的嘩嘩鳴叫，因牠知道那樣的時候到了，生命隨著生長而成為可憎之物。

阿凱咕做了母親；做了母親便發生這麼悲慘，甚至恐怖的事體。那不光是幻滅了麗麗對于小生命的疼愛和喜悅，而且深深的刺痛了麗麗那許多早被遺忘但仍藏在心靈最裏層的舊傷；刺痛她而至于羈縻不住一點點的忍受，一切似乎全都迷亂了。

陽光慵懶的躺進當門，平行四邊形的一方黃底的畫框裏，嵌進麗麗一雙白得透明，白得寒冷的小腿，一座皮膚科的白蠟模型，一掐一個指甲印，一掐一個指甲印。

母親塗著蔻丹的指甲，不是掐在白蠟模型上；母親的指甲照老法子掐住麗麗鼻子下面的人中，維持一個吃力的姿勢，動也不敢動一下。

客人們不能這就走開，但客人們也只有無知的亂出主意，給抱到隔壁的沙發上罷，給送上樓去罷，給小妹身上蓋一些甚麼罷，都是廢話，做母親的只管木木的注視麗麗白得透明而寒冷的臉龐，甚麼也聽不進去。

靠著門旁，一腳踏進在當門棕櫚墊上的滕金海，可以看到藍大夫大步大步穿過他自家的庭院，向邊門那邊走來，他的小兒子緊跟著。藍大夫又快又大的步子，永遠是那樣準備衝到甚麼地方去發脾氣。可憐的胖阿綢帶著小跑也跟不上。

龍族組曲

左近的青年孩子們雖還不至于耗子見貓那樣的嚴重，但如果發現到這個壞脾氣的醫生，躲著總比頂面碰上要愉快一些。滕金海故作閒閒的蹓躂到樓後去，不要又讓他指著鼻子教訓：「給我把帽子戴正，不要耍流氓派頭！」再不就是：「皮帶給我搚緊，年輕人不要吊兒郎當。」總是在你身上找得到施教之處；去他那兒看病，給的教訓比給的藥丸子多，儘管只收很低廉的藥錢，使人懷疑夠不夠本兒。他那家醫院，從不收甚麼掛號費，出診費，比公立醫院還便宜些。然而總不能使人感恩或者感到一些兒親切。就是那麼一個硬幫幫的老傢伙。誰若是好心好意的跟他寒暄寒暄：「生意好罷，藍先生？」藍先生立刻摔下臉來，把他的醫院當做商店，就使他好像祖墳被人家掘了一樣的著惱。有甚麼辦法呢？就是那種人。若是不放心的問他一聲：「你這兒不掛號的，大夫？」好罷，準備碰個釘子。「你到郵政局去吧！」眼鏡裏面翻一對白眼珠子給你看。

然而就是這麼一位嚴父，七個兒女當中，一樣的產生了一個又一個問題兒子和問題女兒，彷彿沒有問題的孩子反又成為問題了。

跟隨藍大夫一道過來的德傑，應該是藍家最沒有問題的孩子；德傑沒有他長兄那種矯情、偏激、和吝嗇；沒有他二哥那種庸碌和暴躁，永遠不是二十歲就得了性病的粗俗青年；也沒有他那個叛逆姐姐尖銳的激進，就只想使成年人栽跟斗，沒有甚麼既有的一切可以邀得她的重視；接著下來，自然也沒有他三哥那種慵懶，越軌，一身的壞習性。德傑實在是個健康而優秀的、沒有問題的好孩子。

沒有問題嗎？果真就是長輩們眼裏的標準兒子嗎？應該是的，那麼個溫馴、善良、自愛、沒有聲響，鞋子在他脚上都比別人多穿兩年的好孩子，好得使做母親的不忍心。該說是教育實在一無用處麼？教育既是這樣拗不過生命，我們可以不必在教育上奢侈了罷？德傑就是那麼一個不必費神去教育的孩子，生來就是那樣子，一種油質的底版，塗甚麼顏色都不沾，大人們不感覺到這個孩子的存在，等到發現孩子的存在了，便為不該有的疏忽而加倍又加倍的給他以愛。

做母親的理理制服的袖子在孩子身上比試，噢，短到胳膊彎兒了，怎麼會一直讓德傑穿得不能再穿這樣短小的制服呢？還是三年級時給他做的，現在已經是五年級的春季了，然而一點也不曾破損，翻來覆去想找出一塊油斑，一塊污漬，以便找出理由丟掉它。下面沒有男孩子拾舊了，送給山上窮親戚們的孩子那會喜歡的不得了。只有德傑才會捨不得，也不貪別的哥哥姐姐穿新衣。做母親的忽的覺得多麼虧負呀，就能一把手給這個乖小子製上三四套衣裳，還拿這個做教材。「你們白長得比阿傑大，哪裏是著裳？你們是食裳！也跟阿傑學學……」

就怕委屈了這個么兒，一個自愛得沒有聲響的孩子，無論怎樣惦記著這個孩子要不要這，要不要那，總是常時忘掉他的存在。有甚麼辦法呢？總不張口要這個，要那個，孩子這麼多，父母就是來往打食的老燕，巢裏一大窩嗷嗷的黃口，哪個脖子伸的長，哪個嘴巴張的大，哪個總要得到多一點兒。做媽媽的便為了防止疏忽，索性避著丈夫，跟鄰家那家邱記小店打招呼，由著德傑去賒零食，記帳留到月底結算。

避著從不肯跟人賒長欠短的丈夫，也得避著老是伸手討零錢的那幾個大的。然而月底結算下來，越發叫做母親的不忍了，可可憐憐那兩文賒帳不夠買一塊肥皂。其實就是那兩文，多半還是鬼精靈的德英費上多少力氣又是哄又是慫恿才去賒來的。

把賒來的蜜餞橄欖或者紅豆冰棒甚麼的哄到手裏，做哥哥的又該怎樣呢？不過賞給德傑一聲：「大獃公！」

就是被當作傻瓜那樣，小德傑傻得那麼執拗。任母親如何優遇，即使母親把整個地球給他罷，他可只要雙腳站定的那一點兒地方，而且十分珍惜那一點點兒小的地方。恐怕只有鬼精靈的德英，老盤算著拖他離開那一點點兒小的立足之地，想盡辦法拖開他。

好像那是十分疼愛弟弟，十分委屈自己的一種禮讓。

「去罷，阿傑，賒三個橄欖，你兩個，我一個。」

「我不要。」

「好了，賒四個，你留三個。」

總是那樣一切從優的施捨口氣。執拗的阿傑又總是那樣的不容易動心。

「告訴你，不帶你去釣魚啦，知道麼？」

「…………」

德傑的小面孔上便現出了一絲兒懇求的哀愁，眼角下面陷一對為難的小窩窩兒。這只是一個開始，德英就能眨眨眼便又是一個主意，軟的、硬的，慢慢兒纏罷，總一定會把小德傑纏倒。

「啊，我不要賒那麼多。」大獃公讓步了。

「是啱，不要賒太多了。」

「我只要賒兩個，你一個，我一個。」

「真的，阿傑，賒兩個最好了，你好聰明！」

當然，一個人嘴巴裏鼓起一隻蜜餞紅橄欖，情況就會立刻好轉，做哥哥的分外顯得精神飽滿。

「好了，你就做頂容易的事——去挖蚯蚓罷。」哥哥皺皺眉頭，很頭痛的樣子。「我去準備釣魚竿，哼，好麻煩！」

釣魚竿是現成的，藏在儲藏室的小閣樓上，除非釣絲或者浮子給蟑螂咬了，然而總沒有過那樣倒楣的事情。

一條略有斜度的鄉村道通上去，不遠處又再通往一條低窪的溪岸，這路好像就在不遠的那裏憑空的斷了。

路兩旁同齡的椰樹聳上天，兩個小漁夫走在下面只等于一對小蟲豸，不知道他們要釣多小的魚。

「阿英哥，全世界有沒有那麼大的魚？」

小德傑指著一條枯黃垂下來的椰枝，那真像是一條完完整整的魚刺。

不要小看走在椰樹底下這一對小蟲豸，夢想裏就有比那枯垂的椰枝更大的魚。我們抬不動，但是一定要抬回家。哼嘿，哼嘿，真重啊，壓死人了。

「要用多大的鍋煮啊！」小德傑快樂的叫著，叫出一陣子劇烈的咳嗽，臉孔脹得通紅，小肩膀縮緊了抽搐。

「拍拍我好嗎，阿……阿英哥？」

不幸做哥哥的已經開始惱了，總是一再的提上來空空的釣鈎，魚餌沒有了，魚也沒有釣上來。

「你不要再咳嗽啦，魚都給你吓跑了。」德英頓著光脚板子發急。「再掐一截蚯蚓給我！快點兒！」

孩子實在很害怕掐斷在那手底下擰動的蚯蚓，只是為了補救自己咳嗽吓跑掉多少大魚的過失，就不能不忍受手裏那又涼又滑又軟活活擰動的悸懼。

溪流裏一遍一遍藻綠，夾有繁鬧的青紫。球藻的那些因擁擠而捲翹的肥葉，如同咳捲的舌頭。德傑拼命的壓制住一陣一陣刺到咽喉上來的奇癢的咳意，多麼希望阿英哥趕快釣上一條不管多大的魚，好讓我咳嗽一下。實在忍不住了，忍不住了，一雙手緊緊的捂住嘴巴，身體縮得更小，更不能再小，而且顫抖，臉像藻叢裏那一團團繁鬧的紫。

自然那不可能忍得住，壓抑得住。而德英蹦起來了，為甚麼魚餌總是被白吃白拿，魚則不肯上鈎？一定有緣故。只是在沒找出緣由之前，總得找個甚麼來洩洩憤呀！

「都是你，都是你，為甚麼要咳嗽？」

「好，我再也不了。」

「我再也不了！」撇著油光水亮的嘴唇，學他弟弟那副惹他發怒的冤枉相。「魚全都給你吓跑了，還再也不了，再也不了！」

釣魚竿橫理在面前，蜷起一隻膝蓋，猛一用力就把竿子撇斷。重過來再一撇，斷成四截兒。

那是不小的憤怒。我多不該惹阿英哥發這樣大的脾氣，這倒楣的咳嗽！阿英哥氣走了，也不咳了。

多麼悔恨！德傑望著被一層眼淚變了形的椰樹林，和那林道裏氣憤而去的阿英哥那變形的背影，德傑只悔恨自己背了一身的過失，默默的抹著眼淚。溪岸上折斷的魚竿，斷絕了可以釣到椰樹枝葉那麼大的魚，多光燦的希望便被折斷做四截兒了；還有掐成一段段的蚯蚓，活著的仍在奶粉罐子裏游動。如同對不起阿英哥一樣，也對不起這些本可釣到大魚的「蚿公」。在潮濕但很堅硬的岸土上，就憑那雙沒有多點兒力氣的小手，挖上許久挖出一個小窪坑，把活著的幾條蚯蚓放進去，禱告著：「蚿公啊，放你回家了，不要生我的氣了罷……」鬆鬆散散的放一點土掩蓋上。十個指甲縫裏塞脹著泥土，洗了再洗也洗不清潔，愛乾淨的孩子忍受不了這樣的齷齪，怎麼辦呢？提著生銹的奶粉罐，一路數著頭頂上椰樹的枝葉，多少閃亮的魚刺，多少閃亮的大魚，全都完了，只因為自己不爭氣的咳嗽，眼淚可又湧上來。

不會跟父母告狀，德傑永不肯把委屈告訴任何人，即使父母那裏有那麼豐盛可恃的寵信。或者不如說，這孩子很少感到甚麼委屈，總是擔心不要使別人委屈了。

然而沒有誰叫他這樣，教他這樣。一如這孩子的那種化不開的執拗，也是沒有誰叫過他，教過他。

當二次世界大戰，太平洋戰爭末期，軍事物資極度匱乏的那個時候，佔領者的主意打到藍家那輛七．五馬力的普藍轎車頭上來。藍大夫遠在菲律賓和瘧疾苦鬭，藍太太以征屬身分，一再請求免徵，車子仍然被那位日警開走。從那以後，僅只四歲的小德傑便無論如何也不能寬恕那個後來在一次空襲裏腸子掛到電線上的日警。逢到那個日警每次來到藍家，如果來得及，德傑會搶著把兩扇帶輪的大門推攏，踮起脚來，搆著把澀得叫響的鐵栓吃力的閂緊。如果日警已經闖進家裏來，德傑唯一的杯葛辦法，乃是阻止母親不去理睬那個武田仔——孩子給取的綽號。不是搥打母親，便是爬到母親身上，撕扯母親的嘴巴，不准她和武田仔說話。這些都沒有人叫過他，教過他。

四歲的孩子，父親給征去南太平洋已經服役三年，壓根兒記不得父親，並且沒有辦法了解父親到底是個甚麼意義。只有客廳裏懸著一幅放大照片，曲髮，大腦門，和一副螺狀眼鏡，父親的意義就是那個。

逢到好心的親友跟孩子口裏討個吉祥話：「阿傑呀，爸爸甚麼時候回來？」

「等橋做好，阿爸就回來了。」

總是自己編造的這麼個回答，但是孩子一點也不知道那是甚麼意思。只覺得連母親在內，大人們都很樂意等候這個回答；當然孩子們總都喜歡看到大人因他們而快樂。真的甚麼也不懂得，一個四歲的孩子還在甚麼都要疑問的階段。相簿裏一張又一張爸爸的照片，有穿海軍制服的小學生，有腮頰和嘴巴臃腫的中學生，有穿白衣的實習大夫，還有和媽媽在一起的許多室外活動的照片，都是爸爸，母親教給孩子去認識，母親好像是藉這個教導來解一解放不下的相思和擔心。聽見孩子「阿爸爸，阿爸爸」的喊，彷彿能把孩子的爸爸喊近一些。然而四歲的孩子怎麼去理解呢？「怎麼我們有那許多的阿爸爸呀？」覺得比只有一個爸爸的小朋友神氣多了。「我們有好多好多阿爸爸。」

做父親的留在德英以上的子女們心裏的影子，那就十分深刻而清晰了，不是小德傑這樣的神秘。

想思總都是有；但是爸爸既然把那麼些的嚴厲帶了走，爸爸再回來時，一定像帶行李一樣再把那些子嚴厲帶回家，德英倒是唯一不願那座橋早一點做好了的。這一對小兄弟倆便常為這個爭吵，一個執拗的動不動就是一泡子眼淚，另一個則存心要逗逗這個大獃公。

阿爸爸畢竟回來了，背回那麼龐大而染成防空迷彩的帆布行李袋，大夾克背上印著粗黑的大字 **PW**。背回來的就是這個，多少個過去，一刀切斷了，把迷彩和 **PW** 丟進染缸裏，彷彿也就一手把戰爭丟進去煮青，或者漂白，新的顏色來臨，新的顏色潑遍了這座履狀的中國第一大島。

然而做父親的似乎並沒有把曾經帶走了的，現在重又帶回來。一個經過三年苦戰——和自己祖國的盟軍苦戰三年的日本海軍設施部的軍醫，想不到變得那麼脆弱了。也許心靈上那種文不對題的困惱更勝于肉體磨折；螞蚱、金龜蟲、蛇、蛆和野生的香蕉葉幹，都曾弄來充饑，一顆蛆蟲那麼大的樹椒，不等饞極了總捨不得去舔一口。那樣的苦生活，被困在與外界隔絕的北呂宋多門河上游山岳的原始森林裏，人類存心尋找也未見得尋找到的悲慘。然而那些都終必跟隨時間的翅翼淩空而去，不著痕跡，不留一個疤子的遠颺了。唯獨那些來也無影去也無踪的甚麼，反如彈丸在心靈上打穿千百個洞，且是永不凝固結疤的創口。

當飛機掠過森林，投下通過印刷和電波的無條件投降的天皇詔書，這個和自己祖國的盟軍作戰的軍醫官該當怎樣呢？

忍受不住那揭天的勝利光芒把眼睛刺痛。這位軍醫官可以用最多一兩天的工夫奔出這森林，這曠古皆無人煙的荒山。呂宋平原上無處不是同一個祖國的僑胞，和摭拾不完的狂歡果實……然而他必須扮演另一個角色，吥！馬鹿！怎麼可能敗于ABCD戰線！他得偽裝忍受不住那失敗的黑暗之重壓，遙聽天邊勝利的歡呼和鞭炮，而帶上悲戚的面具為那些切腹殉國的袍友們作徒然的急救——只是甚麼藥品也沒有，只不過是一捧捧塞回黑青而臟臭的腸子如一個施行閹割的獸醫。

一切便都這樣的脫軌了，完全沒有邏輯的突變和混亂；一個變成獸醫的軍醫，一個喬裝失敗的勝利者，一個打白旗向自己祖國的盟軍投降的皇軍軍醫，一個戰敗的勝利者關在勝利一方的戰俘營裏，帽子上PW，衣褲上PW，飯盒、皮鞋、蚊帳、夾克、毛毯、茶盅、一律的PW，蓋上滿身PW的勝利，打敗仗而至于投降的戰勝國的子民……怎麼說呢，這一連串一連串理不清的錯亂！

而這錯亂，磨折著怳惚的情感。先還是出于自衛，在山裏，和在戰俘營的初期，不敢表現一星星祖國勝利的得色。漸而那怳惚的情感不自覺察的變了……中國人特有的寬厚，惻隱，憐憫弱者的母性仁慈，總是在這樣的時候應運而生。一個軍曹居然從鐵絲網裏伸出手去跟敵軍的小兵討一枝紙菸，且異常珍惜的分做三次去抽。就這個，藍大夫便會眼淚絲絲的急忙避開；便足夠抵銷揹負了五十年亡國恥辱的仇恨。真是由不得自己作主，全忘掉那些欺凌、剝削、壓迫和蹂躪，彷彿經過劇烈的腦震盪，全把仇恨的記憶震落了。為甚麼他這就要被遣回到自己的國家，去做戰勝國的子民？何其殘酷！何其不公！一直在一起生活三載，戰鬪三載，現在留給他們回去的內地（註：日人稱其本土為內地），已是經過原子彈大肆破壞的幾座爛島，那裏必定是遍地的疫癘和饑餓，和原子輻射塵——如果不是那樣的糟，他們的天皇豈肯輕易的下詔投降？這些待遣的兵士為他們的天皇詔書在想像裏極端的誇張了本土的悲慘。將還是日出之國麼？絕望如蒙紮了眼睛，那裏沒有旭光了。然而那是敵人，又是袍友，多麼無可奈何！

藍大夫便沉浸于一種無可奈何的寂寞裏，調理不清那很少左右過他的情感。妻兒，故土，戰勝國，自己的醫院，幸福在焦灼的等著他；但在這些等候遣回幾座爛島的袍友面前，一個擁有幸福而無人分享的人，可以寂寞而死，且不僅僅是錦衣夜行的那麼單薄的寂寞。

藍大夫的情感從那以後軟弱下來，久久，久久，方始重又爬起來。在那個久久中間，或許太于專注荒蕪的田園，該剪修的，該矯正的，和該培養調理的，沒一樣不是被荒蕪了三年多值金值銀的生命的生長。五斂子彎曲成那個鬼怪的樣子；牛心梨的養分全部都供應到枝葉上去，結不出三兩顆果實；桃樹居然生了白蟻；不可想像的蟲害把櫻花、桂圓、荔枝，盡都毀了；各色玫瑰已成高樹，但是一朵花蕾也不生。

等不及要興起這遍廢園，藍大夫依然當年的那種暴烈和躁急。然而他忽視了另一遍廢園，畢竟樹木不過十年，而樹人呢？單靠藍太太撐持三年多的這個家，儘管有多勤勞，但是對于園藝完全外行的種種努力，仍只徒然的糟蹋生機；同是一樣的，單靠藍太太掌理這個家庭已曾奠立的規範，畢竟母親不是父親，生長著五株幼苗的園圃，一樣的也荒蕪了；父親離家時，母親的愛比管束更重呢。加倍的施肥，灌溉，而庭園荒蕪了，母親終是母親。當父親歸來時，一意的要興起這遍廢園，已經忽視了另一遍廢園；不用說，那種由于行將遣回苦難裏去的袍友——即使是仇敵罷——所引發的中國式的憐憫，久久不能忘懷而移情到子女身上，做父親的心靈上乃滿載著不忍與容忍，直到德英第一次整夜不歸家提醒了這個做父親的看到樹木花卉之外的廢園，才又重新拾起舊時訓犬的那根皮鞭。

然而不管父親離家時，母親的愛比管束更深更重，母親只知加倍的施肥灌溉，而不懂得修剪；不管父親歸來以後，久久，久久，甚至比母親更為放任這些失去父親三年多的子女，但是所有這些，對于小德傑似乎都不生影響，幾乎是不可解的。

從德英、德傑這兩個小兄弟身上，我們或者不得不迷信了一個無理：教育不能變化一個好孩子，却使一個壞孩子更壞——如果這好與壞仍然襲用老一代的標準解釋的話。

德傑從不懂得違拗和反抗，那是一種因果和果因的循環；一個從不勞神，沒有聲響而至于使人忘掉他的存在的孩子，從不需要管束；這就無從產生違拗和反抗。而從不懂得違拗和反抗的孩子，管束也從不照顧他。孩子便如一個規規矩矩的行星，不變的圓之軌跡，一年四季，默默的運行于因和果，果和因，說不出前因後果還是後因前果的圓之軌跡上。

然而生長啊，生長似乎只是一種奪取，生命不讓人停留，無可奈何的生之悲哀，我們不知道我們要在生命的哪一段里程裏得寵，哪一段里程裏失寵，我們都各有一個喜怒無常的任性的命運，說不一定甚麼時候從右手裏奪取我們的需要，塞一把不需要的在我們的左手裏。

童年過去了，不光是管束才有違拗和反抗。你能否相信德傑這個乖孩子居然讓他的父親跟在後面追出來，衝著大門發狂的叫喊：

「我不怕你甚麼藍宗黃，我不怕你藍宗黃不藍宗黃！……」

那麼一個依順的孩子，人能相信那是藍大夫最乖的兒子藍德傑嗎？

最乖的兒子也開始違拗和反抗了，不為的是管束。

姐姐出走了，就為的是這個。

姐姐早晚總要不聲不響的離開這個家，德傑是這個家裏面唯一懂得姐姐的一員，早就預知這件事終必要發生。

曾把庭院裏一朵白薔薇釘在一幀自製的卡片上，送給姐姐二十歲的生日。那夜有滿天的在三月暖風裏明明滅滅的星光，姐姐低聲的哼起淡淡的三月天那首歌謠——這是個不被准許大聲喊叫和唱歌的家，不幸這個叛逆的女兒總是埋藏著高吭的衝動，每逢抑制而至于就要爆裂的時際，這個待嫁的女兒只有跟藥劑生商量代替他去放狗，只有在家北那一帶通向河谷的田野裏，才是她的世界。

當晨曦或者落日在那遍收割後的稻田上鋪一片金氈而又旋即捲走的那短促的片刻裏，這少女就能野得摔掉鞋襪，用舞的飛旋，舞在乾涸然而綿軟的金氈上。氈上繡了一撮一撮更金的稻根，有來不及高歌的那麼多待放的春心，湧動和催促，眾犬吠和著，何等樣的天地！被終日終夜困鎖的姑娘和眾犬，掙脫了，回復自我了，在酥熟的稻香裏得到呼吸，因過量的呼吸而微醺，癲狂，仆倒在稻草堆上，給矗集的眾犬掩埋在底下。

三月的稻田還不曾插秧，却已注足了漂扯著綠苔的圳水，翻掘起黑色待種的泥土。去七月還遠，歌聲能把人脹死。寂寞的三月少女，二十周歲了。

「我等著二十歲的生日，就像等著七月割稻一樣。」做姐姐的停下低吟，黑裏看得見貼在頰上的白薔薇，黑河上的白帆，德傑忽然懂得那個意思了。

「我知道，有兩個人在等。」

「多少人都在等。」

少女在黑暗的庭院裏搖擺著身體，那和歌聲一樣脹滿的愛情，瞞過家裏所有的人物，這麼的低低吟唱，只有這麼一個弟弟聽得到這歌聲和這愛情。

「我知道，很多很多的兩個人都在等。」

姐弟倆總是這麼相通，總是一點就通。有時且無需語言，就彼此了解和被了解了。

「爸爸要也是那種人，我真不要做他的兒子了。」

「不能怪爸爸，就像是爸爸也不該怪我們一樣——兩代人。」

「德美，不過我還是希望妳試一試。」他們都不興喊哥哥姐姐的。

做姐姐的沉吟著。黑裏能看得見更黑的長髮，那黑色的波流上漂一朵白色的帆，她就要乘風揚帆而去了。白薔薇的輕香飄散于三月之夜。而少女低吟著霍夫曼故事裏的船歌：啊，良夜，五月之夜，體恤愛你的心……

「我怕試一試以後，我就沒有第二個勇氣了。」

「要是試成功了呢？」

「會成功？他們准許你成功嗎？」

吟哦著那首船歌，一種著迷的沉醉……你比白晝更溫馨，良夜願受寵幸。啊，良夜願受寵幸，良夜比白晝溫馨……船在河霧裏隱現，期待也在河霧裏。多少認真的期許，誰能預知霧散的時候，河上還能留下甚麼呢？人總是渴盼那美好，儘管多麼迢遞。試一試麼？若不然，成功和失敗一樣都得不到。

然而在蹉跎的時候，在還覺得很遙遠可以把嘗試推給明天的時候，做弟弟的替她嘗試了。

「爸，留給德美做一點主罷！」

這給家人及客人一個驚詫。鎮民代表的主席母親給藍太太作為貴賓接待在樓上的小客廳裏——一般客人只是招待在樓下診療室對面的外客廳裏坐坐，酒盅大的茶杯，乾喝那麼兩杯自家茶田裏出產的清茶，菸是三級四級。客人也坐不多久的。

鎮民代表的母親有一對凌厲的小眼睛，閃闔著多深的城府。活到那樣年紀的婦人，多半只有一樁偉大的事情可做，而且熱心的去做——說媒。

提起對方，當然都知道的，甚麼伯的小兒子，才從美國留學回來，一肚子的學問，一身的才幹，一等的人品，一回來就幹了甚麼香茅油公司的經理，等等，等等，天造地設的乘龍快婿。

當然提起來都是知道的，知道的是多少年前的那個大孩子。甚麼伯打從光復後第二年就全家北遷做進出口生意，一直都聽說生意很賺，發旺得從沒再回過鄉來。然而提起來總是知道的。

做母親的應付著甚麼高攀之類的謙虛，極力掩飾著閃亮的眼睛。

「妳老提的婚事還有甚麼可說麼？」做母親的又加了一道點心勸客。「不過兒女的婚事，我不大好作主。」

多令人驚異的開明呀！然而不是德傑所預想的那麼美好，母親用請罪似的笑容陪著好聲氣：

「我是覺得挺合適的，等她爸爸的意思好罷？」

她爸爸沒有意見，那就等于訂了。德英趕下樓去給姐姐報喜訊，而德傑居然提醒了父親：

「爸，留給德美做一點主罷！」

雖然驚異這個從不使人感到存在的孩子居然這麼冒失，但是藍大夫略略沉思了一下，還是同意了德傑這個提議，這也是頗令人驚異的，特別是鎮民代表的母親。

「嘿，這些新派！」小眼睛的貴賓把嘴巴癟得很深，然後咂得很響，表示那種不以為然的輕蔑。「你阿姐不是時下那些瘋子。還有，他宗黃伯，兒女的事，別把他們給慣壞。」

「我是從不嬌縱孩子。不過婚姻是一輩子的事，要他們自己情願，免得父母落不是。」

「其實也沒有甚麼不是好落，有阿姑婆提婚，還會有甚麼差池不成？」藍太太似乎生怕丈夫說話太耿直，把這位貴賓給得罪了，來不及的挽救。

「妳不要亂作主張！」藍大夫脫不掉東洋式的夫主那種獨尊，很過分的瞪了妻子一眼。然而卻很唐突的堆出笑臉來。「妳別忘了妳自己沒經過做媒！」

「真值得喝采，爸爸那句話多有價值！」德傑把這些情況告訴了姐姐。「只可惜一聽我說德美正跟一個外省籍的畫家戀愛，立刻也和媽一樣，忘掉他自己也是沒經過做媒的了。」

「何必要告訴爸爸呢？我知道不行的，試不得的。」

「可是爸爸說了那樣值得喝采的話。」

「成年人都有權說話不算話的。」

做姐姐的下意識的把手裏一幀書籤撕了又撕，撕到捏不住的細屑，還在努力的撕下去，狠狠的撕扯著。

「那個老妖精，哼！」手底下狠狠的撕碎了老妖精身上的每一片硬甲。

「我不是時下的瘋子？想得太如意了罷？沒那麼便宜，我要叫你們栽個大跟斗！」

現在已經不是親爸親媽同意不同意的問題了，接著而來的將是料得到的追究，干涉，甚至處罰等等。

「也許爸爸會良心發現，說不定的。」

德傑一點也想不出甚麼可以安慰姐姐；望著西山落霞，在巴士車站上，忽的覺得姐姐胖壯的身材那麼的單薄。回學寮去也不是甚麼遠離，下個周末就又來家了。姐姐送他上車站也不是甚麼不尋常。然而有一種近乎憐恤的感傷，而他拿不出一點點的甚麼給姐姐。

太陽西沉了，一個結束。彷彿生命裏的某一個東西也在此刻結束了。曾是多少愉悅，多少無憂的時光，都在這瞬息之間結束了。憂患來了，總嫌這樣的人生來得未免太早。把這些感傷，憂患，帶回學寮，帶進一個禮拜的每一個時刻。最長的一周，許許多多誇張的悲慘加在姐姐身上。禮拜六趕回家去，啊，人真是何等無能！時和空，就足以陷人于無知，為甚麼不能夠知道此刻的姐姐怎樣了呢？郊野在巴士窗外旋轉，一點點接近姐姐，一點點怯上心來。而姐姐就在那個晚上，送他上車站去的那天晚上離家了，一周過來沒有一點音訊。

德美那個人，一頭飛揚的曲髮，胖壯，跳躍，被壓制著不可以放聲的笑和唱，不可以這樣，不可以那樣。握在父母手裏的一根不可以又一根不可以的繩索，一圈一圈套住那麼一個活潑躍動的人，那個人從這鳥籠形狀的建築裏脫逃了，從這個相共十多年的世界裏消逝而給予做弟弟的一種生與死之別的悽愴，憤怒乃在德傑的裏面擊發，憤張。

抱住姐姐疼愛得要命的凱蒂，像感覺著園裏日落後的晚霧一樣，感覺得這隻黑貓身上的姐姐。秋在三月裏來到這個園裏，看見滿園蕭瑟的落葉，一個和樂美滿的家族開始缺陷了，彷彿第一片黃葉飄落，就會紛紛的接著飄落更多更多的缺陷，一切的不幸總是這樣開頭的。

「知不告道？阿姐哪兒去了？」問凱蒂藍灰的眼瞳。「知不知道阿姐給阿黃伯逼走了？」他知道父親就在背後。父親提一個拌好了豐富晚餐的飯鍋，從那邊檳榔樹下的沙沙餵起，一路餵過來。

聽不見這位阿黃伯慣有的那種和狗和貓那些愛的暱語。父親是真正的疼愛牠們，不像對兒女們那樣老要擺出另一副裝扮的面孔。曾經在樓上臥室窗口無意中看到那番景象，父親在那遍收割後的稻田裏放狗，讓每一隻從鎖鍊裏暫時解放出來的愛犬坐定在四周，然後彎下腰去跟牠們說著些甚麼，然得四周觀望了一下；那真使德傑驚異而感動，父親居然在那收割過後乾軟的稻田裏翻了一個跟斗，那麼溜活而矯捷，五十多歲的成年人呢。真相信父親是人們公認的柔道四段和劍道二段。

看他翻過跟斗之後又在跟愛犬們說著甚麼。「精采不精采？」可能是那樣的垂詢。

然而父親寧可在家畜們面前捨棄五十多歲成年人的家主威嚴。

然而父親在人們背後也仍然是個貪玩的大孩子，暫時從鎖鍊裏解放出來。為甚麼呢？一個那麼權威的成年人，為甚麼不可以擺脫那些無謂的鎖鍊，要做甚麼樣的人就做甚麼樣的人呢？德傑一點也感覺不到那個跟斗突兀可笑，一點也不是那樣，反而不知為甚麼簌簌的落了淚。

父親確是把狗和貓當作命一樣的疼愛。父親跟狗和貓比跟兒女們說的話還多，還親暱。但是疼愛歸疼愛，鎖鍊仍是鎖鍊。狗拴著飼養自然不稀罕。貓呢？那是虐待麼？害怕貓誤食了藥死的老鼠和蟑螂，也害怕貓偷進廚房臥房，或者更討厭那種發出人聲的叫春。儘管舉出多少多少理由，但是拴著飼養又是一回事。

而今天，姐姐去了，園子裏秋天了，父親從沙沙餵起，一直沉默的餵過來。幾乎是沒來由的偶爾哼出一聲喝叱，彷彿姐姐的出走，這些家畜都得揹負一些不是在身上。那頭靈性很高的沙沙，便為了主人的飯勺過重的敲在食盆上而獃立著一時不敢下口。

父親的心情一定壞透了。德傑會知道而且同情父親所遭受的打擊的。可是壓抑不住自己要那樣憤慨。是的，德美是被阿黃伯逼走了的。德傑最不能原諒父親，當母親和鎮民代表主席的母親幾乎就要決定了那樁婚事的時候，父親何等開明的提醒了母親他們的婚姻曾是自己作主，而父親卻聽不得自己的女兒偷偷在戀愛。聽到那個居然就立刻翻臉而且忘掉了自己。

德傑不能夠原諒父親這一點。一直這孩子總是不費力的容忍一切，寬恕一切，天性就是那樣。但是你不能引發這孩子的固執，若是引發了，那就算沒完兒的時候了。

做父親的居然沒有怎樣理睬這孩子話音裏帶的針兒刺兒，僅僅用鼻子噌了那麼一聲。一勺拌飯磕進凱蒂的食盆，這隻黑貓便從懷裏無情的掙脫，就食去了。黑貓脖頸上的鍊條刮著食盆響，黑貓的腦袋埋在食盆裏一昂一昂的釣食。甚麼樣的進餐！聽聽那鎯鐺進餐的響聲！

然後是外祖母又照例的跑來打聽她一手養大的外孫女有沒有消息。外祖母生怕觸痛女兒女婿，暗中跟女傭打聽，跟司藥和德傑打聽。

「爸爸還不後悔麼？總是等到出了事才不小看人。」

「幹嗎那麼大的嗓門喏！」老人家驚惶的看看四周，責斥這個從沒責斥過的外孫。

「還想瞞誰呢？誰還不知道藍宗黃的大小姐跑了？」

「你這孩子！你很懂事的，別再給你爸爸媽媽頭上添炭了。」

「他們可以不栽跟斗的，我已經警告過他們，讓德美自己作主……」

「怎麼可以說這樣的話？」老人眼睛都直了。「你知道你爸爸從來都是受人尊敬的，阿德美原是個好孩子，不知道怎麼這樣糊塗，還不是受了長山人勾引壞了！」

老人喊喊嚓嚓的壓低了嗓子，為這樁意外，拍手打掌的急成那樣子。德傑只覺得有多憐惜他所深愛的阿婆，他可以逃避的走開。然而憐惜是憐惜，却不甘讓姐姐受到這樣的委曲。

「阿婆年紀大了，容易忘記事。」德傑那麼認真，以至像是在責備著外祖母。「爸爸和媽媽要能像妳和阿公那樣准許爸爸和媽媽自由結婚，德美也不會有今天了。」

「你媽媽沒有這樣不聲不響的就跑掉！」

「可是很奇怪，爸爸做了爸爸，就那麼俗了，舊了，怎麼非那樣不可呢？」

「少怨你爸爸罷，阿凱咕，你爸爸現在甚麼心境呀！」

「我沒有怨誰。」德傑說。爸爸從浴室裏出來，德傑可並不知道。「真的是那樣，妳和阿公要是也嫌爸爸窮苦，媽媽也會偷偷跑掉的。」

外婆一勁兒給他遞眼色，等明白過來，一轉身，爸爸已經站在背後，不知是乍乍出浴，還是出于氣憤，臉孔漲得很紅很紅。

「甚麼？誰嫌誰窮苦？」藍大夫敗頂的亮腦門上冒著熱氣。

「我是——比喻……」

「男子漢說話要大聲點兒！哼哼唧唧的，沒出息！」

這樣壞的態度，這樣重的語氣，德傑從沒有從任何人那裏遭受過。這是遷怒，父親向來都是憎惡大聲說話的。無理的遷怒，為甚麼要找我做遷怒的對象？有一種反抗的暈眩，彷彿腦袋一下子脹得很大。

「我就是這樣的，向來都是這樣！」

「甚麼？」

已經是很反抗的大聲了，但是父親似乎還不曾聽清楚。外祖母立刻攆他趕快洗澡去。

「不要！」德傑躲開外祖母轉圜的手。「我沒有過錯，不該捱罵。」

「一個個翅膀都硬了是不是？有本事一個個都給我滾遠些。」

「要講理！爸爸也要講理！」

德傑看到父親可怕的眼睛，但沒有恐懼的感覺，那是無理的兇惡，徒然使人屈服于無理，而他第一次感到沒有辦法委屈自己。結果是會很壞的，很壞的……這樣急促的重複著警告自己，也仍然沒有辦法壓迫自己屈從。媽媽，兩個妹妹，司藥，都趕過來，德英落在最後面，遠遠的停在樓梯上。有手從背後伸過來拖他，不知道誰的手。大家都好像看到災難似的驚獃了。

甚麼樣的災難？沒有發生過的事發生了，那就是災難麼？父親要就近找一件合手的傢伙，母親攔阻著，一臉的哀求。父親在責罵甚麼，母親和外祖母齊喳喳的嚷著甚麼。而德傑捽開那隻老在拖他扯他的手。

「我不怕你甚麼藍宗黃，我不怕你藍宗黃不藍宗黃……」

德傑叫著跑著，跑出大門。也是藍家沒有過的事。藍家的孩子們打死了也不興挪挪地方，好似給鎖鍊拴住，動不得的。然而德傑跑到大門外面，衝著大門和樓門之間的那一排龍柏屏風發狂的叫喊：

「不怕你藍宗黃！就不怕你……」

子女當中有誰敢這樣衝著父親提名道姓的叫喊呢？那麼一個依順的好孩子，人能相信那是藍家的孩子，藍大夫跟前最乖最乖的兒子藍德傑嗎？

最乖的兒子也開始違拗和反抗了。

然而那不是德英式的被壓制所生的違拗和反抗。緊隨著高中畢業，那煩惱也不是面對臉色鐵青的大學之門的德英式的煩惱。任大學之門如何緊，如何吝嗇，德傑不需要去擁擠；那是至高的榮譽，保送醫學院的醫科。

不管在德英的譏嘲裏，這個家庭的愛憎如何不公、偏心，但是做父母的為了孩子這項至高的榮譽而更施以加倍的愛寵，即使德英又能譏嘲些甚麼呢？

衣缽有人繼承了；多麼滿足做醫生的父親和先生娘！德傑可正為這個深深的深深的下沉在不能擺脫和抉擇的煩惱裏。

「我不要讀醫科，絕對不要！」叨叨絮絮的唸著，煩惱著。

最好的朋友丘、郭、和林他們，都不能幫助他決定。「我不要讀醫科！」不要！不要！不要！只因為另有一個要！要！要！遂使德傑拼命價喊叫著不要！不要！要甚麼？要繼承父親衣缽，要珍視保送醫科那份榮譽，要成全父母願望，要看到父母笑容，要犧牲自己的理想……要和不要在抉擇的天平上水平得無能抉擇。

把郭、丘他們幾個送了一程，下車分手的時候，他們仍然不能幫助他使他得到抉擇。主張他不顧一切只管朝著理想目標走去的是他們，想到養育之恩不太同意違反父母意願的也是他們。天平這一頭剛加上一份砝碼，那一頭可又非要加上一包藥劑不可，分不清哪輕哪重。而且如果他放棄，便可讓出一個名額，給排在第二優先的另一位要讀醫科的同學。

在這個省份裏，由于曾被割讓給異族整整半個世紀，所有那些可能造就政治人物和社會領袖的大學學科，一律嚴禁選讀，因而醫科就成為統治者和被統治者共認的最安全也最有出路的學科。半個世紀過來，半個世紀的傳統，學醫和做醫生，就成為出人頭地最被尊重的頂兒尖兒人物了。

然而這個傳統除掉虛榮，似乎已經沒落于這一代太多的可走和要走的路。這是個懷疑的一代，醫生的銅像已不是僅有的，神聖的。醫生又怎樣呢？

父親是個好醫生；不光是在做兒子的眼裏，不光是一個人認為那樣。若是誰不識相和他的父親寒暄：「近來生意好罷，藍大夫？」耿直的父親便會立刻摔下臉來，祖墳被挖了那樣的惱。父親實實在在是個好醫生，完全照醫師公會議定的標準價格收費，而且免收掛號費和貧苦人家的診費和藥錢，從不懂得為了增加收入配點兒不治病也不致命的閒藥拖一拖。然而就是這麼樣一個不做生意的好醫生，也一樣的發財了。

一個只有幾分薄田的農家子弟，半工半讀把學業完成了。婚後連天婦羅都吃不起。做妻子的是個大富之家的千金，常時把經過門前的小販叫住，價也講了，買也買了，打開錢袋才發現一文不文，那是常有的事情。而父親是個正正直直的男子漢，從不從濶丈人那裏拿一文錢。不是那樣的貧窮麼？不是那樣的耿直而且不要發財麼？如今單是這一幢純檜木的樓房和整個庭園，便已保了八十萬的火險，山上老家裏除掉購贈弟兄們三甲多耕田，自己還置備了將近五甲的山畑和山林。做一個規規矩矩的好醫生，也躲不掉要發財。

然而又當怎樣呢？八十萬火險的樓房，留不住老大討了媳婦就急于遷出去，留不住老二討了媳婦去得更遠，也留不住姐姐飛走了，留不住老三出去就害怕回家，在家就一心一意的要出去……一個不會給子女治病的醫生，一個失敗得很慘的父親……如是而已；如同斜對面鎮長家的小花狗常來他們家打秋風，看到那條鬼鬼祟祟的小花狗，德傑就止不住的要感慨：啊，那位不肯把狗餵飽的鎮長大人何以子其民喲！

但是父母要他讀醫學。

偉大的願望，做一個像父親那麼好的醫生，不要發財也還是發財了。德傑信得過自己會比父親做得更好，至少自己沒有父親那樣壞的脾氣。他可能建造一棟三層樓，四層樓，買上五十甲一百甲良田，娶一個比母親還美的妻子，因為他比父親當年具備更多優越的條件；父親僅是醫科專校的高材生，父親要一面做工一面讀書。而他讀完了國立大學的醫學士，可以放洋留學，弄個博士學位甚麼的，這一切都有足夠的金錢供給他，不用傷神費心的。然後濶氣得不得了，然後生兒養女，然後由于家庭教育不像父母親這樣的失敗，子女都十分戀家，可以媲美郭子儀老令公，七子八婿，進財添丁然後含飴弄孫，大富貴，益壽考，……然後啊，還有甚麼呢？還有甚麼樣榮華富貴的然後呢？

「那樣的話，至少我不會痛苦，照一般的看法。」

坐在畫家姐夫的斜對面，德傑生恐他這個模特兒說話的動作影響了姿態，竭力抑制住自己表情。然而他不大知道自己即使在激怒的時候，也激怒不平眼底那清晰的笑紋。

「也許；」年輕的畫家說，看他很深的一眼。「不過，屬于甚麼色調的痛苦呢？時下似乎很流行葡萄紫。」

「像這位小妹妹給人的感覺。」畫家又看了一眼麗麗。

這引起德傑的注意，麗麗是那樣的色調麼？他知道姐夫的意思，因為麗麗的衣著上找不出一星星葡萄紫的花色。他不太喜歡那種沉鬱，重壓，和疲倦的、掙扎的色調。

「妳喜不喜歡呢？葡萄紫？」

麗麗沒有應他，麗麗沒有聽見他說了甚麼。

「我不喜歡；」做姐姐的洗完一面盆衣裳，一件件抖開，穿到垂在屋樑下的晾竿上面。她重複了一遍：「我不喜歡，標語紙的顏色。」

「聯想！其實是錯誤。」畫家停下筆來，取笑他的妻子：「不過她的詩裏常有這些錯誤的聯想，正好是現代的荒謬效果。很可愛。」

「哪裏甚麼錯誤！」

「有那樣的標語紙麼？辦喪事的人家才貼那個，很像標語那麼大小，上面沒有字。」

「哪裏！」

做妻子的似乎發現真的有點問題了，就用手裏濕濕的衣裳含嗔的抽一下丈夫的背，笑得很響。

可是這都驚動不了麗麗，她是那樣凝視著那枝扭動的畫筆，那麼虔誠，幾乎捨不得眨眨眼睛。本就微微有些翹上去的嘴嘴——那無血的嘴唇，由于過分的凝神專注，越發翹得那麼菲薄菲薄的了。

「我爸爸也很會畫……」

麗麗冒然的這樣自語，並且深深的，深深的舒一口氣，也沒有看誰一眼。她只是那樣的自語，不自覺的咬著瘦長而白得透明的指頭，眼睛似乎微微的紅了一圈兒。那種失去知覺的凝注，沒有甚麼可以驚擾她。可以就這樣一直沉迷到永遠永遠，不知道要用多麼長久的等待，等著她醒來。

德傑看得出姐姐永遠綻開的笑容裏的那一絲兒惋惜，那和他自己一樣，有說不出的惋惜對于這個女孩兒；當她提著那隻不知打哪兒弄來的死貓，不期和他在門口相遇時，她曾扮出電影上女演員常有的那種庸俗的風情。「噢，藍德英多麼得意，他告訴過你我們野合了嗎？」德傑曾為這個而驚異；但德傑立刻就識破了麗麗這孩子在表演，有一種厭惡，然而卻有更多的惋惜在心裏湧動，或者不如說酸楚的同情更濃于厭惡和惋惜。

「她根本就不懂得那是甚麼意思——我敢斷言。」

「恐怕是噢？」做姐姐的用商量的口吻同意這個斷言。

「一定是的；阿英也不可能的。」

「我老覺得那一對眼睛……」德美的聲音放得很低。

「很有些古怪是不是？」

德傑靠在門框上，背後就是畫室兼書房又兼客廳，四坪大的半磚房。

彷彿要認真的重加鑑定一番，德傑回頭瞥了一眼。麗麗仍在凝視那幅暫時擺下來的畫，和畫家一樣瞇覷著眼睛在那裏觀賞。

「爸爸好像說過，腺病質的眼睛就是那樣的，又大，又空，又總是淚汪汪的。」

「我已經看到這個女孩的結局了。」德傑說。

「不會沒有救罷？氣質似乎很不錯。要是能夠換換環境，就像我似的，一樣的可以起死回生。」

「也許愛情可以；」德傑沉思了片刻，似乎這就急于要想出一個拯救的辦法才行。「可是靠愛情解決，恐怕就會和賭博一樣的冒險。」

「那不是說，我贏了麼？」德美帶著些玩笑的意味，開心的說。

說這樣的話，不一定是玩笑，然而也或許言之過早。但德傑十分了解，他們很幸福，一個貧困卻給人有富足感的軍人小家庭。德美告訴過他，這個藝術家丈夫從不曾那麼庸俗而愚蠢的給過她甚麼盟誓或者保證。我們壓根兒作不了自己的主，愛與不愛，誰作主呢？誰能保證誰怎麼樣？我發誓我可以為你死，你信嗎？對的，可以相信，在發誓的當時並非不可信任，但不能適用于十後以後，五年以後，甚而至于一年以後。生命不是成長，就是萎縮，生命掌管在主的手裏，仰望主比我們山盟海誓靠得住……。

這個沒租過禮服拍結婚照的新娘子，居然迅速而不能使人相信的做了基督徒。德美就是那麼一個透明透亮熱帶魚一樣毫無隱藏的女孩，她得到了，不僅僅是「他是上帝替我訂做的。」她得到的太多，她的丈夫不是一個宣教士，甚至在迂濶的教徒眼裏，他是個吃吃喝喝的叛教者；不大肯去教堂打盹，不會大聲喊叫主啊主啊的禱告，不會引用使徒保羅留下的那些教會術語當作尺牘和交際大全。然而他信，並把這信有效的傳給人，不是一手指你有罪，一手給你洋麵粉的職業傳教者。

「上帝已經死了麼？」

當德美出走，這個軍人藝術家照約定的時間在火車站迎候，迎面就質問她這個。他手裏有德美的一首近作，在等車的時間反覆的誦讀。

「這是抄襲，」畫家說：「從十九世紀尼采那裏抄襲來的，一個雙目失明又死在精神錯亂裏的可憐蟲，自己的人生都沒有調理好。」

「我沒有堅持那個思想啊！」德美用她特具的那種開心的大笑塗抹她的詩。

「藝術離開堅持，還會有創造？是嘛，『耶穌那老頭子！』很時髦，可惜不是妳的創作。」

德美怪怨的笑著，有些兒發急。

「把一個三十四歲的青年叫老頭子，多荒唐！你們詩人都被耶穌那一把大鬍子唬住了。連這一點點起碼的認識都缺欠，妳怎麼夠資格反對他？」

畫家讓這個無神論的孩子把所有反神的理由盡其所有的搬出來，一個個打倒它們，把十字架豎立在這個初成的小家庭裏，不單是德美迅速的皈依了耶穌基督，德傑遲早也必將得到這個——德傑自己可以清晰的感覺到。

那末那至高者肯不肯替麗麗這女孩訂做甚麼呢？上帝不應該是公正的麼？而上帝似乎只隨便的丟給麗麗一個尺寸不合的母親。

「所以她那個性，不管是真的假的，她母親都應該負全部責任；生理上的，和心理上的，不是一天積成的了。」德傑認真的說。

「可是爸爸光給她打維他命也不是辦法呀！」

姐弟倆忽為他們共同意會的這個幽默笑了起來。醫治那種昏厥，本不要用任何藥物，可是第一次他們的父親被請過去，就發現那是偽裝。反正體質也很弱嘛，就撿最粗的針頭給這個頑劣的丫頭打點兒補針罷。然而這個堅強的孩子就能忍得住，她要堅持那種假病作為征服她母親的武器之一。

「所以我認為爸爸是個好醫生；」德傑說：「爸爸從不公開揭穿她，只是暗示她欺騙不了醫生。這樣做，至少不會再給她心理上加病。可是不知道為甚麼，她那個母親總是蹉蹉跎跎，不肯相信父親勸告，去請教精神病專家。」

「照你說的她那個母親，我覺得很討厭。那麼精明！我以為做子女的，碰到精明的母親都會很不幸。」

「可是我們大副並不精明。」

「那還不夠！」這個叛逆的女兒似乎仍舊不願意寬恕她的母親。「雖然不夠精明，可是老要使自己精明一些，這就夠了。」

「也很奇怪，他們已經大半輩子過來了，爸爸一點也沒能影響到母親。」

「是嘛，爸爸那麼正直，成熟，幾乎說得上完美，兩個人的情感又是他們那一代裏少見的那麼好，母親應該受到影響才對。其實外婆又何嘗不是夠完美的呢？你真不能相信母親居然是外婆的女兒。」

這個問題女兒，似乎問題真的是在做母親的身上。或者我們把它解釋做緣分，比較省事一些。當我們碰上無理可喻的情感之時，不總是完全推諉給我們懶惰的東方人所發明的緣分麼？

這個終于叛離家庭的女兒，終于不得不叛離家庭。我從母親那裏得到甚麼？一捧痛苦；手實在不夠大，給我那麼多，我捧不下了，我手太小小了，但是不斷的給我，二十年，不斷的給我。痛苦淋淋漓漓的傾倒進那一雙小手，痛苦淋淋漓漓的從那一雙小手流下，無盡的，無盡的……。

孩子不滿七個月，便從年輕的母親懷裏推到外祖母的懷裏；從一個溫柔豐滿多乳汁的懷裏推到一個枯乾的懷裏。兩個懷抱裏的愛應該都不容置疑，或者後者懷揣著子女成人飛離了窩巢以後的更多的寂寞，愛就更為濃郁了。然而究竟那是兩個懷抱，總是兩代的懷抱，總是不同了。

有很多很多理由，這個不滿七個月的女嬰必須從母親懷裏推到外祖母的懷裏。兩個大男孩出痲疹，七個月的女嬰一定要隔離；痲疹的意思大概可以解釋做很麻煩的疹子，年輕的母親抓不開了，孩子又那麼密，七個月的女嬰已經又做了母親肚子裏第四個胎兒的姐姐——好冤枉的小姐姐。怎麼辦呢？景況又著實窘得很，連藥劑生都雇用不起，做母親的必須帶著初孕的嘔吐和滿手的肥皂沫，趕到藥房裏給病家配藥。把這些種種，種種，加在一起，便叫做沒有緣分，決定了這一對母與女之間不容易再縫合的長久裂縫。

外祖母那一代的婦人不懂得甚麼營養不營養，只知道四神湯和勒吐精，給這個小外孫女兒大量的進補品。補呀補呀，補出一個白白胖胖的女娃娃，然而補不了母女之間的裂縫。父母親總是帶了大包小包吃的玩的跑來看女兒，女兒總不要媽媽伸過來的雙手，寧可要更陌生的姑媽抱。縱使做媽媽的強迫抱過去，孩子就能像掉進針窩裏那樣沒天沒地的哭個沒完兒。

「就給阿姑做女兒好了。」姑媽好得意呀。

「瞧妳這個媽媽是怎麼做的！」父親也取笑了。

對于一個做母親的，自尊心受了多少剜割！讓人覺得多無能的媽媽呀！多不得人心的媽媽。就這麼沒緣分麼？沒誰這麼說出口，可是沒誰不這麼想。那裂縫便愈長了，愈大了，女兒不肯回來，送回來就又逃去外婆家。這個家裏充滿著敵意，孩子一點兒也不會說父系的方言，一出口就給父親譏誚：「忘祖了嗎？要趕快學。」誰知道忘祖是多大的罪過？也缺乏父系的那些繁繁瑣瑣的規矩和習慣。分食物，媽媽總是給她最少的一份。受兩個哥哥欺侮，而且還受比自己小的阿英的氣：「有本事妳再去外婆家嘛，我們不帶妳玩兒。」竹竿敲在頭上，眼淚在眶子裏打轉，跑回外婆家去吧！哭鬧著不肯讓外祖母再把她送回來。「阿婆把妳慣壞了，阿婆當初不該收養妳。」外祖母真的後悔了。那麼允這個，允那個，允多少優厚，再把孩子哄回家裏來。然而多逃回外祖母家一次，就好像多背了一次過失，裂縫又扯大了一些。

做母親的不知道接受了誰的意見，這一次用最大的寬容接回孩子來，特地帶去百貨公司，買一套海軍服，買一身由著孩子自己挑選的跳舞衣，買了眼睛溜溜轉的洋娃娃，多優厚呀！但是孩子看不得媽媽眼睛裏那種施恩的矜持，外婆不管給她甚麼的時候，只覺得一切都很應該，外婆沒有用過這樣的眼神看她。從媽媽手裏接過那麼珍貴連夢裏也不曾奢想過的洋娃娃，却沒有同時從媽媽手裏接過喜悅，多麼情怯啊，媽媽的眼睛告誡她：「妳要學乖呀，妳要討喜呀，妳要好好的報恩呀……」就是那樣明明白白的寫在臉上。六歲七歲的孩子認不得幾個字，不該也不能懂得的，母親却叫她認得懂得了。

這個畫家的妻子如今怎樣用力的記憶，也不能辨別那是一種甚麼樣的心理。她只記得海軍的領葉老是被阿英從後面拉住戲謔，似乎就是穿上的當天，便被拉綻了線。而洋娃娃溜溜轉的眼珠確是被自己摳掉的。媽媽那瘋狂的憤怒，毆打，沒完兒的數說，深深的，深深的，刻進孩子的骨裏髓裏，十幾年來每一場噩夢總是離不開這一樁事件做主題。怎樣的變調，變奏，主題總是主題；然後把可怕的背叛，可怕的數學考試，可怕的不平和失愛，不由自主的一一納入這主旋。單只為了逃避這些那些黑黷黷的惱人的夢，她也得從那個寒冷的家庭出走。

做母親的是個富有之家且在日本京都留過學的獨生女，沒有理由卑視家庭中的婦女地位；但是造就婦女為奴婢的花嫁學校使她在自己這個家庭裏，把丈夫兒子捧到頭頂上，女兒該比自己再低下些。而低下的女兒偏又和母親沒有緣分，住在女傭房裏，放學回家來做女傭的事，不過十歲的孩子。就這個時候的經濟情況來說，實在沒有必要壓榨那麼小的女兒的勞力。或者那還沒有甚麼，屬于生理的重荷，勞動不是一件壞事。然而當那些天旱的日子，這一帶除掉藍家的水井之外，到處缺水，做母親的規定女兒每天給鎮民代表主席府上挑送五擔食水。好像鎮民代表主席全家都是爬不動的殘廢，好像自家那兩個大男孩也都挑不起那擔子，誰叫母親跟鎮民代表主席的老媽媽有那樣深厚的緣分呢？然而已是十七八的姑娘家了，百斤的擔子壓紅了臉，羞紅了臉，迎見兩個哥哥一人一輛單車兜風。

「啊，真會拍馬屁！」老大有一張刻薄的嘴巴。

「等那個老婆娘替妳找個好老公罷。」

這樣的家庭待得住嗎？跟母親說話能感到自己臉上痙攣著白。別人來做媒，這個好女兒沒有這麼憤怒，那個鎮民代表主席的媽媽嗎？非叫她栽個跟斗栽斷她的脊梁骨吧、那個被母親尊為命婦的老女人！

要叫他們栽跟斗，恐怕那就非要像宜人京班長裏全武行那樣不可了，滿戲台上砰鼓登砰鼓登的翻跟斗，翻得煙塵滾滾。鎮民代表主席的老媽媽要翻跟斗、母親要翻跟斗，父親而且要翻個大跟斗。誰翻跟斗都無所謂，誰跌痛了爬不起來都不必關心，鼓掌喝采都來不及呢。惟獨想到父親也免不了要栽個很大很痛的跟斗，這個做女兒的倒有些遲疑了。

是個好父親嗎？似乎不是好不好，或者愛不愛。父親了解她，這就足夠使她不忍心去背叛。為她翻跟斗，和為狗翻跟斗，完全不是一回事。就像父親總是暗中檢查他們的書包，但檢查老二老三那幾個書包，總是著重在書包裏有沒有香菸、撲克牌、和不相干的照片；而檢查她和老大和德傑，總是翻閱他們的週記和信件，完全不同的兩種檢查，對于不甘隨流的孩子乃是一種微妙的滿足；母親永遠不肯去了解他們姐弟倆的思想，父親卻了解很深，單憑這個還不夠麼？常用這個傳遞一些心事給父親，細細的吐訴，婉轉述說，不管父親能否接受，父親總是知道了。而父親其實不止是知道了而已，因為若是由著母親作主，所有那些演唱會、球賽、旅行種種校外活動，全都不用妄想參加。然而每次每次總有父親來支持她。為何不該感激呢？又豈止是感激呢？把自己被記大過的委曲和不平記在週記上，輪到記載這個處分的成績單送給父親簽字蓋章的時候，偉大的父親啊，偉大的父親只說：「要是妳認為做的對，那就好了。」準備不被寬恕的，準備父親摘下牆上的鞭子的，準備很多很多，就是沒有準備流淚和感激的呼叫：「萬歲！偉大的爸爸！」

但是反對那樁婚事的決心，始終沒有勇氣透露給偉大的爸爸。德傑的反對已經無效，可見父親有限度的開明和容忍只是侷促在不損害他所要維護的那個範圍裏面。然而反對總是要反對的，雖然她有些分辨不清自由和自私到底是不是很含混。

反對總是要反對的，一如德傑之反對選讀醫科。我不要做一個可以發財的醫生，不要建立一個富裕的家庭，好像只為了培植幾個問題子女。富裕始終被人們看作解決問題的法寶，沒有幾個人從這個誤解的迷夢裏覺醒，即使是既有醫德又有智慧的父親。

「也許讓蔡麗麗她母親徹底破一次產，可能對這個問題女兒是副好藥方。」

「不過問題可能不這麼單純。」做姐姐的思慮了一下。

「我這樣想過：要能讓她們母女倆天天擠在三疊大的小房屋裏，情況就會好轉一些。譬如打煤球的那一家人，我覺得我們拼排三家，只有瓦棚子底的快樂比較多一些。」

「好可惡，那一家！」姐姐忍不住笑了。「除掉梅花三弄，就是丟丟咚，又重複不厭倦的熱鬧。」

梅花三弄和丟丟咚一下子就連繫起這姐弟倆一些共同的趣味回憶，廚房裏爆炸了他們倆驚人的笑聲。

然而客廳兼畫室又兼書房那邊：那兩個人彷彿不曾聽見這笑聲。麗麗像那位畫家一樣的入神，那枝走動著的畫筆，領她走動著，走動著，在一個只能感覺不能明白的新境走動。輻射的重黃裏湮兩滴濁綠，不是畫上去，不是著色上去，就如同強烈的當午的日頭種在角膜上那朵幻斑，浮動，且如一隻變色蜥蜴。但那種變色不為偽裝隱蔽，和底子寒暖相反的強調著。麗麗太熟悉了那朵幻斑。畫家回答她，這幅畫準備標題「童年」。

「那真好，喜歡盯著太陽看的。」

心裏則寫著「同年，同年……」，和那個大眼睛又大鼻孔的小朋友——該死啊，連名帶姓全都不記得了——比賽著盯住當頂的日頭，看誰能忍得更久。現在想起他姓韓了，韓七叔的兒子。于是那朵綠得要死的幻斑乃在那一片火上浮跳。浮動的，真的是浮動的。而「同年，同年……」老是被父親和韓七叔兩口子強調著，寒暖色相反的被強調著。童年的意思，似乎便是同年的意思，氫氣球的紅底子上印著綠花。韓七叔的兒子怎麼會躲藏她而一躲就這樣長久，捉迷藏的趣味遠去了。捉迷藏的時候無論躲藏在哪裏，總是找得到，找不到也會自動出來。現在再沒有興趣找了，且也不再自動出來。還記得那個大眼睛和大鼻孔，居然就不記得那名子。被兩家大人強調同年依稀有一種不懷好意，兩個人有意無意的疏遠了。那一兩滴飄忽，滴在輻射的重黃上的兩點綠斑，跟隨著視線飄忽，永遠是兩滴，湮不到一起，而且愈遠愈遠。

「為甚麼不在中間畫一根相連的呢？」

麗麗困惑的說。那是她自己不明所以的衝動，一種意識，不一定想要跟誰說。

「妳去另畫一幅。」

「記不得名子是不是？可是總能夠記得一對大眼睛，還有一對大鼻孔。」

畫家停下筆，詫異的望著這個似乎發育不全的女孩，彷彿這才發現有個人一直在他身旁。

「畫那一根，妳懂得意思麼？」畫家很認真的詢問。

「不知道；我不知道自己懂不懂得。」麗麗眼睛裏有異常的空幻。作為一個畫家，那是這張面部的第一個取景。

沒有誰在他作畫中途有過甚麼提議；他的妻子，畫會的他那些畫友，都不曾這樣。麗麗該是他的老師之後的第一人。

黃黃的燈光下，他居然運用黃黃的調子，他有的是那個把握。就像他有把握認定這小女孩一定知道很多的甚麼。「妳頂好還是告訴我，當我就是妳那個大眼睛大鼻子的朋友。」

「我說的是大眼睛和大鼻子，不是整個鼻子都大。」

「也好。」畫家坐下來點菸。「當然要在中間畫一道線條。是不是這個意思？」

「我不知道。」

這女孩子很清醒的忸怩了，合著雙手夾在膝蓋中間，身子跟著搖擺。

「我記得就是了。」

「當然，只要記得就成了。」

「我們裝作殺羊玩兒。」難得在那張蒼白的臉孔上泛一絲絲兒紅意。那不是羞澀，那是喜悅，因為她那空幻的眼神此刻一點兒也不空幻的這樣子訴說了。

「扮家家酒？」

「就是那樣。」空幻的眼神裏出現貪婪，注視著畫家手裏那枝菸。「總是要我扮小羊呢。」

「他扮殺羊的人？」

「給我？」她要那半枝菸捲。

畫家沒有一點兒遲疑，另給她一枝整的。

「不要這個，我要你嘴上的。」麗麗伸過去摘下那半截菸，就像和德英在一起那樣。

「那麼妳要學著羊叫嘍？」

「我不叫，只像生病時一樣的哼哼。有一次我叫了——現在我記起這麼多了呢！」
「很大的聲音？」
「很大的聲音。」忽又兩隻手同時伸過來搖擺。「不不！很像的聲音，因為剛看過宰羊，我知道羊是怎麼叫的了。」
「那很妙。」
「不嘞，一點也不妙，他不准我那樣叫，好像是怕大人聽了去。」麗麗低下頭去，玩弄那隻血型戒指。
「膽子一定很小了？」
「但是鼻孔很大，兩個鼻孔很大。」吐出一股很長的煙柱。「總是殺了又殺，然後剝皮，我們把衣裳當作皮。」
「要割破衣裳？」
「不，只是脫掉，裝做把羊皮剝下來了。剝得好光好光！」
「當然那時候都很小，甚麼也不懂得，是不是？」
「能夠記憶，就不很小。不過我也記不清是幾歲了，那個時候。」皺緊眉根，認真的神情好像在談論一樁非常莊嚴的大事。「而且他好像很懂得呢。他姓韓，剛剛、剛剛才記起來的。」
「同年，不是？」
「本來。我們都屬虎。」
菸捲兒夾在指尖上，很老練的姿勢——不如說是很男性的姿勢，彈了彈菸灰，眼睛給煙燻得瞇瞜著。

「也許我們真的並不懂得，要不然，他會不好意思那樣做的，我也不會讓他那樣。可是我們又像很知道甚麼，避開大人，總是躲在我們兩家合用的那個防空洞，不玩別的，總是玩殺羊。」

那樣的坦然而又認真，即使述說的是別人的舊事，也不像個這麼大的女孩說得出的。應該小六歲七歲，再不就是三十四十老臉皮的婦人那麼不在乎。

「我想……」畫家慎重的思考了好一陣兒。「那只是一場夢。」

「真的是一場夢那樣，有些好不相干的事情反而記得很深，很清楚；有些就不知道為甚麼，怎麼樣用力去記憶，也一點兒都找不回來了。」

「我不是那個意思，」畫家張了幾次口，迫不少待的接過去。「我以為，妳說的那些，只是零零落落的一些幻想，未必有那樣的事實。」

「一點兒也不是幻想，真的，我不騙你。」

「因為妳把夢當做現實了。」

「一點兒也不，百分之百的事實。」

「譬如，就妳年齡來說，」畫家扳弄著指頭替她計算，「妳出生以後，恐怕已經沒有甚麼防空洞了。」

「有的，那時候常有空襲警報，在日本人佔領的城裏面。」

「哪座城？」

「我恨那個地方！」咬一口的白牙，但是腔調很油滑，不使人感受到那恨。「當然是海陵！」

「海陵？我在那兒讀過一年的中學，鄉下的游擊區。」

「真——的!?」麗麗這一聲不知閃耀多少驚喜的火花。

「妳是海陵人？」

「才不是！我好恨那個鬼地方！我爸爸就是被他們殺死的。」依然是那種油滑的腔調。這樣幼稺的怨恨，反使年輕的畫家笑了。

「真的，我親眼看到。」女孩急忙的辯護。

「當然是真的。父親做甚麼，還記得？」

「我爸爸——」麗麗的眼睛忽然閃亮而至于暴突了。「你一定知道，很有名的蔡副總指揮！」

「噢，原來他就是……」

「你知道？」麗麗跳起來。

「見過妳父親，不止一次。」

「真——的啊！」

麗麗抓住畫家的手，蹲下來仰望著，熱切的踮著脚尖。

「去過我們學校，主持紀念週，還給我們上過幾堂木刻的課。」畫家也很激動。

「對對！那就是我爸爸，身上總有一種油墨的味道。」

「他很慘！不應該是那樣……」

畫家仰望著一個甚麼，彷彿記憶裏的那些，正在他仰望的高處，然而能夠看出他是跌落在低迴裏，沉沉的，沉沉的，他在下落。而相反，麗麗一刻等不待一刻的熱切而急于要談一談她的神——那被她立為大神的爸爸，那至高全能的神。

于是那水鄉，船櫓的日夜咿呀，漁孃們總有唱不完的船歌，街燈和繁鬧的漁火燦爛了一條又一條夜河，那些迷于水的腥香裏的日子載走了他們曾經共有過的一點時空。還有那些戰火和鬧鬼的房子，那些可愛的惡作劇，啊，少年和幼年，他們最後相信，他看見過她的幼年，她看見過他的少年，多麼珍貴的聯合，分散，重又聯合，又一次的日蝕或者月蝕，在這麼一個尋找不到却在無意中交會的夜晚，你提醒我，我提醒你，多少失落重又拾起。已經是永遠的失落了，而又拾回來，便彷佛是新的發現和斬獲，多麼使人激情的嶄新，然而也是快樂歡愉的悽楚……麗麗重又現出那種魂遊象外的空幻和迷惘。人不能夠測知她在沉思甚麼，仰望甚麼，聆聽甚麼，和感覺甚麼。也許她甚麼也不曾想，不曾看，不曾聽，不曾感覺。

為這個，這三個人交換了一次眼色。一個質疑的看看他的妻子和內弟；一個還給丈夫無可奈何的不解，並同樣質疑的望著她的弟弟；而這一個也只有溫厚的笑著搖搖頭，不知道他的意思是「就是這樣的一個女孩！」還是「不要驚擾她罷！」抑或「誰知道呢？我也和你們一樣。」小鎮的夜真夠寂靜的，有遙遠而又遙遠的火車的汽笛聲，撒來一把清淡的蒼涼，便彷彿來自地極那荒空的永夜；那荒空的白夜。

三個人似乎全都不肯這就驚動這一片遙遠的寂靜，彷彿要留住時刻一樣的留住這寂靜。

「我們就不再玩了，好像是……」

麗麗似吟似誦的唸著，不知道她要唸給哪一個聽，癡癡的凝視那幅未完成的畫——童年。

「不再玩殺羊了？」畫家問。

「……」麗麗的眼瞳轉也不轉一下。

「當然，彼此都長大了；人在成長的時候，總要丟棄很多很多，譬如斷奶，譬如你們玩兒的殺羊……」

「不是，」她從那空幻和迷惘裏醒過來。「嘿，我們玩兒殺羊去罷？又來找我了，他。記得好清楚啊，不要不要！我叫著推他出去。我沒想把他推倒，仰臉倒在門檻那兒，後腦勺磕到石臺兒上，青石上那麼一大灘血，和爸爸被殺時一樣……」

「那是因為妳受的刺激太強烈、太深。」

「我不知道甚麼刺激不刺激，總而言之，爸爸死後每次回來，總是怨我不該玩兒甚麼殺羊。我想就是那樣的了，因為我老是扮作小羊捱殺，所以爸爸也就捱人殺了。」

「妳現在還相信童年的那些想法嗎？」

畫家的神情愈像個精神病科的醫生。

「當然很荒唐。」這女孩子自嘲的笑笑。

「可能那只是做夢，或者自己編想的也說不定，因為在妳負咎的心理上……」

「不不，屢次屢次看見爸爸回來，一點兒也不假，而且絕絕對對不是做夢。」

「那麼有把握？」

「當然說給誰聽，總沒人相信；再早的事情或者記不太清楚，可是跟母親離開上海到臺灣來之前，還見過父親最後一面。上船那天晚上，爸爸在黃浦碼頭上送我們，一點兒也不是錯覺，我嚼著一塊榨菜，辣烘烘的，我已經十歲了，那個時候。」

「只妳一個人看到妳父親的幽靈嗎？」

「本來嘛！」

「從來沒有告訴妳母親？」

「告訴過。媽媽總是說她不相信，不過她相信的，因為她很害怕。後來覺得媽有些可惡，又有些可憐，就不再告訴她了，沒意思。」

雖然麗麗談著這些，似乎很輕鬆，但整個屋子裏的空氣給人一種凍結的感覺，下落的感覺。

「那末，」畫家挺挺身體，好似要擺脫背上某些重壓的甚麼。「妳父親遇害的時候，妳是悲傷多于恐懼，還是恐懼多于悲傷？」

麗麗翻上去那雙大眼睛，用心的記憶著。

「不用說，妳是在場的嘍？」

「記不得了，恐怕一定又悲傷，又恐懼。」麗麗俏皮的笑起來，眼角兒笑得很低，說不出的一種嫵媚。你不相信她是在談自己父親的凶死。多麼不可靠啊，人的情感實在經不住多少歲月磨損。呼天搶地的極痛，一樣的耐不住時間滾過，隨滾隨洒落了。記憶撿得回那些洒落的舊事，撿不回土埋的情感，捧在這女孩雙手裏的不過是莫可奈何的一把嘲笑。

「可是我很記得跟在奶奶身旁給我爸爸去收屍，隔著一條小河，他們不准奶奶和我過河，我只看到一個不認得的人爬到很高很高的木樁上頭，一根一根的木樁，一顆一顆人頭，他們把我爸爸掛在那裏的腦袋拿下來。砍斷的脖子好像切開的臘腸，紅一塊，白一塊，好像還有兩個黑洞洞，也許那是氣管和食管。記得好——清楚好清楚這些事啷！」麗麗異常用力的描摹著這些。

「一點兒不記得其他甚麼了？」德傑一旁插進嘴來探問。

麗麗搖搖頭，接著可又很認真的沉思起來。戴一隻血型戒指的白得透明的那些細瘦的手指，一下下熨撫膝上花裙的裙綹，似乎要在那幾道花裙裏找尋一些甚麼。手指用力的挺直，翹得很彎很彎，屬于中南半島佛教國家的那種舞蹈的手指，那些尖尖翹翹的廟寺的龍昂。

「我們就不再玩兒殺羊了。」

她沉思了好久好久，給人一些期待，但她的沉思一直還沒有離開那個。玩兒和不再玩兒，看她述說這些時那種甜甜的笑，就知道她有多滿意那些記憶。

「那麼再談談咱們海陵罷！」畫家忽像報告甚麼好消息的告訴他的妻子：「妳真想不到我們曾經同一個時候，同在一個地方，多有意思！」

「可是我不愛你那樣說——再談談咱們海陵罷！」

麗麗忍不住這樣說，很認真的態度。

「好像那是我們故鄉是的，多冤枉！」她說，無可奈何的笑著，屬于做妻子的那種嗔怨，使人驚訝，如同驚訝她從藍德英那兒學來的那些很流氣的抽菸的姿態。就是如此敏感的潛意識的摹倣；藍德英那些言笑和語氣，就這麼肖似的重現在這孩子身上。

「那就再談談他們的海陵得了，好罷？」

「真沒好談的。」麗麗瞥了女主人一眼。

「不要緊，我跟德傑都很喜歡你們談的這些。」

「姐姐是不是要寫我們了？」

麗麗顯得很煥發而亢奮。不知是從甚麼小說或戲曲裏知道，那些古裝的故事裏，好像是……不是麼？妾總是喊元配做姐姐的。憋著得意的笑的衝動，瞟在畫家元配夫人那張圓活活總不少掉笑容的臉龐上，而德傑更是一律都用迷迷的微笑表示所有的情感。

「妳就是一首詩，不用再寫了。」

「不對，我寧可是一幅畫，不要是一首詩。」

「那好啊，妳要是一幅畫，要怎麼表現妳的童年？」

「就是那一幅不好嗎？」

「不，那不是妳的童年；」畫家說：「應該畫大爐燒餅才對。」

「甚麼？」

「妳不應該忘掉的，海陵城裏到處都賣大爐燒餅，別的地方沒有那樣大的爐子，足足半間屋子大，一爐可以出一百多個燒餅，圓圓的，這麼大……」

「對了對了！」麗麗拍著手叫。

「還有甚麼，大爐燒餅之外？」

「嗯，讓我們想想看……」

「還有，做粗活的漢子都勒一塊圍裙，戴耳墜兒，不管是種田的，做工的，出苦力的……」

「對了對了，到處都是拖糞船，滿滿一艙的黃水，好使人惡心！」

「還有，」畫家非常兒童的興奮起來：「河像路那麼多，出門就要坐船。」

「糞缸也多呀，好大好大的砂缸，人就坐在缸邊上屙，是不是？」

「妳怎麼會儘想那些骯髒？」

「那是因為我掉進去過呀！」麗麗笑得很興頭。

「要命！」女主人尖銳的叫起來，就要吐的樣子，哦哦的反胃。

「沒有那樣嚴重，」麗麗開心的捂著笑臉。「缸裏幸虧只有一小半糞水。另一次跌進糞艙裏，更妙，艙裏只有一點點根子，就像喝木瓜汁剩在杯子裏黃黃的一點兒根子。」

「那還不夠臭的！」

「可是我不記得了……」

不記得的童年太多了，但在這樣的一個夜晚，在畫家的畫室裏，一個畫家，一個詩作者，一個剛剛走出中學校門尚在徬徨的男孩子，無法結束的談著聊著直到第一聲雞叫仍還那樣的興奮，實在幫助麗麗記憶起不少而又不少的童年。

這是另一個世界，麗麗第一次得到。

麗麗沒有發現過，在電影、跳舞、兜風、胡鬧、吃零嘴之外，另有一個世界。那些遊樂已經早不再給她刺激和滿足了，然而有甚麼辦法呢？就如同我們憎惡這個社會，而仍須活在這個社會裏。

「真是我從來都沒有今晚上這樣快樂！」

燈已熄了，談話稀疏了，麗麗仍然重又坐起來，訴說她在這個新世界裏得到的喜悅。

六席大的臥室，緊連著同樣大的畫室兼客廳，塞進這四個人，一人能佔多大空間呢？雖然下半夜暑氣漸消了，庭院裏幾乎已有幾分寒意，但是屋子裏面高氣溫由著一座電扇不停的攪拌，總是流不出去。能和她樓上的臥室拿在一起比比麼？是不是人在世界上佔領的愈多，不快樂也就愈多呢？一盞不知豎在甚麼位置的路燈，遙遙的送一點餘光進來，她看得見睡在外面畫室地上的畫家和德傑，他們仍在嘁嘁嚓嚓的私語著。不知是誰的腿蜷起那樣高，膝頭上映一抹微弱的淡綠，記不得他們穿沒穿那樣的睡衣，為甚麼會是那樣飄浮的顏色呢？

身旁的女主人微微的鼾著，她真要下牀去躺到他們倆中間，繼續抓握她今天方始得到的新的世界，多抓握一些，儘量的抓握，只抓握到一把貼在鼻子前面的紗帳，一丁丁點兒的睡意也沒有。

當所有的聲息盡被這夜給吞食完了，只剩下微微的鼾聲和外間那低低的談話殘留在夜之貪饞的嘴角。

仍然是德傑那懸吊在天平兩端的問題。讀書有甚麼困惱人的呢？愛讀的時候就讀下去，厭煩了就可以不再讀了。父母會那樣難以對付麼？為甚麼不玩點兒花樣？而他們很笨又很莊嚴。

「那就這樣決定了。」

聽見德傑這樣說，然後舒一口氣，彷彿因那個決定而卸掉一副重擔。

「多沒道理，」畫家從鼻子裏哼出一聲笑。「準備研究科學，跑來跟藝術討主意。」

「我很相信，一個藝術家最能幫助人發現自我，認識自我，跟宗教家很相似。」

「就是缺少道德。」

「恐怕是高過道德。」

多麼無聊，我該睡了，然而女主人半睡半醒的打著扇子，使麗麗發現這天氣很悶熱。

「在道德上，藝術倒是跟科學很相同了；氫二加上氧一等于水，道德麼？寒色道德還是暖色道德？我愛低的調子，因為給我用刀畫的方便，道德麼？……」

我不要聽這些了！那扇子搖著搖著停下來，胖胖的小臂倒下，壓住麗麗的胸肋。多妙，這個可愛的貪睡姐姐！她一點也不要把胖胖的手臂拿開，雖然有些重壓而且她正需要翻一翻身。

很古怪的，她沒有過這樣的自愛，多麼陌生啊所謂忍受！要是母親的手臂呢？她忍受得住麼？

那愈來愈加重的胖手臂上，有涼涼濕濕的汗星星。居然麗麗可以在這樣不安適不安定的容忍裏，也和不大常有的自愛那樣，空泛泛的湧動著不大常有的思索——要是我那親媽的手臂呢？

所有足以牽動胸部而可能驚覺那條手臂的動作，麗麗全都靜止不動了，那麼活動活動肢體的其餘部分罷，挖挖鼻孔或者咬嚙一陣指甲，兩條光腿可以輕輕蜷起這一條放下另一條。而她銹澀的思索著。

我怎麼不生在這裏？或者不早生幾年搶在前面和這個畫家結婚？多愛那蓖蔴油的香味！那些顏料和色彩！一直都不曾尋找那些，和得到那些。所有那些畫框和畫架，八十號的童年那幅畫，圓但不是圓規之圓的橙黃，橫斷的木瓜，所有這些和那些，我要的。

搧動蛺蝶那兩片彩翅，帶回到處飛揚的彩色鱗粉，用飛和跳躍回到家裏，我發現到我自己了，我一定要找回我自己。媽！媽！從沒有如此急于要看到母親，不知道有多少豐富要交給母親，或者急于要從母親那裏得到豐富的甚麼。

一個清寒然而快樂和多色彩的家庭，十字架和畫架和書架，不過就是那麼些嘛！麗麗不知道自己從那裏得到多少，或者因為多得不可勝數，反而分辨不出甚麼是甚麼。但都是陌生的新鮮，一個新的世界，就像她忽的發現多麼想而又多麼應該做一個畫家，或者只要做一個畫家的妻室或女兒。那些畫為甚麼會那樣強烈的撞動她呢？雖然她並不懂那些畫，並不懂得她自己。

便懷著這種不是普普通通的昂奮，一個滿載而歸的漁夫，背著滿網新的陽光，回到自己家裏。真的，被洗滌如初生嬰兒那樣澄清的瞳子，德美他們刺眼奪目的陽光跟進到這片庭園，樓、油加利、下房和臥室，都好似久陰乍晴了。

可是母親呢？「媽！媽！」一路呼喊，從沒有如此的急于要看到母親，不知道有多少豐富要交給母親，或者是急于要從母親那裏得到豐富的甚麼。可是母親用電話報案還覺得不夠，又親自趕到警察分局去了。

多叫人喪氣喲，麗麗氣餒的感覺到完全就是萬念俱灰的滋味。多叫人喪氣喲，多叫人喪氣喲，這女孩走裏走外，上樓下樓，一刻也不能安頓的折騰，煩躁的坐下來，又跳起去，分局的電話又一直打不通。多喪氣！多莫名其妙！她咒詛著，踢打那些無辜但是很礙事的椅子、紗門，走廊上海棠花的盆架。

「她憑甚麼報案？妳說憑甚麼？她懂得甚麼？」

馬尾巴長髮在阿綢臉前揮著拂塵。有多少塵埃要這樣重來重去的撣除呢？這個家裏真就有這麼厚的落塵麼？

「她憑甚麼？」

阿綢雖然好脾氣好得要死，也給叮急了。

「誰有妳這樣自由，天王！誰家也沒有妳這樣自由的大小姐！」

阿綢轉身走開，不必要的匆匆走進廚房，甚麼也沒有做一下，又回到洗衣台這兒，只為摔不掉麗麗。而麗麗釘住她，跟裏跟外的吵嚷。

「那誰家又有我們這樣自由的親媽！只准她整天整夜不在家，我報案嗎？我沒有報過她的案，她憑甚麼報我的案？憑甚麼不講道理！」

妳報案嗎？好罷，我才不報案，我要報復！麗麗狠狠的發著誓，雖然她並不知道要怎樣報復。當然那是很不幸的，在她狠狠的發誓一定要報復不可的當兒，母親偏又在這座正欲爆發的火山口上投下一枚氫彈，母親把麗麗所有的內衣外衣統統收藏了，只留給她一件綠得像蛇皮似的裙衫，和一件睡袍。好聰明又好愚蠢的媽媽。

于是所有的都變得很簡單了，衣著也簡單了，一件綠蛇皮的裙衫，太簡單的報復，在通往藍家山莊去必經之地的河岸上，金字塔帳篷，熱舞和莫名其妙的一場賣淫。在德傑姐姐家住宿一夜既然危險到需要報案的地步，那麼親媽媽，讓妳看真真正正地道的危險罷，妳很能幹不是嗎？給妳製造一個需要去總統府報案的機會，那時妳就會連一件睡袍和綠蛇皮的裙衫也不留下了，那才夠人開心的哪！大九說的：「怕甚麼？怕咱們不上報，氣不死咱們的老爺！」德傑的姐姐那個名子常在報上出現，我可不配寫濕寫乾，但是名子能夠上報，蔡麗麗甚麼甚麼的，必定多少多少人都要知道的，包括同學們，老師們，和母親，不用你們報案了，太麻煩。那個黑黑瘦瘦的的男人，身上長著骯髒，野合不成也要去報警，多麼滑稽！怎麼會有這許多人動不動便要報案報警呢？

那個黑瘦而居然在她跟前害羞得發抖的男人，跳著脚嚷嚷：「好啊，好啊，你們學生也玩起仙人跳啦……」

「頂好你就去報警，老子等著你。」大九酸酸的說：「你要是怕老子跑掉，喏，五十一型派克筆一支，拿去做抵押。」

她弄不清那些，有些害怕，又有些新鮮。仙人跳，甚麼意思？是否就是跳脫衣舞？但是這個黑瘦的大男人並沒有看她和丹妃的脫衣舞，前一天晚上只有一個賣醬菜的糟老頭，再沒有誰在這兒看她們表演。

麗麗不懂的事還很多；不懂得仙人跳，也不懂得大九寧可給黑瘦的男人五十一型派克金筆作抵押，而堅決的不肯還給黑瘦的男人先交給他的買野合的錢。除非這筆錢多得可以買三隻五十一型派克筆。

他們事先商量過，果真這晚上十二點鐘之前拉不到一個倒楣鬼，就到那座由一個外國女教士主持的禮拜堂去偷脫脂奶粉的救濟品。總之明天有足夠的錢去城裏大玩一通，完全的自力更生，不用祖宗一文可恥的錢。還有甚麼比這更值得驕傲和開心的呢？

但是好可惡啊，德英領了滕金海那一夥兒討厭鬼跑來，把甚麼都破壞了，活該他花光了補習費。

嘩嘩啦啦的機器三輪車，載走了她歡樂的今夜和明天。空的煤氣鐵瓶滾到這邊又滾到對面，聽他們那種口氣呀，反過來要她把他們當作救命恩人，多惱死人！再也不理會他們了。

還有更討厭的傢伙——比滕金海他們更討厭的警察，居然找上門來了。不是成年人的走狗，便是成年人的乾爹；要不然，幹嗎成年人動不動就去報案和報警！

但是真開心，把找上門來的警察玩了，正眼都不敢看她。他們多會裝腔作勢！所有的成年人，所有的男人，不會和賣醬菜的糟老頭有分別。分明那就是裝腔做勢，為甚麼躲都躲不及的避過臉去不看她的身體？會那麼的難看嗎？會那麼的恐怖嗎？那個黑瘦的男人，三四十歲了，居然害羞得直發抖。而一旦敞開他的醜陋，便十分之十的強悍了起來，真是荒謬得可笑。分明她在那個斯文的警員臉上看到了滑稽的難為情，那對她決心赤裸到底乃是一種極大的鼓勵，就是要欣賞那副滑稽而忸忸怩怩的難為情。

要把這番得意告訴誰呢？一定非要有人分享她的得意不可。藍德英麼？不要再理會那個臨陣退却且又破壞她的歡樂的懦夫了。寫信或者打電話告訴黃幸、大九、丹妃他們罷，他們一定會十分欣賞她大勝警察這一手絕招的；但是只有黃幸回信了，信上「哈哈哈哈……」一口氣寫了十八個哈，再拖上長長的虛點，表示有一百個哈哈大笑，一千個哈哈大笑，或者以至于無數的哈哈大笑……可是大九的電話要不是打不通，便是打通了而人却不在家。丹妃的信原封打回來，信封上浮貼一張紙條，拷貝鉛筆寫了查無此人，很使麗麗猜不透道理。那麼總還要再找個誰來分享一下才行了，藍德傑罷？決不要德英來分享，她惱死德英了。

德傑應該看到的，那天德傑站在看熱鬧的人最後面，他一定看得到樓廊上的情景，不然便不會躲得那麼遠，只在樹叢底下露出圓規似的兩條細細的長腿。

然而可以不可以告訴德傑？他喜不喜歡這個調調？麗麗第一次和德傑說話，就曾告訴德傑，她和他哥哥野合過。現在麗麗記起那件事，就如同記憶起罪惡似的感到羞惡；但不關乎那件事的罪惡與否，而是被對方識破了謊言的那種羞惡。怕就是德傑不會喜歡她的胡作非為。

電話是德傑的母親接的，一口的方言，兩下裏都聽不懂，換一個男聲，不是德英，也不是德傑，滿口拼拼湊湊的國語，弄了半天才明白她要找德傑，却又停下來，也不回她德傑在還是不在。

「喂，喂，說話呀！」

任她叫著，許久許久。

「妳是哪裏？甚麼人？」一定是得到誰的指示，才這麼回問的。

「我看得見你們家，你猜罷！」

自然電話又放下，又去請示了。麗麗耐心的守候著，看自己塗了蔻丹的趾頭翹了又蜷起來，一個趾頭便有一個性格，一個面貌；老大微微側著臉沉思，屬于生胃病的人那種痛楚，老等著打一個氣嗝以便透舒些。老二像那位歪肩膀兒的訓導，很多人都喜歡那樣照相，擺著只能照到一隻耳朵的姿勢。老三比較可憐，無倚無靠的賴著訓導主任救濟。而訓導主任還是站在朝會講臺上的那個老樣子，呱呱呱呱講著一個人貴乎自立自強，不可倚三靠四之類的精神講話……而對方回過話來了：

「阿傑母親說，阿傑在樓上讀書，不可以打攪他。要找阿傑妹妹玩可以不可以？」

「我還要找他姐姐玩呢！」麗麗火了。

「他姐姐有出嫁了，噢，很遠了……」

甚麼意思？這是甚麼意思？麗麗把電話很響的掛上。我稀罕女孩子麼？還輿不給這個，另外換一個麼？為甚麼人都這樣不幸總是找到這麼無聊的母親做媽媽呢？

發誓再也不找德傑了。然而想一想，便又重新發誓了，非要設法找來德傑不可，不然便等于認輸一樣了。

這樣的孩子可以在一天當中發一百個誓，畢竟不是靠著發誓去決定甚麼。而且太多的發誓，弄不清要依從哪一個誓言，記不得那麼多的，順手撿一個，順手丟一個。

德傑還是來了，第一次到麗麗家裏來，這已是麗麗早就忘掉那些不當事兒的發誓很久很久以後了。

颱風給西鄰滕家帶來一場災難，給麗麗帶來一場肺炎。災難過去了，病也醫好了。然而如同滕家連那一排簡陋的瓦棚也不容易很快的重建起來，麗麗那單薄的身體也不容易很快的復原。滕家也曾得到不算少的社會福利的救濟，麗麗也曾不斷的注射維生素和進服補品。可是滕家實在一點兒根基也沒有，麗麗的體質太單薄了。

瓦棚給颱風揭掉後的禿牆上，沒再看到那隻刼後的黑鼻子貓。牠到哪兒去了？牠還在，但是不知為甚麼不再蹲踞到禿牆上來，雖然打煤球的榔頭響得更勤，晚上那些歡樂的叫嚷，梅花三弄和丟丟咚依然在沒有瓦棚遮蔽的空地上從不衰落或厭倦的重複著。

黑鼻子貓使她懷念，並不因為她曾在颱風裏救過黑鼻子貓。那西牆上少了瓦棚子底下透出的暖暖的燈光，和她自己家裏蒼白的日光燈不同的暗紅，那裏少了一隻天長地久的黑鼻子貓。躺在寂寞的搖椅上，她多想有那樣一隻寂寞的生物隔著一片庭院陪伴她，讓不肯走動的秋日陽光照在她身上，也照在牠身上，一起分享這份寂寞，一邊一半的分享。但那可並不等于數學除法；寂寞除以二，各得一半嗎？寂寞除以二應該等于零的。然而在孤獨的樓廊上，寂寞被一所除，找不到黑鼻子貓來跟她合夥兒做這寂寞的除數。

把搖椅移到東邊的樓廊上，藍家的壓水機總是不閒著，從早到晚咿呀咿呀出機械的呻吟。藍家不裝自來水一點兒也不奇怪；不知道還有出不起錢或者不肯出錢裝設水管的等等其他原因，不管有沒有那些理由，單是今年夏季一度鬧水荒的那一段不方便的日子裏，藍家差不多成了這一帶居民的水源地。

壓水機總是不閒著，藍家的兒子女兒們，女傭和鄰居們，更番接力的壓水，只是從沒見過藍德傑在這個井旁出現過，今天傍晚真是例外了。

一直注意著替代黑鼻子貓跟她合夥分享寂寞的這座壓水機，居然不曾注意到德傑這隻蠹魚甚麼時候也來這裏活動活動筋骨了。

斜陽穿過西牆那一排油加利，照見德傑一手托著書本，一手壓水。瘦瘦長長的個子，壓水機的槓桿在他脅下起落。他是一條蠹魚，鑽在書本裏。

怎麼我們曾經那麼好，我們接著又完全陌生了？想起那夜留宿在他姐姐家裏，麗麗在她的虛弱裏找出一點可驚人的力氣，努力坐直身體，讓搖椅靠背高高翹起，為了搆得到欄杆扶手，以便伏上去。她把下巴擱在交疊的手臂上去招呼那隻瘦瘦長長的蠹魚。

「嗨——！」

盡所能壓擠出來的力氣，朝著下面喊這麼一聲。

對方深深的陷進書本裏，手臂機械的動著，她立刻斷定這個書獃子難得聽到她本就不夠宏亮的招呼，就用還不曾啃到核兒的蘋果扔過去。

咂著齒縫裏的果渣，麗麗熱烈的期待著。

殘餘的蘋果墮到德傑背後的地上，等著他尋望過來。

迎斜西的太陽，光在他眼鏡片上反射。黑色寬邊眼鏡使他那張文弱的面孔多少顯出一些兒壯健，該說那是一副美容的裝飾品，可以給他些屬于男孩子的英氣。

這才麗麗發現，他好愛皺眉。

到底被他搜索到了。他遲疑了一下，放下壓水機的把手，沿著短牆走過來，走到和她對直對儘可能距離最短最近的那裏。

「妳生病了，我聽說。」

短牆只頂到他不知是第幾條肋骨那裏，他用雙手撐在爬了長春藤的牆頭上。

麗麗點點頭，由于下巴擱在重疊的手臂上，點頭的幅度不大，不夠顯明，德傑改用捲在手裏的書本罩住嘴巴，重又喊問她一遍。

「生病是不是？」

「已經好了。」

看不到反光的鏡片後面他的眼睛，只能看到一雙皺得更深的眉根。

「怪不得妳很瘦，很蒼白。」

「是不是要找德英？」他問。

原來他只把我看做他哥哥的朋友！

「不要。你怎麼不喊他哥哥？」

「……」德傑微笑說。「我們寫信的時候，才那樣稱呼。」

「好好玩兒是不是？」

德傑愣了一下，大約不太懂得這意思。

一個獨生女便會有這樣多而敏感的羨慕，人有了哥哥弟弟總很好玩兒的，不管喊甚麼，總是有得喊，那還不夠有趣的麼？能夠和男孩子終天生活在一個家裏，對于麗麗簡直是神秘和無法想像的優越。

她癡癡的俯視著德傑。

然而不應該是俯視，應該是仰望；應該他在樓上，她在地上；他有哥哥姐姐和妹妹，他比自己優越。

但他不鑽在哥哥姐姐和妹妹的幸福裏面，他鑽在書本裏，他是一條蠹魚。

書裏的蠹魚真像魚。記起幫助爸爸晒那些沾有霉味的老書。那些蠹魚有一身銀亮的鱗粉，也像魚一樣在書頁裏快速的游動。而面前這條囊魚，也是一身銀亮的鱗粉，他有哥哥姐姐和妹妹，還有爸爸，完全是有她所沒有的。他有那麼一身銀亮的幸福的鱗粉。

我們曾經那麼樣的好過……麗麗得意的跟自己唸著，不知道要向誰誇傲，好像失而復得，而且好像是失去得很絕望，沒有枉想重再得到的居然得到了。數著德傑的脚步，那走得太慢的踏在木質樓梯上的響聲，一步就給她好幾個心跳。

「我們很要好呢！」

麗麗到底還是忍不住跟母親誇傲了。母親聽到她和德傑隔有那麼遠招呼，忙著趕來張羅。「上樓來玩玩罷，妹妹真寂寞得可憐！」好像仗她這個招呼，才把德傑請過來的。不成，不要這麼居功罷。只是病了這一場，母親居然把很多的時間拿來給女兒了，以前母親總是把一些代用品——吃的，穿的，金錢之類，代替時間來陪伴女兒。麗麗忽然為自己的誇傲心軟起來，為何不仁慈一些兒對待母親呢？

「媽！」

母親不知又要去張羅甚麼，走了幾步又轉回來。

「你們玩玩罷，我找阿綢給你們送點水果上來。」

「不，甚麼也不要，妳也陪我們玩玩不好嗎？」

麗麗幾乎以一種乞憐的眼神央求著母親。她為自己剛才的那番誇傲不安。母親也許以為她的誇傲乃是暗示要她廻避呢。「不要，妳不要走開。」她望著已經來到母親背後的笑笑的站在那兒的德傑。他總是笑得那麼穩，不是其他男孩子那樣慌張和搖動。

「妳病得好乖喲！」德傑挺挺的站在那裏，手脚都很是地方的那麼安定穩妥。

「媽，妳可還記得？有一天夜裏我沒回來，妳去報警了。」

「妳這孩子！……」

「不是，我是說，妳可知道我到哪兒去啦？」

「我去搬張椅子來罷。」

母親分明故意的打岔兒，要躲開女兒可能不知天高地厚的那些言語。

「妳怎麼好錯怪伯母呢？」德傑靠到樓欄上說。

「沒有，不是那個意思嘛！」

「妳該事先跟伯母招呼一聲的。」

「事後我也沒有跟我媽說呀！」麗麗開心的笑起來：「媽根本就沒有給我說話的機會。」

「都怪我把她帶去姐姐家了。」德傑轉向蔡太太說。

「不要那麼不公平嘛，」麗麗招一招垂到臉上的頭髮，少見她有這樣的撒嬌撒癡。「是我膩著要跟去的。媽，姐姐真可愛，我都不想回來了。」

「那好呀，趕明兒個妳完全好利落了，乾脆到藍姐姐家住些日子。」

這話給麗麗聽來不知有多刺耳，這不是應付是甚麼？聽那個口氣，好像他們同德傑姐姐那邊一向都有深交似的。哪有那回事！麗麗不覺又對母親的虛假感到失望和厭惡，忙不及的把剛才流露的那種小女孩的嬌聲嬌氣收回來。

「好了，妳走開讓我們玩兒罷。」

麗麗決絕的轉過臉去，望著藍家那湧在眼前的濃密的樹梢，努力要把母親從意識裏趕出去，灰心得想哭一場。我不是沒有向妳做媽媽的存心討好過，為甚麼妳總是應付，應付，應付！麗麗灰心的向後倒到椅背上，面孔被不快樂給僵得發板。她那一把長髮壓在背底下太緊了，以致影響到一部分身體的靈活轉動，人就越發的僵直。能夠看出她扁平的胸脯大大的起伏了一下，很蒼老的一聲嘆息，彷彿就在這片刻之間，病情重又沉重了。

隔院那邊的壓水機咿咿呀呀呻吟著機械的病痛。麗麗聽見一陣沉寂之後母親輕輕微微的嘆氣，和那輕微微的遠去的腳步。

落日轉過樓角，給德傑倚立在樓欄上的身體鍍半邊金。她碰到眼鏡背後深深的在注視著自己的那一雙含笑的眼睛。

「我看到了。」

半晌之後，德傑隱含著弄不清是甚麼一種意味的向她說。那是每當藍大夫給昏厥中的她打針時的神情，彷彿告誡她：「我知道的，不用對我躲藏。」

不用躲藏罷，不用躲藏罷……然而那是友善而非嘲弄。那種友善的神情，不只限于藍大夫和藍德傑他們父子，麗麗也曾在德傑的姐姐他們夫婦那裏感覺到。他們都是另成一個族類的麼？他們都是另外在組織一個世界麼？他們會讓我或者拉我去參加他們的族類他們的世界嗎？而這是被德英嘲笑的族類和世界，她曾附和過那些嘲笑；啊，寒窗小生！那個夜晚，樓下的走廊上丟滿了荔枝的殼兒核兒，然後是一截一截菸頭，那是藍德英第一次翻牆闖進麗麗世界裏來的夜晚，紅得顯出骯髒的大月亮躲在那些濃密的樹叢裏。現在是德傑第一次來到麗麗家裏，被邀請而來，按電鈴，阿綢開門，母親過來招呼，金黃的落日洒遍了向陽一面的樓廊。德傑含笑著默默的倚靠在樓欄上。「我看到了。」他的第一句話，只這一句話。他的沉默的含笑裏找不出一絲兒譏嘲和不屑，好像他對一切都滿意，都尊重，都有他自己十分穩妥的見解。就是這麼樣的一個大孩子，沒有多少語言，每次每次他來到這兒，都是這樣子，沉靜的看著麗麗，聽著麗麗，尊重著麗麗，既不是滕金海那一夥兒托著她，順著她；也不是藍德英那一夥兒有她也行，少她也行，從沒有感覺過她有甚麼分量的隨意打發人。

德傑來的時候，似乎總不忘記帶給她一點甚麼，自家園子裏的一顆番石榴，或者兩三顆新品種的紫葡萄，偶爾在女傭菜籃裏發現的一顆變形番茄，或者不多見的併體香蕉，一朵白茶花，再不就是一片肖似孔雀翎的火雞羽毛……一點都不珍貴，却使麗麗珍貴得不得了。那些水果好像樣品一樣，又少又精緻，使人覺得要是動了吃的念頭，就有焚琴煮鶴那麼俗不可耐。

但是唯一使麗麗感到缺憾的，德傑來得太少了；為甚麼不像德英那樣天天晚上翻過牆來，不過十二點鐘總不回去？而德傑來了，總是從不破例，按電鈴，走大門進來，無論多長還是多短促的時間，不等日落掌燈，就又走了。他來了，多半就在樓廊上靜靜的坐下來，可以從那裏看到他家大半個庭院，且被他家大半個庭院所看到。德傑很少走進樓下的客廳，更是從來沒進過麗麗的臥室。「要不要來看看你喜歡哪些唱片？」有時她會很執著的，但很狡獪的招他到自己的臥室裏來。而德傑就會識破了她的心事似的笑笑：「我喜歡的唱片，我差不多都有了。」

「你也喜歡蒐集唱片？」

「父親喜歡。有時候我告訴父親，斯義桂的唱片出來了。父親一定會說：你到樓上去聽聽看，可惜有點沙音。」

「真的啊？我不相信。」

「當然父親不一定都會搶在我前面，那樣的時候，他就會等不及我書包放下，趕著我進城去買來。」

話頭就是這樣的扯開，麗麗的興趣轉移了，忘掉執著的要他到自己的臥室裏。

然而麗麗總不放過一些可作藉口的機會。當她接過德傑帶給她的一朵稍微顫動一下便會落下花瓣的黃玫瑰，她就像風裏端一隻蠟燭那樣步步小心的護著拿進臥房去，然後隔著窗子喚他：

「來幫我嘛，我搆不到那隻小花瓶。」

「已經謝了，妳還打算養它？」

「那多可惜！」

「妳把花瓣抖到枕頭上才好，可以幫妳做好夢。」

然後他說，他的父親太愛花草了，不到快凋謝的時候，不准誰去剪花插瓶。那便養成他的小姐妹們蒐集花瓣的癖好，蜜餞了做年糕，或者晒乾了做枕頭芯。

啊，他們生活裏總有那麼多的小趣味！麗麗把那些奶黃色帶有甜香的花瓣抖落在泡沫塑膠的枕頭上，一面貪婪的嗅著那濃郁的甜香。

麗麗並不懂得為甚麼總要招他到自己的臥室裏來。沒有一點意思要炫耀裏面的陳設，沒有一點意思像上一代的女孩那麼曲曲拐彎兒的鬼心事，想用打開閨房象徵著甚麼。麗麗沒有這麼些，她只是不要德傑來她家裏做客。他在自己家裏難道不到姐姐妹妹的臥房裏麼？德傑並不像一個客人，他只給麗麗一些將謝的白茶花和黃玫瑰，給她一些只供把玩而不是她家冰箱裏那些昂貴的水果，他一定就是這樣的待他自己的親妹妹。他不是客人，但他從不肯走進麗麗的臥房，連停到麗麗臥房門前向裏面張望一下也沒有過。而麗麗多麼想讓德傑進來，就像在他自己親姐妹的臥房裏一樣隨便，或者就像德英在這裏的樣子，翻了滿地板的唱片和畫報，順手拿一件小玩具，順手丟到另一個地方，丟得到處都是踩扁了的菸頭和乾果殼，把彈簧牀當做游泳池，表演蛙式蝶式自由式和跳水……麗麗只是希望德傑很徹底的不是一個客人，雖然她並不完全明白自己這點兒可憐的意圖。

德傑不來比來的日子多得多。那些多得多的日子裏，當她十分想念德傑的時候，便用別的一些來填補。那座永遠靜寂的棕色樓房，總是在晚間七點半鐘以後——那是藍家吃晚飯的時候，有不易辨識的音樂從那裏斷續飄浮過來，數著藍德英窗子裏的燈影，數著藍德傑窗子裏的燈影，日本式的半截窗櫺那些垂直的條紋上，貼著些椰樹和柿樹的葉影。她沒有那一類的唱片，沒有雜在那麼些哥哥姐姐弟弟妹妹中間欣賞那一類唱片的幸福，她只有擁在懷裏的白色挑紗的窗帘，沙沙的揉搓在面頰上。她抱著窗帘試著盪動，把身體往下沉落。不要聽那樣的音樂了，聽頭頂上那些小滑輪和挑紗的吃緊的嘁嚓，扯裂，和綳斷，就像裂斷了自己的脈管，胸膜，有一種自虐的快感。然後愣愣的看著阿綢在那裏爬上爬下的收拾，聽她沒有止境的埋怨和數落，這個呀，那個呀，藍家那棕色的樓沉在無底的黑裏，麗麗那雙腿擔在牀沿上搖盪著，給阿綢有板有眼的數落打著拍子。一種不知名的小飛蟲繞著吊燈以一種驚人的高速飛轉，那是最好的催眠術了，對于寂寞的麗麗來說。

在阿綢那些沒有止境的埋怨和數落裏，也偶爾會有很中聽的音樂，就好像完全不懂的冗長的歌劇裏忽然撥雲見日的跳出一段十分熟稔的詠歎調。

「甚麼甚麼？再來一遍。」麗麗翻過身來，雙手抵住下巴，並非完全戲謔的給這個好脾氣的胖大姐加油，用心的欣賞。

沒多少心眼兒的胖阿綢，就會像受到鼓勵或者挑戰似的索性放下手底下的工作，越發起勁的數落了，誰家的下女好逍遙呀，誰家的主人心腸好呀，即使隔壁藍家的阿春也比她阿綢有福氣。

「天老爺，那個阿春不是整天嘟囔著嘴巴？誰比妳還有福氣？妳不是整天都唧唧格格笑個沒完兒？」

「誰整天笑個沒完兒？受氣妳沒看到呀？」阿綢的嘴巴也嘟囔起來了。「整個樓下地板等著擦，跑來給妳縫窗帘！」

「喏，打兩下罷。」麗麗伸過手去，挺著手心等候。

「打妳作甚麼？打了妳，我也不能多長一塊肉。」阿綢又是忍不住要笑的樣子，努力的做出受了很大的委屈。「人家藍家不管人口多，事情多，可是人家全家沒有一個不是把阿春當作自己家裏人一樣。哼，我們這裏啊……真不要說了。」

「不要生氣啦，阿綢姐，我還不是把妳當做比親媽還親！」

「不要瞎說八道啦！」

「真的嘛！譬如第一次我那個來的時候，我自己親媽從來都不問一聲的，不是妳教給我，看要怎麼辦！不是把我吓得休克了？……。真的，現在除掉妳，我根本就像沒一個親人一樣。」

好像心情沉下來似的，麗麗埋下頭來，臉孔側著貼在牀墊上，嬰兒仰望著母親那樣，傻傻的望著阿綢。

「真夠機靈的，妳那張嘴！」阿綢舉起巴掌，狠狠的試了幾試，輕輕的打在麗麗面頰上。「壞得能把樹上小鳥哄下來。」

「一點也沒有哄妳，阿綢姐，真的我是打心裏說出來的。」

這樣反而使阿綢有些兒尷尬，忙把話頭扯到一旁去。「是嘛，人家藍家那麼多的弟兄姐妹，哪一個又不是把阿春當做親姐妹一樣？」

「是呀，都是一樣的。」

「妳就只是嘴甜。別的不說，人家阿春早晚生場病，全家大小沒哪一個不是輪換著照顧的。就這個還不夠福氣的？」

「那多簡單！妳也生一場病看看，看我是不是日日夜夜守著妳。」

「算了算了，」阿綢格格笑起來，而且一笑臉就通紅了。「只怕病死了也沒人知道。」

「怎麼會？妳一病，我就會連飯也沒的吃了。」

「噢，我是個飯鍋！」

「所以呀，妳就不能病。」

「不要說得那麼輕鬆，要病也不在妳們家病。」

「到藍家去生病是不是？好讓全家大小都來侍候妳，好好的過過癮罷。」

「妳別只當作笑話。」阿綢少有過這樣鄭重其事的神情。「有一次啊春告訴我，她說：我真是感動死了，也只不過是吃東西沒大當心，肚子不舒服，大夫忙著注射，太太配了藥送到牀前——」

「哈，那也用得著感動？傻瓜！」

「妳聽我說呀——」

「當然要趕快給她治病，不然的話，誰給他們做飯洗衣裳？他們家現成的醫生，現成的藥，又不用花錢的！」

「妳真是！人不能沒有心肝呀。」阿綢坐到牀邊上來，抱住麗麗的頭搖上一陣。「別的都不說，單說妳那個好朋友，人家多有愛心哪，為了讓阿春按時間吃特效藥，一夜起來兩次，還給阿春掃掉牀前吐的那些髒東西，端著痰盂侍候阿春漱口，還用話來安慰阿春。要是我，也會感動哭了。人有人那樣關心，哪還有甚麼不知足的？妳說說看呢？……」

阿綢又回到對面的圓沙發墊子上，為要等著瞧瞧麗麗是個甚麼反應。

而麗麗傻傻的看著阿綢，有一抹長髮遮住小半邊臉蛋兒。樓下掛鐘寂寞的敲響了一聲，不知道是幾點半，還是已經下半夜一點了。

「妳說了半天，誰呀？」麗麗依然傻傻的凝視著阿綢。

「藍家阿春。」

「不，我的哪個好朋友？」

「妳有過別的好朋友嗎？」

「從來妳就沒有過好朋友。」阿綢俯下身來替她肯定了一下。阿綢正踩在重疊的鞋櫃和五斗櫥上，張掛那半邊窗帘，小鞋櫃被她六十一公斤的體重壓出吱吱的響聲。

窗外一遍望不到底兒的深黑，照在燈光裏的樓欄空落落令人著慌，樓欄之外便是無底深崖，她們是在夜航的孤舟上。病好了便又失去了母親，我也應該再生一場病的，而且要生在隔著一片黑海的對面那另一艘大船上。

但是生在那艘大船上，一定我就會有福氣麼？我會是那個阿春呢，還是那個叛逆的女兒？或者我該生在那艘更遙遠的小船上，那裏張著十字架和畫架和書架。然而哪裏才有裝載幸福的船？白色挑紗的長帆飄裹著阿綢半個身體，哪裏有甚麼幸福船！船上沒有船長，大副老不在船上。「妳是二副，阿綢。」那麼短的格子衫，麗麗仰臥在牀上，可以看見阿綢那短衫底下胖嘟嘟的白肉。繫成那副怪模樣的頭巾，那一身繃得好緊的長褲，她是二副麼？「阿綢姐，妳簡直是海盜；少一把鬍子，一把腰刀。」白帆上也少了一顆骷髏和兩根交叉的腿骨。那麼我就是被販賣的女奴了！抓住頭頂上的牀欄，當作被吊綑在那上面，扭絞著肚皮舞的痛苦，被螞蟻螫咬的肉蟲，海盜船漂浮在長海之上，有一種被鞭楚的快感。

藍德傑就有那麼好麼？嘿！好朋友！然而好人在女孩子心裏並不一定就有地位。一個女孩子可以把好人任意的解釋：懦弱，窩囊，小膽鬼……以前那位被一個大疤扯歪嘴巴的訓導，就老聽見他掛在歪嘴上好人好事甚麼的。聽久了好人好事，唯一使同學們發生興趣的，是想做做壞人，做做壞事。孩子們便是這樣的被訓導著，訓導沒有辦法使孩子們不知道他有個已被大家喊做好人好事的情婦，紅葉旅館的女茶房，打扮像個唱歌仔戲的女伶。

然而麗麗開始關心那些好人好事了，不是出自歪嘴的訓導，從阿春傳遞給阿綢，從阿綢傳遞給麗麗。在德傑不來比來的較多的時間裏，有關于德傑那個人的——其實不一定限于好人好事，如果德傑也有歹人歹事的話，麗麗會一樣的樂于知道，她只要德傑更多一些的存在，在她的生活裏。

數著寒假就快來了，那是個愉快的盼望。只是德傑將在整個假期裏進山去採集藥類植物標本。噢，遙遠！德傑永遠是他自己那另一個世界裏的人，遙遠如雲外的星子。但他送來一隻胖墩墩的黃狸貓。

她真相信這隻小貓才出生沒有兩天，因為兩天之前德傑來時還不曾告訴過她。

「妳不知道多少人都跟父親訂了，跟母親訂了，連我們大副奉為皇太后的鎮民代表主席的令堂在內。我沒有把握能送給妳。」

啊，這跟送她那些樣品式的水果和將謝的花朵就不相同了。

「你可以偷來給我的。」

她親著小貓，小貓用涼涼的鼻尖和粗糲的小舌頭親她。不可以偷麼？德傑沒有說不可以，只是識破了她似的，微笑笑望著她。

「她們都要這一隻麼？」麗麗趕快借話來掩飾。

「這一窩只活了牠這一個。」

「啊，原來你是獨生子？」托起小貓的下巴，好像發見牠是獨生子，就應該重新再鑑賞一下。

「應該說是獨生女。」

「真的？」

「和妳一樣。」

「和我一樣？」

她認真的看著德傑。小貓在捕捉自己的尾巴，認真的捕捉，一圈又一圈的打著轉轉。因為太認真了，無暇他顧而從沙發上掉下來。

「那妳一定也是個問題女兒了。」麗麗把小貓重又托起放在沙發上，湊過去跟牠說。

「妳怎麼會給自己安上這個名詞呢？」

「不是嗎？」

「妳很清楚妳自己？」

「我不知道。」

有一抹陰鬱拂過麗麗蒼白的臉孔，她垂下頭去，彷彿認罪了。

「妳有問題嗎，妳自己覺得？」

「當然是個問題女兒。」認命的，而又自暴自棄的垂著眼睛。「人家都是用那種目光來看我，連你。」

「其實，沒有理由用人家的眼光來給自己定罪。」

「我才不那麼乖呢。」

「那就不必去管人家的目光了。」

「本來我就不在乎。」

小貓奮勇的爬上沙發靠背，不自量力的想去捕捉那被窗風鼓動著的國畫底軸。

「我倒以為妳是出于自覺呢！」

「甚麼自覺？」

「妳自以為是個問題女兒。」

「本來就是嘛。」

「那麼問題在甚麼地方？」

「製造問題嘛！」

「不，那是結果。」德傑說。

麗麗昂起頭來注視著他，含水的眼瞳裏有一種出于真誠的疑問。她一直都是跪坐在地板上，穿一身藏青色窄細的長褲。

「甚麼問題才會使妳製造問題的呢？」

「那你真以為我是個問題女兒了？」

「不是也可以假設嗎？」

「啊——不要費那些腦筋，假設求證，這就好像要做幾何題一樣了。」麗麗忽然煩惱的搖著頭。「我們給牠取個名子好不好？」

「我早就發現有個問題了，在妳身上，不知道對不對。」德傑遷就的，又好像為要認真的追究下去，從沙發上滑坐下來。

而麗麗裝做沒有聽見。「以前那隻小狸貓，你猜叫甚麼名子？你看見過的。」

「這一道數學題不用妳煩惱的，我可以替妳做。」

「牠叫狐狸。」

「妳一定要逃避嗎？」德傑欄住她伸過去想從靠背上搆下小貓的那隻手。她手上的溫度很低。

「可惜那麼小就死掉了，一定是我那位親媽把牠謀殺了的，要不然怎麼會說死就死了？」

「麗麗！」德傑帶有一些呵責的味道。

麗麗咬著塗有蔻丹的指甲，眼睛避開他。銀紅蔻丹把那細瘦的手指裝飾成了爪或者蹄。當然麗麗還是可以找到藉口，小貓跑哪兒去了？找來找去。她意識到德傑一直在冷眼看著她。小貓在沙發底下，四蹄朝上蜷像一隻明蝦，正跟一條垂下的紗穗穗熱烈的撕打啃咬。麗麗臉頰貼在地板上，笑成一團兒，長髮撒鋪開來，那是一股從地板下湧流出來的黑泉，隨著她抖動的身體淙淙的湧流。

但願德傑真正的是用一對凌厲的冷眼在看她，那樣她便可以蠻不在乎，壓根兒就不要理會。可是她知道那是一對笑迷迷的眼睛，透過鏡片那種礦屬的寒光，使人生畏而不可抵抗，只有逃避。

「我們過年時再見了。」德傑站起來，抖一抖打縐的褲脚。

德傑的聲調依然平時那樣的和軟，聽來並沒有動氣。麗麗從地板上撐起身體，那一雙很舊但很潔淨的球鞋已從她臉前移開。

麗麗望著德傑走去的背影，就那樣走去了麼？往遙遠的新年走去了？她還來不及算算距離過年還有多久；不用算了，即使就是明天，仍然遙遠，時間在等待裏總是慢死人的。

德傑停在當門的棕欖墊子上伸手去推玻璃門。「再見！」他回過頭來，外面是個大風的晴天，在舞動的油加利枝葉間漏過來的斜陽裏，他只是一個背著光的剪影，看不清那張面孔。但是麗麗在那個圓的眼鏡框底下拱起的顴骨上面，看出了德傑的笑容。他走了。

麗麗趕過去，一下子就把窗扉推上去；從來她都沒有想到有一天她能推得動那樣又澀又重的窗扉。

「阿凱咕！」

就這樣衝口喊出來了，如同她不曾考慮有沒有那麼大的力氣而居然就把澀重的窗扉推上去了。從沒有打算這樣喊他，從日文「傑」字發音「ケツ」而轉聲的暱稱，他的姐姐總是這樣喊他。

德傑已經走下門前臺階，又回過身來，風吹亂他一頭細軟的曲髮，一隻脚留在臺階上，他有一雙好長的腿。

「我怎麼餵牠哪！」麗麗跳動著身體，聲音喊得很大。

但是德傑似乎聽不清她說了甚麼，皺一臉的不解，躲過風吹的方向，送一隻耳朵過來。

「教我怎麼餵牠嘛！」不放心的，麗麗回過頭找她的小貓。

隔一層紗窗，又隔一層編花的鐵窗欄，德傑回到窗子跟前來。外面氣候很冷，他只穿一件尼龍質的單夾克，裏面也只是一件薄薄的套頭棉質球衫。不知是因為怕冷還是遷就麗麗小的個子，他傴縮著背，皺著被風吹打的臉孔緊貼過來。

「妳不是餵過一隻？」

「我沒有餵好。」

小貓在麗麗胸前大紅毛衣上恐慌的爬著，好像炮火裏登陸的兵士攀爬登陸艦舷上的網梯。

「不要只餵魚，也要餵鞭子。」

「我可捨不得打牠。」

「那就讓牠在妳牀上屙尿，牀底屙巴巴罷。」

「我不怕。可是我媽媽潔癖，恐怕又要謀殺牠。」

「不管怎麼樣，不要拴牠。」

「那怎麼辦呢？」忽然她叫起來：「哎呀——你抓死媽咪了！」

小貓爬到麗麗肩膀上去玩那被風吹飄的頭髮，她沒有辦法把牠硬拿下來，尖銳的爪子勾進毛衣裏。

「擺在廚房裏餵，等大一些再准牠到屋子裏來。」

「就是小才可憐嘛，小也可愛。」

「那妳會使牠真的成了問題女兒。」德傑說。

走廊上正是風口，德傑的頭髮吹得很亂，夕陽穿過油加利搖動顫抖的葉影，一團金色燦爛拍拍打在他身上。他穿的實在太單薄，一直的跳著脚，好像要藉以取暖。壓制在麗麗裏面的衝動很多，多想伸過手去替他攏攏一頭捲曲的亂髮，他也是等不及的一進大學就蓄起髮來麼？多想要他再回到屋裏來，多想這就跳出去緊緊抱住他——他是她唯一可以擁抱的男孩子，她早就狡黠的注意到，在德傑身上她找不到鈕扣；甚麼人都不成，唯獨德傑。

然而甚麼人都成，唯獨德傑她不能擁抱；他身上沒有使她恐懼的鈕扣，但是他的身上另有一種阻擋，且不光是阻擋她的擁抱，而且阻擋她所有的那些矯情，胡鬧，任性，和胡言亂語。

「過年見！」他就那樣的走了。

「過年見！」

麗麗快樂的喊，但是他就那樣的去了，縮著肩膀，手插在夾克口袋裏交叉著把身體裹得很緊。他蹦著兒童的步式，他不頑皮麼？彷彿就在剛才，她還曾抱緊了滿懷的愉悅，而他頑皮的搶走了那些，贘一個虛空給她摟在懷裏。

一直追踪的看他，蹦跳在通往大門去的石砌路，被掛著總是空空如也的信箱的大門關到外面去，然後看見他一聳一聳的上半個身子從他家的邊門進去，跳躍在那邊一溜低牆上，就再看不到了，如同看不到他搶走了的愉悅，要到過年才會還給她。

小貓爬在她臉孔貼緊著的尼龍紗窗上，喵喵的叫著下不來。

「媽咪不管你了！」

跟小貓做個兇惡的臉，跑過去翻看那邊牆上的月曆，甚麼時候過年？藥商的廣告月曆，聖誕卡式的很精美的彩色雪景。可是月曆上只到陽曆除夕為止，多麼可惡！第一次發現這種月曆壓根兒不是給中國人用的，上面沒有陰曆。吃他們的藥就可以不過陰曆年麼？不過陰曆年猶可，可以不再看到德傑麼？好不祥的東西，月曆被扯下來，從中間斜斜的撕作兩半，重過來再撕，就撕不動了，上好的兩百磅玻璃銅版紙。

「好了，」很費了些手脚才把不肯收爪的小貓從紗窗上摘下來。「現在就叫你阿凱咕了。」把阿凱咕抱上樓，一路嘀咕著：「你是媽咪的獨生女噢，媽咪才捨不得讓阿凱咕在廚房裏長大噢，是不是？我們阿凱咕公主好高貴噢……」可是德傑不樂意這樣的嬌生慣養。「皇上不樂意我們這樣。」已經踏上樓板，又猶豫了一下往回走，阿凱咕爬在她的胸上，一對藍灰的瞳子漠然的張望著她活動的嘴唇。「先參觀一下媽咪的內宮罷，待會兒再去見見宮女。」

這座樓，儘管不時的鬧嚷著吵人的熱門音樂，丟摔東西或者乒乒乓乓的開門關門，但一切鬧聲填不實這座空無一有的樓，灰和白這樣守寡調子的樓。現在，「阿凱咕啊！阿凱咕呀！」老不斷這麼叫喚，阿綢也跟著叫喚，空樓裏似乎就被這洋溢的生機充實多了。

實在太可愛，這隻胖嘟嘟的小黃狸貓。以前那隻狐狸也很貪玩，但比不上阿凱咕。狐狸該是個貧苦人家的小娃娃，眼角兒上老夾著點膿黃的眼屎，背脊尖尖的，而且佝僂著舒不開身，饑寒交迫的樣子。也沒有品，吃起食來，要不是急急忙忙叼一塊魚就跑，好像偷的搶的；便兩隻前蹄貪婪的扒在食物上按住，生恐誰會搶走牠的飯碗，嗚嗚的咆哮向一個並不存在的假想敵示威。

阿凱咕不是這樣的，麵包黃的虎紋一筆不亂的描在奶黃底子上，毛是光澤而熨貼，只在牠故意做作的驚恐時，才會豎起根根毫毛，像隻小刺蝟。那就會惹得麗麗笑岔了氣。可憐的麗麗從沒見過這樣貪玩而從不厭倦的小動物；懸一條帶子逗牠，就能一個鐘點兩個鐘點玩得不歇手，抓打啃咬，熱烈的廝殺。全套的武藝全都亮出來了，縱跳、撲打、搶背、空心翻、折跟頭、臥龍絞柱……聽得見平劇武打的那急風驟雨的板鼓，塵煙滾滾，戰鼓動地，好一場昏天黑地的廝殺，誰相信這是一個多月剛離母乳的小生命就有這般勇猛！

然而也並不是沒頭腦的匹夫之勇，只知道拼殺打鬪；牠狡黠、刁鑽、機智、一身的戲劇和舞蹈的揉合。熱烈的廝殺之後，牠會慵慵的走開，沒有多大意思，我還有重要的國家大事要辦，人不能老是墮入這些聲色犬馬的戲嬉啊！牠走開了，一點也不動心了，邁著老虎那種凜然的臺步，那麼的氣派、穩重而正直，誰相信這又是一個多月剛離母乳的小生命另一重人格呢？

可是且慢被阿凱咕的老成欺騙了；牠走開了，看破紅塵的解脫了。誰知道那個胖嘟嘟的小軀體裏倒能藏匿著多大一點兒的小心機？走過牀單中間的印花，走向那邊牀欄，一片遼濶的大平原，牠能在走到盡頭的時候，神速得使人來不及注意，就如同那些玩槍的老手轉身拔槍一樣矯健的扭回頭來，準備下一個攻擊。

瞧牠那一手罷，才不打沒把握的仗。遙遙的瞅住那個獵物，蹲伏下身體，儘量的儘量的壓低了姿勢，不能被敵人發覺啊，在那莽莽的草原裏，誰留下給牠的那些原始的夢呢？靠著叢草掩蔽，第一隻蹄子輕輕的試著伸向前去，要輕，要慢，要沉著，但是邁出的步度要大；小身體拉得很長，久久，久久，斜對角的另一隻後蹄再跟上來。牠就有那種地老天荒的耐心。凡事都被煩躁騷動慣了的麗麗，居然也就陪上相等的耐心，彷彿傾聽一個笑話那樣等候一個喜劇的結果。牠一定要試探的潛行到牠認為有了把握的攻擊線上，這才停下來，儘量的收緊肢體，保持躍進突襲的彈性，提起一隻前蹄，然後迅速的扭動起屁股，非常自負而又謹慎的扭動，可把麗麗逗樂了，笑得捧著心，受不了那種心的疼痛，蒙一層模糊淚水，看見牠騰空躍起，十分準確的一下子捕住費去牠那麼多心力的獵物。

然而誰教牠的呢？誰吩咐牠一定要這樣兢兢業業認真的反覆演練呢？誰警告牠若不這樣勤學熟練將來就會餓死呢？是牠的親生母親麼？牠們有那麼豐富的語言麼？啊孩子，你要欲擒故縱，你要以退為進，你要沉著，穩妥，勇猛……或者，啊孩子，你不可這樣，不可那樣，不可向東，不可向西……牠們會有那麼繁重的教科書麼？功課麼？校規校訓麼？不可能的，牠們不會需要那些，還有歪嘴巴的訓導，總是國民道德啊，公德心啊，呸的一口痰，歪嘴巴吐的痰也是歪的方向。我寧可做一隻小貓，即使剛剛滿月就失去了母親。「你比媽咪幸福！」她親進那軟茸茸的毛腋裏，新的淚水湧上來，摻進那狂笑的、燦爛的舊的淚水。

在追尋那麼多不可解的貓的教育和天性問題而得不到答案的時候，不只是麗麗，我們都是一樣的謳歌了，多美妙又多深奧的生命！

那皮毛裏裹著的不過是些淋漓血肉，為甚麼能夠生長出麵包焦黃和奶黃那樣華麗的條紋圖案？甚麼樣的毛色生在甚麼樣的位置，一根也不錯亂。每一根無足輕重的纖細的茸毛，都曾經過著意的染色，從根到梢兒，由淺而漸漸漸漸的深了。為甚麼要這樣用心呢？可以馬馬虎虎的，即使被發現某一根纖毛染錯了顏色，或者深淺不合，也沒有人會責怪。而多美妙又多深奧的生命啊，總是這樣的執著，沒有容讓。可是阿凱咕一點兒也不用費心，愛怎麼生長，聽由它，用不著發愁明天穿甚麼衣服，用不著發愁穿戴不如人。雖然麗麗還不曾發現人要發愁做衣裳，洗衣裳，補衣裳，換衣裳……從阿凱咕的身上發現那些，已經夠她認識生命了。

然而更還有生命之上的生命。阿凱咕，阿凱咕，喊著喊著，喊的是誰？阿凱咕一身的虎皮，阿凱咕身上沒有使人恐懼的鈕扣，阿凱咕使麗麗在生活裏不怕用心了。開始的時候，麗麗居然拗過自己的任性，把阿凱咕留在廚房裏餵養，一口肥皂箱，鋪上一層又一層的舊衣，生恐凍壞了這個小公主，把自己小時候一件獾皮大衣鋪在最上面，希望灰鼠色的皮毛能給牠一點母愛的幻覺。頭一夜，老是忽然醒來，忽然醒來；老是聽到阿凱咕喵喵的哭，如耳鳴一般黏著不去。不行啊，像盼著過年那樣遙遠的盼望著天亮。在深山裏德傑要住在甚麼樣的地方？黑的森林，黑的莽草，黑的河流，篝火在無邊無際的黑裏燒一團紅殷殷的洞，洞之四周映照出幾張不完整的臉孔，一張張深沉的臉上跳動著火影，一張張都是德傑，他沉思，他笑，他用緩緩的言語談著甚麼，他瞌睡了，他透過眼鏡笑吟吟的看穿了她心裏隱蘊著甚麼……等不及的天亮，久已沒有過這樣起早，看到阿凱咕就有看到德傑的喜悅，彷彿一直巴望的新年也過來了。陌生的清早會有這麼新鮮明亮啊！

狐狸的小墳墓已經分辨不清，就像那座橫在牆根底下的梯椅，怎麼會遺忘了這麼久！好像被誰存心敉平了，墓碑也被盜了，一遍草叢，草梢上挑起一面面晶瑩的旗幡，那是些特殊的蜘蛛網，密織如同蟬翼紗，上面勻勻的綴遍了露的珍珠。那些旗幡雖很華麗，然而不過是棺罩上的刺綉。狐狸的皮喲，一片片張掛在那裏，多少死難的旗幡，蒼蒼涼涼的疚痛。那是一頁書，翻過去罷，還有失蹤的黑鼻子貓。

阿凱咕沿著長年生有白色硝跡的老紅牆根，嗅著，戒備著，在牠的叢林裏探險。打煤球的槨頭重重的鎚擊下來，來得很冒失。小阿凱咕連忙調回頭，張惶的沿著牆壁望上去，想要找尋那使牠吃驚的含有敵意的甚麼。緊接著又是突然的一聲鎚擊，這一次小東西沒太驚恐，僅只帶有一種機械反應的震了一震。

「不怕不怕，媽咪保護你。」

麗麗蹲下來，把外套領子扶起，手伸給小貓，覺得這樣便可以把安全送過去。

油加利樹行和樓頂之間，一羣麻雀吵著鬧著飛過去，再吵著鬧著飛過來，女子學校的運動會，吱吱喳喳的。阿凱咕被牠們吸引了一陣，重又繼續牠的探險，然後找尋到草叢裏一塊禿地，停下來一勁兒的嗅。也許那便是狐狸的墓地，麗麗記不十分清楚了。奶奶講過的故事，狼死絕地——狼死哪裏，那裏就甚麼也不生長了。也許埋葬貓的地方也會一樣的不再生草了。

阿凱咕嗅了一陣，便開始扒土。先用一隻前爪，換過另一隻，然後兩隻前爪一齊下手。「你做甚麼？你要做甚麼？」麗麗感到身上的毛髮有點兒豎，彷彿在那一對灰藍的瞳子裏看到作祟的磷質閃光。「你真的要找狐狸麼？你知道麼？」眼睛直直的看著這隻作祟的小貓，衝動的要把阿綢喊來。

而結果，非常滑稽，很認命的樣子蹲下來，蹲坐在牠挖出來的小坑穴上，挺棒兒硬的翹直了小尾巴，牠在用勁呢，肚子憋得圓鼓鼓的，彷彿小臉蛋兒也給憋紅了，顯得那麼的無助而無可奈何。

真是把麗麗給逗樂了，趺坐在盡是露濕的草地上，喊著要阿綢來欣賞。但是阿凱咕一點兒也不要笑，很像等火車的小老頭，莊重的坐在那兒甚麼也不關心。

阿綢刷了一半的牙，趕過來看，嘴巴白了一圈，又那麼肥嘟嘟的，該是馬戲團的小丑。

「妳真是閒著沒事了。」阿綢口齒不清的兜著嘴巴說。不過還是很興趣的偎近來看了。

然後阿凱咕轉過身來掩埋，嗅嗅，再繞到另一邊扒土，不放心的再嗅嗅，直到牠認為滿意了。

「好像狐狸沒有過呢。」

「甚麼狐狸？」

「從前的呀——妳忘記那隻小貓啦！」麗麗感到很不以為然，雖然她自己也已經差不多忘掉那個可憐的狐狸了。

「別提了罷，妳放在樓上養，地板上也能扒出坑來嗎？沒見過那樣又髒又瘦的癩貓。」

「嗯，恐怕就是妳啦，」它彷彿看到阿綢的胖臉上有些可疑的惡意的笑。「一定是妳煩牠，索性就把牠害死了。」

「瞎說嘍，好會誣賴人喏！」噴過來一些牙膏沫。

麗麗仍然懷疑的望著她，想再詐她一下。

「哎呀，真的不會啦！」阿綢繼續為自己辯護，白色的泡沫四處飛濺。

「好了，要證明妳不會煩牠，就請妳替阿凱咕服務一下。」

她吩咐阿綢把那口鋪著被褥的肥皂箱騰空，裝進乾鬆泥沙，放到樓上她的臥室裏，做阿凱咕的「一號」。麗麗很滿意自己這番狡計安排，也很驚訝自己這麼愛用心眼兒了。真的，她跟自己說，等于讓阿綢立下了保證書，保證阿凱咕的安全；又不必夜裏老是聽見小東西啼哭，弄得覺也睡不熟；而且也合德傑的意了，他不是躭心小東西會被她寵得到處骯髒麼？我是很聰明的，而且很正經了。她覺得需要感謝，沒有過這種新鮮的感覺。彷彿那次在藍家山莊上那個老祖母家吃的一頓中飯，簡陋粗糙，因為從沒吃過那樣的飯菜，感覺很新鮮。

發過多少次的誓，這次決定安心去讀德傑給她帶來的幾本書，米蓋朗基羅傳、流言（有作者的即興畫）、荒野呼喚，都是德傑和他的姐姐——總之都是他們另一個世界裏的那些人物——醉心不得了的珍寶。然而那是些艱難的天書，讀慣了花封面的暢銷小說，這些天書不用打開就聞得出葛氏平面三角學之類的酸味。這次就先把阿凱咕摟在懷裏，再抱住一盒椰蓉巧克力，就像兒時祖母派她吃苦藥先給一塊冰糖過過嘴那樣，想用阿凱咕和巧克力把這些艱難的天書帶下肚子裏去。

三本書落起來量量有多厚，其實不過三節指頭那麼高，比起重甲級的《飄》，算不得甚麼的。安慰著自己，但是打算在德傑回來之前看完了它們，就覺得此去過年的日子又太倉促了。原把十九天看做十九年，而現在差不多就要六天看完一本書。怎麼辦，阿凱咕？替媽咪看一本罷。阿凱咕沒有理會她，熱心的在收拾自己，舔著那片鮮紅的小舌頭能夠舔到的地方。然後麗麗小器得要命，斤斤計較的比了又比，選上較薄的流言。可是窗外初昇的陽光有多新呀。每天都是這麼新的，她可發現只有今天才這麼新得迷人。

這就是新的一頁麼？剝開包書面的橙色粉畫紙，這樣的封面呀！一個只有輪廓沒有眉眼和鼻子嘴唇的臉孔，那是個女子，俏俏皮皮的尖下巴，雲頭滾邊大襖，通天扯地那麼一個人物，沉思而倚靠于一堵嬌黃，擁塞和侷促的感覺，退不得也進不得，單薄的世界。那堵嬌黃要不是脆如蟬翼，便一定剛硬得刀槍不入。青藍雲頭滾邊壓在嬌黃上，好犯沖，還有那蒼白。作者自己下手描繪的。甚麼樣的流言？作者嗜好著，或者敏感著那份蒼涼，低眉細訴，從兩片貧血如化石之透明的薄唇裏，嘀嗒嘀嗒那更漏，那天長地久古老的脈息，總是蒼涼；歡笑裏就已沒落了，沒落作弄著歡笑。回頭顧盼之間，一張似曾相識的空白的面孔，派給誰都是一樣，然而又必須是那一代的面孔，換一代便將陌不相識。作者占卜裏依稀只有繁華或昇華的明天，沒有命名為繁華或昇華的文武線式的滾邊，也是軌道，向前驟馳或者摸索；彎曲過雲頭仍然向前，留不住你是甜或苦，你當作繁華或昇華，總是蒼涼，總是蒼涼，總是。

艱難在開始之前，艱難被恐懼下鎖，我們都沒有萬能的鑰匙，我們跟誰去找？誰肯借給我們幫助我們開啟那害死人的閉鎖？誰多擁有一份友情，誰便多擁有一個世界，因那份友情在另一個時空裏替我們活著。那個被麗麗捏造成獵人去想念的深山中的德傑，應該能夠感覺到有力量從他的身體裏面絲絲不斷的繅出，遙遙繅向一個遠方，那比阿凱咕和椰蓉巧克力和幼時祖母的冰糖更為甜美的給麗麗帶下苦樂，原來那藥不苦，或者根本便不是藥，或者不是藥而有些苦尾，或者不苦也不是藥。不必活得那麼透透澈澈。一個老是鬧偏食症的孩子，不是死吃就是死不吃。死吃起流言，一口氣吃完荒野呼喚和米蓋朗基羅傳，在飯桌上，在牀上，在衛生間裏，在麗麗所有張開眼的時刻裏，視覺包給了那三本書——想不到都是紙張，墨印，一樣的也是多色封面，都是書；一如德傑和德英都是藍家的男孩子；黑鼻子貓、狐狸、老虎（上吊刑的），阿凱咕，都是貓；為甚麼都是一樣又完全不是一樣？為甚麼那些個書整天都是搬弄不完的你愛我我愛你再沒別的了，而這些個書給她的不是那些空虛無聊的東西？

米蓋朗基羅那個巨人提起她的一雙小手，逗弄孩子一樣的一下子就把她提起來，提升到德傑他們的那另一個世界裏。從高處回望下界，她看到自己的生活，看到自己的生命，決計不是鏡子裏的自己那個煩人的外殼。從德傑不欣賞她故作驚人的野合，從德英嘲弄的寒窗小生，從那些藥學醫學扯弄不清的困惱，從書架和畫架和十字架，一直被她看做另外的那個世界，現在米蓋朗基羅給她刀砍斧鑿的雕刻出來，有角有棱，且更越過視覺觸覺之上的聽得見那鏗鏘的砍鑿，和雕像的心臟的跳動，使得麗麗太快而來不及的懂得那個世界裏的他們沉醉些甚麼，狂熱著甚麼。

但在這之前，那個空白著面孔的幽靈便已經為麗麗啟蒙，一根一根尖銳的針頭，挑和穿刺那些韌翳，幫助她快樂的悲痛著自己一直活得那麼粗糙和虛空。依稀便是母親那空白的面孔，和母親襟子上那青藍色的雲頭滾邊；母親的一無所恃，原是那樣，一頭無可依恃的困獸，緊緊的緊緊的背貼著黃之貧血的那堵壁，好單薄的依恃喲，看不見觸不到的箭鏃嗖嗖飛響，從不曾去感覺那精緻的痛或憐憫乃至微笑，總是蒼涼。不如說是白色幽靈，就是作者時不時用來點主的屬于舊戲曲中那些突兀的陰魂，黑無常，白無常，鏘鏘的敲器替他們討一些兒打點。不錯的，似曾是前生前世，恍恍惚惚的稔熟，她很知道她曾經過那裏，並不是另一個世界。吞食的時候不曾發現，現在反而從反芻裏品味出來了。

那麼生命便不是僅止于貓的天性和教育問題的膚淺，遠非一點點浪漫的篝火用來助興，雪虎的白牙也遠不是用來裝飾，如她曾無知的炫耀野合來為自己裝飾；相去太遠了，黑色雪地上那成串成對燐綠的眼睛之背後，那是生命裏層又裏層的無窮無盡。拱進彈簧牀下，阿凱咕曾經給她那樣燐綠的瞳光。她不能自知究已得到多少，但她知道她開始得到。張開一雙短小且又精瘦的臂膀，抱不過來，也抱不起來，龐雜和沉重，得自藝術的東西，總該就是這樣。

火車載這個饑餓的女孩去那個可以找尋飽足的地方。也是近晚的原野，但並不也是初夏，離過年還有六天。

正是趕著下班下工的通勤車，在擁塞的車廂裏，麗麗靠在盥洗間外壁，隨手打開哪一本哪一頁，仍然被深深的吸引進去。車頂燈把一些深淺不一的頭影重叠到書頁上來，好討厭，而她埋在書本裏貪心的咀嚼，反芻，哪一本書都想再一遍一遍反覆的重讀下去，可又抑制不住自己再去尋找新的世界。三本原像三垛高牆的書，才不是預想中那樣艱難的攀登呢，而且相反，只是三磴樓梯。

如果比作樓梯，自然還有更為省力的滑梯，坐下來，唿唿一路滑到底，就像面前靠窗而坐的這個小下女樣子的黃毛丫頭，她在那裏溜滑梯，舔濕指頭，一頁頁翻得好快，哪裏是看書？數鈔票嘛。麗麗瞟著這個比自己大不兩歲的大丫頭，那就是她曾經有過的自己，有些兒害羞，好像看到自己光著屁股的嬰兒照片那副傻瓜相。她懂得為甚麼會數票子一樣的快，一定是碰上一段又一段沒蔚藍色的天空白雲悠悠之類的抄抄弄弄了，總是山山水水，花花草草，風風雨雨，永遠是千篇一律的國畫，千篇一律的廣東樂，千篇一律的的歐柳顏趙，千篇一律的從片頭唱到劇終，永不疲倦的黏纏抄襲，你必須數鈔票那樣的數過去，溜滑梯那樣唿唿的一路滑到底，只為滑梯之外再沒別的了。

「的確是那樣；」年輕的畫家詫異這個問題女孩提出的問題。「畢卡索就曾經問過我們的張大千大師，你畫的畫哪一幅才是你的呢？不一定是諷刺，很莊嚴的問題。」

「其實我甚麼也不懂。」

「可能。不過我們都覺得，妳很有靈性——那是指藝術和宗教說的。」

「真的，我們知道妳很多。」

藝術家妻子一旁補充的說，因為他們在麗麗蒼白的面孔上看到不甚信任的淡漠。

飯菜很粗淡，却是麵食，女主人第一次試做的拉麵，粗細不勻，不過勁道很夠了。

「我好怕不夠吃的。」麗麗咬著筷子說。

「不會，我正愁太貪了，又是第一次做，沒數兒。」

「我們這一位，哈，」畫家疼愛的打趣著他的妻子：「我們都笑她大家之女，手頭太大了。」

「不是，我們的朋友都是突擊隊。」德美忙著解釋。

「我也是突擊隊了。」麗麗開心的說：「不過我的意思是，我從來都沒這樣好的胃口，一定會吃得好多好多。」

吃得好多好多，並且好美好美，美得瞇瞜著眼睛。這是麗麗第二次到這兒來，倒像是已經來過兩百次，如同流言向她展示的那個世界，那裏不是外國，不是番邦，不是甚麼仙境或者陰曹，乃是她一直生在其中活在其中的世界，應該熟稔的世界。他們給她啟蒙，替她挑去眼瞳上的雲翳，給她蘇醒，從長久的冬眠裏。人們常愛那樣撒謊：「真跟在自己家裏一樣。」怎麼會是一樣呢？每一個家都有每一個家的面孔，沒有雙胞胎的家，那座空曠得長年滯留著灰和白的寒流冷鋒的樓房把家的味道凍死，在那座樓房裏，被阿綢數說「倒了油瓶都不扶起來」，母親則只關心她的維他命，趕流行和多得不像零錢的零錢，另外再關心——不如說是害怕——阿凱咕要給他們帶來遍地的跳蚤。

現在麗麗幫助這夫婦倆收拾碗筷，收拾屋子，雖然很笨拙，很生疏，但有孩子們辦家家酒那麼快樂。在自來水嘩嘩的流瀉裏，在騰騰的煙氣裏，在洗刷碗筷的嘈雜裏，快樂的姐姐沒有住聲的唱和笑。妳那隻小貓呢？也和我們貴妃一樣貪玩嗎？後來取名子了沒有？應該取一個女孩子的名子罷？叫做阿凱咕，好妙呀，德傑的耳朵要整天發癢了……似乎德傑把甚麼都告訴姐姐了。距離將近一個小時的火車路程，若是步行也該說得上千山萬水，然而他們甚麼都知道，比母親知道她還多，比母親關懷她還要深，而且關懷的不是跳蚤。同在一座樓裏的母親，她知道甚麼？關懷甚麼？「麗麗呀！麗麗！」喊得多親多暱，想用那些嗲聲，維他命，趕流行，和多得不像零錢的零錢，便可以做母親，一面無緣無故躭心女兒經過一場病變得太乖了，那麼多荒謬的狐疑。誰能確知她到底把自己的女兒看做甚麼呢？到底想要自己女兒怎樣呢？

「我們倆的片頭都是一樣的——就像蘭克的鑼，或者米高梅的獅子。」德美說。

麗麗似乎沒能立刻領會到這個，定定的注視德美。然後一陣子眼睛眨得很快很快。

「是不是說……」

搶在領悟的前面，麗麗就急忙把喜悅表現了出來。那領悟不過是影影綽綽，還隔著一層磨砂玻璃，但是她很心急。

德美也便立時確知她領會了，很深的笑笑。

就是這樣用她們的眼睛無聲的交談，幾乎是滔滔滔滔的，多美妙啊！

「可是妳家阿春說，藍媽媽好想妳，日日夜夜想念妳。」麗麗說著這些羨慕。

「我知道。」

「姐姐會想家嗎？」

「連母親在內。」德美很肯定。「連山上那些。我和妳只是片頭相同。到底妳那個家，不是妳從小生長的家，不用說，妳比我要吃了一些虧。」

「可以由自己創造的。妳現在已經開始戀家了。」畫家說。

「才不會。」

「不，家裏已經有妳可戀的，譬如妳的小貓。」

「阿凱咕？」

「總要慢慢的建造，耐心的建造。」

「真的我現在好想阿凱咕……好想回去……」

麗麗不安的念著。

入夜之後，天氣奇寒，這一幢很差的房子彷彿到處進風，三個人索性擠到牀上，扯開被子焐脚。

真的，麗麗覺得，他們知道她真多，沒有誰這樣用心的來知道她。從外套底下伸過手臂去摟住這個和自己一樣片頭的姐姐，那溫熱的腰背傳給麗麗言語說不明白也無需說明的暖意，補償她錯過了的母懷。有過麼，和母親之間？有過那樣的一個雨天，母女倆遮蓋在油布底下，三輪車慄慄的顛跳，聽見雨點打在帆布篷上，膠輪嚓嚓嚓滾動著雨水，願意就能那樣地老天荒的往前走下去，不要停，不要有終點，不要把這個不能再小的空間撐大了，不要大到家裏樓上樓下那樣的空曠，把母女倆大到兩個臥室裏去。心裏大聲喊著不要不要，油布上散發的潮濕的水腥和母親身上那粉脂混合著，便是迷人的奶香，嬰兒就用饑餓和感激的小臉龐兒去揉搓母親的臂，母親的肩頭，仰望著母親會能低下頭來親一親嬰兒的嬌憨，嬰兒呻吟著；春天窗外下著細雨，秋日園中綴著露珠，母親眼淚永沒乾枯的時候……而母親張著畢卡索粉盒的小鏡，母親只親那肉色的口紅，親那鏡子裏塗油的嘴唇，母親掆開油布一角，湊到亮處去審視唇膏是否塗勻了。嬰兒不再是嬰兒，冷而且打了一個寒顫，忽而憎惡自己何其猥褻，鄙賤，而骯髒！一刻也忍受不住油布散發的那潮濕的水腥，和另一個身體上那種惡心的氣味。下車！下車！忍受不住一種被侮辱的羞惡，她嘶叫，吵鬧，死也不要去吃那倒霉的喜酒。聽見背上油布被扯裂，也感覺到可憎的手指沒有抓牢她的手臂，水亮的柏油路猶在脚底下往後飛跑，吱吱的煞車聲撂在背後，人已躍進街廊下面。「麗麗呀！麗麗呀！」而她已經跳上另一輛三輪車裏。

「在想嗎？」

對面的畫家問她，看見一層迷茫蒙上麗麗大得空無所有的眼睛，又看見那霧緩緩的散失。麗麗發覺他們倆都在屏息的看著她，忙把那些不幸和不快的影子搖落，摟一摟緊而溫熱的腰背，彷彿唯恐這又失去剛剛得來的甚麼。

「也許妳比較任性一些。」

「我知道，可是我管不住自己。」麗麗垂下頭去，撫弄頂在膝蓋上藍和淺藍相間的菱形圖案的被面圖案。

「我一直都在努力，想跟母親和好——其實怎麼會有仇恨呢？總是擺不開那種求和的心理。」德美說。

「妳說中了我；」麗麗捂住面頰，埋首在膝蓋上。「我簡直跟她獻媚……」

「可是白費，她又不是不愛我。」一陣沉寂以後，麗麗又這麼說。

沉寂繼續著，玻璃窗在風的鼓動裏貧嘴的絮絮叨叨不肯稍停，遠處有寒風劃過電線的唿哨，打起旋轉的長調子，也有冷冷清清不甚起勁兒的犬吠凍僵成一塊塊石頭敲打這個靜止的夜。真願甚麼都停留下來，靜止下來，世界上只剩下我們三個。麗麗和德美披在一件厚呢的軍用大衣裏。六隻腿脚叠落在被子底下，互傳著暖到心頭的溫熱。不管扮做甚麼，一個丈夫兩個妻子，父親母親和一個心肝寶貝女兒，或者是一個兄長兩個妹妹在一起，這都無關大體，隨便派她甚麼，她都甘願，只要一切都這麼停留下來，永恒的靜止下來。

但是身旁的德美喊著「貴妃」，忙不迭的下牀趕到後面去。

「貴妃在哪兒？」麗麗覺得很奇怪。「怎麼我沒有聽到一點兒動靜？」

「她有那個本領，靠感應。」

麗麗不信任的笑笑。

「真的，」畫家說：「我們常取笑她，如果她是老鼠，那會是一隻幸運之鼠。」

果然幸運之鼠在一陣開門和關門的響聲過後，抱來一條龐然大貓，你會以為她揣著一件白狐皮大衣進來。

「好漂亮的貓！」麗麗止不住驚喊。「怎麼會有這麼漂亮的貓！」

「妳還會繼續發現妳沒見過的。」

一眼就能看出這個貴妃被寵愛得要命，德美一路親著，疼著，撫愛著，呻吟些不是語言更不是文字可以解釋的暱聲。

「怎麼會長得這麼大了呢？那一回看到牠，不是還……噢，好高貴，真是個貴妃……」

麗麗接過來抱在懷裏，一時不知要找出多少讚美，多少個喜愛。這是一隻貓麼？這麼純白，聖潔，柔弱得可以由你把牠擺弄成甚麼形狀就是甚麼形狀。

「也像楊貴妃一樣的慵懶——侍兒扶起嬌無力，那是描寫牠的。」

「懶得連眼睛都不想張開。」畫家透著一些兒嘲笑。

「可是妳知道牠眼睛有多美！」德美深深的望著麗麗的眼睛。「比妳的還要神秘。不過總不輕易讓妳看到——並不是他說的：懶。」

然而也許可以叫做懶，把牠四脚朝天的放在併直的腿上，牠就那樣的躺著一動也不動，聽由妳怎樣擺弄。身旁的這位幸運之鼠便有說不完道不盡的誇讚，有鎂光那樣的喜色閃亮在那張尖尖下巴的圓臉上。貴妃有一雙不同顏色的瞳子，一顆比海藍還要潔淨，另一顆有琥珀那麼晶明。貴妃小的時候就懶得夠瞧的，時常都不肯站起來，小肚皮貼著地，鋪開四肢，蛙式游泳的姿勢懶懶的劃動，誰見過那樣懶到了家的貓？有時他們也愛戲弄這個小貴妃，把牠送到庭院裏那棵被颱風颳歪的黃金樹的樹椏上，樹幹的斜度很大，應該很容易上下，可是小貴妃永遠不肯也不能下來。他們在籬牆頂上架了一座小小的看臺，把小貴妃送到那上面，牠就能長久的坐在那兒瞭望，長長見識；對于門面長巷裏的來往行人，小貴妃有從不減退的興趣，從那一頭盯住走過來的行人，小小的腦袋跟著緩緩轉動，一直目送那個行人走去很遠很遠。

「還有還妙的呢，」德美像個愛把孩子慣壞的母親，能把孩子一個噴嚏說出四個樂章來。「老是有一種錯覺，我們這個小貴妃，也許視覺焦點不太準確，沒有距離感，人家從巷子裏走過去，走牠面前經過的時候，牠總是誤以為人家會碰到牠的鼻子，小身體儘量往後仰上去讓路，我們就會為那副可憐的模樣笑死。」

一個噴嚏既然打出一部交響曲，那麼這一條的確很夠高貴的貓，值得誇耀的輝煌自然還很多；不偷嘴，愛乾淨，又很依人，這都不用說了。而且不捉老鼠。

「以前我們說牠甩，」畫家也該是個愛把孩子慣壞了的父親。「後來才在一本書裏看到，不捉老鼠的貓，才是最上品。」

「真的，打牠來了以後，不光是我們這兒，左右鄰居老鼠也都絕跡了。」

「不知道阿凱咕會不會也是上品貓？」麗麗說。

「既然是上品貓，自然不多見。」

「也許是；」德美不一定是有意要安慰麗麗。「聽德傑講，送妳的那隻小貓氣質也很不錯。」

「對了，妳可以告訴麗麗……」畫家跟他的妻子示意一下他的上顎。他可以直接告訴麗麗的，但他有意要讓他的妻子滿足一些甚麼似的，他那深邃的眼睛裏露出多少動人的體貼。

做妻子的張開口，探進指頭指指自己上顎告訴麗麗：「妳可以扳開阿凱咕嘴巴看看，上顎不是有一道道橫溝，好像洗衣服的搓板那樣嗎？妳可以數數有幾道溝，越多，品質越高，我們貴妃一共是九道，一千隻貓裏只有一隻是這樣的。」

「很可靠的，這樣的鑑定。」畫家給他的妻子助陣，說得那麼權威。

麗麗望著一對夫婦，眼睛裏一片空盪，看得出她又在想到別的甚麼上面去。

「所以我瞧不起教育——至少我不信任目前這種學校教育。氣質和薰陶才是頂重要的。」畫家伸一伸蜷久了的一雙長腿。那隻挺立的通梢鼻子總是幫助他肯定他的主張。

「我要回去看看阿凱咕！」

麗麗忽然從一個深深的夢裏醒來，一摟蓋在腿上的被子，跳到牀下去。

夫婦倆望著她。

「很晚了，又很冷。」

「不，我要看看阿凱咕是不是上品。」

麗麗整理著圍巾，脚底下找她的鞋子，一隻底子朝上，泥黃的半透明熟膠鞋底。

「還是可以薰陶的，除掉氣質。」

畫家不動聲色的坐在被子裏，希望麗麗再多聽一些貓的知識。可是麗麗拔起鞋子，一刻也等不得一刻的非要這就回去不可。

「那我送妳上車站。」

在竹籬門的暗處，畫家有一隻手被妻子有所含意的捏了一捏。「好勞神！」耳旁又低又含糊的一聲。

用力的向前推動頂面而來的風力，兩個人傾著身體前行，風很刮人，一遍建築中的房屋黑著門窗，彷彿一張張傻兮兮的嘴巴張開很大，愣等著灌進強風捲騰的那些海灘運來的黑沙。人的嘴巴則吐出白色熱氣，從每一句話裏吐出一團又一團。

「德傑跟我們講過，妳很怕鈕扣不是？」

「還有別的。」

本來是插在畫家風衣口袋裏而且握在畫家裏的一隻凉手，不知為甚麼忽然掙脫了抽出去。

「所有的鈕扣嗎？」

「啊？」

頂面而來的風，老把白色熱氣和說的話吹碎。

「害怕所有的鈕扣？」

「啊，也不；只是……只要不是男用的——像你袖子上的這一種。」

「原來鈕扣還有男用女用之分的！」畫家的口氣裏沒有譏笑的意思。

「本來嘛。」

「今天我才發現。」

「也不是分得那麼嚴，只要不是有洞洞的——背面的不算。最好不要是圓型的。」

他們都用很大的聲音回答對方；夜本來沒有那麼深，是不得人心的冷風把人從街巷裏趕走了，店舖的門窗也給冷風吹閉上了。這就好像時間已過午夜。

「不要說那些髒東西罷，叫人好惡心！」

麗麗叫著，聲波是黑天覆日滾撞的雷木，在提早的午夜街頭，紛紛滾撞著夜背上的空盪，彷彿竟有不絕的回聲，一座夜谷傳給一座夜谷。

「會像甚麼樣呢——類似的髒東西？」

「我說不上來。」

踏著脚前各自的影子，那影子愈長愈長，背後路燈罩子哼唧著冷啊冷啊的呻吟也愈遠愈遠了。

「你害不害怕肉蟲？」麗麗喊著探問這位畫家。

「植物上的那些肉活活的蟲子？」

「比較大一些的——特別有一種，不是你說的那種綠蟲，那是生在雞窩底下泥土裏的……」

「我知道；不大乾淨的那種白色，好像塗一層釉子，亮晶晶的，不注意就會以為是一根斷掉的瓷茶盃把子。」

「有些透明，對了，」麗麗無端的興奮起來。「總是盤成一個小環子，性子很慢。」

「對的。」

「不要了不要了！」

麗麗嗾嗾的咂著嘴，禁不住感到膩猥人的肉顫，忽然疑心口袋裏，鞋殼兒裏，或者就有莫名其妙的那麼一根肉蟲，蠕蠕的正在那兒爬動。

「告訴你了，鈕扣就是那樣……」

鈕扣就是那樣，在麗麗的感覺上。當德英好多次激紅著臉孔貼近來，當帳篷裏那個男子挨上來，當歐魯巴古抱住她抖動……那種森人的肉蟲便出現在他們的胸前、褲叉裏，蠕蠕的爬動，且不僅爬到她身上，彷彿咽喉和胃裏，全都堵塞著蠕蠕的爬動。

小站月臺上迷漫著霧，那是誇張的火車蒸氣，這裏倒又不像是夜很深的樣子。

「很女性了，比妳第一次來這兒。」畫家站在車窗外面。

「我不知道。」麗麗伏在窗口痴痴的望著畫家背後的一個甚麼。

「一個人往往也會陡轉，就像坦克車那樣。」

「我沒有見過。」

「可以原地向後轉，或者隨便甚麼方向。」畫家說：「不是不可能的，也不算稀罕，妳的氣質很好。」

「也有九道，你猜是不是？」

麗麗笑了，笑得肩膀發抖，尖尖的下巴抵在手裏那兩本書上，一本傳奇和一本海狼，仍然是張愛玲和傑克倫敦的小說。似乎很久了，麗麗都不曾這樣徹底的笑過。

「本來就很乖嘛。」然而莊重的顏色好像一層薄薄陰影落在麗麗蒼白的臉上。「不要以為只有藍德傑才是寒窗小生，別人都不配。」

「妳自己就不該這麼想。」

「可是等你再回頭學乖了，你就會覺得你投降了，好羞辱，還有人等著受降。」

「人是為自己活著的。」畫家說：「只要替自我負責。」

「別人會插手，拉拉扯扯的，我知道。」麗麗探出頭來張望著埋在蒸氣裏的火車頭那個方向。

「是不是要等我們講完了話再開車？」

「嗯，妳講的話很重要，值得整列火車停下來等妳。」

「你才重要。」麗麗得意的笑了。「在我們那麼多的老師當中，能有一個你這樣的老師，我就不會老是要休學了。」

「當然，美術不需要考卷。」

「不是，我沒有害怕考試。可是我不知道該怎麼說……」麗麗垂下頭去，無意識的翻弄手裏那兩本書。她要找尋甚麼呢？就像新式的咬文嚼字「打開記憶之頁」麼？「噢，對了，就像那些國文老師，都是一個調子：白話文，你們自己看看罷。就闔上書本，另外給你補習國學常識。從來沒給你介紹過哪一部書值得讀，哪一部書可以幫助你找到另一個世界。」

麗麗的眉頭鎖得很深，老想很快的得到一點理解。你不可以說麗麗沒有過自省和思想，她有；但她說謊，不是存心，而是她遺忘了或者沒有反省到更重要的那個環節。麗麗不可能曾是一個規規矩矩的乖女兒，然而她曾是一個靦覥、要強，而自愛得十分過分的女孩子。曾經重重的傷害到這個孩子的，不一定就是適用于每一個孩子的打擊。那只是一句不好受用的話，極輕微，甚至完全出于無心。然而却是一絡絡拉扯不清的蜘蛛網，煩惱住了這個敏感的女孩，沒頭沒臉的絡住，愈是拉扯愈是黏黏不清的蜘蛛網，哦，那些羞辱和灰心！但已不存在于有意識的記憶裏了，那不是健忘。

如果說也還有過一兩位老師使麗麗滿意的話，那位教數學的訾老師應該是其中的一個；且不止于滿意，而近乎愛慕。那位黑燦燦橫大豎高像個體育教員的訾老師，能把數學當作故事講，用老太太冬天捉蝨子的本領，比喻怎麼解括弧，一下子就把孩子們逗樂了。哦，奶奶就是那樣的。訾老師講著還扮演著。真的是那樣，引起多少童年的甜甜好夢。祖母最裏面貼身的總是單面絨的白襯衣，襯一件廠布掛，再一件襯絨夾襖，外面才是紫羔子皮襖，自然頂外面還罩著家常打粗的罩衫。多少層呀，在那些交冬數九的寒夜裏，守著火盆給小孫女兒講古今兒，說了講了也不閒著，撿不完的線，補補連連做不完的針線活兒。「來，乖，小手兒伸進來給奶奶抓抓癢兒。」就會調皮的抓著抓著偷偷繞到前面玩弄一下軟垂在褲腰上的奶子。「不是要給奶奶抓癢兒嗎！」祖母快樂的生了氣：「小東西，別瞎胡鬧！眼力好，給奶奶逮蝨子。」然後祖母便甩呀甩呀，甩那肥大的袖子，再甩另一隻。兩隻手臂縮進襖底下摸摸弄弄的就把貼身白絨襯衣打裏面脫下來。「唉，窮生蝨子富生癬！」日子當然不如戰前了。然後再在裏面摸弄一番子，脫下廠布褂兒。一層層脫出來，能脫到最後只剩空殼兒皮襖。小括弧，中括弧，大括弧，就是那樣從裏面向外一件件脫出來的。

真是少見那麼一位又高明又可愛的老師，而且是一位原該不得人心的數學老師。一百個逃學的孩子裏便有一百個是交不出算術演算，但是訾老師有本領帶他們遠足到嘻嘻哈哈的數學世界裏，那是個又驚險又神奇的童話世界，他就有本領把從 0 到 9 死板板的數字譜成簡譜唱給他們聽，一個公式一個琴鍵，一道習題一根琴絃，多麼和樂的那一段時光！學校和家反過來了，學校比家可愛得太多了。

和往常一樣的，代數月考的課堂上，孩子們都有又要亮一手了的愉快。麗麗的數學仍不十分好，但是她很自信，不慌不忙的演算，只是遲一些交卷兒。那些變魔術一樣的因式分解最是麗麗拿手的了，却發現試題裏有個正號應該是負號，否則便怎樣也算不通。

可是已有好幾位同學交卷了，他們全都不曾發現這個可能出于油印的錯誤麼？不對的，怎麼算來算去總是有問題。黑板前面，訾老師捧著同學們交去的一疊考卷默默的看，如果印錯了，他應該宣佈的。也許宣佈的時候被自己忽落了，怎麼辦呢？左右的同學都在埋頭疾書，似乎都不曾遇到困難，真是怪透了。麗麗張著考卷走到前面去。

「老師，這個正號好像……」

然而老師是個甚麼樣的神態啊，一臉的詫異，立刻掛下臉來，掛一臉的鄙夷，忙把手裏那疊考卷藏到背後，生怕她看到似的。

「有問題，回到位子上去問！」

那副鄙夷繼續滯留在黑燦燦的長臉上，能從那上面刮下一層鄙夷的屑子。

麗麗被這突兀弄得僵住不動了，木木的不知道自己要做甚麼，有一種暈眩的感覺，然後木木的回到自己的位子上。

把我看作甚麼？我是那樣嗎？我是要偷看你手裏那些做好的考卷嗎？

一雙大而深的溜溜轉的眼睛，死在那張本就蒼白而益顯槁灰的臉頰上。

我是那樣嗎？我是要那樣嗎？你怎麼可以把我看成那樣？而你現在低著頭看卷子了，你又裝作沒有那回事的樣子了。你可以隨意侮辱人又隨意不把它當回事嗎？你抬起頭來看看，你不要逃避，你看看你多麼大的錯誤！你怎麼可以那樣的不分青紅皂白？我是那樣嗎？我會那樣嗎？一個愛慕你的學生——真不要愛慕你！——可以這樣隨隨便便傷害的嗎？你怎麼可以把我看成那樣？你侮辱我……。

麗麗深深的，深深的，陷進了這樣被侮辱被傷害而無從清理的委屈裏，眼瞳慢慢的被淚水沐住了。這才發現教室裏剩不到幾個同學，自己的卷子還空著兩道考題。

我不要做了。要等你發現你做錯了甚麼，發現你有多麼不該！有多該死！

但我不要你看到我流淚。

你根本就不配！你根本就沒以為意。你根本就是故意傷害人；我回到位子上來了，為何你不再問我我要問的問題？你根本就是存心辱弄人。

永遠，永遠，再也不要寬恕你這個黑炭頭！

麗麗忿忿的走出教室，沒有做完的考卷丟在課桌上。但麗麗努力的掛著笑臉，扮出考得很滿意的神態，她不要任何一個同學知道她被侮辱了，只是她知道會有人看見或者聽見了。

永遠永遠，不要枉想你還能像以往那麼神氣。麗麗冷冷的望著那個走路兩面晃動的背影。你很得意麼，為著你傷害了一個學生？你永遠，永遠，永遠贖不回你的罪。你知道你犯了多麼重大而不可寬諒的過犯？你還很了不起麼？我不要再上你的課！多可憎那教室！彷彿被巫術的魔杖點化過，那教室忽顯得灰暗悽涼，剛出土的殷墟，凝結著暗敗，銅綠，和不值的古遠。憑甚麼你懷疑？憑甚麼你像踩熄菸蒂一樣的隨意踐踏一個自愛的不得了的學生？你那個左右搖晃的背上，將要永遠永遠背負著無從補贖的黑污，我不要走進這座死沉沉的教室，我不要再老著臉上我憎惡的課。

逢上數學課的時候，麗麗胸腔裏便會結結實實的充塞著那些煩惱的爭吵和咒詛。亂七八糟的鬼畫，或者雙手托著面頰，指頭插進頭髮裏堵住耳朵，用種種消極抵抗來杯葛這位使她受辱的剛果外交部長——一個口才流利的黑炭。你以為你講課講得那麼棒麼？我不要聽。你已經永遠失去一個自愛的不得了的學生，永遠也不要讓你再有挽回和贖罪的機會了。

然而這都沒有用，無論怎樣賭氣，咒詛，發狠，給自已勸解，都清洗不掉所曾受到羞辱和傷害。她厭惡那個黑炭，厭惡那個黑炭的課，連帶的厭惡教室，厭惡同學，厭惡整個學校。事情已經過去很久了，而羞辱和傷害的疤就也脫落不掉。事情本身有被遺忘的一天，但被抽離產生的不滿和仇恨則為永遠，永遠。老師、課堂、學校這些東西，成為麗麗意識裏的獄卒、囚房，和監牢。歪著嘴巴愛吐痰的訓導，只會教文言文和國學常識的國文教員，只不過是不滿和仇恨的枝枝葉葉，那不是種子和根。

而寒窗小生便曾被嘲笑成討好諂媚沒骨氣的可憐蟲，誰若死 K 書本，誰若死守那些校規，誰就被劃進沒出息的可憐蟲那一夥兒裏頭去。然而居然有了這一天：「不要以為只有藍德傑才是寒窗小生，別人都不配！」多要命，我會把寒窗小生看得了不起！車廂裏空氣頗不新鮮，窗子都關得很死，窗玻璃上有一層薄薄的霧氣，引誘人要在那上面畫畫寫寫，忽然懷念起學校裏的大黑板，畫一道線又一道線，無意識的懶懶畫著。數數畫到第八道線，再添一道。現在還不知道阿凱咕上顎到底有幾條溝，麗麗有些焦慮。看不見車窗外沉在黑夜裏的田野，有一團遙遠的燈影停在她自己反照的影子頂頭上，似乎一動也不動，就覺得車行太慢太慢了。

客廳裏燈光很亮，有人的樣子。

「在家嗎？」她問背後剛關上大門跟過來的阿綢。

「還不是妳乾爹他們！」

「誰的乾爹？妳喊得這麼親！」

走上走廊，勾過頭去往客廳長窗裏瞥了一眼，窗幃低垂著，甚麼也看不見，裏面很寂靜，但她聽得見那是一桌牌局在進行著。都在那兒算計別人的錢包，用心計用得那麼寂靜而友善。想起才在火車上昏沉的燈光下曾讀完的那篇〈留情〉，她乾爹就是那樣的人物，中間擋住一個笨笨邋邋的肚子，彎腰都彎不下來，也是兩個家，「這邊」「那邊」的，房裏掛著結婚照片，怎麼看怎麼像兩張單人照片拼在一起的。

「阿凱咕！阿凱咕！……」

麗麗一路叫上樓去，又叫著下來。客廳門打開一些，從裏面洩出煤油和菸草味的碳酸氣，探出阿綢上半個身子。

「阿凱咕呢？」

「不曉得，或許在廚房裏。」

「妳不曉得，妳只曉得忙著賺頭錢！」

客廳裏立刻傳來一聲連一聲的「麗麗呀！麗麗呀！」

「我們麗麗又發小姐脾氣啦？」那是盧胖子乾爹帶痰的腔調，聽見就要替他咳兩聲，清理清理喉嚨。

「麗麗呀，凍壞了罷？快進來烤烤火。」

母親背向這邊，壓根兒臉也沒有轉一下。兩架煤油暖爐把屋子裏烘得又熱又臭，而且很燻眼，比火車車廂裏的空氣還壞，不知道他們為甚麼還能快樂的活在裏面。

似乎只有畫架、書架，和十字架，而窗子不住的在風裏打牙骨，靠著鑽在棉被底下取暖的那幢屋子，才確曾使麗麗嘗受到真正的溫暖，不是煤油暖爐烘烤出來的臭熱。那裏也沒有走廊裏懸掛的這麼多年貨，那裏還不如她們家的下房這樣寬敞——隔壁藍家的房舍比我們這邊還要敞一倍也不止，但是那位可愛的快樂姐姐寧可住在畫室、客廳、臥室連在一道兒的陋屋裏。「我們倆的片頭都是一樣的……」劇終就不一樣麼？阿綢替她找到小黃貓抱在懷裏送過來，麗麗可就等不及的接到懷裏，要阿綢幫她扳開那張紅得可愛的小嘴巴。

「甚麼意思？」阿綢不滿起來。「妳看看肚皮吃得這麼圓鼓鼓的，還疑心人家沒有餵牠呀！」

麗麗不理會，移到餐廳的燈底下細心的檢查。

「冤枉，餵不餵，看嘴巴也看不出來的。」阿綢仍在莫名其妙的嚕嚇，小黃貓在兩個人的手底下拼命的掙扎。

「噢，這麼多！」麗麗跳起來。「我好高興！高興死了！貓王，阿凱咕，你是貓王！」抱著阿凱咕，抱在下巴底下親著，滿屋子裏打著旋轉，吟唱一樣的喊叫：「我們比貴妃還要高貴，我們是皇后，我們是女王，現在你還是公主！再幫我看看，是不是十一條溝？」

一時之間，麗麗簡直有些發狂，急切的要去告訴所有的人。她抱住阿凱咕，飛旋到客廳裏，不知道自己急急切切說了些甚麼，然後奔上樓去。我還要告訴誰呢？我還要告訴誰呢？滾在沙發牀上，一點也沒有辦法現在就告訴她急需要他們知道的那幾個人。

而阿凱咕一點兒也不為這個動心，安詳的自顧坐在那兒洗臉，好像被主人揉搓了這一陣子，弄得穿戴不整了，急急忙忙趕快給自己收拾一下。

把這個告訴畫家他們夫婦倆，麗麗仍還不能滿足。然而德傑在哪裏？德傑有信給他父親和姐姐，在海拔兩千公尺以上溫帶氣候的層山裏，那裏已經落第二場雪。沒見過雪的那些大孩子們，倒不發愁寒具不夠，懊悔沒帶去太陽鏡，盡情的堆雪和賞雪。德傑發明在他那副三百度近視的鏡片上塗一層藍墨水——很艱苦的一種染色，把凍紅的鼻子染上一層藍，甚麼顏色的鬼鼻子了？信上寫著許許多多誇張得離了譜的趣事兒，密密麻麻一張又一張的活頁作業紙，才不相信那些雲山霧沼的吹牛呢，和他平時那些文雅深沉的談吐好像是兩個人。然而她猜得出他一定過得很快樂，簡直是忘形的快樂，但是儘管忘形却沒有忘掉她們；信裏夾兩片標準的五角楓葉，透明透亮的血紅，使人懷疑是不是假的。一片給姐姐，一片給麗麗，很女孩子的一份情意。山下亞熱帶見不到這麼醉這麼珍貴的紅葉，從那麼荒遠的高處飄落下來，單單的飄到同一個人生片頭的兩個女孩手裏。

但是麗麗仍不能不深深嘆一口氣，哦，他們的世界，他們爬昇到亞熱帶頭頂上的溫帶世界裏去。在地理課本上不能給人甚麼感觸的溫帶，出現在德傑的信上却頓然給人一種鄉愁的酸楚，對于一個遠離溫帶故土而不自覺的孩子，彷彿是刺痛了隱藏的甚麼。

愈是期盼著德傑回來，愈是覺得自己溢滿了不知有多豐富的甚麼急于要給德傑；她讀的書，她的世界上最優越的貓，她從畫家夫婦那裏得來的，她的夢……所有的這些那些。急于要給德傑。若不急急忙忙分享給德傑，就要把人脹死了。

好的信息隨時會出現在絡滿長春藤的矮牆那一邊，藍家那長年隱在濃蔭下的庭院，從沒有現在這樣的明亮，雖然那是由于大部分的樹木在冬季裏疏落了，而且是蕭瑟了。

也許是藍家突然顯得人丁興旺，沖淡了部分蕭瑟。那裏已是一片很濃的年景，一家人都在裏裏外外的忙年。兩個長年在外的兒子，也都帶著一窩一窩的妻子兒女回來，穿戴整齊的夾在裏面幫忙，到處跑跑跳跳跌倒或者喊叫的孩子們，似乎已經開始放縱而熱烈的在過年了。

而牆的這一邊，麗麗和阿凱咕，就是這一對；母親忙著和人們結帳，阿綢則忙著把年前的事情做完，準備回家團圓去了。那是不存在的，母親和阿綢。

阿凱咕被放到牆上，不住的東一頭西一頭奮勇的捕捉有限那一兩片長春藤枯萎的葉子。長春藤也並不長春呢，曾是濃密發黑那麼猖獗的葉叢，已只剩幾片病病殃殃的殘葉。暗紅的禿枝條留在牆上，裏面藏了些隨處滋生的一組一組纖細的氣根，鬚梢上結著蠶卵大小的吸盤，一隻一隻小蹄爪。冬令把這一溜短牆給解剖了，暴出遍體密佈的動脈管和微血管。

德英居然揮一把長斧在那邊劈柴火，臉越發漲紅了，那個曾在山上見過被喊作林肯的農民蹲在一旁抽菸休息，不知道正跟德英逗甚麼玩笑，兩個人都異常開心的打著手勢叫嚷他們的方言，把那個洗藥瓶的藥劑生也給逗引過去了。

彷彿曾是滿天灰雲沉暗的天氣，偶爾陽光從行雲縫隙裏流瀉下來，眼前一片耀眼的艷陽。麗麗就是這種感覺，當德傑還不曾放下行囊，出現在那邊一排龍柏屏風跟前的時候。

孩子們「阿叔阿叔」的擁上去，大人們也都那麼興奮的停下手來喊著阿傑，阿凱咕，藍百萬，還有別的一些麗麗聽不懂的暱稱。

隔著短牆，麗麗忽然受到一陣說不出的感動，或者近乎感傷的甚麼，眼睛酸酸的眨著。

德傑就站在那裏，被擁簇著，聽由別人把他手裏的行囊接過去。那位使麗麗想起自己祖母的銀髮老人，曾經把德傑的姐姐從七個月撫養長大的外婆，拉住德傑的手臂，拍著說著些甚麼。即使藍大夫也興沖沖的從樓裏走出來，停在廊下抱起雙臂，不知有多欣賞的歪著頭看他甫自山上歸來的這個小兒子。

「喂！」藍大夫裝出一副嘲笑的神態。「採了甚麼仙藥？」

引起一片笑聲。

「採到多少長生不老藥？」

又是一陣嘻嘻哈哈的鬨笑。

那是經常可以從臉上刮下一層嚴霜的藍大夫嗎？藍大夫也肯和兒女們開玩笑嗎？

就在前幾天，麗麗把那片寶貝紅葉夾在書裏到藍家去，準備亮一亮那點兒莫名其妙的驕傲，就便知道一下（不是專門探聽）德傑甚麼時候回來，可正碰見藍大夫站在診療室門口教訓一個看病的中學男生：「明天來的時候，要是再不理髮，我就給你剪！我的手藝可不怎麼好。」兩個指頭做出狠狠剪掉的樣子。

那是個混身不正經的農校男生，時常衝她吹口哨，也只得唯唯應著往後退。只在背過臉來發現麗麗的時候，雖然有病在身，還是扭了一下歪臉，挽回挽回面子。

麗麗原想著單憑藍大夫不久前給她看病時的那種父式溫和，她要跟他炫耀一下書裏的紅葉，撒撒嬌，滿足一些心理上隱隱約約需要的甚麼；原是想要那樣的，一時害怕是否自己的頭髮更長，或者指甲上的蔻丹會被他發現，或者身上隨便哪兒都會給挑出疵兒來，就不如趁早避開為妙了。

然而藍家裏的人都懂得這個家主有他自己固定的風趣範圍，包括數得出的那幾位風趣老友，和他認為不需要管教的那兩個兒女，以及狗們和貓們，那是一個原則。然而特別是德英，似乎永遠被摒棄在這個範圍之外。

那麼大的院落，不要說所有的家人，就是那幾條狗，也都為著德傑回來的新鮮勁兒和家主的風趣引起的熱鬧而興奮的掙著鎖鍊嘩叫，唯獨德英顯得那麼孤單，只有他沒有覺得到這些，一個人賣力的、幾乎帶著憤怒的、揮著長斧劈柴；誰知道他斧頭下狠狠的砍著甚麼？隔著短牆的麗麗也應該是最孤單的一個，心裏喊著德傑！阿凱咕！中間隔著被撇棄的一片遙遠，只覺得這樣的時候，最適合衝著德傑說：「知道嗎？我和德英野合過？」就像第一次碰見德傑時的那些嘲弄，雖然他還會像那一次一樣，笑迷迷的識破她的詭計。

不過麗麗還是平靜下來了，不單是懷抱著一隻玩累了的阿凱咕，給她著著實實的一種得到的感覺，而是她看到被熱烈包圍著的那麼遙遠的德傑，不時向這邊望過來，不是望的她，但是等于望著她的在望著她背後的樓，她的臥室在那個方向。他望過來的時候，那個角度總是使他的眼鏡適好反光，好似圓睜睜的一對空泛而漠然的眼睛，並且含有一種屬于機械的無情的嚴厲。不管那是怎樣罷，他總是用了另一種眼睛望過來。不知道為甚麼，她抱著小黃貓急忙躲到短牆下面，坐下來。冰涼的磨石水泥墩立刻就透過呢質長褲，把那麼低的溫度傳到身上來。不知為甚麼忽然不願意被德傑發現到她伏在短牆上正在等候他。

其實麗麗一直都在等候著，等候而至于煩惱起自己怎麼會這麼糟。努力給自己找些分心的事情，分分心罷，小黃貓一天比一天多些新的花樣，她就愛用一個唐突的動作，逗牠似真似假的拱著背跳起來，真就是吓了一跳的樣子，然後就裝出毛骨聳然的恐懼形狀，躡手躡脚的躲開。可是為甚麼要喊牠阿凱咕啊，還是在等候了。可以一遍又一遍讀不厭的傳奇裏的傾城之戀和金鎖記。自己就正是吹口琴的那個年齡，不過膽子大得多了，仍然被鎖著。或則不如說和心經裏的小寒更親近，煩惱老是和母親纏繞作一體。也曾有過那樣的雨天，和母親遮蓋在敲打著雨點的油布底下，三輪車慄慄的顛跳，聽見雨點兒打在帆布篷上，彷彿打在母親的背上，而自己依然是母親懷裏的嬰兒，一個雨點給她一個溫暖、一個安全，多麼樂意那膠輪就能永遠永遠滋滋不停的滾動在積水的長巷裏和瀝青馬路上，雨中搖籃搖晃出自己嬰兒般的滿足的呻吟，然而又為了母親刻意的忙著塗脂抹粉，那麼幻滅的憎惡起自己何其猥褻，鄙賤，而骯髒！就是那樣的，一刻也忍受不住油布散發的那霉潮陰濕的水腥，和另一個身體上那惡心的氣味。就是那樣的決絕，忍受不住自己那點兒可憐的溫情兌換來的爛鈔票的味道，被侮辱的羞惡。而我缺少一個父親，和小寒一樣的爸爸，我們相愛得不得了，但是他撇下我了。爸爸的顏色模糊了，爸爸的顏色又重現了，那個在十字架下面支起畫架的畫家，就是爸爸的樣子，鼻子和眼睛和薄薄的嘴唇之外的那些酷似，且在德傑的身上同樣的找尋得到——又在等候德傑了。

天黑以後德傑不會再來的。不知道自己怎麼又會抱著滿懷雪白的窗幃靠在這裏。

藍家今晚上好像睡得破例的晚，樓上樓下所有的門窗都那麼的亮著灯光，移動著影子。還有甚麼不幸不會化掉在那樣的繁盛和興旺裏呢？德傑却來了電話。一面煩惱自己球一樣快的滾下樓來，一面又嫌自己怎麼不能更快一些。

「明天到姐姐家去好罷？」

「我……」她不知道自己為甚麼遲疑了。

「我們去接姐姐他們回來過年。」

「真的啊？」儘管很不甘心使自己乾脆一些，還是喜悅的叫喊起來了。

「去嗎？」

「哦，恐怕……你們船長答應讓姐姐回來了？」

「父親一直在等一個機會。」

在擁擠的區間火車上，德傑把他的父親描繪得不知有多可愛。兩個人擠在車門口，德傑為麗麗隔開那些身上長著鈕扣的旅客們。車門外的近景飛成細細密密的橫線，唱片上的線紋，飛暈了人。當女兒出走以後，做父親的確曾暈眩了一個時候，變故進行得太急驟，來不及收受一幅幅的映像。進行如果能夠稍稍緩和一些，如果個別的畫面容許他一幅幅的翻閱過去，藍大夫並非不能接受。那以後不要說一再的受到山上老家裏的族人們的指責和議論，連自己一向器重的兒子阿凱咕也居然唐突的冒犯起來了。然而這些那些，反使藍大夫慢慢的從暈眩裏清醒過來，當那些族人慷慨激昂的力主採取法律行動或者乾脆把那個敗壞門聲的妖孽女兒硬抓回來的時候，做父親的開始微笑而不加可否了。

在藍大夫那一代人裏面，一旦到了這樣年齡，又有了這樣基業，便開始寂寞了。而寂寞的結果，似乎就只有兩條路可以消耗消耗過剩的精力和財力——競選和酒家，隨便走哪條路，或者兩條都走，無可無不可。然而藍大夫帶著發福的老伴兒駕著摩托車旅行去了，每當滿街滿巷貼遍了懇請惠賜一票的熱選季。那些招貼上的八十六網線印刷的照片，似乎總不出藍大夫公學校、中學校、或者醫專時代的老同學。

「很多人都不了解他，連我。」德傑說。

車門外續了又斷了的丘陵起伏在晨曦裏，光影不住的跳過那張被山裏風霜磨糲了的臉孔。他真的沒有德英長得帥，簡直有些醜。麗麗望著他，覺得人真是沒道理。沒有德英那樣細緻而紅得發亮的面龐，也沒有德英那流星一樣的眼睛和乾乾淨淨的嘴唇，下巴也沒有德英的崛起和強壯。他有甚麼呢？找尋不出他有甚麼可愛。但是他可愛，就是這樣的沒有道理。

「姐姐也不很了解他。現在我們比較進步多了。」

「你好像也頂撞過他。」麗麗得意的笑起來，好像可也抓住德傑的小辮子根兒了。

「只有過那一次。」

「就是嘛，一次就行了。」

「我發現人家不瞭解他的原因了。」德傑肯定的抿一抿嘴。「他不喜歡人家了解他；他寧可跟花草做朋友，跟狗啊貓啊說這個說那個，就是不肯跟人多說一句話。」

「那狗啊貓啊也不了解他呀，還有花草。」

「是嘛，所以他才肯跟牠們說話。」

「人真應該多接近自然，可以靈魂長青。」德傑思索了一陣子說。

「猜到你又是在山上體驗來的。」

「真的妳說對了。我父親的智慧、開明，還有別人不大容易看到的率真和童心，多半都是從人以外的自然界得來的。」

德傑少見這麼激動過。雖然仍是非常平穩的微笑著。做父親的要在新年裏到山上祠堂祭祖的時候，帶他的女兒和女婿一起去。那時老家裏所有的親族都會很齊全的聚集在那兒，他要大家承認這件事實，承認德美這小兩口兒有多麼幸福——然而做父親的只不過是從德傑口裏發現了並且相信了那些，或者那只不過是德傑抄襲來的一句話：天主給姐姐訂做了一個丈夫，給姐夫訂做了一個妻子。

「我們只知道反抗爸爸，其實爸爸跟我們一樣痛苦，他也需要反抗上一代。」德美感動的說。

德傑帶來的使命，顯示了上一代的那種痛苦的反抗，反而沒有使他們夫婦如預期的那麼歡欣。歡欣被一種暗暗的沉重替代了，或竟是一種歉疚。

「上一代也許比我們還不幸，」畫家停下刮鬍刀，嘴巴上塗一圈肥皂沫。「這一面被反抗，那一面又被壓迫著。」

「我不覺得我母親會被誰壓迫。」麗麗不肯甘心這個。

「被錯誤壓迫著就夠了；何況還有別的！」

剃刀點著麗麗，畫家的臉上幾乎有些兒猙獰。

「當然，總是不幸！」畫家溫和下來。「誰又知道自己身上背著多少錯誤？誰也難免不向錯誤效忠。」

「我覺得爸爸在那一代人裏面，已經把錯誤減低到最低限度了。」他的妻子說。「奇怪的是，爸爸為甚麼會那麼傑出？」

「我也想過。」德傑插進嘴來。

「可能……不知道你覺得怎麼樣，」做姐姐的說：「我以為，可能那跟爸爸喜愛園藝和小動物很有關係。」

這話使得麗麗和德傑不禁驚愕的相看了一眼，忽而兩個人都那麼得意的笑了。

「怎麼？你們都是一個看法？我也加入一個。」

畫家還沒有刮完他那並不算過分鋪張的絡腮鬍子。哦，麗麗想，他們真是另一個世界，共有著一個世界。

「不過我還是寧可相信，一個人的稟賦更有關係。」畫家說：「至少父親有喜愛園藝和小動物的稟賦。」回到他自製的石膏框的鏡子跟前，又轉回身來。「而且，聽說父親老是反對母親養雞養鴨，那他對于小動物的喜愛就顯得更純真了。」

「是嘛，」做妻子的應和著。「爸爸餵狗並不是為的看門，餵貓也不是為的捉老鼠。要不然，他就無需餵那麼多的狗，貓更不要一隻隻全都拴著養了。」

「喜愛之外沒有別的目的，才是真正喜愛，真正的影響人生。」

像那樣的刮鬍子，刮刮停停的，恐怕要帶著滿嘴的肥皂沫坐下來吃中飯了。看到鏡子裏的貴妃適從被窩兒裏出來，扯長了身子伸懶腰，畫家又停下手來，剃刀指著麗麗：「早就想問妳，如果妳那隻阿凱咕上顎只有五道溝的話，或者只有六道，妳還會喜愛牠麼？」

「甚麼？」麗麗正在凝神于一本美術刊物封底上米蓋朗基羅的「聖母與基督」彫塑像，抬起頭來掠一掠披在臉上的頭髮。她聽見了人家在問她甚麼，但是問得有些突然，不禁愣了一下。

「會的！」麗麗斷然的說，只是又約略的遲疑了。「也許會差一些。」不過麗麗仍然很自信，現在她無法想像她能為了甚麼理由而不大再愛可憐的阿凱咕。怎麼可能呢？何況阿凱咕——世界上頂好頂難得的高級貓，誰能不愛呢？

「世界上找不到第二隻了。」她說。

「還是有喜愛之外的別的理由；如果還能在世界上找到第二隻呢？」

「不是，我心裏不是那麼想，我說錯了。」

但麗麗的心裏有些不安，覺得自己確曾那樣想過，那天颳著颯颯寒風的夜裏，急急的趕回家，就只為要看看她的小阿凱咕上顎上到底是幾道溝槽。十一道，她滿足了，居然她擁有了比貴妃還要高貴的貓，一萬隻貓裏才找得到的一隻，從沒有甚麼使她感到她擁有了世界上最好的。

「我還是對你撒謊了。」

麗麗用一點兒調皮的樣子掩飾自己的不好意思；其實撒謊對她並不稀罕，多少惡劣的謊言，等于呼吸那麼方便，而且有癮。謊是一件不經穿的衣裳，老破洞，老要用新的謊去補綴，補了又破，想不補不破總不成了，除非整個就把那件千補百衲扔掉，然而扔得掉麼？又除非先把那些和謊有關的利害扔掉。

總想在麗麗這個問題孩子身上找到可靠，找到真實。總想讓麗麗扔掉那件千補百衲。「我有這個信心。」畫家認為。好像陪著妻子第一次歸寧，主要的只是為著深一層的認識麗麗這孩子。

「我打算這一次『避靜』，把蔡麗麗那個解不開的鈕扣交託給天主。」

「我們還是可以做一些的，當然要靠主的力量。」

這兩個在一般的教規裏不能相容的天主教徒和基督教徒，他們互相尊重而無法感覺到出于人類愚昧所挖掘的那道鴻溝。雖然做姐夫的曾想理解，這個內弟因他而認識耶穌基督，何以偏要選擇了耶穌基利斯督。不用說那是出于幽默。

「好不好試探一下父親？相信催眠術不？」

畫家提出了這個，忽然顯得很刁鑽，不知為甚麼。

「你們也許想不到，我連催眠術的技術都知道該怎麼做。」畫家很熱烈的說。「尤其麗麗這孩子，很容易凝思集中。」

「不要那樣罷？」德美忙不迭的皺緊眉毛，好像眼看著丈夫就要冒險去了。

「可以問問父親的。」德傑說。

「我總覺得那是邪靈，一種褻瀆。」德美仍然有些躭心。

「不會。」畫家安慰了一下他的妻子。

但是純生理觀點的藍大夫不大同意這個，然而幾乎表現了一種兒童的熱衷趣味，他願意用談話方式來探索蔡麗麗這個小丫頭的那些隱藏，並且顯示了他的信心。

往常在藍家，儘管終年都是那麼嚴格的死守那些起居規律，大年夜却要破例的放縱一些——那意思是略略遲睡一些，延長到十點，最多也不過是十一點左右。而今年除夕，藍家真是破例又破例，沒有過這樣子交了午夜，已經是交了第二年，還在添炭煮茶，一次又一次搬出些醣果糕餅，心情上還彷彿天黑沒有多久一樣的安頓。

麗麗應約來了，一身新得不合身的新衣，沒有穿慣那麼大人氣的大衣，把人侷促得手沒處放，腳沒處放，倚倚靠靠的。又或者也是這樣的氣氛使然——太把她當作重要角色接待了。沒有誰這麼尊重過她，特別是這麼一大家人的陣勢。

噢，我知道他們為甚麼這樣死守規矩了，不守怎麼成？這樣多的眼睛，這樣多的頭頭臉臉，還有更多更多她說不出卻感覺得出的那些懾人的甚麼。雖然藍大夫這個一家之主，寶得把整整一個文旦皮當作帽子戴在頭上，逗他腿上那個小孫兒，仍不能給人解除那綑束的感覺，至少在麗麗是這樣，坐在好像一經指定就永遠不准離開的籐椅上，合起一雙手夾在緊貼著的膝蓋中間。

還有他們一家人的方言，也使麗麗成了一個拘謹的傻瓜；人家笑了，人家應和了，獨她不知道該怎麼辦。

但是麗麗仍然快樂，至少這是她所喜歡的新鮮。此刻她自己家裏，人也很多，她可以不侷促，不必這樣獃坐，不用給不懂的語言圍困成一個傻瓜……而如同忍受不住那些菸草和油煙子混合的碳酸氣一樣，如同忍受不住盧胖子一喉嚨的痰聲一樣，等等，等等，盡是厭惡，寧可不要那些隨便、胡來，和大把大把連號新鈔的壓歲錢。

漸漸的國語多于方言了，孩子們給做母親的帶去睡覺了，麗麗能夠清清楚楚的感覺到那些侷促她的繩索，一根一根的從身上脫落，最後也就只剩下藍大夫、德傑，第一次歸寧的德美伉儷倆。

在談起中國人的苦難時總不免要觸及的那些戰亂的日子，這使藍大夫和他的新婿，和麗麗，彷彿立刻就被同一根線索所牽動。德傑和他的姐姐則只能說是概念的躍想，雖然他們也曾見過在戰時祖國的盟軍空襲下，那個武田仔警官的內臟高掛到電線上像團殘破的淋雨的風箏；也曾吞食過戰爭的尾巴捽下的饑餓。而德傑所能理解的戰亂不會再比家中少了一個父親更恐慌。那時德傑不很大，纏在母親懷裏最小的一個乖兒子。老年人常以一種憂悒的猜度，試探孩子討個吉祥：「阿凱咕，爸爸要加幾久才轉來啊？」小德傑有他自己的小世界，總是那麼討喜的，似乎很懂事的回答那些屢問不厭的老人們：「等橋做好嗳就會轉。」那便是幸運的孩子們心靈上盛載的戰亂，寒傖而只可供比他小得多的麗麗嘲笑嘲笑。

藍大夫就比較豐富多了，煮蛆果腹的那些饑荒，眼球被金雞納霜色素染黃了，給切腹的兵士收拾那臟臭的腸子，一顆小得不當心就從手指縫兒走失的樹椒夠做一個禮拜的調味品……所有那些痛苦的日子，然而總有些胡鬧的喜劇感，不絕的笑聲，藍大夫比誰都笑得響，加緊的嚼響魚皮花生米——德傑介紹了一下這種糖果：「我們叫做鳥卵糖，用我們的方言發音就很不雅了。」可又是一陣子鬨笑——藍大夫的痛苦經驗被十多年的時間改寫成了笑劇，沒有辦法再重複起那個時期的沉重了，不再是用痛苦複寫的記憶。

然而戰亂對于年小的麗麗，反而不單是痛苦的複寫，刀刻，斧劈，鑽鑿，且在不多的生命記憶裏已經達于飽和，乃至超載。

若要計算那些，就該是很遠很遠的，遠在這個女孩子還不曾有記憶能力的那個時候，在一個人的生命裏，那是史前時期，沒有記載，然而麗麗已和中國大陸沿海各行省的同一代孩子們的命運一樣了，就已承認了太多的戰爭滋味，然後便已開始不成熟的甲骨文的記憶，斷斷殘殘，簡陋的記錄下一些夾生的事象，而且褪色的褪色，殘破的殘破，褪色和殘破偏又是些吃緊的地方。但是形成一個人的人格，不可能單單仰靠記憶裏的東西，還有更主要更重要的已經化合于每一顆屬肉又屬靈的細胞。一如沒有誰能夠窺見自己的臟腑蠕動那樣，沒有誰能夠懂得自己。

曾和麗麗同在一個那麼樣貼近的時空裏共感受同一個戰亂迫害的畫家，他是最能夠幫助麗麗去觸動那些不完整不詳細或者塵封了的記憶。在那麼一個時期裏，祖國的那些棄嬰，被撇下在小城和鄉村的民眾，只等于賭枱上的一百三十六張麻將牌。在異族、降軍、效忠政府的游擊隊，和不忠于政府的游擊隊這四個賭家的手底下，由著他們輪替著作莊，由著他們推來搡去，擺平了又扶起，抓進來又打出去，地塌土平的洗一陣牌，再恢復一陣滿像那麼回事兒的新秩序。贏了又輸了，輸掉的又贏回來，就像編排出青一色、姐妹花、雙龍抱柱……那些名目一樣的，編排出共榮圈、和平、救亡、解放……都有堂堂皇皇那麼尊嚴的旗號，而只不過都在拼命的想贏錢。戰爭打不到底，誰也沒有贏定了，輸定了。那些土地，土地上的資源，土地上的民眾，那些籌碼，贏進來又輸出去。本領加上運氣，你消我長，就是那麼回事兒。

「……就是那麼回事兒，誰也不能先知自己的手運怎麼樣……」畫家說。

「我就記得，我們總是在逃難，總是在半夜裏，又總是從城裏逃下鄉，從鄉下逃進城。」麗麗禁不住又回到那些兵慌馬亂的時光裏。「不過我祖母不說逃難，還是照老家的說法兒，叫做跑反。」

「哎，對了，外婆好像也常說甚麼跑反跑反的。」新歸寧的女兒忽然發現到一個新的甚麼。到現在她還是個不愛用心的女孩，她的父親立刻糾正了她，那是「走蕃」，逃那出草蕃仔的難，那一代老人也曾做過一百三十六張麻將牌。

做女兒的為自己的冒失笑得很響，把窗臺上盛開的一株蝴蝶蘭也給震得搖動了。

大家重又沉默的等待麗麗剛剛開頭的記憶。

「每次好像總是睡得熟熟的給叫醒過來，愣愣的看著祖母捨不得這個又捨不得那個的收拾包袱。就聽見爸爸或者爸爸派來的人在那兒一頭幫忙，一頭安慰著祖母：不用帶那麼多啦，三五天的事兒，風吹草過。我可只惦記著不要忘掉母親按期寄給我的《好朋友》雜誌，不管怎麼樣，一捲又一捲往已經繫不住的包袱裏塞。然後就在那些亂糟糟的大街小巷裏摸著黑路，深一脚，淺一腳，摸到小河邊兒去上船。」

「懂得怕麼？」德傑連眼鏡的鏡片也染了同情的顏色。

「不記得是不是害怕，總是聽得見自己牙齒嗑得嘓嘓嘓嘓的響著。」

「不過這四家並不是永遠打麻將，有時也打百分。」畫家說：「抗戰初期，和平軍自然跟日本軍做朋友，游擊隊跟共產黨做朋友，往後，打百分的局面就改變了，共產黨跟日本軍做朋友，和平軍又跟游擊隊做朋友了。」

有許多次，他們流亡學校的所在地被日本軍吃了，或者被共產黨吃了，游擊隊可以撤退到另一個地方去，學生們呢？帶著總指揮的親筆信，投靠到城裏的和平軍司令部去吃飯睡覺，開補習班，要等游擊隊又打下根據地，學校復課了，再回鄉下去，由和平軍派兵保護著，明目張膽的船隊，送到交界地帶辦移交。

這些都幫助麗麗很新鮮的記憶起當年和祖母住在一起的情況；那個四周繞著無數河流的小鎮，比水鄉蘇州還要水鄉。小鎮中間的十字大街就是兩條交叉的運河，差船、糧船、漁船、貨船、水肥船、游擊隊高級幹部們的包船，不如說那就是以舟代車沒有車輛的兩條交叉的大馬路。那些搖動的桅桿有多密，就使人滿足于小鎮有多繁榮。櫓槳終日終夜搖過多少咿呀和水波，船家姑娘都有鼓帆一樣的胸脯，掀開柳條兒深深垂下的幃帳，望著店鋪裏滿山架的花布和花角攏子，唱罷總有唱不完的船歌。街燈和繁鬧的漁火燦爛了一條又一條夜河，小鎮在漁港才有的那種水香和腥味裏，就有那樣的迷人；就因那些時光不會再回來了，在記憶裏更要把人迷死。

然而真真迷人的，還不只是這些被記憶懷念所美化了的水鄉情趣；那些游擊隊的武裝兄弟們，戴著桐油油過防雨又遮日的大斗笠，身穿灰色的抗戰呢（註：一種土製粗布）。又瘦又長的軍服，以及穿著同樣質料和正式的制服，一日只有兩餐糙米飯和煮黃豆的流亡學生們，從他們身上蒸發著的那些擔當、信心、和樸實，在現社會裏已經一星星也找尋不到，那才是真真迷人的回憶。

游擊隊的總指揮部便是在橫街頂南頭的街梢上，流亡中學則在總指揮部背後那座傳說因為鬧鬼而舉家遷走的大宅院裏。

「所以有些膽小的同學，常常尿牀。」畫家說：「而且最糟的是，晚飯經常都是很稀很稀的稀粥。功課做完了，成羣結隊的摸黑上廁所。要是哪個搗蛋鬼冒冒失失叫一聲，大夥兒就能不管結束沒結束，拔腿就跑。所以通到廁所去的那條小巷子，總是經常都很潮濕，氣味當然不大妙。」

兩個大女孩都笑得要命；儘管她們都不算小了，可還停留在孩子們對于排泄的固體、液體、和氣體感到那麼濃厚的低級趣味。

「你們是不是看見過鬼？」麗麗關心的問。

「看見膽小的同學經常晒被子，我們叫做晒地圖。」

「不是；真的我想知道。」

「聽說妳小時候常常看見過？」德傑說，一臉的認真。「妳母親告訴過爸爸。」

麗麗望一眼探過身來等她證實的藍大夫。她該怎麼說呢？頭垂得很低，看著自己伸直了又彎曲，彎曲了又伸直的手指，和手指上血型戒指。

「沒有。」她終于把瘦長的手指下決心的伸直了，頭也抬起來，坦直的平視著重又靠回椅背的藍大夫。

聽見前面客廳裏的壁鐘仔細的一下一下打過了兩點，好像那對她隱含著一種甚麼意義，如同她在面前這四張面孔上所看到的那些隱含。麗麗看不明白那些隱含的意義，在她的直覺上，她只能感到還很值得，並且已經忘掉曾向他們說過見過亡父的幽靈。

如一個小器吝嗇的小財主，麗麗把她一直視為私房錢那麼重要的東西，在萬般不捨的心情下慷慨的捐棄了。她曾一直隱藏著這點兒私房，不為的它們可以用在甚麼上面或者還能不能用，只是吝嗇的積攢著，祖母的錢便是那樣收藏的，一層防潮的蠟紙——誰知道是打哪兒尋摸來的油印蠟紙——一層又綿又韌的牛皮紙，一層裝過爸爸委任狀的封袋，再裹一層大手帕，而最裏面也許只有三枚銀元，一塊川洋，一塊大頭，或者還有一塊墨西哥的鷹洋。現在麗麗一層又一層不知有多痛惜的打開了，雖然在面前的這四張面孔上她彷彿已經得到一些值得的甚麼，到底她還是很感委曲的掃了畫家一眼，在德傑的近視鏡上停留了更久一些。

但是麗麗並不因此就懷疑那件事。

「我有個遠房表姐，她有那樣的眼睛，真的，有好多好多事實可以證明的。」

「我相信那個，」畫家誠懇的說：「所謂第二視線，我們俗稱陰陽眼，科學也已經承認了這個；不過科學所作的假說，認為某一種特殊構造的視覺，可以看到以前留下來的影像，這種臆測很不高明。有一個現成的理由可以推翻它，為甚麼看到完全是死去的人，沒有活人，也沒有桌椅板櫈的影像？」

麗麗沒有想到這個給她新的感覺的人物，會這樣肯定的相信那件事，真的有些後悔沒有繼續撒謊。保持她那份隱藏在一層又一層包裹裏的私房錢，幾乎是輕易就捐棄了。要不然，現在她可以有那麼多精采的經驗——全部出于她的天才編造的那些謊言，使得今晚上過得分外精采。

畫家繼續在和他的這幾個親屬談論這件科學還不能給人滿意解釋的事情，麗麗為自己插不上嘴而寂寞的後悔著。已經記不清楚最早是從誰那裏聽來她有那樣的一位遠房表姐，以後沒有誰再提起過。但是那已經夠她神往的了，彷彿崇拜英雄那樣，景仰那麼一位從不曾見過一面的表姐，隔著好幾層的表親，隔著不知多遠的另一個地方，有一陣好著迷，不知道為甚麼就自己扮演那個角色了。依稀的記得有個晚上，還在北方老家裏，那個冬夜，坐炕講鬼最合適的時令，青皮紫心的脆蘿蔔，酥香的炒花生。炕上擠滿了二姑的孩子們，姑父肚子裏總是裝滿了可以再寫幾部聊齋誌異也寫不完的鬼。炕上擠滿了表姐表哥和表弟們，麗麗可又著迷了；那種填塞在胸腔裏往外流溢的苦悶一再一再的頂撞她。開始或許只是一種作弄人的欲望，也或許眼看著祖母把太多的關心分散給她那些外孫和外孫女了。「奶奶，妳瞧那是誰呀，好醜！好難看的樣子！」她凝神的望著垂下棉門帘的房門那邊。

原就是一屋子的靜悄，只有姑父一個人幽幽的講著鬼的故事，而姑父居然也就停了下來。

「瞎說了，妳這孩子！」祖母低下頭來噌她。

「噢，他要過去吹燈了——尖著嘴……」

幾乎沒經過甚麼思想，她就編排出來了，而且好似真的就是那樣，把自己也給吓著了，趕緊鑽進祖母懷裏躲藏起來。

周圍多寂靜呀，她聽見頭頂上那個方向，祖母乾嚥了一下，耳朵貼緊祖母胸口，聽來就有屋頂上的橫樑折裂的那麼大的動靜。麗麗可止不住笑了，沒有聲音的笑得身上發抖，緊緊抱住祖母，臉貼在有老人氣味的皮襖底下，有好一陣都是那麼的寂靜無聲。

但是如同一聲號令般的整齊，忽然滿炕大大小小哭叫一片，姥姥，媽呀，爹呀，天塌了也不過就是那樣，身上被一個又一個的爬著，祖母的懷裏也被競爭著鑽擠，只有她一個人壓在底下偷笑。

然後是對房裏的二姑趕來，孩子們的哭喊這才零零落落停了下來。

「到底怎麼啦？也不說！」二姑爬到炕上來，一直追問著。祖母這才用話搪塞：「還不是他姑父講那些牢講兒吓的！」

後來就聽見二姑數落著姑父：「你呀，就是老沒正經。……」把孩子們一個個穿上棉鞋帶到對房去。剩下她依樣拱在祖母懷裏不肯鬆開。

「麗麗，麗麗，不怕，奶奶在這兒……」

祖母安慰的拍著她，哄她。祖母居然真的相信了，現在她不敢抬起頭來，生恐老人家在她的臉上看出甚麼假。她沒有意思要繼續哄騙祖母，但是不知為甚麼害怕給祖母看出破綻來。「奶奶，我好怕，我不敢睜眼睛……」現在祖母是她一個人的了。

「不怕，奶奶在這兒，奶奶孫男棣女一大堆的福氣，哪個妖魔古怪的小鬼兒敢來作怪！……」

祖母的大話那麼多，那天夜裏就沒敢熄燈睡覺，而且不多幾天就另找到房子搬家了。而且搬家以後好像得到了保障，多少閒話都跟過來，那棟房子髒呀，誰誰的媳婦吊死在裏面，又是誰誰住不一個月就搬家了。「你們怎麼都不早說呀，那天夜裏可把人給吓壞了。」祖母喊喊嚓嚓的說，怕給那個要吹燈的小鬼聽了去。對方自然有理由給自己圓場：「都說妳老人家福氣人，伏魔降妖壓得住呀！」

「我就躭心麗麗這個丫頭將來福分薄。」祖母的聲音更加壓低了，麗麗可假裝睡得很熟。

「這倒打哪兒說起，快別甚麼……」

「那夜就她一個看見呀！」

「話也不是那麼說，童男童女嘛，眼裏有真元。」

祖母好似得到安慰了，就沒再說當天夜裏滿炕的童男童女不止她一個。

事情沒有想到會在祖母心上那麼樣的打秤，而麗麗彷彿也就很不得已的把幻覺裏所有那些荒誕當作真的了，不久她就發覺到這樁秘密會有許許多多意想不到的用途，當祖母不遂她的心意，或者委屈了她，冷落了她的種種時候，她就用這個來報復，來折磨，來對付祖母，給她一時怨恨不得了的祖母一些困難和恐懼。而那樣的時候，實在用不著說甚麼，做甚麼，那麼的簡單，一下子鑽進祖母懷裏，說好說歹再也不要睜開眼睛。

「我不要看，我不要看……」急切的嚷著。

做祖母的心裏就有數了，等著瞧吧，那老人就能整天坐不是，站不是，安不下心來，一面喃喃的嘀咕著：「送去妳爸爸那兒罷，奶奶老了，血氣衰了，不中用了……」總是買點錫箔火紙燒燒，不知道禱唸著甚麼，弄得搬一次家又一次家，最後一次搬遠了，父親派人把這祖孫倆接到老年人所謂的江南，其實仍在揚子江北，那個在回憶裏迷人的水鄉，「從黑夜到天明」（那個時候人們都愛那樣的掛在嘴上），一住就是六七年。

父親已經把房子找好等著她們。從差船爬上岸，記不得甚麼不遂心的事情了，好像是爸爸不在，沒有照她想像的，站在岸上老遠向她們招手；或許轉一條船又一條船，最後一段旅途，在又狹小又髒得要死的小船上搖晃太久；不管怎麼樣，她又和祖母慪氣了，臉貼在祖母懷裏，「我不要住這兒，滿屋子裏好多人！」而那座房子除掉傢具，分明是空的。那個給父親做副官的雲叔叔，身上還掛著盒子砲呢，居然在他那終年紅得像雞冠的脖子底下立時起了很清楚的雞皮疙瘩。從祖母脅下偷偷的窺望猶在說大話的這個雲叔叔，麗麗有多得意啊，一見面就把一個大人打倒了，趕緊另找房子罷，很麻煩了他，但也使他老是很神氣的跟人吹他親眼看見甚麼甚麼了；有一次在總指揮部後操場的單槓沙坑裏和小朋友們堆砂子玩，雲副官和一夥人路過那裏，就曾指著她跟他那夥人說：「就是的，副座的小姐。」麗麗便懂得那是甚麼意思了。

使用這些伎倆征服和戲弄所有使她不如意的大人，後來到了上海，乃至來到台灣，越發帶有一種強烈報復的意味，用來對付她的母親。只是除掉爸爸；感覺上那是唯一使她不願和不敢欺騙的一個成年人。然而甚麼事情也擱不住積年累月的往上堆砌，久了，便弄不清真偽，曾見過父親回來，那麼真切，幾乎不曾懷疑，但是如今懷疑起來了。

在這麼一個大年夜裏，如同十二點的鐘聲劃開了一個舊年和新年，也劃開了麗麗的一個舊的甚麼和新的甚麼。殉職十二年的父親，現在已不是她唯一不願和不敢欺騙的人。

從藍家這間起坐間的六角形窗口，可以直望她自己家的大半個樓，客廳的燈熄了，那樓裏，阿綢回家過年了，牌局已散，只剩母親一個人。有過兩次電話來和麗麗商量，要她回家。第一次麗麗要求母親讓她在藍伯伯家多玩一會兒。第二次麗麗煩了，妳也有孤單的時候了麼？就讓妳飽餐一頓那種滋味罷。但是德傑就在電話機附近，若和母親在電話裏頂撞，德傑準會押解她回去。

「好的，媽。」沒有這麼甜、這麼乖的喊過母親。

「來試試盧伯伯送妳的項鍊，樣子好新。」母親不敢再跟她提乾爹不乾爹的了。

不要把項鍊釣在魚鈎上罷，我是不上鈎的魚。却讓聲音揑得那麼嬌憨：「又叫盧伯伯破費了，多不好意思！」

「年三十兒，怎麼好在人家過？麗麗……」

是麼？爸爸死了妳都不曾回來奔喪，比年三十還重要呢。麗麗偷偷的瞥一眼德傑的表情，在電話裏跟母親笑笑：「當然啦，藍德傑會送我回來。」就當作聽錯了話，文不對題的撇過去。

「不早了呢，麗麗！」

多軟弱啊那聲音。可是有十年，妳都使我沒有母親，妳就暫時一夜沒女兒罷。

「好的，媽，妳先睡好了。不要緊，我帶了鑰匙。」

「……」

她聽見母親嘆息，心有些軟。

「小貓叫著找妳了，麗麗，整晚上都叫個不停。」

這才是最厲害的一著，麗麗却狠狠心，甩一下披到眼睛上來的頭髮，笑得好像很開心：「我等藍德傑給我壓歲錢。」就把電話掛上。

哪裏是跟母親通電話呢？分明就是打給德傑聽的。你瞧我跟媽不是好好麼？她用這種神情迎向德傑。後者曾經多次鼓勵她寬恕母親，重新建造母女之間的愛情，強調著幸福不是不肯給我們，常時都是我們不肯索要幸福。多動聽呢，又多感激呢，可是從小就有父親母親下心疼愛的德傑，哪裏懂得她有多苦！待她有心跟母親求和的時候，偏巧碰上母親沒有那個意思；有時又像剛才那樣，母親饑渴的朝向她，偏她又沒那個需要了。是的，第一次打來的電話，她就該回去的；然而回去又該怎麼樣？母親會照例給她一百塊錢嶄新的紅票子壓歲錢，或者藍票子，或者不止一百。在藍家，每人只給五塊錢的壓歲錢，新女婿也是一樣，紅票子來回的轉，藍大夫和藍媽媽，一人給了她一張紅票子，好像從來都沒有發過這樣的大財，並且由于激奮和害羞，兩頰一直燒得發燙。就是這樣的；錢的價值和面值一定等值麼？永遠可以買到一定等值的東西麼？

放下電話，麗麗就有意無意的注意一直不言語的德傑，放心不下德傑會不會看穿她在那兒演戲。他會怎麼想，天！只好分外誇張那種在外面玩了一天回家不捱揍的孩子式的喜悅。

穿過黑暗的藥房的時候，走在前面的德傑停下來注視她。有客廳透過來的餘光落在她臉上，她感覺得到。彷彿這就是德傑不滿的目光，她藉故退後一些，躲開那個。

「妳母親！」德傑沉沉的說。

「妳母親！」她聽得懂那口氣，顧念妳母親罷，想想妳母親多冷清孤單罷……

「是；母親打來的。」她躲開了。

「我知道。」

當然德傑知道，是他接的電話。

「媽還在同盧伯伯玩兒接龍呢。」麗麗鼓足勇氣不看德傑。「好妙噉，媽還怕我一個人不敢回去。」惟恐圓謊圓得不夠，又用笑補充了一下。

回到起坐間，畫家正在說著甚麼，立刻停下來。麗麗裝做沒有發覺這個。

「母親罵我不該要伯伯的壓歲錢，要我替她謝謝伯伯。」麗麗不安的瞟著跟過來的德傑。

然而藍大夫也像是有些不安的皺著臉笑起來，一面忙著挽回甚麼似的掰開一隻大橘子，分一半給她。

「正談著妳父親殉職的那一仗呢！」畫家兩隻手握在嘴上摩挲著。

她機靈的發覺到畫家從沒有過像現在這樣的不自然。為甚麼要談到她父親呢？好像那是個堂皇的理由，可以用來遮掩他們正在議論著她的別的那些甚麼。

「我一直都在想，那對妳一定是個很大的刺激。」

畫家擦燃一根火柴，沒有立時點菸。等話說完了，火柴也熄了。

麗麗不作聲，一瓣橘子捏在指頭間，一點一點的齧著，眼睛凝在一個沒有形體的地方，那樣的空散，可又像是那樣的專心一意盯住甚麼。

「我五叔正巧是我們老師，二、三年級合班。」貿然的她這麼說。

然而在麗麗心裏，並不是那麼貿然。無條理的，沒有色調的，一些支離的景象，不按秩序的湧現上來。

「學校在觀音庵裏，是罷？」畫家誘導的說。

「記得我是二年級，還是三年級。」麗麗茫然的抬起頭來望著畫家深邃的眼睛。「是叫觀音庵嗎？我只知道是個廟，有兩個老尼姑住在操場後邊那個小房子裏，不是出來掃地，就是躲在小房子裏敲木魚。我們都喊她們妖怪。」

「對的，那是個尼姑。那時候不叫國民學校，叫做中心小學，還記得嗎？」

「是啦，中心小學！現在說起來好親切。」

「妳五叔在裏面當老師？」

「嗯，不是親叔叔。我們學校校歌，歌詞歌譜都是我爸爸作的。」

麗麗一提到她父親，就會立刻光彩起來。

「我知道；那時候每個月有一次聯合紀念週，多半都是蔡副總指揮主持。主要的還是教過我們木刻。」

「我爸爸好英俊是不是？」

「不止是英俊，儀表、學問、口才，都是第一流。」

「我只知道他英俊；畫畫，音樂，都那麼棒。」

然而那已經只是她的概念，不再是記憶，除掉那首校歌會在偶爾間湧出一些旋律，給她一種失落的蒼涼，近乎母親節歌所給予她的那種觸動。「真善美，是我校的精神……」旋律如一灣溪流，又款款注進心裏來了，膝頭不自知的且不易覺察的微微搖出舞的廻旋。麗麗的音樂世界裏似乎除了蒼涼，沒有別的，即使如困獸一樣呼號的風靡音樂，不管多麼熱烈的開始了，一開頭就敏感到瘋過一場以後不可免的那種人去樓空的蒼涼。

吟著父親作的曲子，低到止于發聲的那個界線，血液裏有舞的廻旋，蒼涼的沉暗。

「學校經過又一次解散，回校之後，我們都參加了副總指揮的追悼會……」畫家好像獨自在那兒自語。「可是算一算時間，距離他殉難的日子恐怕已經有兩三個月了……」

「跟爸爸一起被害的，我記得七個也不是八個……」

對于麗麗，那景象最是鮮明，燒漫天的晚霞，紅得滴血，隔在這邊河岸上望著重濁而燠熱的西天，那裏豎著一座一座刑架和吊懸的屍體。那是精細的剪紙，剪紙在金和紅的電光紙上，屬于小學生做的手工。

祖母癱在岸坡上，人們按住她，拖住她，其實祖母沒有掙扎的能力了，只有寬敞的衣袖滑到肩脅露出一對的光臂伸在空中，好似襁褓中的嬰兒那樣沒有意義的划動，不知道想要做甚麼。

「我兒子，把我兒子給我，我就只這麼一個兒子啊，你們還給我……」

祖母鬱鬱魘魘的哼著，低低的呻吟，也不是哭鬧。往常總是那麼平整乾淨的衣裳，給揉弄了一些泥土在上面。

人們也跟著齊噪噪的說這說那，勸她節哀，有的口吻好像責備祖母：大熱的天，妳自己不要身體了嗎？妳還要陪上不成啊？妳把自己糟蹋壞了，也哭不回副總指揮了，還有挑子擔在身上呀，麗麗給誰妳也不放心的……

「好，我不哭，我不哭，我只要我兒子……」祖母好乖好聽話的樣子，其實祖母根本就沒有哭，只是神志顛顛倒倒，說不出是掉了一大塊魂魄，還是從她命裏扯走了一大片福分，全看不出平時那副安詳平和、富富泰泰的福相了。

「好像我沒甚麼感覺，一切都還無關緊要的樣子，好該死！」麗麗手托著腮，望著地面說：「我只還記得，迎著河對岸，兩塊濕漉漉的木板搭的碼頭旁邊，燒一堆火，我要了一疊錫箔，認真的一張一張揭開丟進火裏去，臉上烤得好熱好熱。人哄我離開那兒，我不肯。隔著火焰看到對岸去，天上也是火，河裏也是火。一、二、三、四、五……我數了，那些木樁的形狀，好像擱板底下的撐子。我想，那根最高的木樁上吊著的一定是爸爸——根本看不清的，只好猜想。手裏錫箔燒完了，我又要來了一疊……」

麗麗述說這些，彷彿人在夢裏，在霧裏，皺緊了眉根的臉上沒有悲戚，只像是又困惑又用功的在背誦一段不很熟的課文。

「其實爸爸沒有吊在那些木樁上。」

她抬起頭來，隨便的瞥了一眼對面向前探著身子在仔細傾聽的藍大夫。幾乎有一絲微笑影過麗麗一直顯示很困惑的面孔，似乎很為她父親慶幸。

「爸爸是被他們鍘掉的，他們都那麼說。」

她垂著眼睛，身體的重心歪在沙發的一邊扶手上。然後她看看德傑，看看德傑身旁的姐姐。

「就是鍘草料的鍘刀；你們看過照相館切照片的鍘刀麼？」

「不過那很大。」停了一刻，她又補充了一下。「從這兒——」在自己的脖子上比劃著。

藍大夫緩緩的搖著頭，摘下眼鏡，緊閉了一會眼睛，默念著甚麼似的。彷彿那些景象浮現到眼前來了，他拒絕去看，摘下眼鏡覺得還能看見，索性就緊閉眼睛了。

「妳好像說過——」德傑熱切的探過身來，又有些不便啟齒的停頓了一下。「鍘刀切過的痕跡，很像……」

「我爸爸的脖子？」

「很像切開的臘腸是嗎？」

麗麗點一點頭。「爸爸沒有吊在木樁上，可是他的首級吊在那上面。好多的蒼蠅，我不燒紙了，過去趕那些可惡的蒼蠅。後來不知道誰碰到地上的蓆子，爸腦袋滾動了一下，沒有閉緊的眼睛正好在看我。可是不是平時那樣看到我總是笑迷迷的眼睛了，一下子想起爸爸生前的神情，爸爸再也不能用笑迷迷的眼睛看我了，才感到胸部這兒一下下擴大，一下下擴大，透不過氣來，這才放聲大哭，昏天黑地的就哭個沒完了，直到手和脚麻得失去知覺，好像人也成了一根木頭。」

直到此刻，才有一絲兒淚光閃在那一對大得有些病態的眼睛裏。然而她含著那淚微笑：

「我跟母親發過誓，才不讓她看到我流淚，死了也聽不到我哭。」

「不可能罷！感情的事，由不得我們作主。」德傑的姐姐說。

「可能的。」她很斷然。然而却又緩和下來。「雖然那還是很小很小的時候發下的誓，一直我都沒有讓步。現在就覺得很可笑了，要是有那個機會，也許我要甚麼了……」

「哭不是壞事。」藍大夫快樂的說：「眼淚也是藥。」

「不過藍伯伯，無理取鬧那種假眼淚，恐怕就不是藥了。」

「也是藥，」畫家接過去說：「毒藥。」

夜太靜了，把他們的笑聲都緊縮了。然而只有德傑，除掉他那生來的笑容不算，他沒有笑，似乎另有一種期待，遲疑的要說又沒說。

「我想知道一下，麗麗。」德傑極力在使自己謹慎，彷彿連肢體都盡量的收斂，惟恐一不小心拐傷到了甚麼。

麗麗等候的看著他。

「盡妳可能的想想，用心一點兒，對于妳父親的——那個刀痕，妳有過甚麼聯想沒有？」

「你是說，聯想到切開的臘腸？」

「除掉這個以外。」

麗麗真的是在用心的想，兩彎眉毛擰接在一起。有隻病了的蚊子——也許是凍壞的——有氣無力飛過她面前，被她漫空抓住，拈在指頭上。

「我恐怕再也想不出甚麼了。這麼冷的天氣怎麼還有蚊子呢？」麗麗垂下頭來，察看捏在指頭之間那些精細的腿脚。

「真的，再也想不出還有甚麼。」

「譬如說，會不會聯想到鈕扣？」

在藍家，鈕扣和牙齒似是同類的可笑的東西，如同孩子們對于人體排泄的物體那樣同屬一種笑料。大約這是第一次當他們提到鈕扣的時候沒有感到一點點的可笑。

「怎麼會吶？」麗麗一臉的困惑。

「像鈕扣嗎，那個——？」

德傑用彎作環狀的手指示意給麗麗，幫助麗麗去理解。看得出他是不願一再提到被鍘斷的那個頭顱。

「怎麼會吶？像鈕扣麼？」麗麗依然一臉不解的盯視著德傑。

「不要叫麗麗太吃力了！」

德傑的姐姐攬住麗麗說，像要表示她是在保護著麗麗。只是做姐姐的看得出，德傑那種太認真的死心眼兒不肯這就放棄追尋；德傑有那種生來的迂勁兒；而且在甚麼樣的情況下都能把自己跟四周隔離開來，獨自沉進自己凝思的世界裏。

德傑却嫌他這種傑出的本領還不夠，年初三就走了，南下到中部去「避靜」——那是作為一個天主教徒的一項靈修。在那裏，將要絕對的摒棄一切俗念，與天主直接交通，一些人生的大事要在那裏遵從至高之神的美意去做取捨的決定。當德傑在父母恩情和自我意志之間，父母的盼望和自我抉擇之間，以及在醫科和藥學之間，徘徊徬徨無法取捨的時際，便是在那一次為時三天的避靜中得到啟示而作了決定的。

那麼麗麗呢？一個不愛思想的孩子，把尖指甲剪禿了，和藍家一個個都那麼熱中運動的大孩子們在自家草坪上站成圓圈托排球。天氣在新年裏一直都那麼難得的晴暖如春。藍家老大、老二，都是做了好幾個孩子的爸爸，可是球一到了手裏，那種嬉戲、頑皮、貪玩兒得飯都可以不吃的勁頭，便只像他們兒子們的哥哥了。德傑的姐姐，胖胖壯壯的洋娃娃，不用說，那是個標準的後排中，她丈夫是個很夠格的前排中。只有德英，技術比誰都高一著，只是不肯正經，耍耍花招兒，中途插進來，亮幾手又走了，再不就是抽空兒躲到那一溜矮牆根底下點一枝菸，又多半總是抽過幾口就擰死的半截兒菸，一個偷偷摸摸抽菸的孩子身上少不掉那樣的貨色。那兩個做妹妹的，似乎都是高壓在課業愈來愈重啃死書的現行教育下不幸的孩子，都比麗麗略年長一些，失一個球就如同誤犯了滔天大罪，還不如麗麗，雖然打不好，但是很肯摔、很肯跳、特別很肯跑去最遠的地方撿球。

這是麗麗感到真新而最新的一個新年，她沒有過這樣新的過年；好像孩提時代人家全不帶她玩兒，後來又准她參加一齊遊戲了，巴不得好生表現表現，委曲求全的叫幹甚麼就幹甚麼，急于立點功勞甚麼的。麗麗把可能搬出來款待的全都搬出來了，昂貴的梨和蘋果，蜜餞和西點。大家吃著，一面惋惜德傑不在家，要不然，很可以湊合一個球隊，去約夥他們鄰近的幾個老同學們挑挑戰。

「嘿，那個天主堂！」德傑的大哥嘲弄的說。

這個做兄長的有一張尖酸的嘴，提起德傑便帶一種手足情深的取笑，而且照他們方言裏的諧音，把德傑喊做：「癲主堂！」不如說，那是對于宗教的嘲弄。

或者麗麗更惋惜一些德傑的不在家；在這麼一個真新而最新的新年裏，獨獨少了一個使她得到這個新的人。

新年的幾天裏，就是這樣的庭院裏聚集了快樂的一圈，而客廳裏更是不辨晝夜的聚集了另一個快樂的一圈。後者彷彿已經遠在她的世界之外，入夜之後的她的臥室裏，自有她從前沒有過的享受，那些書，那隻阿凱咕，那些可愛的思想，和那些又甜又香運動後的酣睡。

然而麗麗一直沒有放棄去思想德傑那麼慎重追尋的問題，雖然她只是斷續的，不肯深入的去思想。她沒有一點點兒的懷疑德傑為甚麼要追尋那些，單是她從德傑他們那兒感覺到的被了解，被尊重，被關懷，這些就已足夠她沉醉而不想再有別的甚麼感覺了。

父親的遭遇，在麗麗的現實世界裏，似已太于遙遠，屬于概念的悲痛，遙遠得使人冷感而至無感。那末，在那裏還能追尋到甚麼呢？曾有那麼些多彩的故事，然而那是加色的飲料，飲用久了，真就認可那淡綠便是檸檬水，那血紅便是葡萄汁，那橙黃自然就是橘子露了。積年累月的那些編造，那些喬裝，居然真的相信曾見過那麼多的魑魅魍魎，曾患過那麼嚴重的癲癇。而這些動人的故事，一點也挑選不出可以交給他們的了。我還能給德傑甚麼？我沒有一點兒珍貴的東西可給德傑。那些多彩的故事曾是麗麗無價寶藏，秘密的深藏在她生命最裏層那無人可到的窟穴，宛如一個處女深藏著貞操。還有甚麼可給德傑的呢？那些贋品，德傑不會要，她也不能給了，一個受深恩的貧窮人，甚麼也拿不出來回報。

避靜結束，德傑回來了。

你還會有甚麼需要啊——你去避靜？

從樓窗發現到德傑，遠遠看去，他在和那隻喚做阿龍的白狐狸狗不知說些甚麼，麗麗忽然湧上來一些疑問。真的。她跟自己說。分不清誰是德傑，誰是阿龍。真的他有甚麼需要啊，他要他的神給他甚麼？他還會短缺甚麼呢？他甚麼都有的，一個好濶的富翁——藍百萬。

「有沒有甚麼要告訴我？」德傑直到黑天以後，才打了電話過來，開頭就問她這個。「得到甚麼了沒有？」

「指哪些？」這才麗麗發覺，這幾天她過得多麼新的快樂，然而居然沒有甚麼可以告訴德傑，好奇怪？

我真的沒有甚麼可給他了麼？問他指哪些，他若隨意指出哪些，難道我就有麼？

德傑也是沉默了良久，麗麗以為他已經把電話掛斷了。前面客廳裏嘩嘩啦啦的洗牌，很高的聲調談笑。麗麗拿著話筒等待。

「我路過姐姐家了。」

「姐姐他們好麼？」話一出口就惱自己多愛廢話。「對了，姐姐一定告訴你了，我們打了好幾天痛快的球。」

「我不知道妳會喜歡排球。」德傑說：「還有，姐夫把他那幅油畫送妳了，畫在我這兒。知道是哪一幅嗎？」

「童年，是不是？」麗麗沒加思索。

「他說，只有妳最能欣賞那幅畫。」

「我好高興！」麗麗連連跳躍著。「我現在就要！」

「過來，我從牆頭上遞給妳。」

「嗯……」

麗麗猶疑著，不知為甚麼，就說不出：「不幫我掛麼？」德傑一直沒到過她的臥室，那使她覺得自己不該那麼非分，雖然她一直都是個不善自我約束的孩子。

畫接到手裏，還在猶疑著該不該要德傑過來──她多渴想那樣！天又黑又陰，溫度降低得多了，看不清德傑，燈光彷彿比平時更遠。

「你好久都沒看到──阿凱咕了。」

似乎很艱難的說出了這個名子，因為太想當著德傑的面說出它來，反而非常拗口。

「一定長得很好。」

「好可愛！」

「妳不是要學畫？」

「我啊……」麗麗忽然覺得被揭短了似的，支支吾吾了半晌。「我也不知道我行不行。」

「繪畫天才會遺傳的。」

「可是我一點也不懂文學啊！」

「妳是受姐夫的影響了？」

「是嘛！」麗麗已經感到很寒冷，却在忍受著。「他說過，不懂得文學的畫家，只配去當裁縫。」

「那是需要更深一步造詣的事。而且，妳父親也是很有文學才華的。」

「那也遺傳？」

德傑很肯定這個。

啊，我從爸爸那裏得來那麼多？我有爸爸的眼睛，有他又白又細的皮膚，我已經很夠驕傲了。但這些還不是頂重要的，原來爸爸留給我更多更珍貴的東西，一直我都不知道，都很糟蹋了那些。

半躺在牀上，靠著銅管花牀欄，一回到臥室裏就是這個最順便的姿式。而「童年」就懸掛在對面的兩窗之間。

「看到麼？那是貴妃的爸爸畫的。」

這樣的時候，阿凱咕總是匆匆跳上牀來，鑽到麗麗的懷裏，用那冰涼的鼻尖一下又一下的親著麗麗的尖下巴。

「看得懂嗎？阿凱咕？那就是媽咪的童年。來，媽咪跟你講童年的故事……」

講些甚麼啊……那一團濃重的黃，不是橙，捉摸不定的恍惚著一片殷紅的錯覺，有向四處輻射而又並非來自一點光源的鋒芒。看過銀幕支搭在露天空場上放映的那種電影，那是帆，常給風鼓動而弧了那些故事，又常給背後射來的車燈褪掉了那些故事的顏色，好雜亂殘斷而又時時浮動的那些故事啊，捉不了多點兒重又打指縫裏漏掉。在那麼一團不穩的重黃裏，湮開兩滴濁綠，那底子很濕，綠在慢慢遊遊的往外湮散開來。真的不是畫上去，不是刻意的著色上去，也證明不是感覺裏那樣從更漏底下滴落上去，只好說那是強烈的當午白日種在角膜上的兩朵幻斑，也是浮動，且像一隻變色蜥蜴。但那種變色不見得就是為了偽裝或隱蔽，或特意和那幾乎犯沖的調子錯過去，和底子寒暖相反的強調著。兩朵麼？或者是兩滴，不如說是兩個深到無底的洞穴，兩隻飛翔、兩隻螺旋的目，種種，種種……總是一進臥室的第一眼，醒時的第一眼，入夢和離夢的第一眼……。

「過來，阿凱咕，跟你講媽咪小時候的故事……」能講不完隨手摭拾而來的那麼些回憶，鬼的故事，戰爭的故事；講那一天坐在教室裏，正和做老師的五叔辯嘴，使小性子，忽然教室的窗口——廟寺的圓形窗口那裏伸出兩個腦袋，不是指揮部裏那些又閒又頑皮的小號兵或勤務兵，一看就知道那是很生很生的面孔，而五叔的面色一下子就那樣的難看，那時槍聲就發作了，把那一段記憶就打斷了。依稀很亂，或許就因為那紊亂才把記憶衝散，能夠再接續上去的便是和祖母趕到河邊給父親收屍，祖母帶著呻吟的調子叨唸著，自己則蹲在火堆前面用功的燒紙……。五叔也被帶走，一個身配短槍的便衣，帶他到無人的地方搜查，五叔身上裝著老師們大半個月的伙食菜金，那個人說：「這個放在這裏做抵押，我派你到前面去偵察敵情，天黑之前一定要回來報告我，然後這筆錢才能給你！」而五叔甚麼也沒拿，也沒帶，只有一隻半截兒粉筆握在手裏。「我心裏一想，這不是暗示我趕快逃麼？錢，當然是他獨吞了，怕留下我與他不利。」五叔硬著頭皮走了，一脫離那個人的視線，扯開大步狂奔，也不管是路、是稻田、還是旱田，清楚的記得一步跳過五行地瓜壠，不知怎麼會有那麼大的力氣，而手裏仍然握住那半截兒粉筆……。那都是事後五叔和人家一遍又一遍講的。

連這些細細瑣瑣的事情全都記得，也全都和阿凱咕當做故事一樣的講了——雖未必全都是言語，也用心語講給傻傻的阿凱咕聽。其實阿凱咕並不傻，在牠的同類中即使貴妃也比不下牠絕頂的聰明，人們都說不曾見過這樣解人意的貓，牠能用肥壯的尾巴梢那麼有節奏的打著拍子，表示牠在接受你為牠講故事或者唱歌一番美意。故事完了，歌聲停了，那肥壯的尾巴也便安安靜靜的垂下不動了。這些給予麗麗的何止是喜悅！疼愛！和驕傲！她被鼓勵著講不完的故事，唱不盡的歌，且常凝視著那一雙藍灰色的吊梢的眼睛，不覺汩汩的落下快樂甚至是感激的淚。沒有過——從來沒有過哪一個肯這樣專注她的寂寞，不問多久，不眨也不轉動，就那麼似深邃又似迷茫的凝視著麗麗，能把她的心和靈魂也看得灰藍了。

故事講不完，十多年的故事，從幼年的麗麗，到少女的麗麗；從貪玩兒的阿凱咕，到貪于叫春而做了媽媽的阿凱咕……但是故事有斷有續，有補遺，也有重複，就只有那一段空白——那一段遺忘于槍聲衝散的紊亂，似乎永遠永遠的湮沒了，怎樣也不再記得為甚麼要和做老師的五叔使小性子辯嘴，惱恨得那樣氣急敗壞的蹉著雙脚，一面撕扯身上的衣裳和鈕扣……能夠清晰的感覺到用力去記憶的腦際所承荷的壓力。然而那是乾旱的記憶，擠壓不出一滴水汁；擰絞吧，儘你去擰絞……有一個時候患上偶發性的頭痛。每當那劇痛襲擊上來，即使枕在重疊的厚厚的海棉枕上，木棉枕上，也像枕著峋嶙的礁石，並有烈旺的火在礁石之下燃燒，驟痛到只想尋死。但是藍大夫找不出病源，只能夠在麗麗的病發的時候，使用一些麻醉劑給她暫時解除一下劇烈的痛苦。

「又頭腦痛麼？」

藍大夫從一個病人的靜脈裏抽出針管，轉身過來問那位正在和德傑焦躁的說著甚麼的阿綢。

「不是；又失魂了。」

「唏，這個細妹，好磨人喏！」

藍大夫打開他的醫療皮包檢點了一下，手在藥櫥裏遲疑的取出兩盒針劑帶著。

「爸爸，不要再帶藥針好麼？不會又是假的。」德傑用很低很模糊的語調跟他父親說，好像不願意讓阿綢聽了去。

然而還是被這個一臉福相的女傭聽去了。

「不會不會，不知在樓上看到甚麼……」

阿綢大聲大氣的彷彿隔一個大院子喊話，匆匆的跟在藍家父子背後，不住叫嚷。

「爸爸，我真想重讀醫科了！」

德傑說，但那不是表示他的決定，也許只是一種慨嘆。做父親的明白那個意思，很友善的瞥了孩子一眼。

麗麗已經移到客廳裏的長沙發上，蔡太太尖銳的指甲掐在麗麗的人中和虎椏上，口口聲聲喊著麗麗！麗麗！指甲上紅色的蔻丹好像把麗麗的人中和虎椏掐出血了。

仍然沒有誰上樓去過，客人們那麼無知而又無聊的瞎猜測。

「有沒有甚麼人在上面？」德傑向阿綢探問，望著磨得發光的樓梯扶手如蛇一樣通上去又折轉一個彎子。

「沒有人！」

可是阿綢立刻又有些疑懼，急忙要表示不好那麼肯定。「不會的啦！怎會有人在樓上？……」德傑咬了咬嘴唇，手搭在光亮又光滑的蛇背上，略一遲疑，快步跑上樓去。

麗麗那沉重的書包跌落在半掩的臥室門前。

他沒有走進過麗麗的臥室。又遲疑了一下，從書包和一雙鞋子上超過去，推那半掩的門。

麗麗的銅牀上，阿凱咕，那體型肥大的黃狸貓好似翹首在那裏等待外面的動靜已經等待好久，一雙閃亮著燐綠的凌厲的眼睛直射過來，含有些惶懼，那是一個正在翻箱倒櫃的竊賊，忽被搜捕著闖進來；一雙弔梢杏眼如同戴著化裝舞會的那種面具——那上面總是剪出兩隻賊楞楞神秘的覘孔。

阿凱咕舔一下沾有血沫的紅嘴巴，前蹄猶在貪婪的按住一堆血糟糟的糜爛，吼出低低的咆哮。德傑那深度的近視常把一些目力不及的物象曲解成想像不到的東西，那只是牀單上的一團印花罷，沒有使他驚詫。

「阿凱咕，你在幹嗎？」

德傑走近去，輕輕的喚了一聲，生恐把牠吓跑。聽見自己喊響自己的名子，反而陌生的一震，彷彿這間臥室的陌生和潛伏著的未知使他有些裹足不前的停下脚步。

垂長的白紗窗帘輕盪起水袖，一抹蒼涼漂白了室內所有那些彩色陳設，就剩牀單上那按在阿凱咕蹄爪底下的一灘猩紅。

德傑挨近牀欄，阿凱咕仍然低哮著而且更為野性的聳起周身的毫毛，蹄爪撲張開來似便攫佔得更多些，更牢穩一些。

這才德傑看清了到底是些甚麼；一片狼藉的血肉裏，一顆又一顆小貓的頭顱，黧色和黃色相間的毛腋，一些小小的殘肢，小小的臟腑，枕藉在血泊的泥濘裏。有一股血腥、臟腥，又近乎油墨的氣味，刺激著德傑的比視覺敏銳得多的嗅覺。

那不是一隻貓了，不僅不是一隻高品質的貓。

一頭野獸；

而也不止于單一的獸性；形而上的一種作祟，一個邪祆的巫婆，一種中國式的狐族的蠱迷……捕捉不到那些錯綜的感覺，總是給人麻森森的寒顫，特別是那一對吊梢的面具覘孔裏隱閃瞳子。

他有大喝一聲的衝動，不為的叱罵，而只是給自己的悚然壯一壯膽，近乎夜行人遇見甚麼邪祟時的那種衝動。在稍稍的抑制了自己以後，他搶過去，三下兩下抓起牀單的幾個角角，提了起來。

湮透牀單的血汁，一滴一滴打在下面而已經湮開一遍的白底綠條的墊褥上。

阿凱咕跳到鞋櫃那邊的枱燈一旁，紅舌舔一下嘴角，又舔了一下另一邊的嘴角，那麼樣不夠饜足的望著德傑，不安的坐下。

血一直透過牀單不住的滴，德傑提著它一口氣跑下樓來，丟到門外的走廊上。

陽光撤回到雲層上去，風習習的吹動地上那牀單翹起的一角，彷彿在那裏尚存一絲兒生機。

德傑凝神的瞪著那個，人們圍上去，遮斷了德傑的視線，而德傑仍然盯住那個方向，一點也不移動。人在這樣視而不見的時候，所能看到的只是躍動頻繁中的自己的內心。

「是啦，我說是啦！」阿綢嚷著，手裏端一杯清水，忘掉客廳裏的女主人正在等她。

「告訴她不聽，」阿綢興奮的叫嚷：「告訴她不要看哪，不要看哪，告訴她屬虎的看不得。」

「麗麗屬虎麼？」不知誰冷冷的問。

「昨天晚上就看見牠啣著小東西搬了一次家啦，從廚房搬到樓梯底下儲藏室裏。」

「一定是感到不安全的緣故。」一個腰帶繫得很低的中年人表示很有見識的說。

「喵——嗚——！」

樓梯轉折處的平台上，阿凱咕出現在那兒，蜷起一雙前爪舔著。

德傑扭過半個身子，望著好像淒淒涼涼的阿凱咕。

你是母親麼？

德傑用他微笑的眼睛質問這隻高貴的上品貓，不知是憤怒抑或困惑，把他的眉根刻出深黑的溝。他的兩隻拇指掛在卡嘰長褲兩側的口袋上。

「這樣的毛病不稀罕……」客廳裏傳出藍大夫的聲音：「有人見了血就會休克……」

而樓梯上，阿凱咕猶在彎起另一隻前爪，舔那上面牠的兒女們的血漬。

不也是母愛麼？

德傑扶正一下他的眼鏡，望著一個空茫的遙遠。

一九六六・九・于板橋

附錄

評介

生命中的刻痕

——懷念西甯大兄

袁瓊瓊

於我這一代寫作人來說：朱西甯是一個在我們生命中劃有刻痕的名字。凡是對文學有興趣的，必定都讀過他的文章，受過他或多或少的影響。而仔細想起來這影響又不僅僅只是文字上的。

我初識朱西甯，在文字上的，極早，念中學時，常在《皇冠》雜誌上看到他的小說。印象最強烈的寫一個少女被幼時的陰影所纏繞，在不知不覺中影響到她成長時的心態，與對應人的方式。當年看時，便看得喘不過氣來。現在回想，其實是運用了很強的推理的技巧。不僅是抽絲剝繭，那陰暗回憶的部份是像長樂章的主題一般，不時在每個章節裡迴遶，他又擅長用拼圖法，絕少任事件直線推展，每每呈現彷彿不相干的零碎畫面，到最後才知道，其實阡陌相連。而這也是他多數作品常用手法。

我在月初準備寫「朱西甯」時，便開始看他的舊作。當時與天衣聯繫，知道他一切狀況都好，實在是萬萬沒想到事情會來得這麼快。當初想到自己文字刊出後，讀到的人會有他，不免有些戒慎恐懼，而卻因此失去時機，真是非常非常難過。

我自己在寫作的路上，受過他絕大影響。早期連文字運用都學他的。事實上，文壇上目前有聲有色的許多名字，如果肯回顧自己的文學之路，必不能否認，「朱西甯」三個字曾是這條路上極重要的路標。

非常難過的是，從來也就沒讓他知道：他曾經影響過自己，我的文學路上有他的手印腳跡。而多年來，雖然他似乎在文壇上沉寂了，而在重讀他的作品時，仍不時驚詫於他的嚴謹、細緻，臉及掌握讀者的功力。在當年，以至於現在，「朱西甯」都被認定是一個嚴肅的創作者，而他的「純文學」多麼好看、有趣、吸引力。而這想法也來不及讓他知道：他其實一點也不過時。

在初會西甯大兄時，我二十出頭，寫小說的歷史要在四年後才開始。因為在「朱陵」的筆名寫現代詩，他一見面就叫我本家妹子，之後我也就一直名不正言不順的做著他的本家妹子。隨後替「三三集刊」寫稿，以至於一直到現在被目為三三的一份子，恐怕都緣由於此。

現實上，對西甯大兄或三三，我都一直是個邊緣人。從來沒深切的接近過。在閱讀和文字上所受的濡染，當然是絕對的，但是我以為那應當是另一回事。我所認識的西甯大兄在生活中的面相，其實是很少的。去年與他一同參與一個會議，他除了更瘦小之外，那白髮呈金黄，看來非常美；而那幾乎也就是我記憶中一直來他的模樣。

當時跟他招呼時就說：「您看上去還是一樣，一點也沒變。」而西甯兄當時也說我沒什麼變。那是十餘年間我們唯一的一次會面。沒變是不可能的。而我現在想到：看不出變化，某方面表示有大段的記憶被遺忘了。只記著輪廓，所以便只見到故人的仍合於輪廓。

而我對西甯大兄本人的認識，幾乎也可以說：始終也只是輪廓而已。他是始終瘦小的，頂著一頭白髮。而在七十年代在朱府作過客的人，必定不能忘記他們家屋裡屋外的狗，還有慕沙姊閃電般的上菜本事。

每次去他家，總是一屋子人，西甯兄總是窩在他專用的那張沙發裡，腳底下窩著一隻狗狗；

閒閒的，不慌不忙的跟每個人說話，無論大牌小牌，他從來一個人也不會忽略。當時朱西甯在文壇上盛極一時，手邊的稿約極多，每每見他，總說是才趕了一夜稿。在自己還沒拿寫作當職業的時候，也跟一般人一樣，以為寫作這事不過是「爬格子運動」，離開了稿紙，也就離開了工作。現在當然知道完全不是那麼回事。尋常的見他閒閒與人聊，見客，不時還笑語如珠，也就當他這樣的作為是簡單和尋常之事，完全不知道，那其實是多大的消耗。更別提所有人還都是要留飯的。我這一輩的文藝男女青年，沒在朱家餐桌上吃過飯的，恐怕也很少吧。

而每回在他家。也只看見慕沙姊晃來晃去，跟狗狗講話，跟每個人搭訕幾句，閒得不得了的模樣。然後忽然西甯大兄就說：「來吃飯罷。」到了餐桌前，早已上了一桌菜，有次我著意數過，一共是十六道菜。不談洗米煮菜的功夫，只想想餐後要洗的碗盤瓢盆，我想到都背脊發冷。而朱家這流水席一開十數年。我疑心我們這些食客可能吃掉了他一棟房子。

西甯兄的白髮最初是長長的，柔順的披在腦後，後來突然全掉了。他寫過一篇東西說他這件事：掉光的頭髮忽然全數重生，小兒初髮般，毛絨絨的護了一頭，並說他居然還生了新齒。印象中，那次落髮，似乎也是因為某種病症，而後神蹟般的痊癒。西甯兄是有緣蒙受神蹟的人呀，總覺得同樣的幸運一定可以再來一次。去年尾他從榮總出院，關心的人其實一直都留意著他的狀況。聽到他一直都穩定，精神也頗安適，就忍不住有了種「不急」的想法。然而，時光往往比我們的意念倉促，在活著的人都沒有準備好的時候，沒想到西甯兄已然走完了他的路。

一九九八年三月廿二日，中國時報

朱西甯作品出版年表

◆小說類

短篇

作品	時間	出版社
1 大火炬的愛	一九五二年六月	重光文藝出版社
2 鐵漿	一九六三年十一月	文星書店
	一九七〇年四月	皇冠出版社
	一九八九年七月	三三書坊
	一九九四年三月	遠流出版公司
	二〇〇三年四月	印刻文學出版社
	二〇一八年十月	九州出版社（簡體版）

3 狼

一九六三年十二月　大業書店
一九六六年十一月　皇冠出版社
一九八九年九月　三三書坊
一九九四年三月　遠流出版公司
二〇〇六年四月　印刻文學出版社
二〇一一年五月　北京日報出版社（簡體版）

4 破曉時分

一九六七年二月　皇冠出版社
一九八九年十二月　三三書坊
一九九四年二月　遠流出版公司
二〇〇三年四月　印刻文學出版社
二〇一一年四月　河南文藝出版社（簡體版）

5 第一號隧道

一九六八年十月　新中國出版社

6 冶金者

一九七〇年四月　仙人掌出版社
一九七二年四月　晨鐘出版社

	一九八六年十月	三三書坊
7 現在幾點鐘	一九七一年二月	阿波羅出版社
8 奔向太陽	一九七一年十二月	陸軍出版社
9 非禮記	一九七三年五月	皇冠出版社
10 蛇	一九七四年七月	大地出版社
11 朱西甯自選集	一九七五年一月	黎明出版社
12 春城無處不飛花	一九七六年五月	遠景出版社
	一九七九年五月	三三書坊
	一九八九年三月	遠流出版公司
13 將軍與我	一九七六年八月	洪範書店
14 將軍令	一九八〇年一月	三三書坊
	一九九四年三月	遠流出版公司
15 海燕	一九八〇年三月	華岡出版社
16 七對怨偶	一九八三年八月	道聲出版社

17 熊	一九八四年七月	皇冠出版社
18 牛郎星宿	一九八四年八月	三三書坊
19 新墳	一九八七年八月	文藝風出版社（香港）
20 朱西甯小說精品	一九九九年五月	駱駝出版社
21 現在幾點鐘——朱西甯短篇小說精選	二〇〇五年一月	麥田出版社

長篇

作品	時間	出版社
22 貓	一九六六年十一月	皇冠出版社
	一九九〇年八月	三三書坊
	一九九四年二月	遠流出版公司
	二〇二一年十一月	印刻文學出版社
23 旱魃	一九七〇年四月	皇冠出版社
	一九九一年三月	三三書坊

		二〇〇五年六月	印刻文學出版社
		二〇一八年十月	九州出版社（簡體版）
24	畫夢紀	一九七〇年八月	皇冠出版社
		一九九〇年七月	三三書坊
		二〇二一年十一月	印刻文學出版社
25	春風不相識	一九七六年八月	皇冠出版社
26	八二三注	一九七九年四月	三三書坊
		二〇〇三年四月	印刻文學出版社
27	獵狐記	一九七九年七月	多元文化公司
		一九八四年二月	三三書坊
28	林森傳	一九八二年六月	近代中國出版社
29	茶鄉	一九八四年十月	三三書坊
30	華太平家傳	二〇〇二年二月	聯合文學出版社

中篇

作品	時間	出版社
31黃粱夢	一九八七年七月	三三書坊

◆散文類

作品	時間	出版社
32鳳凰村的戰鼓	一九六六年七月	台灣省新聞處出版部
33朱西甯隨筆	一九七五年六月	水芙蓉出版社
34曲理篇	一九七八年九月	慧龍文化公司
35日月長新花長生	一九七八年十二月	皇冠出版社
36微言篇	一九八一年一月	三三書坊
37多少煙塵	一九八六年六月	台灣省訓團

◆其他

作品	時間	出版社
38紀念朱西甯先生文學研討會論文集	二〇〇三年五月	聯合文學出版社
39台灣現當代作家研究資料彙編朱西甯	二〇一二年三月	國立台灣文學館

INK PUBLISHING 朱西甯作品集 06

貓

作　　者　朱西甯
總 編 輯　初安民
責任編輯　宋敏菁
美術編輯　陳淑美　黃昶憲
校　　對　潘貞仁　朱天文　朱天衣　宋敏菁

發 行 人　張書銘
出　　版　INK 印刻文學生活雜誌出版股份有限公司
新北市中和區建一路249號8樓
電話：02-22281626
傳真：02-22281598
e-mail:ink.book@msa.hinet.net
網　　址　舒讀網 http://www.inksudu.com.tw

法律顧問　巨鼎博達法律事務所
施竣中律師
總 代 理　成陽出版股份有限公司
電話：03-3589000（代表號）
傳真：03-3556521
郵政劃撥　19785090 印刻文學生活雜誌出版股份有限公司
印　　刷　海王印刷事業股份有限公司

港澳總經銷　泛華發行代理有限公司
地　　址　香港新界將軍澳工業邨駿昌街7號2樓
電　　話　852-2798-2220
傳　　真　852-2796-5471
網　　址　www.gccd.com.hk

出版日期　2021年 11 月 初版
ISBN　978-986-387-437-9

定價　450元

國家圖書館出版品預行編目(CIP)資料

貓／朱西甯 著.
--初版. --新北市中和區：INK印刻文學，2021. 11
面； 14.8 × 21公分. --（朱西甯作品集；06 ）
ISBN 978-986-387-437-9 (平裝)

863.57　　110007624

舒讀網

新匯流出版中心 贊助出版